ROBERT HUNTERI PÕNEVIK

Robert Hunteri sarja eelmised raamatud
„Krutsifiksimõrvad" ja „Timukas" ilmusid 2023. aastal.

CHRIS CARTER

ÖINE JÄLITAJA

Inglise keelest tõlkinud Ülle Jälle

KRIMIRAAMAT

EESTI RAAMAT

Originaal:
Chris Carter
The Night Stalker
A CBS COMPANY
London, 2011

Toimetanud Helle Raidla
Kujundanud Anu Ristmets
Kaas: Jentas A/S

ISBN 978-9916-12-796-4
ISBN 978-9916-12-797-1 (epub)

www.eestiraamat.ee
www.facebook.com/Eesti Raamat

Trükitud Euroopa Liidus

See romaan on pühendatud minu perekonnale ja Coral Chambersile toetuse eest, kui ma seda kõige rohkem vajasin.

Tänusõnad

Olen tohutult tänulik paljudele inimestele, kelleta see romaan ei oleks ilmavalgust näinud.

Darley Anderson, parim agent, kes kirjanikul olla saaks, aga lisaks ka tõeline sõber. Camilla Wray, minu kirjanduslik kaitseingel, kelle kommentaaride, nõuannete, teadmiste ja sõpruseta ma hakkama ei saaks. Kõik Darley Andersoni kirjastusagentuuris, kes tutvustavad väsimatult minu töid kõikjal, kus vähegi võimalik.

Maxine Hitchcock, minu fantastiline toimetaja Simon & Schusteris, kes on oma töös lihtsalt imeline. Minu kirjastajad Ian Chapman ja Suzanne Baboneau, kelle toetus ja usk minusse on meeletu. Kõik Simon & Schusteris, kes kirjastamisprotsessi iga aspektiga nii tõsiselt vaeva näevad.

Samantha Johnsonile minu paljude kohutavate ideede osavõtliku kuulamise eest.

Minu armastus ja siiras tänu kuulub Coral Chambersile, kes ei lasknud mul murduda.

Üks

Doktor Jonathan Winston sättis maski suu ja nina peale ning vaatas Los Angelese maakonna koroneri maja keldrikorrusel asuva lahkamisruumi number 4 seinal olevat kella. 18.12. Roostevabast terasest laual umbes meetri kaugusel tema ees lebas tundmatu ligi kolmekümnese naisterahva surnukeha. Tema õlgadeni ulatuvad mustad juuksed olid märjad, otsad metallist lauale kleepunud. Heleda prožektorivalguse käes tundus tema kahvatu nahk kumjas, nagu ei olekski see inimese oma. Surnukeha leidmiskohas ei olnud surma tõenäolist põhjust võimalik tuvastada. Verd, kuuli- ega noahaavu polnud, peal ja ülakehal puudusid muhud ja kriimud ning kaelal polnud ka verevalumeid, mis viidanuks kägistamisele. Tema keha oli puutumata, välja arvatud see, et mõrtsukas oli tema suu ja välimised suguelundid kinni õmmelnud. Kasutatud niit oli jäme ja tugev – õmblused korratud ja hooletud.

„Kas oleme valmis?" küsis doktor Winston noorelt assistendilt Sean Hannaylt.

Hannay pilk oli kinnitunud naise näole ja kinnikrousitud huultele. Mingil põhjusel oli ta tavapärasest närvilisem.

„Sean, on kõik korras?"

„Ee, jah, doktor, vabandust." Viimaks vaatas Hannay doktor Winstonile otsa ja noogutas. „Me oleme valmis." Ta seisis laua paremale poolele ja doktor lülitas endale kõige lähemal tööpinnal sisse digidiktofoni.

Doktor Winston ütles kuupäeva ja kellaaja, kohalviibijate nimed ja lahkamistoimiku numbri. Surnukeha oli ära mõõdetud ja kaalutud, nii et ta jätkas ohvri füüsiliste tunnuste loetlemisega. Enne sisselõike tegemist vaatas doktor Winston surnukeha äärmiselt hoolikalt üle, otsides tundemärke, mis aitaksid ohvrit tuvastada. Kui tema pilk jäi pidama ohvri alakehale tehtud õmblustel, peatus ta korraks ja kissitas silmi.

„Üks hetk," sosistas ta, astus lähemale ja lükkas ettevaatlikult ohvri jalad laiali. „Palun anna mulle taskulamp, Sean." Ta sirutas käe assistendi poole, pööramata pilku ohvrilt. Tema pilku tekkis mure.

„Kas midagi on valesti?" küsis Hannay, ulatades doktor Winstonile väikese metalse taskulambi.

„Võib-olla." Doktor suunas taskulambikiire millelegi, mis oli tema pilku köitnud.

Hannay tammus jalalt jalale.

„Õmblused ei ole kirurgilised," ütles doktor Winston diktofoni. „Need on amatöörlikud ja lohakad. Nagu teismeline oleks õmmelnud lapi vanade katkirebitud teksade peale." Ta astus veel lähemale. „Samas on õmblused ka liiga hõredad, vahed nende vahel liiga suured ja ..." Winston vaikis ja kallutas pead, „... ei ole võimalik."

Hannay tundis, kuidas keha läbistab värin. „Mis on?" Ta astus lähemale.

Doktor Winston tõmbas sügavalt hinge ja vaatas aeglaselt Hannay poole. „Arvan, et mõrtsukas jättis tema sisse midagi."

„Mis asja?"

Winston uuris veel paar sekundit taskulambi kiire valgel, et kindel olla. „Valgus peegeldub milleltki tema sees."

Hannay kummardus, järgnedes doktori pilgule. Ta nägi seda kohe. „Kuramus, valgus *peegeldub* tõesti milleltki. Mis see on?"

„Ei tea, aga igatahes on see piisavalt suur, et seda õmbluste vahelt näha."

Doktor ajas end sirgu ja võttis töövahendite aluselt metallist pulga.

„Sean, palun hoia taskulampi." Ta ulatas taskulambi noorele assistendile ja näitas talle, kuhu täpselt valguskiir suunata.

Seejärel doktor kummardus ja torkas pulga otsa kahe õmbluse vahelt sisse, viies seda eseme poole ohvri kehas.

Hannay hoidis taskulampi paigal.

„See on midagi metalset," sõnas Winston, kasutades pulka sondina, „aga ma ei ole ikka kindel, mis see võiks olla. Palun anna mulle niidikäärid ja pintsett."

Peagi olid õmblused lahti lõigatud. Neid lõigates kasutas doktor Winston pintsetti, et jäme must niit ohvri ihu küljest ära tõmmata ja pani selle väiksesse plastist asitõenditopsi.

„Kas teda vägistati?" küsis Hannay.

„Alakehal on haavu ja sinikaid, mis viitavad vägivaldsele penetratsioonile," kinnitas doktor Winston, „aga need võis tekitada ka ese, mis tema sisse topiti. Võtan mõned proovid ja saadan need koos niitidega laborisse." Ta panid käärid ja pintseti kasutatud töövahendite kandikule. „Uurime välja, mille mõrtsukas meile siis jättis."

Hannay tõmbus pingule, kui doktor Winston parema käe ohvri sisse pistis. „Nii, mul oli õigus, see ei ole väike ese."

Möödus paar vaikset ebamugavat sekundit.

„Ja see on veidra kujuga," jätkas doktor. „Kuidagi kandiline ja otsas on midagi imelikku." Ta sai sellest viimaks kinni. Kui ta eseme välja tõmbas, plõksatas selle otsa kinnitatud objekt.

Hannay astus lähemale, et paremini näha.

„Metallist, suhteliselt raske, tundub käsitsi tehtud ..." ütles doktor Winston käesolevat eset silmitsedes. „Aga ma pole ikka kindel, mis see ..." Ta vaikis ja tundis, kuidas süda rinnus pekslema hakkab, kui silmad seda taibates suureks läksid. „Halastaja jumal ..."

Kaks

Los Angelese uurijal Robert Hunteril kulus rohkem kui tund, et sõita Hollywoodi kohtumajast LA idaosas asuva mahajäetud lihapoe juurde. Talle oli teade tulnud neli tundi tagasi, ent kohtuprotsess, kus ta tunnistust andis, oli kestnud oodatust palju kauem. Hunter kuulus eksklusiivsesse eliitüksusse, millest *eemalehoidmise* nimel oleks enamik LAPD* uurijaid andnud oma parema käe.

Röövide ja mõrvarühma eriosakond oli loodud tegelema sarimõrvarite ja avalikkuse kõrgendatud tähelepanu all olevate mõrvajuhtumitega, mille lahendamine nõudis rohkem aega ja kogemusi. Eriosakonna sees oli Hunteril veelgi kitsam ülesanne. Kuna ta oli õppinud kriminaalse käitumise psühholoogiat, määrati talle uurimiseks juhtumid, mille puhul süüdlane kasutas eriti julmi võtteid. Jaoskond nimetas selliseid juhtumeid lühendatult UV-ks ehk *ultravägivaldseteks*.

Lihapood oli suletud kaupluste reas viimane. Kogu piirkond tundus olevat hooletusse jäetud. Hunter parkis oma vana Buicki kriminalistide valge kaubiku kõrvale. Autost välja astudes libistas ta pilgu üle hoonete fassaadi. Kõik aknad olid kaetud tugevate metallist luukidega. Seintel oli nii palju grafitit, et Hunter ei saanud aru, mis värvi need olid algselt olnud.

Ta läks sissepääsu juures seisva politseiniku juurde, näitas oma ametimärki ja puges kollase kuriteopaigalindi alt läbi. Politseinik noogutas, ent vaikis, pilk eemalolev.

Hunter avas ukse ja astus sisse.

Jälk hais lõi kohe vastu ja ajas öökima – mädaneva liha, vana higi, okse ja uriini hais, mis kõrvetas ninasõõrmeid ja pani

---

* LAPD – *Los Angeles Police Department* ehk Los Angelese politseijaoskond. Siin ja edaspidi tõlkija märkused.

silmad kipitama. Ta peatus hetkeks, et tõmmata särgikrae suu ja nina peale improviseeritud maskiks.

„Need aitavad rohkem," ütles Carlos Garcia, kes väljus tagumisest ruumist ja ulatas Hunterile kirurgilise maski. Tal oli see ka endal ees.

Garcia oli pikk ja sale, pikavõitu tumedate juuste ja helesiniste silmadega. Tema poisilikku välimust rikkus vaid kühm ninal kohas, kus luu oli kord purunenud. Vastandina teistele röövide ja mõrvarühma uurijatele oli Garcia väga tõsiselt vaeva näinud, et eriüksusse pääseda. Ta oli nüüdseks peaaegu kolm aastat Hunteri paarimees olnud.

„Hais on tagaruumis hullem." Garcia nookas ukse suunas, kust oli äsja välja astunud. „Kuidas protsess oli?"

„Kestis liiga kaua," vastas Hunter maski ette pannes. „Mis meil siis on?"

Garcia kallutas pea küljele. „Väga võigas värk. Valgenahaline naine, kahe-kolmekümneaastane. Ta leiti sealt roostevabast terasest lihunikulaualt." Ta osutas ruumile oma selja taga.

„Surma põhjus?"

Garcia raputas pead. „Peame lahkamistulemusi ootama. Ei midagi silmaga nähtavat, aga nüüd tuleb puänt. Tema huuled ja genitaalid on kinni õmmeldud."

„Mis asja?"

Garcia noogutas. „Just. Täitsa haige värk. Ma pole midagi sellist kunagi näinud."

Hunteri pilk kandus paarimehe selja taga oleva ukse poole.

„Surnukeha on ära viidud," vastas Garcia, enne kui Hunter küsida jõudis. „Doktor Winston oli täna kriminalistide juht. Ta tahtis, et sa näeksid surnukeha ja sündmuspaika nii nagu see algselt oli, aga ei saanud enam kauem oodata. Kuumus kiirendas protsesse."

„Millal surnukeha minema viidi?" Hunter vaatas masinlikult kella.

„Umbes kaks tundi tagasi. Doktorit tundes on ta lahkamisega arvatavasti juba poole peal. Ta teab, et sulle need ei meeldi, nii et polnud mõtet oodata. Selleks ajaks, kui me siin lõpetame, on tal meile arvatavasti juba mõned vastused olemas."

Hunteri mobiiltelefon helises taskus. Ta võttis selle välja ja tõmbas maski eest, jättes selle kaela rippuma. „Uurija Hunter."

Ta kuulas mõned sekundid. „Mida?" Ta vaatas Garcia poole, kes nägi, et Hunteri olek muutus hetkega.

Kolm

Garcia jõudis LA idaosast Los Angelese maakonna koroneri maja juurde North Mission Roadil rekordajaga.

Nende hämming kasvas, kui nad hoone parkla juurde jõudma hakkasid. Sissepääsu takistasid neli patrullautot ja kaks tuletõrjeautot. Parkla oli politseiautosid täis. Hulk vormiriietes politseinikke sebis kaootiliselt ringi, karjudes üksteisele ja raadiosaatjatesse juhtnööre.

Ajakirjanikud olid kohal nagu näljane hundikari. Kohalike telejaamade ja ajalehtede kaubikud seisid kõikjal. Reporterid, operaatorid ja fotograafid andsid endast parima, et võimalikult lähedale pääseda, ent peahoone ümber oli tekitatud läbimatu perimeeter ja seda kontrollis rangelt LAPD.

„Mis, kurat, siin toimub?" sosistas Hunter, kui Garcia sissepääsu juurde sõitis.

„Peate edasi sõitma, söör," ütles noor politseinik, kes oli tulnud Garcia akna juurde ja andis kätega vehkides märku edasi sõita. „Te ei või …"

Ta vakatas kohe, kui Garcia ametimärki nägi. „Vabandust, uurija, lasen teid kohe läbi." Ta pöördus kahe politseiniku poole, kes seisid oma autode kõrval. „Tehke neile tee vabaks, poisid." Vähem kui pool minutit hiljem parkis Garcia oma Honda Civicu peamajja viiva trepi ette.

Hunter astus autost välja ja vaatas ringi. Väike rühm inimesi, enamik neist valgetes kitlites, seisid koos parkla kaugemas otsas. Hunter tundis neis ära laboritehnikud ja surnukuuri töötajad.

„Mis siin juhtus?" küsis ta tuletõrjujalt, kes lõpetas raadioside.

„Peate pealikult küsima. Mina tean vaid, et kusagil selles majas oli põleng." Mees osutas surnukuuriks kohandatud vana haiglahoone poole.

Hunter kortsutas kulmu. „Põleng?"

Teatud süütamisjuhtumid kuulusid samuti röövide ja mõrvarühma pädevusse, aga neid peeti harva UV-ks. Hunterit polnud kunagi ühegi sellise juurdluse juhiks määratud.

„Robert, siiapoole."

Hunter pöördus ja nägi doktor Carolyn Hove'i trepist alla nende poole tulemas. Naine oli alati tundunud palju noorem kui nelikümmend kuus, aga mitte täna. Tema tavaliselt täiuslikus soengus kastanpruunid juuksed olid sassis, näoilme tõsine ja löödud. Kui Los Angelese maakonna koroneri majas oleksid olnud ametipositsioonid, oleks doktor Hove olnud doktor Winstoni järel tähtsuselt järgmine inimene.

„Mis siin ometi toimub, doktor?" küsis Hunter.

„Täielik põrgu ..."

Neli

Hunter, Garcia ja doktor Hove läksid koos trepist üles ja sisenesid peahoonesse laiadest topeltustest. Vestibüülis oli veel hulk politseinikke ja tuletõrjujaid. Doktor Hove juhatas uurijad vastuvõtulauast mööda, trepist alla keldrikorrusele. Ehkki nad kuulsid, et ventilaatorid töötavad täisvõimsusel, oli õhus tunda kemikaalide ja põlenud liha iiveldamaajavat haisu. Mõlemad uurijad tõmbusid kühmu ja panid tahtmatult käe nina peale.

Garcia tundis, et kõhus keerab.

Koridori lõpus oli põrand lahkamisruumi number 4 ees vett täis. Uks oli lahti, aga justkui hingedel ripakil.

Tuletõrjeülem andis ühele oma alluvale juhiseid, kui nägi neid lähenemas.

„Ülem," ütles doktor Hove, „need on uurijad Robert Hunter ja Carlos Garcia eriosakonnast."

Käepigistusi ei vahetatud, ainult viisakad peanoogutused.

„Mis siin juhtus?" küsis Hunter, käänates kaela, et ruumi sisse näha. „Ja kus on doktor Winston?"

Doktor Hove ei vastanud.

Tuletõrjeülem võttis kiivri peast ja kuivatas kindas käega laupa. „Mingisugune plahvatus."

Hunter kortsutas kulmu. „Plahvatus?"

„Jah. Ruum on üle kontrollitud ja varjatud põlenguid ei ole. Tulekahju iseenesest oli vist üldse väike. Sprinklersüsteem suutis selle enne meie saabumist kustutada. Hetkel me ei tea, mis plahvatuse põhjustas, peame ootama uurijate raportit." Ta vaatas doktor Hove'i poole. „Mulle öeldi, et see on kõige suurem lahkamisruum ja ühtlasi ka labor, on see nii?"

„Jah," vastas naine.

„Kas siin hoitakse plahvatusohtlikke kemikaale – võibolla gaasiballoone?"

Doktor Hove sulges korraks silmad ja ohkas raskelt. „Vahel küll."

Ülem noogutas. „Võib-olla oli siin mingisugune leke, aga nagu öeldud, peame ootama tulekahju-uurijate raportit. Hoone on tugev, konstruktsioonid peavad vastu. Kuna tegemist on keldriruumiga, on seinad siin paksemad kui mujal ja see aitas lööklainet ohjeldada. Ehkki plahvatus põhjustas ruumis vigastusi, ei olnud see nii võimas, et konstruktsioone kahjustada. Hetkel ei oska ma rohkem midagi lisada." Tuletõrjeülem võttis kindad käest ja hõõrus silmi. „Seal on väga tõsine kaos, doktor, *väga* hull olukord." Ta vaikis, nagu ei teaks, mida lisada. „Mul on tõesti kahju." Tema sõnad olid kurvad. Ülem noogutas teistele tõsiselt ja läks trepist üles.

Nad kõik seisid lahkamisruum number 4 ukse juures, vaadates hävitustööd. Ruumi kaugemas otsas olid lauad, alused, kapid ja kärud kõverdunud ja tagurpidi segi paisatud, täis prahti ning liha- ja nahakilde. Osa laest ja tagasein olid kahjustada saanud ja verised.

„Millal see juhtus?" küsis Garcia.

„Tund, võib-olla tund ja veerand tagasi. Olin teises majas koosolekul. Kostis summutatud pauk ja tulekahjualarm hakkas tööle."

Hunterit häiris veeseguse vere hulk ja mustad veekindlad katted, mida oli ruumis surnukehade või kehaosade peale laotatud. Surnukehade säilitamiseks mõeldud külmkambrid asusid plahvatuse vastasseinas. Kõik kambrite uksed tundusid olevat terved.

„Palju siin külmkambrites surnukehasid oli, doktor?" küsis Hunter ettevaatlikult.

Doktor Hove teadis, et Hunter aimas juba, mis on tulekul. Ta tõstis parema käe, näidates ainult nimetissõrme.

Hunter ohkas raskelt. „Sel ajal käis lahkamine." See oli pigem väide kui küsimus ja ta tundis, kuidas üle selja käis värin. „Doktor Winston lahkas?"

„Raisk!" Garcia tõmbas käega üle näo. „Ei."

Doktor Hove vaatas mujale, aga mitte piisavalt kiiresti, et varjata pisaraid, mis talle silma valgusid.

Hunteri pilk püsis paar sekundit tema peal ja siis jätkas ta ruumi vaatlemist. Kurk tõmbus kuivaks ja südant ümbritses lämmatav kurbus. Ta oli tundnud doktor Jonathan Winstonit rohkem kui viisteist aastat ja Winston oli olnud Los Angelese juhtiv koroner nii kaua, kui Hunter mäletas. Ta oli töönarkomaan ja oma töös geniaalne. Ta üritas alati anda endast parima nende mõrvaohvrite lahkamisel, kelle surma asjaolud olid ebatavalised. Aga ennekõike oli doktor Winston Hunterile nagu pereliige. Parim sõber. Keegi, kelle peale ta oli lugematu arv kordi lootnud. Keegi, keda ta austas ja imetles nagu väga väheseid inimesi. Keegi, kellest ta hakkab siiralt puudust tundma.

„Ruumis viibis kaks inimest." Doktor Hove'i hääl vääratas korraks. „Doktor Winston ja Sean Hannay, 21-aastane assistent."

Hunter sulges silmad. Tal polnud midagi öelda.

„Helistasin kohe, kui teada sain," sõnas doktor Hove.

Garcia näol oli ainult šokk. Ta oli näinud politseinikuna töötades palju surnukehasid, mitmed neist sadistlike mõrtsukate poolt groteskselt moonutatud, aga ta polnud kunagi ühtegi ohvrit isiklikult tundnud. Ja ehkki ta kohtus doktor Winstoniga esimest korda alles kolm aastat tagasi, olid neist kiiresti sõbrad saanud.

„Aga poiss?" küsis Hunter viimaks. Ja esimest korda elus kuulis Garcia Hunteri häält värisemas.

Doktor Hove raputas pead. „Kahjuks mitte. Sean Hannay lõpetas kolmandat kursust California ülikooli LA haru patoloogia erialal. Ta tahtis saada kriminalistiks. Mina kiitsin tema praktikakoha pool aastat tagasi heaks." Naise silmad läikisid.

„Ta ei pidanud üldse siin olema. Ta ainult assisteeris." Doktor vaikis ja kaalus järgmisi sõnu hoolega. „Ma palusin tal seda teha. Mina pidin Jonathani assisteerima."

Hunter märkas, et naise käsi väriseb.

„See oli surm erakordsetel asjaoludel," jätkas Hove. „Jonathan palub siis alati mind appi. Ja ma oleksin tulnudki, aga koosolek venis ja ma palusin Seanilt teenet, et ta mind asendaks." Naise pilku tekkis õudus. „Tema ei pidanud täna siin surema – mina pidanuks."

Viis

Hunter teadis, mis doktor Hove'i peas toimub. Vahetult pärast plahvatust tundis ta kergendust, kui enesealalhoiuinstinkt võimust võttis. Tal vedas, et ta oli elus. Aga nüüd hakkasid kaine mõtlemine ja süütunne taastuma ning aju karistas teda kõige hullemal moel. *Kui mu koosolek poleks pikale veninud, oleks Sean Hannay veel elus.*

„See pole sinu süü, doktor," üritas Hunter naist rahustada, aga teadis, et sellest pole erilist kasu. Enne millegagi leppimist peavad nad välja selgitama, mis selles ruumis õigupoolest juhtus.

Hunter astus sammu lahkamisruumi ukse poole, püüdes samal ajal silme ees avanevat vaatepilti analüüsida. Hetkel ei saanud ta millestki aru. Järsku köitis miski tema pilku ja ta kissitas silmi, pöördudes siis doktor Hove'i poole.

„Kas lahanguid ka salvestatakse?" küsis ta, osutades põrandal millelegi, mis sarnanes väga kaamera kolmjalaga.

Doktor Hove raputas pead. „Väga harva ja selle pean heaks kiitma mina või …" Tema pilk kandus Hunterilt ruumi, „… juhtiv koroner."

„Doktor Winston ise.“

Doktor Hove noogutas kõhklevalt pead.

„Kas ta võis seda lahangut salvestada?“

Doktor Hove kaalus seda hetke ja tema näole tekkis lootusrikas ilme. „Võimalik. Kui ta seda juhtumit piisavalt huvitavaks pidas.“

„Noh, isegi kui ta seda tegi,“ sekkus Garcia, „kuidas see meid aitab? Kaamera lendas ju tükkideks nagu suur osa ruumist. Vaadake seda.“

„Mitte tingimata,“ venitas doktor.

Kõikide pilgud pöördusid tema poole.

„Kas sa tead midagi, mida meie ei tea?“ küsis Hunter.

„Lahkamisruum number nelja kasutatakse vahel ka loenguruumina,“ selgitas doktor. „See on ainus lahkamisruum, kus on videokaamera ühendus. See on otse ühendatud meie peaarvutiga. See tähendab, et kujutis salvestatakse samaaegselt meie peaarvuti kõvakettale. Loengu või lahangu salvestamiseks peab doktor vaid digikaamera paika panema, selle keskusega ühendama ja ongi valmis.“

„Kas me saame kontrollida, kas doktor Winston tegi seda?“

„Tulge kaasa.“

Doktor Hove läks sihikindlalt tagasi sama trepi poole, kust nad olid alla tulnud ja sealt üles esimesele korrusele. Nad läksid läbi vestibüüli ja metallist topeltuste pikka tühja koridori. Üsna selle lõpus pöörasid nad paremale. Sealse koridori otsas oli väikese jääklaasist aknaga puidust uks. Doktor Hove'i kabinet. Ta avas ukseluku, lükkas ukse lahti ja läks ees sisse.

Sees läks ta kohe laua juurde ja logis arvutisse sisse. Mõlemad uurijad seisid tema selja taha.

„Ainult minul ja doktor Winstonil on ligipääs peaarvuti videofailidele. Vaatame, kas seal on midagi.“

Doktor Hove vajutas paari klahvi ja leidiski videokataloogi, kus salvestusi säilitati. Peakataloogis oli kaks faili – „Uus" ning „Loengud ja lahangud". Doktor vajutas failinimele „Uus" ja leidis sealt ainult ühe faili. Kellaaeg näitas, et see oli loodud tund aega tagasi.

„Käes. Jonathan salvestas lahangut." Doktor Hove peatus ja vaatas ärevalt Hunteri poole. Hunter pani tähele, et doktor oli käe veidi hiire pealt ära tõstnud.

„Pole midagi, doktor, sa ei pea seda vaatama. Me saame ise hakkama."

Doktor Hove kõhkles ainult hetke. „Pean küll." Ta klõpsas kaks korda failile. Ekraan väreles ja arvuti alustas video taasesitamist. Hunter ja Garcia nihkusid lähemale.

Kujutis oli kehva kvaliteediga, aga lahkamislaual oli selgelt näha heledanahalise naisterahva surnukeha. Filmitud oli ülevalt ja nurga alt ning osaliselt suumitud nii, et suure osa ekraanist võttis enda alla laud. Paremal oli alakehast allapoole näha kaks valges kitlis inimest.

„Kas eemale suumida saab?" küsis Garcia.

„Kujutis salvestati selliselt," vastas Hunter pead raputades. „Me ei saa pilti mõjutada. See on lihtsalt salvestuse taasesitus."

Ekraanil astus inimene paremal pool lauda surnukeha pea juurde ja kummardus seda uurima. Doktor Winstoni nägu tekkis järsku kaadrisse.

„Heli ei olegi?" küsis Garcia, nähes doktor Winstoni huuli hääletult liikumas. „Kuidas nii?"

„Lahangute filmimiseks kasutatavate kaamerate mikrofonid ei ole väga kvaliteetsed," selgitas doktor. „Tavaliselt me neid tööle ei panegi."

„Arvasin, et patoloogid on harjunud iga sammu lahangust dikteerima."

„Seda me teemegi," kinnitas naine. „Oma isiklike dikto-
fonidega. Me võtame need lahkamisruumi kaasa. Mida iganes
Jonathan kasutas, see on nüüd seal ruumis koos kõige muuga
nässus."

„No tore."

*„Silmad – pruunid, naha eest on hästi hoolt kantud, kõrvalestadel
pole auke olnud ..."* ütles Hunter, enne kui doktor Winston videol
kaamerale selja keeras. „Kuramus! Ma ei näe enam tema suud."

„Sa oskad huultelt lugeda?" Seda küsis doktor Hove, aga
Garcia näol oli sama üllatunud ilme.

Hunter ei vastanud. Ta keskendus endiselt ekraanile.

„Kus sa ometi seda õppisid?" uuris Garcia.

„Raamatutest," valetas Hunter. Hetkel ei tahtnud ta päris
kindlasti oma minevikust rääkida.

Nad vaatasid veel natuke aega vaikides.

„Jonathan sooritab tavapärast välist vaatlust," kinnitas
doktor Hove. „Kõik ohvri füüsilised omadused loetletakse
üles, muuhulgas esimesed muljed vigastustest, kui neid on. Ta
otsis ka füüsilisi eritunnuseid, mis aitaksid ohvrit tuvastada –
see naine toodi siia tundmatuna."

Doktor Winston peatus ekraanil ja tema näole tekkis uudis-
himulik ilme. Nad vaatasid, kuidas assistent ulatas talle väikese
taskulambi. Winston kummardus ja suunas valguskiire õmblus-
tele, mis olid tehtud ohvri alakehale, liigutades valguskiirt
üles-alla ja vasakult paremale. Miski tundus teda hämmeldavat.

„Mida ta teeb?" Garcia kallutas tahtmatult pea küljele,
püüdes paremini näha.

Video jätkus ja nad nägid, kuidas doktor Winston metallist
pulga läbi õmbluste ohvri kehasse viis. Tema huuled liikusid ja
teised vaatasid Hunteri poole.

*„See on midagi metalset, aga ma ei ole ikka kindel, mis see võiks
olla. Palun anna mulle niidikäärid ja pintsett."*

„Ohvri sees oli midagi?" Doktor Hove kortsutas kulmu.

Ekraanil pööras doktor Winston taas ekraanile selja ja lõikas kääridega õmblused katki. Hunter pani tähele, et neid oli viis.

Doktor pistis parema käe ohvri sisse.

Hetk hiljem said Winston eseme kätte. Kui ta pöördus, vilksatas kaameras ainult selle serv.

„Mis see oli?" küsis Garcia. „Mis ohvri sisse jäeti? Kas keegi nägi seda?"

„Ei ole kindel," vastas Hunter. „Ootame, äkki ta pöördub uuesti kaamera poole."

Aga Winston ei pöördunud enam kaamera poole.

Mõne sekundi pärast käis plahvatus ja ekraanile tekkis must-valge säbru. Sõnad – *4. ruum, signaal kadus* – vilkusid ekraani keskel.

Kuus

Mitu sekundit valitses kabinetis täielik vaikus. Doktor Hove avas esimesena suu.

„Pomm? Keegi pani mõrvaohvri sisse pommi? Mida kuradit …?"

Vastust ei tulnud. Hunter istus arvuti taha ja klõbistas juba klaviatuuril, kerides kujutisi tagasi. Ta vajutas video uuesti mängima ja see jätkus vaid mõni sekund enne seda, kui doktor Winston käe ohvri seest välja tõmbas, peos mingi tundmatu metallist ese. Kõik vaatasid ekraanile.

„Ma ei saa täpselt aru, mis see on," ütles Garcia. „See liigub kaamerast mööda liiga kiiresti. Kas aeglasemaks ei saa panna?"

„Vahet pole, milline see välja näeb," ütles doktor Hove peaaegu katatooniliselt. „See oli pomm. Kes, kurat, paneb pommi ohvri sisse ja miks?" Ta taganes sammu ja masseeris meelekohti. „Terrorist?"

Hunter raputas pead. „Rünnaku koht välistab terrorismi. Terroristid tahavad tekitada võimalikult palju kahju ja võimalikult suurte inimkaotustega. Ma ei tahaks küll ilmselget korrata, doktor, aga see on surnukuur, mitte kaubanduskeskus. Ja plahvatus polnud niigi võimas, et keskmise suurusega ruum hävitada."

„Pealegi," lisas Garcia täiesti neutraalsel häälel, „on seal ju enamus inimesi juba surnud."

„Miks siis keegi pommi surnukeha sisse pani? See on täiesti arusaamatu."

Hunter vaatas naisele otsa. „Ma ei tea praegu sellele küsimusele vastust." Ta tegi korraks pausi. „Peame keskenduma. Ma oletan, et keegi teine pole seda salvestust näinud?"

Doktor Hove noogutas.

„Esialgu peab see nii jäämagi," jätkas Hunter. „Kui saab teatavaks, et mõrtsukas pani ohvri sisse pommi, teeb ajakirjandus sellest tsirkuse. Raiskaksime rohkem aega mõttetute intervjuude andmisele ja lollidele küsimustele vastamisele kui juhtumi uurimisele. Ja me ei või rohkem aega kaotada. Ehkki me kõik oleme selle juhtumiga isiklikult seotud, on meil tegemist mõrtsukaga, kes on piisavalt segane, et tappa noor naine, panna tema sisse lõhkeseadeldis ja ta kinni õmmelda. Selle tagajärjel tappis ta veel kaks süütut inimest."

Doktor Hove'ile tulid taas pisarad silma, aga ta oli aastate jooksul Hunteriga tihti koostööd teinud ja usaldas teda rohkem kui kedagi teist. Ta noogutas pikkamööda ja esimest korda nägi Hunter tema näol viha.

„Luba, et püüad selle raisa kinni."

Enne koroneri majast lahkumist käisid Hunter ja Garcia läbi kriminalistide laborist ning võtsid kaasa seni saadud informatsiooni. Enamike vastustega läheb vähemalt paar päeva aega. Kuna Hunter polnud näinud surnukeha sündmuspaigas, olid tal hetkel ainult raportid, märkmed ja fotod, millest lähtuda.

Ta teadis, et surnukeha oli leitud kaheksa tundi tagasi mahajäetud lihapoe tagumisest ruumist LA idaosas. Anonüümne telefonikõne politseile. Hunter kavatses selle salvestuse koopiat hiljem kuulata.

Tagasiteel lappas Hunter aeglaselt kriminalistide kaustas olevat infot. Kuriteopaiga fotodel oli ohver alasti, selili räpasel metallist laual. Jalad olid koos ja sirged, aga mitte kinni seotud. Üks käsi rippus alla, teine oli rinnal. Silmad olid lahti ja Hunter oli neis olevat pilku korduvalt näinud – meeletu hirm.

Ühel fotol oli lähedalt pildistatud ohvri suud. Huuled olid kokku õmmeldud jämeda musta ja tugeva niidiga. Veri oli läbi torkeaukude immitsenud ning nirisenud lõuale ja kaelale, mis tähendas, et naine oli õmblemise ajal elus. Teine lähifoto näitas, et sama oli tehtud alakehaga. Kubemepiirkond ja reite siseküljed olid torkehaavadest voolanud verest määrdunud. Õmbluste koht oli veidi turses – veel üks viide, et ohver suri alles mitu tundi pärast kinniõmblemist. Surmahetkeks olid haavad juba põletikuliseks muutunud, aga see polnud surma põhjuseks.

Hunter kontrollis fotode asukohta. Lihapoes valitses räpane segadus. Põrandal vedeles *crack*'i piipe, vanu süstlaid, kasutatud kondoome ja rotisitta. Seinad olid täis grafitit. Kriminalistid olid leidnud nii palju erinevaid sõrmejälgi, nagu oleks selles tagaruumis pidu toimunud. Tõde oli see, et hetkel võiks juhtumile valgust heita vaid lahkamine.

Seitse

Kõik teised olid selleks ajaks ära läinud, kui Garcia Hunteri tema auto juurde tagasi viis. Politseilint piiras endiselt lihapoe ümbrust. Sissepääsu valvas patrullpolitseinik.

Garcia teadis, et Hunter ei kiirusta, uurides poes iga pisiasja. „Lähen tagasi ja vaatan, mida kuriteopaiga fotode ja kadunud isikute andmebaasi abil teada on võimalik saada. Nagu sa ütlesid, on esimese asjana vaja tuvastada tapetu isik."

Hunter noogutas ja väljus autost.

Jälk hais oli justkui kolm korda hullem, kui Hunter patrullpolitseinikule oma ametimärki näitas ja teist korda samal õhtul lihapoodi sisenes.

Kui uks tema taga sulgus, jäi ta pimedusse. Ta lülitas taskulambi tööle ja tundis adrenaliinisööstu. Iga sammuga kaasnes klaasi krabin või millegi niiske lirtsumine jalge all. Ta möödus kunagisest lihaletist ja läks tagumise ukse poole. Lähemale jõudes kuulis ta kärbeste suminat.

See ruum oli avar ja ühendas müügisaali tagapool asuva väikese külmkambriga. Hunter seisatas ukse juures, üritades roiskunud leha sees hingata. Sisemus anus, et ta lahkuks, ähvardades iga hetk magu tühjendada, ajades teda mõned korrad öökima ja ägedasti köhima. Maskist polnud suurt abi.

Hunter liigutas taskulambikiirt aeglaselt ruumis ringi. Kaugemas seinas oli kaks suurt metallist kraanikaussi. Neist paremal oli tühi maast laeni ulatuv kapp. Rotid sibasid selle riiulitel.

Hunter krimpsutas nägu.

„Siin ikka kohe pidid rotid olema," kirus ta endamisi. Ta vihkas neid.

Ta kandus selsamal hetkel aega, kui oli kaheksa-aastane poiss.

Teel koolist koju olid kaks vanemat poissi tema Batmani lõunasöögikarbi ära võtnud. Ema oli talle selle aasta tagasi sünnipäevaks kinkinud, vaid paar kuud enne seda, kui vähk ema temalt ära võttis. See oli Roberti kõige hinnalisem varandus.

Kui kiusajad olid karpi omavahel natuke aega edasitagasi loopides teda õrritanud, viskasid nad selle lahtisesse kanalisatsioonikaevu.

„Eks too ära, kurt poiss."

Ema surm oli Roberti ja tema isa jaoks olnud muserdav ning selle järelmõjudega toimetulek oli eriti raske. Mitu nädalat, kui ema haigus süvenes, istus Robert üksinda oma toas, kuulas ema meeleheitlikke karjeid, tundes ema valu nagu oleks see tema valu. Kui ema viimaks suri, tekkis tal tugev kuulmislangus. See oli tema keha psühhosomaatiline viis leina tõrjuda. Ajutine kurtus tegi temast kiusajatele veelgi lihtsama sihtmärgi. Selleks, et veel suuremast tõrjumisest pääseda, oli Robert iseseisvalt õppinud huultelt lugema. Kahe aastaga oli kuulmine taastunud sama äkki nagu oli kadunud.

„Roni sisse, kurt poiss," kordas suurem kiusaja.

Robert ei kõhelnud hetkegi, ronides metallredelist alla nagu sõltuks sellest tema elu. Just seda kiusajad ootasidki. Nad lükkasid luugi augu peale tagasi ja läksid naerdes minema.

Robert leidis lõunasöögikarbi kanalisatsioonikaevu põhjast ja ronis mööda redelit üles, aga ta polnud nii tugev, et luuk pealt lükata. Paanikasse sattumise asemel läks ta tagasi kanalisatsioonikäikudesse. Kui ta ei pääse välja sealt, kust alla tuli, peab ta leidma uue väljapääsu.

Poolpimedas, lõunasöögikarp tugevasti vastu rinda surutud, hakkas ta mööda tunnelit minema. Ta oli jõudnud vaid umbes viiskümmend meetrit räpases haisvas vees kõndida, kui tundis midagi endale selga kukkumas ja särki sikutamas. Ta haaras sellest vaistlikult kinni ja viskas võimalikult kaugele. See piiksatas tema taga vette kukkudes ja Robert nägi viimaks, millega tegu.

Tema lõunasöögikarbi suurune rott.

Robert hoidis hinge kinni ja pöördus aeglaselt paremale jääva seina poole. See oli täis kõikvõimaliku suuruse ja kujuga rotte.

Ta hakkas värisema.

Ta pöördus väga ettevaatlikult ja vaatas vasakut seina. Veel rotte. Ja ta võinuks vanduda, et nad kõik vahtisid ainiti teda.

Robert ei mõelnud, vaid põgenes nii kiiresti, kui jalad võtsid, vett pritsis iga sammuga kõrgele. Sada viiskümmend meetrit eemal jõudis ta metallredelini, mis viis järgmise kanalisatsiooniaugu juurde. Ka see luuk ei liikunud. Ta läks tagasi käiku ja jätkas jooksmist. Veel kakssada meetrit, järgmine luuk ja viimaks tal vedas. See luuk oli poolenisti pealt ära. Tema kõhn keha mahtus praost lihtsasti läbi.

Hunteril oli ema kingitud lõunasöögikarp endiselt alles. Ja sestsaadik tekitasid rotid temas väga ebamugava tunde.

Nüüd tõrjus ta selle mälestuse, keskendudes lihapoe tagumisele ruumile. Ainus teine mööbliese oli roostevabast terasest laud, mille peal oli lebanud ohvri alasti keha. See asus paari meetri kaugusel tagaseinas olevast lahtisest külmkambri uksest. Hunter silmitses lauda eemalt mõnda aega. Selles oli midagi kummalist. See oli maast liiga kõrgel. Kui ta põrandat kontrollis, nägi ta, et kõigi nelja jala alla olid pandud tellised, nii et laud oli maast kolm-nelikümmend sentimeetrit kõrgemal.

Nagu kuriteopaiga fotodelt näha oli olnud, oli põrand täis räpaseid kaltse, kasutatud kondoome ja süstlaid. Hunter astus sisse väikeste sammudega, uurides hoolega enne iga sammu põrandat. Siin oli soojem kui väljas ja ta tundis, et higi niriseb mööda selga alla. Roostevabast terasest laua juurde minnes muutus kärbeste sumin valjemaks.

Kärbestest, iiveldamaajavast haisust ja kuumusest hoolimata Hunter ei kiirustanud. Ta teadis, et kriminalistid olid endast parima andnud, aga kuriteopaigad võisid paljastada enamat kui lihtsalt füüsilisi asitõendeid. Ja Hunter oskas neid märgata.

Ta tegi viiendat korda metallist laua ümber tiiru. Peamine küsimus oli tema jaoks see, kas ohver suri selles ruumis või oli lihapood olnud lihtsalt surnukehast vabanemise koht.

Hunter otsustas ohvri kohale asuda.

Ta hüppas metallist lauale ja heitis siis pikali täpselt samas asendis, milles ohver oli leitud, ja lülitas taskulambi välja. Ta lamas täiesti liikumatult, lastes helidel, lõhnal, kuumusel ja pimedusel end ümbritseda. Särk kleepus keha külge, higist märg. Fotodelt mäletas ta surnud naise pilku, tema näole tardunud õudust väljendavat ilmet.

Hunter lülitas taskulambi uuesti põlema, aga lebas edasi, vaadates grafitit täis joonistatud lakke.

Hetk hiljem märkas ta midagi. Ta kissitas silmi ja ajas end istuma. Pilk kinnitus metall-laua kohal olevale laeosale. Kolm sekundit hiljem taipas ta, millega tegu, ja silmad läksid suureks.

„Halastaja jumal!"

Kaheksa

Katia Kudrov astus vannist välja ja mässis pehme valge rätiku õlgadeni ulatuvate mustade juuste ümber. Lõhnaküünlad valgustasid tema luksuslikku vannituba West Hollywoodi kalli kortermaja katusekorteris. Küünlad aitasid tal lõõgastuda. Ja täna õhtul tahtis ta ennekõike just lõõgastuda.

Katia oli äsja lõpetanud Ameerika ringreisi Los Angelese Filharmoonikute esiviiuldaja-kontsertmeistrina. Kuuskümmend viis kontserti kuuekümne viies linnas seitsmekümne päevaga.

Ringreis oli olnud ülimalt edukas, aga tihe graafik oli ta ära kurnanud. Ta ootas väljateenitud puhkust väga.

Muusika jõudis Katia ellu varases eas, kui ta oli kõigest neljane. Ta mäletas selgelt, et istus vanaisa süles, kes üritas teda magama kiigutada Tšaikovski viiulikontsert D-duuri kuulates. Uinumise asemel oli Katia armunud kuuldud meloodiasse. Järgmisel päeval kinkis vanaisa Katiale tema esimese viiuli, aga Katia ei olnud sündinud viiuldaja, kaugel sellest. Aastaid pidid tema vanemad kannatama ahastamapanevalt kõrvulukustavaid pikki harjutustunde. Aga ta oli pühendunud, otsustav ja nägi kõvasti vaeva ning hakkas viimaks mängima muusikat, mis võinuks inglid naeratama panna. Pärast pikka Euroopas elamist oli ta aasta ja üks kuu tagasi naasnud LA-sse, kui talle pakuti Los Angelese Filharmoonikute juures kontsertmeistri kohta.

Katia väljus vannitoast, seisatas magamistoa pika peegli ees ja silmitses oma peegelpilti. Tema näojooned olid peaaegu täiuslikud – suured pruunid silmad, väike nina, kõrged põsesarnad ja täidlased huuled veatu naeratusega. Kolmekümnesena oli tema keha ikka nagu keskkooli tantsutüdrukul. Ta vaatas ka oma profiili, tõmbas kõhu mitmeks sekundiks sisse ja otsustas siis, et tal on tekkinud väike punnkõht. Arvatavasti kõigest sellest rämpstoidust, mida ta paljudel kokteilipidudel ringreisi ajal sõi. Ta raputas pahaselt pead.

„Tagasi dieedile ja homsest alates jõusaali," sosistas ta endale, võttes oma roosa hommikumantli.

Juhtmeta telefon öökapil helises ja ta piidles seda kahtlustavalt. Vähesed teadsid tema kodust numbrit.

„Halloo," vastas ta viimaks pärast viiendat helinat ja võinuks vanduda, et kuulis klõpsatust, nagu oleks keegi võtnud toru kas kabinetis, elutoas või köögis.

„Kuidas mu lemmikul superstaaril läheb?"

Katia naeratas. „Tere, isa."

„Tere, kullake. Kuidas ringreis oli?"

„Vapustav, aga väga väsitav."

„Kindel see. Lugesin arvustusi. Kõik jumaldavad sind."

Katia naeratas. „Ma ootan juba kahte nädalat ilma proovide, kontsertide ja pidudeta." Ta läks magamistoas poolkorrusele, kust avanes vaade tema avarale elutoale.

„Aga sul on ju oma vana isa jaoks natuke aega, eks?"

„Kui ma ringreisil ei ole, on mul alati sinu jaoks aega, isa. Sinul on ju alati tegemist, mäletad?" õrritas Katia.

Isa turtsatas naerma. „Olgu, olgu, ära raputa haavale soola. Tead, mis. Saan su häälest aru, et sa oled väsinud. Kuidas oleks, kui sa läheksid täna varakult magama ja lobiseme homme lõunasöögi ajal?"

Katia kõhkles. „Kummaga meil tegu on, isa? Kas mõni sinu kiire võileivalõuna või korralik pikk, kolmekäiguline ja mobiiltelefonideta lõunasöök?"

Leonid Kudrov oli üks USA tuntumaid filmiprodutsente. Tema lõunapausid kestsid harva üle poole tunni ja Katia teadis seda hästi.

Tekkis väike paus ja Katia oli seekord kindel, et kuulis klõpsatust. „Isa, kuuled veel?"

„Jah, kullake. Ja palun teine variant."

„Tõsiselt, isa. Kui me läheme korralikule lõunale, siis ei vasta sa kõnedele ega kiirusta poole tunni pärast minema."

„Luban, et ilma mobiilita. Teen pärastlõuna vabaks. Ja sina vali restoran."

Katia naeratas seekord laiemalt. „Olgu. Kuidas oleks Mastro's Steak House Beverly Hillsis kell üks?"

„Hea valik," nõustus isa. „Ma broneerin laua."

„Ja sa ei jää hiljaks, isa?"

„Muidugi mitte, kullake. Sa oled minu superstaar, mäletad? Pean nüüd lõpetama. Tähtis kõne tuli."

Katia raputas pead. „Milline üllatus."

„Maga hästi, kullake. Homme näeme."

„Homme näeme, isa." Katia lõpetas kõne ja pistis telefoni hommikumantli taskusse.

Ta läks trepist alla elutuppa ja sealt kööki, et juua klaas veini, mis teda veel rohkem lõõgastaks. Ta valis külmikust pudeli Sancerre'i. Sahtlist korgitseri otsides helises telefon taskus uuesti.

„Halloo?"

„Kuidas mu lemmikul superstaaril läheb?"

Katia kortsutas kulmu.

Üheksa

„Oh, palun, ütle, et sa ei tühista juba meie kohtumist, isa." Katia oli pahane.

„Isa?"

Järsku taipas ta, et liini teises otsas ei olnud isa hääl. „Kes seal on?"

„Mitte sinu issi."

„Phillip, oled see sina?"

Phillip Stein oli Los Angelese Filharmoonikute uus dirigent ja Katia viimane kallim. Nad olid kohtamas käinud neli kuud, aga kolm päeva enne ringreisi lõppu tekkis neil tüli. Phillip oli ülepeakaela Katiasse armunud ja tahtis, et naine temaga kokku koliks. Katiale Phillip meeldis ja talle meeldis nende afäär, aga kindlasti mitte nii väga kui mehele. Ta polnud valmis selliseks pühendumiseks, veel mitte. Ta oli vihjanud, et nad peaksid ehk mõne päeva eraldi veetma, et näha, kuidas läheb. Phillipile polnud see meeldinud, ta oli vihastanud ja tol õhtul kõige halvema kontserdi andnud. Nad polnud sestsaadik suhelnud.

„Phillip? Kes on Phillip? Su kallim?" küsis hääl.

Katia värises.

„Kes seal on?" küsis ta uuesti, seekord kindlamalt.

Vaikus.

Ebamugav tunne ajas Katia kuklakarvad püsti. „Kuulge, te valisite vist vale numbri."

„Ei valinud." Mees naeris. „Olen seda numbrit viimased kaks kuud iga päev valinud."

Katia hingas kergendust tundes välja. „Näete, nüüd olen ma kindel, et see on vale number. Ma olen natuke aega ära olnud. Alles tulin tagasi."

Jälle paus.

„Pole midagi, seda juhtub," jätkas Katia lahkelt. „Kuulge, ma panen telefoni ära, et te saaksite uuesti valida."

„Ära pane telefoni ära," ütles mees rahulikult. „Ma ei valinud vale numbrit. Kas sa juba oma automaatvastajat kontrollisid, Katia?"

Ainus automaatvastajaga telefon Katia korteris oli köögis kapi peal. Ta pani käe mikrofoni peale ja läks kiiresti sinnapoole. Ta polnud vilkuvat punast tulukest enne tähele pannud. Kuuskümmend sõnumit.

Katia ahmis õhku. „Kes te olete? Kuidas te selle numbri saite?"

Taas naer. „Ma …" Liin klõpsatas taas, „… olen fänn, kui nii võib öelda."

„Fänn?"

„Fänn, kel on võimalusi. Selliseid võimalusi, mis võimaldavad lihtsasti infot hankida."

„Infot?"

„Tean, et sa oled vapustav muusik. Sa armastad oma Lorenzo Guadagnini viiulit rohkem kui midagi muud siin ilmas. Elad West Hollywoodis katusekorteris. Oled allergiline maapähkli suhtes. Sinu lemmikhelilooja on Tšaikovski ja sulle meeldib sõita oma tulipunase Mustangi kabrioletiga." Mees vaikis. „Ja sa sööd homme kell üks isaga Mastro's Steak House'is Beverly Hillsis lõunat. Su lemmikvärv on roosa, nagu see hommikumantel, mis sul praegu seljas on, ja sa kavatsesid avada pudeli valget veini."

Katia tardus.

„Kui andunud fänn ma olen, Katia?"

Katia vaatas tahtmatult köögiakna poole, aga teadis, et on liiga kõrgel, et keegi naabermajadest teda näeks.

„Oh, ma ei piilu sind aknast," ütles mees irvitades.

Köögituli kustus ja järgmine hääl, mida Katia kuulis, ei tulnud telefonist.

„Ma seisan su selja taga."

Kümme

Hunteri unetus röövis temalt enamasti vähemalt neli tundi ööund. Eile öösel ei lasknud see tal peaaegu kuus tundi uinuda.

Unehäired tekkisid pärast seda, kui ema vähki suri ja Robert oli kõigest seitsmeaastane. Ta lebas oma toas üksinda ärkvel, igatses ema, liiga kurb, et uinuda, liiga hirmunud, et silmad sulgeda, liiga uhke, et nutta. Ta kasvas ainukese lapsena Los Angelese lõunaosa kehvas piirkonnas. Isa ei abiellunud uuesti ja isegi kahe töökohaga oli tal keeruline üksinda last kasvatada.

Halbade unenägude peletamiseks pakkus Hunter oma ajule teistsugust tegevust – ta luges ahnelt, ahmides raamatuid nagu annaksid need talle jõudu.

Ta oli algusest peale olnud teistest erinev. Juba lapsena suutis tema aju probleeme lahendada kiiremini kui teised. Kaheteistkümnesena ning pärast tema Comptoni kooli direktori soovitatud eksameid ja teste võeti ta kaheksandas klassis vastu Mirmani andekate laste kooli Mulholland Drive'il.

Aga isegi nõudlikum õppekava ei olnud piisav, et tema arengutempot aeglustada.

Viieteistkümnendaks eluaastaks oli Hunter Mirmani lõpetanud, tehes neli keskkooliaastat ära kahega, hämmastades kõiki oma õpetajaid. Kõigilt saadud soovituste toel võeti ta „erakorralistel asjaoludel" Stanfordi ülikooli psühholoogiateaduskonda.

Ülikoolis jätkus tema areng sama muljetavaldavalt ning Hunter omandas kriminaalse käitumise analüüsi ja biopsühholoogia doktorikraadi 23-aastasena. Ja siis purunes tema maailm teist korda. Isa, kes töötas tol ajal Bank of America Los Angelese kesklinna haru turvamehena, lasti röövi käigus maha. Hunteri luupainajad ja unetus olid tagasi veelgi jõulisemalt ning need polnud kuhugi kadunud.

Ta seisis oma elutoa akna all, vahtides kaugusse. Silmad kipitasid ja kuklast alanud peavalu laienes kiiresti. Ükskõik kui väga ta üritas, ei suutnud ta naise näo pilte silme eest peletada. Õuduses pärani silmad, paistes huuled kokku õmmeldud. Kas naine ärkas üksinda selles lihapoes ja üritas karjuda? Kas sellepärast oligi niit nii sügavalt tema huultesse tunginud? Kas ta kriipis meeleheitlikus paanikas suud? Kas ta oli ärkvel, kui mõrtsukas pommi tema sisse pani ja ta kinni õmbles? Küsimused olid nagu tõusulaine.

Hunter pilgutas silmi ja naise näo asemel kerkis vaimusilma ette doktor Winstoni nägu ja surnukuurist saadud videoklipp – doktori silmad ehmatusest suured, kui ta viimaks mõistis, mis tal käes on, kui sai viimaks aru, et surm oli ta kätte saanud, ja ta ei saa midagi muuta. Hunter sulges silmad. Tema sõber oli surnud ja tal polnud aimugi, miks.

Kauge politseisireen kiskus Hunteri mõtetest välja ja ta värises vihast. See, mida ta eile õhtul lihapoe laes nägi, muutis kõike. Pomm oli mõeldud ainult sinna jäetud naisele. Doktor Winston, sõber, inimene, keda Hunter pidas pereliikmeks, oli surnud põhjuseta – traagiline eksitus. Hunter tundis, et paremas käsivarres tekib valu. Alles siis sai ta aru, et oli kätt nii tugevasti rusikasse pigistanud, et veri ei käinud enam ringi. Ta tõotas endale, et saagu, mis saab, see mõrtsukas veel maksab oma tegude eest.

Üksteist

Kuna Hunteri juurdlus oli tundliku iseloomuga, koliti kogu nende tegevus North Los Angeles Streetil Park Centeris LAPD röövide ja mõrvarühma üksuse peamaja kolmandalt korruselt viiendale. Uus ruum oli kahe uurija jaoks piisavalt suur, aga kuna selle lõunaseinas oli ainult üks väike aken, tundus see kuidagi ahistav. Kui Hunter kohale jõudis, uuris Garcia kuriteopaiga fotosid, mis olid pandud Hunteri lauast paremal asuva suure magnettahvli külge.

„Oleme ohvri tuvastamisega natuke hädas," ütles Garcia, kui Hunter arvuti tööle lülitas. „Kriminalistid tegid tema huulte õmblustest mitut fotot, aga ainult ühe kogu näost." Ta osutas ülemisele fotole. „Ja nagu näed, ei ole seegi hea."

Foto oli tehtud nurga alt ja vasak pool ohvri näost oli osaliselt varjus. „Peale video pole meil ka lahkamisruumist mingeid fotosid," jätkas Garcia. „Muud meil põhimõtteliselt polegi. Kui ta elas sealkandis, kust ta leiti, ei saa me minna inimestelt küsima ja näitama fotot kinniõmmeldud huultega naisest. See ehmatab kõik poolsurnuks. Ja keegi räägiks kindlasti ka ajakirjanikega." Ta astus tahvlist eemale.

„Kadunud isikud?" küsis Hunter.

„Võtsin nende üksusega eile õhtul ühendust, aga kuna see on meie ainus foto ning õmblused ja paistetus huultel on nii tugevad, ei ole nende kasutatavast näotuvastusprogrammist abi. Kui nad seda fotot oma andmebaasiga võrdleksid ja naine seal on, ei annaks see ikkagi vastet. Vajame paremat fotot."

„Kunstnik?"

Garcia noogutas ja vaatas kella. „Pole veel tööle tulnud, IT-mehed ka mitte. Aga sa tead, et nad suudavad pildiparandusprogrammi abil imet teha, nii et lootust on. Häda on selles, et see võib aega võtta."

„Meil pole aega," ütles Hunter.

Garcia sügas lõuga. „Tean, Robert, aga ilma lahkamisaruande, DNA-profiili või kehal olnud eritunnuseid teadmata, mis teda tuvastada aitaksid, oleme hädas."

„Peame kusagilt alustama ja hetkel on võimalik alustada kadunud isikute failidest ja nende fotodest," sõnas Hunter ja klõbistas arvutis. „Me kaks peame need käsitsi läbi vaatama, kuni saame kunstnikelt midagi paremat."

„Meie kaks? Käsitsi? Tõsiselt või? Kas sa ka tead, palju inimesi LA-s nädalas kadunuks kuulutatakse?"

Hunter noogutas. „Keskmiselt kaheksasada, aga me saame otsingut kitsendada, kasutades seda, mida juba teame – valgenahaline naine, tumedate juustega, pruunid silmad, vanus kakskümmend seitse kuni kolmkümmend kolm. Laua pikkuse ja surnukeha asendi järgi otsustades arvan, et ta oli 165–172 sentimeetrit pikk. Alustame otsimist naistest, kes on olnud kadunud kuni kaks nädalat. Kui midagi ei leia, otsime kaugemast ajast."

„Asun kohe asja kallale."

„Kuidas tema sõrmejälgedega on?"

Garcia raputas kohe pead. „Küsisin kriminalistidelt. Nad on võrrelnud neid eilsest õhtust saadik riikliku sõrmejälgede andmebaasiga. Seni vastet pole. Ta ei ole vist süsteemis."

Hunteril oligi tunne, et ei ole.

Garcia kallas endale kapil olevast aparaadist kohvi. „Liha-
poest leidsid midagi?"

Hunter oli saatnud enda meilile foto laest, mille oli eile
oma mobiiliga teinud. Kui see fail alla laadis, vajutas ta printi-
mise nuppu.

„Jah, selle." Ta näitas Garciale väljatrükki.

„Grafiti?" küsis Garcia, olles hetke fotot uurinud.

Hunter noogutas. „Tegin selle pildi, lamades samas asendis
laual, kust ohver leiti."

Garcia kergitas kulmu. „Sa olid selle peal pikali?" Ta osutas
räpase metall-laua fotole tahvlil, aga ei oodanud vastust. „Mida
ma siis nägema peaksin?"

„Grafiti seas, Carlos. Otsi teistsugust kirja."

Hetk hiljem nägi Garcia seda ja tõmbus pingule. „Kuradi
raibe."

Värvide ja kujundite seas oli musta pihustivärviga kirjutatud
lause, mis justkui ei sobinud sinna. Seal seisis: SEE ON SINU SEES.

Kaksteist

Enne kui Garcia midagi küsida jõudis, astus kapten Blake
koputamata sisse.

Barbara Blake oli Los Angelese röövide ja mõrvaüksuse
juhtimise üle võtnud pärast selle pikaajalise kapteni William
Bolteri pensionile jäämist kaks aastat tagasi. Teda oli soovitanud
Bolter isiklikult, ärritades sellega pikka nimekirja kandidaate.
Naine oli paeluv – elegantne, kena, pikkade mustade juuste ja
salapäraste tumedate silmadega, mis kunagi midagi ei reetnud.
Ehkki osad üksuse töötajad olid temasse skeptiliselt suhtunud,

oli Blake peagi saavutanud asjaliku karmi käega kapteni maine. Ta ei lasknud end kergesti heidutada, mitte kellelgi end kõrvale tõrjuda ja tal polnud midagi ka selle vastu, et astuda varvastele tähtsatele poliitikutele või valitsusametnikele, kui see tähendas oma veendumuste eest seismist. Mõne kuuga oli ta välja teeninud kõikide tema alluvuses töötavate uurijate usalduse ja austuse.

Kapten Blake ja doktor Winston olid ammused sõbrad – üle kahekümne aasta. Uudis koroneri surmast oli olnud talle nagu hoop makku ja ta tahtis vastuseid.

Ruumi astudes tunnetas Blake kohe Garciast õhkuvat pinget. „Mis juhtus? Kas me teame juba midagi?"

Garcia ulatas talle väljatrüki. „Lihapoest."

Ka kapten ei näinud seda esimese hooga. „Mida kuradit ma siin vaatama peaksin?"

Garcia osutas lausele.

Kapten vaatas kohe Hunteri poole. „See oli poe seinal?"

„Laes. Selle laua kohal, kuhu ohver jäeti."

„Grafitiga kaetud laes. Miks sa arvad, et need sõnad on meie ohvriga seotud?"

„Kahel põhjusel. Esiteks ei ole see selline grafiti nagu ülejäänu, sest on käsitsi kirjutatud. Teiseks, värv oli erksam kui ülejäänud grafiti, seega värskem."

Kapten vaatas taas väljatrükki.

Hunter peatus ja hakkas järsku oma laual sobrama.

„Mida sa otsid?" küsis kapten.

„DVD-d, millel on eile surnukuuris salvestatud video. Tahan midagi kontrollida." Hunter leidis selle ja pistis arvutisse.

Garcia ja kapten Blake tulid tema laua juurde.

Video hakkas mängima ja Hunter keris selle kohani, kus doktor Winston võttis pommi kinniõmmeldud ohvri seest välja. Hunteri arvutil polnud kaadrite eraldi vaatamise võimalust. Ta pidi vajutama vaheldumisi mängimise ja pausi ikooni, et vähehaaval õigesse kohta jõuda. Ta vaatas lühikest lõiku paar korda ning pöördus siis Garcia ja kapteni poole.

„Ta on seljaga kaamera poole, nii et peame õiget hetke oletama," ütles Hunter, „aga vaadake doktor Winstoni käe liikumist."

Kõik vaatasid ekraanile.

Hunter keris tagasi ja mängis lõiku veel kaks korda.

„Mingi kerge nõksatus." Garcia noogutas. „Nagu oleks tema käsi millegi küljest lahti pääsenud."

„Just," nõustus Hunter. „On su kellal stopperit?"

Garcia tõmbas varruka üles, tuues käekella nähtavale. „Jah."

„Võta aega. Valmis? Läks." Hunter vajutas video mängima. Täpselt kümme sekundit hiljem muutus ekraan säbruliseks.

„Kümnesekundiline päästikumehhanism?" küsis kapten Hunterit vaadates. „Nagu granaat?"

„Midagi sellist."

„Enamike granaatide detonaatorid tuleb käsitsi aktiveerida," sõnas Garcia. „Kes selle aktiveeris?"

Hunter hõõrus nägu. „See küsimus on mind piinanud. See, kes ohvri sisse pommi pani, ei saanud teada, millal see välja võetakse. See tähendab, et pomm ei saanud olla taimeriga või eemalt aktiveeritav."

Garcia noogutas.

„Mis siis, kui antud juhul hoidis päästikut paigal mitte splint, nagu granaatidel, vaid kitsas koht, kuhu pomm paigutati?" pakkus Hunter. „Mingisugune vedru, mida ohvri keha paigal hoidis."

Garcia ja kapten Blake vahetasid pilke, kaaludes seda veidi aega.

„Nii et pommi ohvri kehast väljavõtmine oleks päästiku vabastanud," lausus Garcia kukalt sügades. „See on võimalik ja väga leidlik."

„Fantastiline," ütles kapten ninaselga pigistades. „Mõrtsuka jaoks on see mäng." Ta näitas Hunterile uuesti väljatrükki. „Ta ütles meile, et see on tema sees."

Hunter raputas pead. „Mõrtsukas ei öelnud seda meile, kapten."

„Kuidas palun?"

„Ta ütles seda *ohvrile*."

Kolmteist

Kapten Blake nõjatus Garcia laua servale ja pani käed rinnale risti. „Ma ei saa aru, Robert."

„Vaadake uuesti väljatrükki, kapten," soovitas Hunter. „Mõrtsukas kirjutas „See on *sinu* sees", mitte „See on *tema* sees". Ta ei suhelnud meiega."

„Miks peaks mõrtsukas surnuga suhtlema?"

„Sest ohver polnud surnud, kui mõrtsukas ta sinna jättis."

Kapten tõmbas sõrmega üle parema kulmu ja grimassitas nägu. „Nüüd ei saa ma enam üldse midagi aru."

Hunter läks fototahvli juurde. „Mind häiris kuriteopaiga fotode juures mitu asja. Sellepärast ma tahtsingi ise lihapoes käia." Ta osutas ühele fotole. „Vaadake surnukeha asendit, kui see leiti, eriti käsi. Üks ripub üle laua serva alla, teine on kohmakalt rinnal. Parema käe sõrmed on harali ja kergelt kõverdatud, nagu üritaks ta midagi kraapida. Ma ei usu, et mõrtsukas ta sellesse asendisse jättis."

„Surnukeha võidi liigutada, Robert," vaidles kapten. „Surnukeha asukohast teatati ju anonüümse telefonikõnega, eks?"

Hunter noogutas. „Jah, ma kuulasin hädaabikeskuse kõne salvestust. See on naisehääl. Mitte vanem kui kuus-seitseteist ja ta tundus hüsteeriline. Ta ei tahtnud oma nime öelda arvatavasti seetõttu, et läks sinna end süstima."

„Olgu, nii et tüdruk ei puutunud surnukeha," sõnas kapten selle teooriaga nõustudes. „Võib-olla sa tähtsustad seda sõnumit üle. Võib-olla ei panustanud mõrtsukas sellesse eriti. Mis siis, et ta kirjutas „tema" asemel „sinu"."

Nüüd oli Garcia kord vastu vaielda. „See tähendaks, et lakke kirjutamine oli spontaanne tegevus, kapten." Ta hõõrus oma ninakühmu. „Me räägime kellestki, kes ehitas ise lõhkekeha ja arvatavasti konstrueeris ka päästiku. Seejärel pani ta selle ohvri sisse kuidagi nii, et see ei plahvataks enne, kui see on leitud ja välja võetud. Ja kõike seda siis, kui ohver elas." Garcia raputas pead ja vaatas fototahvlit. „Mida iganes see mõrtsukas tegi, kapten, miski sellest polnud spontaanne. Ta mõtles kõik läbi. Ja see teebki ta nii ohtlikuks."

Neliteist

Kapten Blake ohkas ärritunult ja hakkas edasi-tagasi tammuma. Kingakontsad klõbisesid parketil.

„See on ebaloogiline. Kui ohver jäi lihapoodi elusana ja sõnum laes oli talle mõeldud, miks ta siis surnud oli, kui me ta leidsime? Kes ta tappis? Rotid?" Ta võttis foto tahvlilt maha ja silmitses seda hetke. „Olenemata sellest, mis ohvriga juhtus, on tõsiasi see, et keegi paigaldas tema sisse pommi ja õmbles ta kinni. Ainus viis pomm kätte saada oli niidid läbi lõigata ja see välja tõmmata." Ta pidas vahet ja lasi pilgul liikuda ühelt uurijalt teisele. „Ärge öelge, et mõrtsukas ootas, et ohver seda ise teeks?"

Kumbki ei vastanud.

Hunter masseeris kukalt ja lasi korraks sõrmedel libiseda üle armi kaela tagaosal.

Kapten pöördus tema poole. „Ma tunnen sind, Robert. Kui sa arvad, et sõnum jäeti ohvrile, mitte meile, on sul selle kohta teooria olemas. Ma kuulan."

„Mul pole veel korralikku teooriat, kapten, ainult palju oletusi."

„Su ajus peab midagi toimuma," ei andnud Blake alla. „Minu meeleheaks, sest praegu ei meeldi mulle see, mida kuulen, mitte üks teps."

Hunter tõmbas sügavalt hinge. „Võib-olla tahtis mõrtsukas, et ta sureks pommiplahvatuses."

Kapten Blake kissitas silmi. „Arvad, et pomm pidanuks ohvri sees plahvatama, kui ta veel elus oli?"

Hunter kallutas pead ja kaalus seda võimalust.

Kapten Blake istus Hunteri toolile. „Sa pead seda teooriat täpsustama, Robert. Kui see mõrtsukas mõtles kõik läbi nii hoolikalt nagu Garcia arvab ja kui pomm pidanuks ohvri sees plahvatama, nagu sa vihjad, miks seda siis ei juhtunud? Mis toimus? Kas mõrtsukas tegi vea? Kuidas päästik vabastataks, kui see on ohvri *sees*? Ja kui mõrtsukas seda naist ei tapnud, kuidas, kurat, ta siis suri?"

„Ma ju ütlesin, et liiga palju olekseid, kapten," vastas Hunter rahulikult. „Ja hetkel mul vastuseid ei ole. Kõige juhtunu tõttu ei ole meil eriti ka asitõendeid. Ma ei tea, kas mõrtsukas tegi vea või mitte. Ma ei tea, miks pomm ohvri sees ei plahvatanud või kuidas see oleks aktiveeritud. Ilma lahkamisaruandeta ei saa me arvatavasti surma põhjust kunagi teada. Me teame seda, et miski ei ole ilmselge. Ohvrit ei tulistatud, pussitatud ega kägistatud. Ma ei usu ka, et ta mürgitati." Hunter pidas vahet. „Aga võimalik, et ta lämbus."

Kapten Blake heitis talle segaduses pilgu. „Kuidas nii?"

Hunter osutas ohvri näo suurendatud fotole. „Lämbumine paneb peened veresooned silmade ümber ja põskede õhukese naha all lõhkema. Näete siin." Ta osutas fotole. „Selline vanainimese naha välimus tekib lõhkenud veresoontest. On vägagi võimalik, et ta lämbus. Küsisin doktor Hove'ilt üle. Aga samas ei saa me lahanguta selles kindel olla."

„Sa tahad siis öelda, et ohver võis lämbuda pärast seda, kui mõrtsukas ta sinna jättis?"

Hunter noogutas.

„Kuidas? Sellest jälgist haisust?"

Hunter kehitas õlgu. „Enda okse kätte ... keel vajus kurku ... kes teab? Võib-olla oli ohvril süda haige. Aga mõelge, kui ta oli elus, kui ta sinna lihapoodi jäeti – teadvuseta, aga elus. Ta ärkab, alasti, hirmunud, valudes ja osad kehaosad kinni õmmeldud. See vallandaks enamikes inimestes tõsise paanikahoo."

Kapten Blake masseeris suletud silmi, mõeldes Hunteri sõnadele. Ta teadis, et paanikahoog võib inimese oksele, öökima või õhku ahmima ajada. Kuna ohvri suu oli kinni õmmeldud, ei saanud ta õhku suu kaudu ahmida ja hapnikuhulka kopsudes suurendada. See oleks paanika muutnud kohutavaks meeleheiteks. Kui ohver oksendas, polnud oksel kuhugi minna. Lämbumine oleks olnud hingetõmbe kaugusel. Ja siis ... kindel surm.

Viisteist

Lihapoe laes kasutatud pihustivärvi keemilise analüüsi vastused saabusid kell kaks päeval ega andnud midagi uut. Värv oli pärit Montana Tarblacki purgist, mis oli arvatavasti USA kõige populaarsem pihustivärvi bränd. Kõik riigi grafitikunstnikud kasutasid seda. Käekirja analüüs kinnitas seda, mida Hunter niigi kahtlustas – mõrtsukas kasutas sõnade lakke pihustamiseks seda kätt, mida ta tavaliselt kirjutamiseks ei kasuta. Lihtne, aga tõhus. Hunter oli palunud sellest ruumist uuesti sõrmejälgi otsida ja seekord ka laest. Kõik sõrmejäljed tuleb riiklikust sõrmejälgede andmebaasist läbi lasta.

Hunter naaldus tooli seljatoele, sulges silmad ja tõmbas sõrmega kergelt mööda ninaselga üles-alla. Aju üritas sellest arusaamatust teost aru saada.

Kui pommi poleks olnud, kui ohver oleks leitud lihtsalt kinni õmmelduna, oleks Hunteril kindlam psühholoogiline teerada, mida mööda edasi minna. Kinniõmmeldud suu võinuks viidata kättemaksule – õppetunnile. Ohver võis öelda midagi, mida poleks pidanud ütlema – vale inimese kohta, valele inimesele või mõlemat. Suu kinniõmblemine oleks olnud nagu sümboolne moodus naine vaikima sundida.

Kinniõmmeldud suu ja alakeha võinuks viidata seksuaalsele või armastusega seotud reetmisele ja kättemaksule. *Kui sa oma jalgu ja suud kinni hoida ei oska, panen ma need sinu eest kinni.* See oleks selgelt seadnud kahtlusaluste nimekirja etteotsa petetud abikaasa, kallima või armukese. Ja see võimalus oli Hunteri meelest veel täiesti olemas, aga pomm tekitas kõhklusi. Miks panna *pomm* ohvri sisse? Kogemus ütles talle ka, et suur osa kiremõrvadest olid hetke ajel sooritatud, põhjustatud irratsionaalsest vihast ja peaaegu täielikust enesevalitsuse kadumisest. Väga harva olid need ettekavandatud, kalkuleeritud jõhker kättemaks.

Hunterit painas veel üks võimalus, et tegemist võis olla rohkem kui ühe kurjategijaga, täpsemini jõuguga. Sellised kuriteod ei olnud Los Angelese osade jõukude seas sugugi võimatud. Osad oli oma julmuse ja karmi üleoleva suhtumise poolest tuntud. Hoiatuse tegemine teistele jõukudele julmade peksmiste ja mõrvade näol oli sagedasem kui Los Angelese linnapea tunnistada tahtnuks. Need jõugud olid otseselt seotud relvakaubandusega. Valmis pommi või granaadi või selle ehitamiseks materjalide hankimine poleks olnud probleem. Ohver võis mõnele jõugu ninamehele kuuluda. Osad suhtusid oma naistesse kui asjadesse. Kui naine teda kuidagi pettis, eriti kui tegi seda rivaalitseva jõugu liikmega, võis see olla moodus naine ära koristada.

Ja veel oli ka võimalus, et need õmblused ei tähenda üldse mitte midagi. Nagu kapten Blake oli öelnud, võis olla tegemist lihtsalt äärmiselt sadistliku mõrtsukaga, kellele meeldis teistele piinu valmistada lihtsalt sellepärast, et ta seda nautis. Ja Hunter teadis, et kui see on nii, tuleb ohvreid veel.

„Kadunud isikute toimikud, mida me palusime, peaksid kolmveerand tunni jooksul kohale jõudma," ütles Garcia telefonikõnet lõpetades ja kiskus Hunteri mõtetest välja.

„Tore. Saad neid läbi vaatama hakata, kui ma veel tagasi pole." Hunter võttis oma tagi. Ta teadis LA-s ainult ühte inimest, kes tunneb relvi, lõhkeaineid, päästikuid ja jõuke. Oli aeg vastuteene sisse nõuda.

Kuusteist

D-King oli arvatavasti Hollywoodi ja Los Angelese loodeosa kõige tuntum diiler. Ehkki oli teada, et ta on diiler, polnud keegi seda tõestada suutnud, kõige vähem ringkonnaprokurör. Nad olid üritanud teda mingi tõsisema kuriteoga vahele võtta juba kaheksa aastat, paraku edutult.

D-King oli noor, intelligentne, tulihingeline ärimees ja väga ohtlik kõigi jaoks, kes suurest rumalusest talle vastu julgesid hakata. Väidetavalt tegeles ta lisaks uimastitele ka prostituutide, varastatud esemete, relvadega ... nimekiri oli pikk. Tal oli ka hulk seaduslikke firmasid – ööklubid, baarid, restoranid ja isegi spordisaal. Maksuameti hammas tema peale ei hakanud.

Hunteri ja D-Kingi teed ristusid esmakordselt kolm aastat tagasi kurikuulsa krutsifiksimõrvade juurdluse ajal. Ootamatu sündmustejada viis nad ummikseisu ja otsuseni, mis hoolimata sellest, et nad olid seaduse eri pooltel, sundis neid teineteisest lugu pidama.

Hunter otsis arvutist D-Kingi aadressi. Kus mujal kui Malibu Beachil, kus elasid kõik ülikuulsad ja ülirikkad.

Kui Hunter valvekaameratega varustatud tohutute laiade metallväravate ees peatus, pidi ta tunnistama, et see avaldas muljet. Kahekordne maja oli majesteetlik, kahe kaarduva osaga tellistest hoone, millel olid graniidist sambad iga kuue meetri järel.

Enne kui Hunter jõudis sisetelefoni nuppu vajutada, hõikas tugev mehehääl.

„Kas saan aidata?"

„Jah, tulin teie bossi juurde."

„Ja teie olete?"

„Öelge D-Kingile, et Robert Hunter."

Sisetelefon vaikis ja minuti pärast metallväravad avanesid. Sissesõiduteed ääristasid nagu joonlauaga pügatud hekid. Hunter parkis oma roostetava Buick LeSabre'i metallikvalge Lamborghini Gallardo kõrvale kuuekohalise garaaži ette. Ta läks trepist üles peamaja poole ja kui ta ukse juurde jõudis, avas selle 190-sentimeetrine ja 120-kilone mustanahaline mees. Mees vaatas Hunteri autot kulm kipras.

„See on Ameerika klassika," ütles Hunter.

Suure mehe näole ei tekkinud isegi muigevarju.

„Palun järgnege mulle."

Seest oli maja sama muljetavaldav kui väljast. Nelja meetri kõrgused laed, disainmööbel ja õlimaalid seintel – osad Hollandi kunstnike teosed, mõned Prantsuse, kõik hinnalised.

Kui Hunter läbi Itaalia marmorist põrandaga elutoa läks, märkas ta vapustavalt ilusat mustanahalist naist erkkollastes bikiinides suurte patjade keskel istumas. Naine tõstis pilgu läikivalt ajakirjalt, mida luges, ja naeratas Hunterile soojalt. Hunter noogutas viisakalt ja naeratas sisimas. *Isegi rokkstaaridel ja sporditähtedel pole nii vinget elamist.*

Ihukaitsja juhatas Hunteri läbi topeltklaasuste tagaaeda basseini äärde. Seal oli neli noort ja ilusat palja ülakehaga naist, kes naersid ja pritsisid üksteist veega. Veel kolm ülikondades ihukaitsjat seisid aias strateegilistes kohtades. Basseini ääres oli neli lauda kunstlikult kulutatud tiigipuust, neist ühe taga ja valge päikesevarju all istus D-King. Tema sinine siidsärk oli eest lahti, paljastades lihaselise ülakeha, mida ehtisid briljantidega ketid. Tema kõrval istus palja ülakehaga heledapäine naine, kelle vasaku nibu küljes oli valgest kullast rõngas.

„Uurija Robert Hunter?" ütles D-King naeratades, aga ei tõusnud. „Mis teoksil, semu? See on vast üllatus. Kaua me kohtunud pole, kolm aastat?" Ta viitas enda vastas olevale toolile.

Hunter istus. „Umbes nii." Ta noogutas heledapäisele naisele, kes pilgutas talle silma.

„Kas soovite midagi, uurija?" küsis D-King, kallutades pea heledapäise sõbranna poole. „Lisa võib teile segada vapustava kokteili."

Hunter vaatas korraks Lisa poole, kes naeratas vallatult. „Mida aga soovid."

Hunter raputas pead. „Aitäh, pole vaja."

„Olgu," sekkus D-King, „kuna nüüd on selge, et te ei tulnud seltskonna ega jookide pärast, siis kuidas ma teid aidata saan, uurija?"

Hunter vaatas korraks Lisa poole ja siis uuesti D-Kingi. Viimane sai vihjest aru.

„Lisa, mine mängi teiste tüdrukutega." See ei olnud palve. Naine sidus piha ümber olnud sarongi lahti ja tõusis. Alles siis sai Hunter aru, et ta on täiesti alasti. Lisa näol polnud grammigi piinlikkust, kui ta tükk aega uurija ees seisis. Tema keha oli kõige täiuslikum, mida Hunter eales näinud. Lisa pöördus aeglaselt ja eemaldus, puusad kõikusid nagu moelaval. Alaseljal oli tätoveering – *Ma tean, et sa vaatad.*

„Just nii, kullake, höörita aga," hüüdis D-King talle järele ja pöördus siis Hunteri poole. „Tunnistage, uurija," lõõpis ta, „et ma oskan elada, eks? Hugh Hefner ja Larry Flynt on minu kõrval poisikesed. Playboy ja Hustler võivad mu musta tagumikku musitada palju tahavad. Minu tüdrukud on seksikamad."

„Mida te teate isetehtud lõhkekehadest?"

Naeratus kadus D-Kingi huulilt. „Tean, et need teevad pauku."

Hunteri nägu oli ilmetu.

„Ametlikult mitte midagi."

„Ja mitteametlikult?"

D-King sügas väikese sõrmega väikest armi vasaku kulmu kohal ja silmitses Hunterit. „Kui te olete siin mitteametlikult, miks siis mitte midagi juua?"

„Mul pole janu."

Nad silmitsesid teineteist mõne sekundi.

„Kui me esimest korda kohtusime, ajasite natuke aega jura, enne kui ütlesite, mille asi. Loodetavasti on see jama minevikku jäänud. Milles tegelikult asi, uurija?"

Hunter naaldus lähemale ja pani lauale ohvri näost tehtud lähifoto, keerates selle D-Kingi poole.

„Oh kurat, ei, semu." D-King tõmbus kõssi ja eemale. „Kui te mulle eelmine kord surnud naise fotot näitasite, läks põrgu lahti."

„Kas te teate, kes ta on?"

„Ja just sellest lausest kõik käima läkski." D-Kingi pilk liikus fotole ja ta hõõrus tahtmatult sõrmeotstega huuli. „Oh raibe. See on jälk. Mingi raisakott õmbles tal suu kinni?"

„Kas te teate, kes ta on?" kordas Hunter.

„Ta ei ole minu tüdruk, kui te seda küsite," vastas D-King väikese pausi järel.

„Kas ta võis olla lõbutüdruk?"

„Sellise välimusega mitte." D-King tõstis kohe käed üles. „Vabandust, halb nali. Tänapäeval võib igaüks seda tööd teha. Tundub, et ta võis olla piisavalt kena. Ma ei usu, et olen teda varem näinud." Ta üritas Hunteri tuima näoilmet lugeda, aga ebaõnnestunult. „Häda on selles, et paljud tüdrukud on üksiküritajad, loovad veebilehti ja puha, saate aru, eks? Ma ei oska öelda. Aga kui ta oleks olnud Hollywoodi piirkonna kõrgklassi lõbutüdruk, siis ma teaksin."

Neli naist, kes basseini ääres mängisid, otsustasid ühineda Lisaga, kes istus täispuhutud toolil ja limpsis värvilist jooki.

D-Kingi pilk langes taas fotole. „See on liiga jälk, mees. Ja teades, mis asjadega teie tegelete, siis kindlasti tehti seda temaga elusast peast, jah?"

„Kas see võib olla jõugu kätetöö?" küsis Hunter. „Või kupeldaja?"

D-Kingi nägu tõmbus pilve. Ta ei kavatsenud politseid aidata. „Ma ei tea," vastas ta külmalt.

„Kuulge, D-King, vaadake teda." Hunter kopsis fotot, aga jätkas rahulikul häälel. Ta teadis, et kolm ihukaitsjat aias jälgivad teda. „Tal polnud kinni õmmeldud mitte ainult suu. Kurjategija oli väga jõhker. Ja teil on õigus. Seda tehti siis, kui ta veel elas."

D-King niheles oma kohal. Naistele suunatud vägivald tekitas temas raevu. Tema purjus isa oli ema surnuks peksnud, kui D-King kapis peidus istus. Ta oli siis kümneaastane. D-King ei olnud unustanud ema karjeid ja palveid. Ta polnud unustanud

luude praksumist, kui isa ema ikka ja jälle tagus. Ta kuulis neid
hääli peaaegu igal ööl unenägudes.

D-King naaldus tooli seljatoele ja vaatas oma sõrmeküüsi,
nipsutades neid pöidlaga. „Te tahate teada, kas see on mingi
kindla isiku kättemaksu märk?" Ta kehitas õlgu. „Kes teab?
Võimalik. Kui ta kuulus mõnele jõuguliikmele ja temalt varas-
tas või otsustas litsi lüüa, ei üllataks see mind sugugi. Osadele
ei meeldi, kui neid petetakse. Nad peavad kellegi eeskujuks
tooma, saate aru? Seda võib teatud mõttes isegi leebeks pidada."
Ta vaikis ja vaatas taas fotot. „Aga kui see on kättemaks selle
eest, et ta oli kellegi naine ja magas teisega, siis on oodata veel
üht laipa – seda raibet, kellega ta pettis. Selline kättemaks käib
kahekaupa, uurija." D-King lükkas foto Hunteri poole. „Kuidas
see isetehtud lõhkekehadega seotud on?"

„Rohkem kui peale vaadates tundub."

D-King turtsatas naerma. „Te ei paljasta midagi, ega?" Ta
võttis enda ees olevast klaasist lonksu tumerohelist jooki. „Kui
arvestada seda, millistel asjaoludel me eelmine kord kohtusime, ei
taha ma isegi teada, milles asi." Ta vaatas Hunterit nagu pokkeri-
mängija, kes kavatseb kogu oma raha panustada, ja kopsis siis
nimetissõrmega fotot. „Aga see on kuramuse haige, mees, ja ma
olen teile nagunii teene võlgu. Uurin asja ja võtan ühendust."

Seitseteist

Garcia pani ventilaatori tööle ja seisis selle ees terve minuti,
enne kui laua taha tagasi läks. Ta ei suutnud ettegi kujutada,
kui kuumaks siin suvel võib minna.

Ta oli arvutis kuriteopaiga fotosid läbi vaadanud, suuren-
dades ja uurides neid, otsides midagi, mis nad õigesse suunda

juhataks ja aitaks ohvri isiku kindlaks teha. Seni ei midagi. Mingeid tätoveeringuid ega operatsiooniarme ei olnud.

Sünnimärgid ja tedretähnid, mida ta naise kätel, kõhul, kaelal ja rinnal nägi, olid liiga tavalised ja mitte piisavalt silmatorkavad, et neid tuvastamiseks kasutada saaks. Tema arusaamist mööda oli naine loomulik brünett ja rinnad olid enda omad. Naise kätel polnud torkejälgi ja ta polnud liiga kõhn. Kui ta oligi narkar, siis välja ta selline ei näinud. Hoolimata väikestest laikudest põskedel, mis meenutasid vanainimese nahka, mida Hunter oli maininud, ei saanud ohver olla vanem kui kolmkümmend kolm. Kui uskuda kõnekäändu, et silmad on hinge peegel, siis oli tema hing surres olnud surmani hirmunud.

Garcia naaldus ettepoole, toetas küünarnukid lauale ja hõõrus käepäkaga silmi. Ta võttis kohvikruusi, aga jook oli ammu jahtunud. Enne kui ta jõudis minna uut kallama, andis klõpsatus märku, et tema arvutisse saabus uus meil. Kadunud isikute toimikud, mida ta oli palunud. Nad olid lubanud need saata kolmveerand tunni jooksul. See oli kaks tundi tagasi.

Garcia luges meili ja vilistas kimedalt. Viimase kahe nädalaga oli teatatud 52 tumedapäise, valgenahalise, pruunide silmadega, 25–33 aasta vanuse 165–172 sentimeetri pikkuse naise kadumisest. Ta avas manuse ja hakkas faile välja printima, kõigepealt fotod ja siis isikliku info.

Siis kallas ta endale kohvi juurde ja sättis väljatrükid ühte hunnikusse. Foto pidi kadunud isikute üksusele viima inimene, kes isiku kadumisest teatas. Ehkki kadunud isikute üksus palus kõige uuemat fotot, teadis Garcia, et osad võisid olla rohkem kui aasta vanad, vahel rohkemgi. Juuste pikkus ja soeng võisid olla muutunud, samuti näo täidlus kaalulanguse või -tõusu tõttu.

Garcia põhiprobleemiks oli see, et tal oli ohvrist ainult lähifoto, see, mis tehti kuriteopaigas, millega kadunud isikute fotosid võrrelda. Ohvri paistes huuled ja jäme must niit, mis need tugevasti kokku tõmbas, moonutasid naise näo alumist poolt. Sellele kadunud isikute üksusest saadud fotode seast vaste leidmine saab olema pikk ja vaevarikas protsess.

Tund aega hiljem oli 52 asemel alles 12 fotot, aga silmad hakkasid väsima ja mida rohkem ta fotosid vaatas, seda vähem ta eristuvaid omadusi nägi.

Ta laotas 12 väljatrükki lauale, nii et tema ees oli kolm neljast rida, vastav infoleht kõrval. Fotod olid üsna hea kvaliteediga. Oli kuus näofotot, nagu passipilt, kolmel oli isik rühmafotolt välja lõigatud, ühel istus märgade juustega brünett skuutri peal, teine naeratav brünett oli basseini ääres ja viimasel fotol oli naine õhtusöögilauas, šampanjapokaal käes.

Garcia kavatses protsessi otsast alustada, kui Hunter sisse astus ja teda laua kohal küürutamas nägi, vahtimas pingsalt rühma korralikult ritta seatud fotosid.

„Kas need on kadunud isikute üksuselt?" küsis Hunter.

Garcia noogutas.

„Alustasin viiekümne kahest ja olen neid meie kuriteopaiga fotodega võrrelnud nüüdseks üle tunni aja. Meie ohvri paistes nägu teeb asja keerulisemaks. Olen nüüd need välja sorteerinud," ta nookas 12 foto poole oma laual, „aga silmad hakkavad juba trikke tegema. Ma ei tea enam, mida otsin."

Hunter seisis Garcia laua vastas ja libistas pilgu üle fotode, peatudes igaühe peal mitu sekundit. Hetk hiljem jäi tema pilk pidama tuvastamata ohvri näo fotol. Ta lükkas need üksteisele lähemale, moodustas uue rühma ja võttis tühja paberilehe.

„Nägusid saab vaadata erineval moel," ütles Hunter, pannes paberi esimese foto peale ülemises reas, kattes kolmveerandi sellest kinni. „Nii luuakse fotoroboteid. Üksikud omadused lisatakse ükshaaval."

Garcia nihkus lähemale.

„Pea ja kõrvade kuju, kulmujoon, silmad ja nina, suu, lõuajoon, lõug ..." Iga omadust mainides kattis Hunter paberilehe abil teised kinni. „Me võime siin umbkaudu sama põhimõtet rakendada."

Mõni minut hiljem olid nad veel kaheksa fotot kõrvale jätnud.

„Ütleksin, et meie ohver võib olla üks neist," ütles Hunter viimaks. „Neil kõigil on sarnased füüsilised omadused – pikergune nägu, viltused silmad, kaardus kulmud, esiletungivad põsesarnad ... sama nagu meie ohvril."

Garcia noogutas.

Hunter luges isikuandmeid, mille lehe Garcia oli iga foto taha klambriga kinnitanud. Kõik olid kadunuks jäänud nädal tagasi. Nende kodused ja töökoha aadressid oli väga erinevad. Esialgu ei tundunud nende vahel olevat muud sarnasust kui välimus.

Hunter vaatas kella. „Peame need täna üle kontrollima."

Garcia võttis jaki. „Ma olen valmis."

Hunter ulatas talle kaks fotot. „Võta sa need ja mina võtan need."

Garcia noogutas.

„Helista, kui midagi leiad."

Kaheksateist

Whitney Myers sõitis läbi Beverly Hillsi häärberi kõrgete metallväravate vaid kolmveerand tundi pärast kõne saamist. Ta parkis oma kollase Corvette C6 laia munakividest hoovi kaugemasse otsa, võttis päikeseprillid eest ja sättis need pealaele, et pikki läikivaid musti juukseid näo pealt eemal hoida. Ta võttis kõrvalistuja kohalt oma portfelli, vaatas kella ja naeratas. Arvestades

LA pärastlõunast liiklust ja asjaolu, et ta oli kõnet saades olnud Long Beachis, oli kolmveerand tundi välgukiirus.

Talle tuli häärberi trepi juures vastu Andy McKee, lühikest kasvu ülekaaluline geniaalne advokaat. „Whitney," ütles mees ja kuivatas valge taskurätiga higist laupa. „Aitäh, et nii kiiresti tulid."

„Pole probleemi," Whitney naeratas mehe kätt surudes. „Kelle maja see on? See on vapustav."

„Sees kohtute." McKee vaatas naist hindavalt ja ta laup tõmbus taas higiseks.

Whitney Myers oli 36-aastane, tumedate silmade, väikese nina, kõrgete põsesarnade, täidlaste huulte ja tugeva lõuaga. Tema naeratust võinuks pidada relvaks, mis muudaks kindlad jalad vedelaks. Paljud tugevad ja kõneosavad mehed olid hakanud seosetut juttu ajama ja itsitanud nagu poisikesed, kui Whitney neile naeratas. Ta meenutas modelli, kel on vaba päev, ilusam seda enam, et ta ei pingutanud üle.

Myers alustas karjääri 21-aastaselt politseinikuna. Ta nägi rohkem vaeva kui keegi teine tema büroos, et liikuda ametiredelil kiiresti ülespoole ja saada väga kähku uurijaks. Tema intelligentsus, kiire mõtlemine ja tugev iseloom aitasid tal edasi liikuda ning 27-aastasena sai ta viimaks uurija ametimärgi.

Tema ülemus mõistis peagi, et Myers oskab inimesi veenda. Ta oli rahulik, väljendas ennast selgelt, oli tähelepanelik ja äärmiselt veenev oma mõtete selgitamisel. Ta oskas ka inimestega suhelda. Pärast pooleaastast pingelist spetsiaalset kursust FBI juures sai Myersist üks LAPD ja kadunud isikute üksuse West ja Valley büroo põhilisi läbirääkijaid.

Ent tema karjäär Los Angelese politseis sai järsu lõpu kolm aastat tagasi, kui ta ei suutnud veenda enesetapjat 18-korruselise pilvelõhkuja katuselt Culver Citys alla hüppamisest loobuma.

Tol päeval juhtunu tõttu sattus uurimise alla kogu Myersi elu. Tema käitumise suhtes algatati uurimine ja sisejuurdluse osakond võttis ta karmilt ette. Mitu nädalat hiljem ei olnud nad suutnud midagi leida ja talle ei esitatud süüdistust, aga LAPD-s töötamise aeg oli tema jaoks ümber saanud. Ta oli sestsaadik ise kadunud isikute otsimisega tegelevat agentuuri pidanud.

Myers järgnes McKee'le läbi maja, möödudes kahepoolsest trepist ja mööda koridori, mille seinad olid täis kuulsate filmistaaride fotosid. Koridor lõppes elutoaga. See oli nii muljetavaldav, et Myersil kulus mõni sekund, enne kui ta märkas ligi 190 sentimeetrist laiaõlgset mees, kes seisis kaarakna ees. Mehe paremas käes oli peaaegu tühi viskiklaas. Ehkki ta oli viiekümnendates eluaastates, nägi Myers, et temas on poisilikku sarmi.

„Whitney, lubage mul tutvustada teile Leonid Kudrovit," ütles McKee.

Leonid pani klaasi käest ja surus Myersi kätt. Tema haare oli pingutatud ja näoilme sama, mida Myers oli näinud kõigi nende inimeste näol, kes teda palkasid – meeleheide.

Üheksateist

Myers keeldus joogist ja kuulas tähelepanelikult Kudrovi kirjeldust, tehes pidevalt märkmeid.

„Kas te politseisse teatasite?" küsis ta, kui Leonid endale jooki juurde kallas.

„Jah, nad panid kirjelduse kirja, aga ei kuulanud mind eriti. Ajasid mingit jama, et piisavalt pole aega möödas, täiskasvanud inimene või midagi säärast ja panid mind aina ootele. Sellepärast ma Andyle helistasingi ja tema helistas teile."

Myers noogutas. „Kuna teie tütar on kolmekümneaastane ja te ei osanud põhjendada, miks te usute, et ta on kadunud, on tavapärane oodata vähemalt kakskümmend neli tundi, enne kui ta ametlikult kadunud isikuks kuulutatakse." Myersi hääl oli loomulikult enesekindel, selline, mis tekitas usaldust.

„Kakskümmend neli tundi? Ta võib selle ajaga surnud olla. See on ju jama."

„Ma üritasin talle seda selgitada," lisas McKee, kuivatades taas laupa.

„Ta on täiskasvanu, härra Kudrov," selgitas Myers.

„Täiskasvanu, kes jättis lõunasöögile tulemata."

Kudrov põrnitses Myersit ja seejärel McKee'd. „Kas ta üldse kuulis, mida ma ütlesin, raisk?"

„Jah," vastas Myers, pani jala üle teise ja lappas oma märkmeid. „Ta jäi teie lõunale pool tundi hiljaks. Te helistasite talle mitu korda. Ta ei vastanud telefonile ega ka teie sõnumitele. Sattusite paanikasse ja läksite tema korterisse. Seal leidsite köögipõrandalt rätiku, aga kõik muu tundus olevat omal kohal, välja arvatud pudel veini, mis pidanuks olema külmikus. Tema autovõtmed olid ülemisel korrusel kandikul. Leidsite tema kalli viiuli harjutustoast, aga ütlesite, et see pidanuks olema seifis. Teie arusaamist mööda ei olnud märke sissemurdmisest ega rüselusest ja midagi polnud vist varastatud. Maja uksehoidja ütles, et mitte keegi ei külastanud teda tol õhtul." Myers sulges rahulikult märkmiku.

„Kas selles ei piisa?"

„Ma selgitan teile, kuidas politsei mõtleb, kuidas nad on õpetatud mõtlema. Kadunud isikuid on palju rohkem kui uurijaid, kes nende juhtumitega tegelevad. Kõige esimene asi on asjad tähtsuse järjekorda panna, hakata juurdlusega tegelema alles siis, kui kõnealune isik on tõepoolest kadunud. Kui ta oleks alaealine, oleks üle riigi antud kollane häire. Aga täiskasvanu puhul, kellega pole vähem kui kakskümmend neli tundi mingil moel ühendust saadud, on protokoll selline, et politsei võtab läbi kontrollnimekirja."

„Kontrollnimekirja? Ärge ajage jama."

Kiire pearaputus. „Ei aja."

„Näiteks?"

Myers naaldus ettepoole. „Kas tegemist on täiskasvanuga, kes: esiteks – võib vajada abi? Teiseks – võib olla kuriteo ja mõrva ohver? Kolm – võib vajada arstiabi? Neli – ei ole varem ära jooksnud ega kadunud? Viis – lapsevanem võib olla lapse röövinud? Ja kuus – on vaimse või füüsilise puudega?"

Myers pani päikeseprillid enda kõrvale diivanilauale. „Sellest nimekirjast võib maha tõmmata vaid „ei ole varem ära jooksnud või kadunud" punkti. Politsei mõttekäik oleks selline – kuna preili Kudrov on terve mõistusega, iseseisev, rahaliselt sõltumatu ja vallaline täiskasvanu, võis ta otsustada, et vajab kõigest pausi. Ta ei pea kellelegi ju aru andma. Tal ei ole üheksast viieni töökohta ja ta pole abielus. Te ütlesite, et ta tuli äsja kontsertturneelt Los Angelese Filharmoonikutega."

Kudrov noogutas.

„See pidi olema väga pingeline. Ta võis minna lennukile ja lennata Bahamale. Ta võis kohtuda eile baaris kellegagi ja otsustada veeta selle inimesega mõned segamatud päevad kusagil mujal."

Leonid tõmbas käega läbi lühikeste juuste. „Ta ei teinud seda. Ma tunnen Katiat. Kui ta pidi kokkusaamise minu või kellegi teisega tühistama, oleks ta helistanud. Ta lihtsalt on selline. Ta ei vea inimesi alt, kõige vähem mind. Meil on väga hea suhe. Kui ta otsustas, et vajab puhkust, oleks ta mulle vähemalt öelnud, kuhu läheb."

„Aga tema ema? Kas mul on õigus, oletades, et te ei ole temaga enam koos?"

„Tema ema suri mitu aastat tagasi."

Myers jälgis Leonidi. „Tunnen kaasa."

„Katia ei otsustanud lihtsalt kuhugi sõita. Ma ütlen teile, et midagi on valesti."

Mees hakkas edasi-tagasi tammuma. Emotsioonid hakkasid võimust võtma.

„Härra Kudrov ..."

„Ärge öelge mulle härra Kudrov," segas mees vahele. „Ma pole teie õpetaja. Öelge mulle Leo."

„Olgu, Leo. Ma ei kahtle teie sõnades. Selgitan lihtsalt, miks politsei nii käitus. Kui Katia ei ole kahekümne nelja tunni pärast välja ilmunud, asuvad nad seda juhtumit hoolega uurima. Nad kasutavad tema leidmiseks kõiki võimalikke vahendeid. Aga pange end selleks valmis, sest teie kuulsus toob kaasa kaose."

Leonid vaatas silmi kissitades McKee poole ja siis uuesti Myersit. „Kaose?"

„Kui ma ütlesin, et LAPD kasutab kõiki võimalikke vahendeid, siis nii see ka on. Sealhulgas teid ja teie staatust. Nad tahavad, et te teeksite avaliku pöördumise, et juhtum isiklikumaks muuta. Võib-olla ka seda, et korraldaksite oma kodus pressikonverentsi. Nad näitavad Katia fotot teles ja avaldavad ajalehtedes ning eelistavad perefotot üksikpildile – see on ... liigutavam. Fotot paljundatakse ja see kleebitakse LA-s kõikjale, võib-olla koguni terves Californias. Luuakse otsimisrühmi. Nad paluvad riideid koerteüksuste jaoks. Nad tahavad DNA-analüüsiks juuksekarvu ja muid proove. Meedia passib teie kodu väravate taga." Myers tõmbas hinge. „Nagu öeldud, saab sellest täielik kaos, aga LAPD kadunud isikute üksus on oma töös väga osav."

Ta pidas rõhutamiseks pausi. „Leo, arvestades teie staatust ja ühiskondlikku positsiooni, peame kaaluma võimalust, et teie tütar rööviti lunaraha saamiseks. Kas teiega pole üritatud ühendust võtta?"

Leonid raputas pead. „Olen kogu päeva kodus olnud ja andsin oma kontoris konkreetsed juhised kõik tundmatu helistaja kõned kodusele telefonile suunata. Kõnesid pole olnud."

Myers noogutas.

„Midagi on halvasti. Ma tunnen seda." Leonid puuris teda meeleheitliku pilguga. „Ma ei taha, et see uudistesse jõuaks, kui see just hädavajalik ei ole. Andy ütles, et te olete oma töös parim. Parem kui LAPD kadunud isikute üksus. Kas *teie* suudate ta üles leida?" Ta ütles seda pigem kui palvet, mitte küsimust.

Myers vaatas McKee poole pilgul, mis ütles: Olen *meelitatud*.

Mees naeratas häbelikult.

„Ma annan endast parima." Myers noogutas, hääl enesekindel.

„Tehke siis seda."

„Kas teil on tütrest hiljutist fotot?"

Kudrov oli selle juba valmis pannud ja ulatas Myersile Katia 20×30 cm värvifoto.

Myers vaatas seda põgusalt. „Mul on vaja ka tema korteri võtmeid, kõigi nende inimeste nimesid ja telefoninumbreid, kellega ta võis ühendust võtta. Kõike seda on vaja kiiresti."

Kakskümmend

Hunter helistas kadunud isikute lehel olevale kahele numbrile. Härra Giles Carlsen, juuksurisalongi juhataja Brentwoodis, oli politseiga kümme päeva tagasi ühendust võtnud, teavitamaks neid oma korterikaaslase Cathy Greene'i kadumisest. Telefonis ütles Carlsen Hunterile, et preili Greene oli viimaks eile hommikul välja ilmunud. Ta oli tantsukursusel kohatud uue meessoost tuttavaga koos olnud.

Teine isik, härra Roy Mitchell, oli võtnud politseiga ühendust kaksteist päeva tagasi. Tema 29-aastane tütar Laura oli lihtsalt kadunud. Härra Mitchell palus Hunteril tulla tema koju Fremont Place'is tunni aja pärast.

Hancock Park on üks Lõuna-California jõukamaid ja ihaldusväärsemaid piirkondi. Terava kontrastina võrreldes enamike Los Angelese elurajoonidega asuvad majad Hancock Parkis tänavast eemal, enamik elektri- ja telefoniliine on maa all ning piirdeaedu ei soovitata ehitada. Hunter keeras Fremont Place'i ja nägi, et privaatsuse rikkumine siin kellelegi eriti muret ei tee.

Maja poolkaarekujuline sissesõidutee oli tänavakividest laotud ja läks üle parkimisalaks, kuhu mahtunuks kaks suurt bussi. Selle keskel oli suur kivist purskkaev. Päike vajus horisondi taha ja taevas punastest tellistest kahekordse maja taga oli punasetriibuline. Hunter parkis auto ja astus välja.

Välisukse avas viiekümnendates eluaastates naine. Ta oli äärmiselt elegantne, pikemad juuksed korralikult hobusesabas, naeratus oli võluv ja nahk selline, mille nimel enamik temavanuseid naisi oleks valmis tapma. Ta ütles, et on Denise Mitchell ja juhatas Hunteri kabinetti, mis oli täis kunstiteoseid, antiiki ja nahkköites raamatuid. Kõrge mahagonist kummuti ees, mis oli täis fotosid, seisis jässakas, peaaegu paks mees. Ta oli vähemalt kolmkümmend sentimeetrit Hunterist lühem, sassis hallide juuste ja sama tooni vurrudega.

„Teie olete vist see uurija, kellega ma telefonis vestlesin," ütles mees kätt sirutades. „Mina olen Roy Mitchell."

Tema käepigistus oli sama harjutatud kui tema naeratus, piisavalt tugev, et näidata iseloomu, ent samas piisavalt pehme, et mitte heidutada. Hunter näitas oma ametitõendit ja Roy Mitchell tõmbus pingule.

„Issand jumal."

Need sosinal öeldud sõnad jõudsid ka tema abikaasa kõrvu. „Mis viga?" küsis naine ja astus lähemale, pilk anus informatsiooni. „Kas sa saaksid meid hetkeks omavahele jätta, kullake?" küsis Roy vastu, püüdes kasutult muretsemist varjata.

„Ei, ma ei jäta teid hetkeks omavahele," vastas Denise ja vaatas nüüd ainiti Hunterit. „Tahan teada, mis juhtus. Mida te mu tütre kohta teate?"

„Denise, palun."

„Ma ei lähe kuhugi, Roy." Naise pilk püsis Hunteril. „Kas te leidsite mu tütre? On temaga kõik korras?"

Roy Mitchell pööras pilgu ära.

„Mis toimub, Roy? Mis sind niimoodi ehmatas?"

Vaikus.

„Rääkige minuga." Naise hääl vääratas.

„Ma ei ole kadunud isikute üksusest, proua Mitchell," ütles Hunter viimaks, näidates naisele oma töötõendit. Seekord vaatas naine seda hoolikamalt kui uksele tulles.

„Jumal halasta, te olete mõrvarühmast?" Naine surus käed nina ja suu peale, kui talle pisarad silma tungisid.

„On võimalik, et ma olen vales kohas," sõnas Hunter rahulikul ja rahustaval häälel.

„Mis asja?" Denise'i käed hakkasid värisema.

„Võib-olla peaksime kõik istet võtma." Hunter viitas nahast diivanile meeter kaheksakümnese viktoriaanliku põrandalambi kõrval.

Mitchellid istusid diivanile ja Hunter ühele tugitoolile nende vastas.

„Hetkel püüame me tuvastada inimest, kel on teie tütrega mitu sarnast füüsilist omadust," selgitas Hunter. „Laura on üks neljast, kes võib sobida."

„Võib sobida mõrvaohvriga?" küsis Roy, pannes käe abikaasa põlvele.

„Paraku küll."

Denise hakkas nutma.

Roy tõmbas sügavalt hinge. „Ma andsin sellele teisele uurijale Laura väga hiljutise foto. On see teil olemas?"

Hunter noogutas.

„Ja te pole sellegipoolest kindel, kas ohver on Laura?" küsis Denise ja ripsmetušš hakkas mööda nägu alla voolama. „Miks?"

Roy pigistas korraks silmad kinni ja üksainus pisar veeres ninaotsani. Hunter sai aru, et isa oli juba taibanud, et ohvrit pole võimalik ära tunda. „Nii et te tulite meilt vereproovi küsima, et teha DNA-analüüs?" küsis mees.

Oli selge, et Roy Mitchell tundis politseiprotseduure paremini kui enamik. DNA-analüüsi kasutusele võtmisest alates oli sellistes olukordades nagu praegu, praktilisem, kui politsei võttis proovid ja võrdles neid ohvri omadega. Nii said nad hiljem suhelda ainult tuvastatud isiku perekonnaga, mitte tekitada mitmele süütule inimesele paanikat ja traumat, kui nad peavad julmalt moonutatud ohvri fotot vaatama.

Hunter raputas pead. „Kahjuks ei aita DNA-analüüs meid kuidagi."

Korraks tundus, et toas ei ole kolmele inimesele piisavalt õhku. „Kas teil on ohvri foto?" küsis Roy viimaks.

Hunter noogutas ja lappas kausta, mis tal kaasas oli. „Proua Mitchell," ütles ta Denise'ile otsa vaadates, „see naine ei pruugi olla teie tütar. Te ei pea seda fotot praegu vaatama."

Denise vaatas Hunterit klaasistunud pilgul. „Ma ei lähe kuhugi."

„Kullake, palun." Roy üritas uuesti.

Naine ei vaadanud tema poolegi.

Hunter ootas, aga Denise'i pilgus oli peaaegu käega-katsutav otsustavus. Uurija pani ohvri lähifoto nende ees olevale diivanilauale.

Denise Mitchellil kulus vaid hetk tütre äratundmiseks. „Jumal halasta!" Tema värisevad käed kerkisid suu peale. „Mida nad mu lapsukesega teinud on?" Järsku tundus see tuba teistsugune – väiksem, pimedam, õhk tihkem. Hunter istus mitu minutit vaikides, kuni Roy Mitchell üritas oma abikaasat rahustada. Naise pisarad ei olnud hüsteerilised, need olid täis valu ja raevu. Mõnes teises olu-korras oleks Hunter lahkunud, andnud Mitchellidele aega leinata, enne kui järgmisel hommikul küsimustega tagasi tuleb, aga see oli väga eriline juhtum ja mõrtsukas väga teistsugune võrrel-des kõikide mõrtsukatega, kellega ta oli seni kokku puutu-nud. Hunteril ei olnud valikut. Laura vanemad olid Laura asjus tema parim ja hetkel ka ainus infoallikas. Ja ta vajas infot nagu hapnikku.

Denise Mitchell võttis serveerimislaualt karbist salvräti ja kuivatas pisarad, tõustes seejärel püsti. Ta läks väikese laua juurde akna ääres, kus oli mitu fotoraami, enamikul neist Laura erinevates eluetappides.

Roy ei läinud abikaasale järele, vaid vajus diivanil rohkem kössi, nagu suudaks selle hetke eest sel moel põgeneda. Ta ei üritanudki pisaraid kuivatada.

Denise pöördus Hunteri poole ja oli nagu teine inimene võrreldes sellega, kes ta mõni minut tagasi oli uksest sisse lask-nud. Naise silmad olid kohutavalt kurvad.

„Palju mu tütar piinles, uurija?" Tema hääl oli vaikne ja kähe, sõnad täis valu.

Hunter vaatas talle pikalt otsa ning nägi segu leinast ja vihast naise sees põlemas.

„Tõde on see, et me ei tea," vastas ta viimaks.

Denise lükkas väriseva käega juuksesalgu parema kõrva taha. „Kas teate, miks, uurija? Miks keegi teisele inimesele nii teeks? Miks keegi seda mu Laurale tegi? Ta oli maailma kõige lahkem tüdruk."

Hunter vaatas talle kindlalt otsa. „Ma ei hakka teesklema, et tean, millist valu te abikaasaga praegu kogete, proua Mitchell. Ma ei hakka teesklema ka seda, et see on lihtne. Me otsime vastuseid samadele küsimustele ja hetkel ei oska ma teile suurt midagi öelda, sest me ei tea suurt midagi. Olen siin sellepärast, et vajan teie abi süüdlase tabamiseks. Teie tundsite Laurat kõige paremini."

Denise ei pööranud pilku hetkekski Hunteri näolt ja mees teadis, mida ta järgmisena küsib enne, kui naine jõudis selle välja öelda.

„Kas teda ..." Denise'i hääl katkes ja ta võitles kurku tungivate pisaratega, „... oli vägistatud?"

Roy Mitchel tõstis viimaks pilgu. Tema pilk kandus abikaasalt Hunterile.

Hunter vihkas elus väheseid asju rohkem kui leinavatele vanematele valetamist, aga ilma Laura surnukeha lahkamisraportita saanuks ta Denise'ile ja Royle taas öelda, et ei tea. Psühholoogina teadis ta, et ebakindlus, mida sellele küsimusele vastuse mitteteadmine tekitaks, piinaks neid elu lõpuni, seades ohtu nende abielu ja ka terve mõistuse.

„Ei, Laurat ei vägistatud," ütles ta silmi pilgutamata ja ilma igasuguse kõhkluseta. Teatud asjades tasus valetada.

Kakskümmend üks

Ebamugav hetk venis, kuni Denise pilgu Hunterilt mujale pööras ja jätkas laual olevate fotode silmitsemist. Ta võttis kätte väikese hõbedase raami.

„Kas teate, et Laura oli andekas? Armastas kunsti." Ta tuli lähemale ja ulatas raami Hunterile. Fotol oli umbes kaheksa-aastane tüdruk, kelle ümber olid rasvakriidid ja vesivärvide väikesed purgid. Ta tundus nii rõõmus ja tema naeratus oli nakkav. Hunter naeratas tahtmatult, unustades korraks, et see väike tüdruk on surnud kõige kohutavamal moel.

„Koolis sai ta igal aastal kunstisaavutuste eest kiituskirja," ütles Denise uhkelt.

Hunter kuulas.

Kurb naeratus paotas Denise'i huuli, aga ta surus need kokku. „Ta hakkas professionaalselt maalima alles hiljem, aga armastas seda juba lapsena. See oli tema pelgupaik kõige halva eest. Iga kord, kui ta haiget sai, pöördus ta pintslite juurde. See tegi ta lapsena terveks."

„Tegi terveks?" Hunteri näoilme pinguldus ning pilk vilas Denise'i ja Roy vahet.

„Laural tekkis kaheksa-aastasena järsku ilma igasuguse põhjuseta krambihoog," selgitas Denise. „Ta ei suutnud normaalselt liikuda ega hingata, silmad pöördusid pahupidi ja ta oleks äärepealt surnuks lämbunud. See ehmatas meid kohutavalt."

Roy noogutas ja jätkas ise. „Käisime temaga nelja erineva arsti juures. Nende kohta öeldi asjatundjad." Ta raputas ärritunult pead. „Aga ükski neist ei suutnud välja selgitada, mis oli juhtunud. Neil polnud õrna aimugi."

„Kas see kordus?"

„Jah, mõned korrad." Seekord jälle Denise. „Talle tehti kõikvõimalikke uuringuid, isegi kompuutertomograafia. Mitte midagi ei leitud. Mitte keegi ei saanud aru, mis tal viga on. Keegi ei saanud aru, mis neid krambihoogusid põhjustab. Nädal pärast viimast krambihoogu võttis Laura esimest korda pintsli kätte. Ja oligi kõik. Haigushood ei kordunud." Denise puudutas sõrmeotstega parema silma nurka, püüdes takistada pisarat põsele veeremast. „Mul ükskõik, mida teised ütlevad, mina tean, et maalimine tegi neile lõpu. See tegi ta uuesti terveks."

„Te ütlesite, et krambihood tekitasid lämbumisohu?" Denise noogutas. „See hirmutas meid iga kord. Ta ei saanud hingata. Ihu muutis värvi." Ta vaikis ja vaatas mujale. „Ta võinuks mitu korda surra."

„Ja haigushood lihtsalt lakkasid?"

„Jah," vastas Roy. „Kohe pärast maalima hakkamist."

Hunter tõusis ja ulatas pildiraami Denise'ile tagasi. „Kas Laural oli kallim?"

Denise ohkas sügavalt. „Laura ei olnud kellegagi tõsisemalt seotud. Veel üks tema enesealalhoiumehhanisme." Ta läks suure raamaturiiuli kõrval oleva baarikapi juurde. „Kui te oleksite tema kohta kirjutatud artikleid lugenud ja teaksite, kuidas tema karjäär alguse sai, oleksite lugenud ka sellest, kuidas kihlatu teda pettis ja kui palju see haiget tegi. Ta leidis mehe teise naisega voodist. See mõjus Laurale hävitavalt." Denise kallas endale karahvinist pool klaasi viskit ja pani sellesse kaks jääkuubikut. „Kas te soovite ka?" Ta tõstis klaasi üles.

Ühelinnase Šoti viski oli Hunteri suur kirg, aga vastandina enamikele inimestele oskas ta selle maitset ja kvaliteeti hinnata, mitte lihtsalt sellest nina täis tõmmata.

„Tänan, ei."

„Roy?" Denise vaatas abikaasa poole.

Roy raputas pead.

Denise kehitas õlgu, võttis väikese lonksu ja sulges silmad, kui vedelik mööda kõri alla voolas.

„Laura jätkas valu summutamiseks kohe maalimist. Ta polnud seda mitu aastat teinud. Ühe galerii kuraator nägi juhuslikult üht tema maali ja nii tema uus karjäär alguse saigi. Aga enne seda piinles ta tõsiselt."

„Südamevalust?" küsis Hunter.

Denise noogutas ja vaatas mujale. „Patrick oli see, kes tahtis, et nad vaid neljakuuse tutvuse järel kokku koliksid," jätkas ta. „Ta ütles Laurale, et ei suuda temast eemal olla, et armastab teda üle kõige. Ta oli väga libekeelne. Sarmikas mees, kes tavaliselt sai oma tahtmise. Te kindlasti tunnete sellist tüüpi inimesi. Ja Laura uskus teda. Ta armus ülepeakaela Patrickusse ja tema võrgutavasse sarmi."

„Te ütlesite, et tema nimi on Patrick?"

Denise noogutas. „Patrick Bartlett."

Hunter pani nime märkmikku kirja.

„Laura töötas varem pangas. Patrick oli tähtis investor. Nii nad kohtusidki. Ta sai mehe afäärist teada seetõttu, et tal oli pärast lõunat halb hakanud," meenutas Denise. „Sõi midagi, mis oli pahaks läinud. Ülemus käskis ülejäänud päeva vabaks võtta ja ta läks koju. Patrick oli nende voodis oma lipakast sekretäri või assistendi või kellegi säärasega." Denise raputas pead. „Ta on intelligentne inimene ja võinuks vähemalt motelli minna." Ta naeris närviliselt. „Nii palju siis sellest, et ta armastas Laurat üle kõige, eks ole? See oli vaid kolm kuud pärast nende kokkukolimist. Sestsaadik pole Laural kallimat olnud. Tal oli küll üürikesi suhteid, aga mitte midagi tõsist."

„Midagi hiljutist?"

„Mitte kedagi sellist, keda Laura pidas vajalikuks mainida."

„Nii et pärast seda, kui Laura Patrickust lahku läks, oli nende vahel kõik?"

„Laura jaoks küll."

„Ja Patricku?"

„Häh!" ütles Denise põlglikult. „Ta ei andnud alla. Üritas lillede, kingituste, telefonikõnede ja kõige muuga vabandust paluda, aga Laura ei tahtnud temast enam midagi teada."

„Kui kaua see kestis?"

„Ta ei lõpetanudki."

Hunter kergitas üllatunult kulme.

„Patrick käis eelmisel kuul tema näitusel ja palus jälle uut võimalust. Laura saatis ta mõistagi pikalt."

„Nii et kui kaua ta siis Laurat piiras, andestust ootas ja teda tagasi võita üritas?"

„Neli aastat," vastas Roy. „Patrick pole selline, kes lepib eitava vastusega. Ta on selline, kes saab, mida tahab, pole tähtis, mis on selle hind."

Kakskümmend kaks

Hunteri ajusopis vilksatas sõna *kinnisidee*. Neli aastat on piisavalt pikk aeg, et enamik inimesi aru saaks ja eluga edasi läheks. Denise jutustas, kui võimukalt ja armukadedalt Patrick Laurasse suhtus ja ehkki ta polnud kunagi vägivaldne olnud, oli tal äkilise loomuga.

„Kas te teate kedagi, kellel peale teie Laura korteri võtmed oleksid?"

Denise võttis veel lonksu viskit ja pidas minutijagu aru, vaadates siis Roy poole.

„Meie teada mitte," vastas mees.

„Laura ei maininud, et oli kellelegi teisele võtme andnud?"

Denise raputas kindlalt pead. „Laura ei lubanud kedagi oma korterisse ega stuudiosse. Tema tööd oli tema jaoks väga privaatsed. Ehkki ta oli edukas, ei teinud ta seda raha pärast. Ta maalis enda pärast. See aitas tal väljendada seda, mis tema sees toimus.

Talle ei meeldinud väga isegi näitused, aga enamik kunstnikke elab selle nimel. Minu teada ei viinud ta kohtingukaaslasi koju. Ja ta ei olnud mitte kellegagi emotsionaalselt seotud."

„Aga lähedased sõbrannad?"

„Mina olin tema lähim sõbranna." Naise häälde tekkis kerge värin.

„Kedagi peale teie?"

„Kunstnikud on väga üksildased inimesed, uurija. Nad veedavad suure osa ajast omaette ja maalivad. Tal oli tuttavaid, aga mitte kedagi sellist, keda saaks pidada lähedaseks sõbrannaks."

„Ta ei pidanud ühendust endiste kooli-, ülikooli- või töökaaslastega?"

Denise kehitas õlgu. „Võib-olla mõnikord telefonikõne või dringil käimine, aga ma ei tea, kes need olla võisid." Ta vaikis. „Ainus, kes mul pähe tuleb, on Daniel Rossdale'i kunstigalerii kuraator Calvin Lange. Tema on see, kes Laura karjääri käima lükkas. Laura meeldis talle väga ja tema Laurale. Nad suhtlesid telefoni teel ja said tihti kokku."

Roy noogutas nõustuvalt.

Hunter pani Calvin Lange'i nime kirja ja pilk kandus taas puidust laual olevate fotode poole. „Edukal kunstnikul on ju ka fänne."

Denise noogutas uhkelt. „Tema töid imetlesid ja armastasid paljud."

„Kas Laura mainis mõnda ..." Hunter otsis õiget sõna, „... *pealetükkivat* fänni?"

„Te peate silmas ... ahistajat?" Denise'i hääl vääratas korraks. Hunter noogutas.

Denise jõi viski ühe sõõmuga lõpuni. „Ma ei ole selle peale üldse mõelnud, aga ta mainis küll midagi paar kuud tagasi."

Hunter pani pildiraami käest ja astus sammu Denise'i poole. „Mida ta teile täpsemalt ütles?"

Denise'i pilk kandus neutraalsele kohale valgel Nepaali vaibal toa keskel, üritades meenutada. „Ainult seda, et ta hakkas saama meile kelleltki, kes ütles, et on tema töödesse armunud."

„Kas ta näitas teile neid meile?"

„Ei."

Hunter vaatas küsivalt Roy poole, kes raputas pead.

„Kas ta ütles teile, mis neis kirjas oli?"

Denise raputas pead. „Laura pisendas seda, öeldes, et see on lihtsalt fänn, kes tema töid kiidab. Aga mul oli tunne, et miski selles tekitas temas kõhedust."

Hunter kirjutas taas märkmikku.

Denise astus lähemale ja peatus Hunteri juures. Ta vaatas mehele silma. „Kui osav teie ja teie tiim olete, uurija?"

Hunter kortsutas kulmu, nagu ei mõistaks küsimust.

„Tahan teada, kas te suudate kinni püüda selle raisa, kes tegi mu tütrele haiget ja võttis ta minult ära." Lein oli häälest kadunud, selle asemel oli selge raev. „Ärge öelge, et te annate endast parima. Politsei annab endast alati parima ja nende parim on harva piisav. Tean, et te annate endast parima, uurija. Tahan, et te vaataksite mulle silma ja ütleksite, et teie parim on küllalt hea. Öelge mulle, et te *püüate* selle näraka kinni. Ja öelge mulle, et te *panete* selle sitakoti oma teo eest maksma."

Kakskümmend kolm

Whitney Myers kasutas Leonid Kudrovilt saadud pulti, et avada Katia kortermaja maa-aluse parkla väravad. Sisse sõites nägi ta kohe Katia tulipunast V6 Mustangi kabrioletti ühel kahest parkimiskohast, mis kuulusid tema katusekorteri juurde. Myers parkis selle kõrvale, astus autost välja ja pani parema peopesa

Mustangi kapotile. Täiesti külm. Ta kiikas auto salongi. Kõik tundus korras olevat. Alarmi tuluke vilkus armatuurlaual, andes mõista, et see töötab. Myers seisatas ja libistas pilgu üle parkimismaja. See oli hästi valgustatud, aga palju oli pimedaid nurki ja kohti, kus keegi end varjata saaks. Ta nägi vaid ühte turvakaamerat laes, suunaga parkimismaja väljapääsu poole.

Myers võttis oma auto tagaistmelt kummikindad ja sõitis liftiga katusekorterisse. Seal sisenes ta Katia korterisse Leonid Kudrovilt saadud võtmega. Signalisatsioon ei töötanud. Sissemurdmise jälgi polnud.

Myers sulges vaikselt enda järel ukse ja seisatas korraks. Elutuba oli tohutu ja maitsekalt sisustatud. Ta vaatas rahulikult ringi. Kõik tundus korras olevat. Võitluse või rüseluse jälgi ei olnud.

Ta läks nurgas oleva keerdtrepi juurde ja sealt teisele korrusele. Vahekorruselt leidis ta Katia autovõtmed kandikult kõrgelt kummutilt, kus olid ka perefotod.

Myers läks koridori ja astus Katia magamistuppa. Seinad olid värvitud roosaks ja valgeks ning täiuslikult üles tehtud laial voodil oli nii palju pehmeid mänguloomi, et tervel lastesõimel oleks mitu nädalat tegevust jätkunud. Myers kontrollis patju. Lõhna polnud. Mitte keegi ei olnud möödunud ööl selles voodis maganud.

Katia kaks kohvrit olid voodi jalutsis tumba peal. Mõlemad olid avatud, aga ta polnud jõudnud neid lahti pakkida. Magamistoa rõduuks oli seestpoolt lukus. Ka siin polnud sissemurdmise jälgi.

Myers läks garderoobi juurde. Katia kleidid, kingad ja käekotid lõid hinge kinni.

„Oh sa poiss." Ta tõmbas käega üle Giambattista Valli kleidi. „Unistuse garderoob," sosistas ta. „Katial oli hea maitse."

Vannitoas märkas ta, et juukserätik on hoidikult kadunud.

Myers läks magamistoast välja järgmisesse tuppa – Katia harjutusruum. See oli avar, ent lihtne. Stereosüsteem puidust serveerimislaual, paar statiiviga noodialust, minikülmik nurgas ja mugav tugitool seina vastas. Katia viiulikast oli väikesel diivanilaual ukse kõrval. Tema hindamatu väärtusega Lorenzo Guadagnini oli selle sees.

Leonid oli öelnud, et Katia suhtus oma Guadagnini viiulisse obsessiivselt. Kui see polnud tema juures, oli see alati suure Tšaikovski maali taga seinas asuvas seifis. Myers leidis maali ja kontrollis seifi. Lukus. Ehkki ta oli seni uskunud, et Katia oli lihtsalt paariks päevaks linnast minema sõitnud, hakkas tal nüüd tekkima väga ebamugav tunne.

Myers läks alla tagasi ja astus kööki. See oli sama suur kui enamik Los Angelese ühetoalisi kortereid. Mustast marmorist tööpinnad ja põrand, läikivad roostevabast terasest köögiseadmed ning köögisaare kohal rippus nii palju potte ja panne, et väiksem restoran saaks siin oma tööd teha.

Esimene asi, mida Myers märkas, oli ülemise korruse vannitoast puudunud juukserätik. See vedeles külmiku lähedal maas. Ta võttis selle kätte ja tõstis nina juurde – magus puuviljane lõhn, mis vastas kallile palsamile Katia vannitoas.

Ta vaatas ringi. Hommikusöögilaual oli veinipudel. Klaase ei olnud. Korgitseri ka mitte. Aga tegelikult huvitas teda tööpinna kaugemas otsas automaatvastaja vilkuv punane tuluke. Ta läks selle juurde ja vaatas ekraani.

Kuuskümmend teadet.

Tundus, et Katia on vist väga populaarne.

Myers vajutas nuppu.

„Sul on kuuskümmend teadet," ütles salvestatud naisehääl. „Esimene teade."

Täielik vaikus.

Myerts kortsutas kulmu.

Lõpus kõlas piiks ja vastaja võttis ette järgmise teate.

Vaikus.

Järgmine.

Vaikus.

Järgmine.

Vaikus.

„Mida kuradit?" Myers istus enda kõrval olevale baari-pukile. Pilk langes suurele kellale ukse kohal.

Teated aina mängisid, aga mingeid hääli ei olnud. Pärast viieteistkümnendat või kahekümnendat teadet kuulis Myers midagi, mis tõi talle kananaha ihule.

„Ei ole võimalik, kurat võtaks." Ta vajutas stopp-nuppu ja keris lindi algusse tagasi. Ta alustas otsast peale. Pilk kandus taas kellale ukse kohal ja seekord lasi ta viiskümmend üheksa teadet ette mängida. Kõigil neil oli ainult vaikus, aga muster, mille ta avastas, ütles talle, et vaikusel oli kõhedust tekitav tähendus.

„Olgu ma neetud."

Viimane teade hakkas mängima ja järsku tekkis vaikuse asemele pikk sahin, mis üllatas Myersit ja pani ta võpatama.

„Jeesus …" Ta surus käe peksleva südame peale. „Mis, pagan, see oli?" Ta keris tagasi, kummardus automaatvastajale lähemale ja mängis teate uuesti ette.

Automaatvastaja tillukesest kõlarist kostis sahinat.

Myers nihkus lähemale.

Ja see, mida ta sahina varjus kuulis, tekitas talle külmavärinaid.

Kakskümmend neli

Hunter helistas juba enne Mitchellide sissesõiduteelt liikuma hakkamist autost jaoskonda ja palus neil otsida välja kogu olemasolev informatsioon Laura endise kihlatu Patrick Barletti kohta. Barlettist oli saanud juurdluses huvipakkuv isik. Hunter lõpetas kõne ja vajutas Garcia numbri kiirvalimise ikooni. Ta kirjeldas, mida oli Mitchellide juures teada saanud ja nad kohtusid pool tundi hiljem kortermajaks muudetud vana laohoone juures Lakewoodis, mis asus mõne minuti kaugusel Long Beachist.

Hunter tundus vaikne, aga Garcia ei pidanudki midagi küsima. Ta teadis niigi, et vanematele teatamine, et nende tütre tappis koletislik mõrtsukas, on kohutav, aga öelda neile lisaks, et nad ei saa talle matuseid korraldada, sest surnukeha lendas tükkideks, oli tõeline õudusunenägu.

Nad sõitsid vaikides liftiga ülemisele korrusele.

Laura Mitchelli korter oli vapustav 185-ruutmeetrine ümberehitatud pööning. Elutuba oli lihtne, ent stiilne, must nahkmööbel ja luksuslikud vaibad. Köök asus välisukse kõrval ja magamistuba vasakul – mõlemad moodsad, avarad ja maitsekalt sisustatud. Aga suure osa korterist võttis enda alla kunstistuudio.

See asus kaugemas otsas ja oli ümbritsetud suurtest akendest, sealhulgas kaks katuseakent, täis erinevas suuruses lõuendeid. Suurim neist oli vähemalt neli korda kaks meetrit.

„Oh, mulle on alati ümberehitatud pööningukorterid meeldinud," ütles Garcia ringi vaadates. „Siia mahuks neli minu korterit." Ta vaikis ja kontrollis ust. „Sissemurdmise märke ei ole. Sa ütlesid, et vanemad suhtlesid temaga viimati kaks ja pool nädalat tagasi?"

Hunter noogutas. „Laura oli emaga lähedane. Nad helistasid või said kokku peaaegu üle päeva. Viimati rääkisid nad teisel kuupäeval. Kolmapäeval. See oli vaid paar päeva pärast Laura näituse viimast õhtut ühes West Hollywoodi galeriis. Ema üritas viiendal kuupäeval temaga uuesti ühendust saada ja siis ta ära ehmataski."

„Teise ja viienda vahel?" kordas Garcia, silmad pilukil.

„See oli umbes kaks nädalat tagasi."

Hunter tõmbas sügavalt hinge ja tema näoilme karmistus. „Ja kui mõrtsukas ta röövis ..." Ta ei lõpetanud mõtet, jättes vihje õhku rippuma.

„Raisk!" ütles Garcia taibates. „Ta tapeti eile. Kui ta röövis sama inimene, kes ta tappis, oli ta kaks nädalat vangistuses."

Hunter läks magamistoa poole.

„Kas kadunud isikute üksus on siin käinud?"

„Jah, uurimist juhtis uurija Alex Peterson läänebüroost," kinnitas Hunter, avades öökapi sahtli – unemask, kaks kirsimaitselist hügieenilist huulepulka, väike taskulamp ja Tic Taci kommikarp. „Võtsin temaga ühendust ja selgitasin, et nüüd on tegemist mõrvajuurdlusega. Ta ütles, et neil polnud suurt midagi, aga ta saadab kogu info meile edasi. Leidis Laura sülearvuti elutoast diivanilt. Nad lasid seda analüüsida, aga leidsid ainult tema sõrmejälgi."

„Aga kõvakettal olevad failid?"

Hunter kallutas pea küljele. „See on salasõnaga kaitstud. Arvuti on IT-osakonna meeste käes, aga sellega polnud kiiret, kuni ma nendega paar minutit tagasi rääkisin, nii et veel ei ole mingit infot."

Nad vaatasid garderoobi üle – mitu kleiti, mõned neist disainerkleidid, teksad, T-särgid, pluusid, jakid ning suur kinga- ja käekotikollektsioon. Köögis vaatas Hunter külmikusse, kappidesse ja prügikasti. Mitte midagi erilist. Nad läksid elutuppa, kus Hunter vaatas läbi fotod ja raamatud diivani kõrval olevas riiulis ning läks siis stuudiosse.

Laura Mitchell oli lüüriline abstraktne kunstnik ja tema maalid olid peamiselt lõuenditele vabalt tõmmatud värvid ja kujundid. Stuudio põrand oli täis värvipritsmeid – peaaegu nagu moodne kunstiteos iseenesest. Kümned lõpetatud maalid olid sätitud läänepoolse seina vastu. Tööalas oli kolm molbertit, kahel neist peal kunagi valge olnud lina. Kolmas, mis paiknes keskel, oli poolelijäänud 60×90 cm maal. Hunter silmitses seda veidi aega ja kergitas siis kahele maalile peale pandud lina. Ka need tundusid poolikud.

Garcia lappas seina vastu sätitud valmis maale.

„Ma pole kaasaegsest kunstist kunagi aru saanud.“

„Mis mõttes?“ küsis Hunter.

„Vaata seda maali.“ Garcia astus eest, et Hunter saaks vaadata. See oli samuti 60x90 cm lõuend, millel olid pastelsed rohelised ja oranžid värvid erkpunase, sinise ja kollase keskel. Garcia jaoks tundusid värvid täiesti suvalised.

„Mis sellega on?“

„Selle nimi on „Eksinud mehed suurte puude metsas“.“

Hunter kergitas kulmu.

„Just. Mina ei näe ühtegi meest, metsa ega ka midagi, mis sarnaneks puuga.“ Garcia raputas pead. „Mine võta kinni.“

Hunter muigas ja läks stuudio vasakus seinas oleva suure akna juurde. Seestpoolt lukus. Ta vaatas taas stuudios ringi, kortsutas siis kulmu ja läks tagasi magamistuppa, kus vaatas uuesti läbi Laura garderoobi.

„Kas sa leidsid midagi?“ küsis Garcia, kui Hunter otsustavalt vannituppa läks.

„Veel mitte.“ Hunter vaatas musta pesu korvi.

„Mida sa otsid?“

„Tema maalimisriideid.“

„Mis asja?“

„Elutoas on kolm fotot Laurast, kus ta teeb tööd. Kõigil kolmel on tal seljas sama vana rohekas särk ja dressipüksid, mõlemad värviplekilised." Ta vaatas ukse taha. „Ja vanad tennised. Kas sa oled neid kuskil näinud?"

Garcia vaatas tahtmatult ringi. „Ei." Hämming suurenes.

„Miks sul tema riideid vaja on?"

„Ei olegi, aga ma tahan veenduda, kas need on kadunud." Hunter läks stuudiosse ja viitas katmata pooliku maali poole. „Laura töötas viimati ilmselt selle lõuendiga. Vaata nüüd seda." Ta viitas värvipaletile, millel oli paks kiht erinevaid kuivanud värve. See vedeles suvaliselt molberti kõrval puidust laual. Paremal oli purk nelja erineva suurusega pintsliga. Vesi purgis oli värvijääkidest sogane. Paleti peal, nüüd selle külge kinni kleepunud, oli veel üks pintsel. Selle ots oli erkkollasest värvist kõva ja paks. „Ja vaata nüüd stuudios ringi," jätkas Hunter. „Ta tundub olevat üsna korralik, aga isegi kui ei olnud, ei jäta kunstnikud kasutatud pintsleid lihtsalt kuivama. Ta oleks võinud selle lihtsasti veepurki pista."

Garcia pidas hetke aru. „Miski köitis maalides tema tähelepanu, mingi heli, koputus uksele ..." ütles ta, järgides Hunteri mõtete suunda. „Pani pintsli käest, et seda kontrollida."

„Ja me ei leia tõenäoliselt tema tööriideid ja jalanõusid sellepärast, et ta kandis neid, kui ta rööviti."

Hunter seisatas mitme valmis maali kõrval tagaseina vastas. Miski kaugemal paremal oleval pikal lõuendil köitis tema pilku. Sel oli vapustav värvigamma alates kollasest ühes otsas kuni punaseni teises. Ta taganes paar sammu ja kallutas pea viltu. Lõuend toetus seina vastu 65-kraadise nurga all, aga seda oleks pidanud vaatama horisontaalselt, mitte vertikaalselt. Taamalt vaadates muutus värvikombinatsioon peaaegu hüpnotiseerivaks. Laura oli kahtlemata olnud andekas ja mõistnud värve imetabaselt, aga mitte see ei köitnud Hunteri pilku.

Ta läks maali juurde, kükitas selle kõrvale ja silmitses hetke põrandat maali ümber, kiigates siis selle taha.

„Vaat *see* on huvitav."

Kakskümmend viis

Whitney Myers leidis oma kontorist Long Beachil eest Frank Coheni, kes oli tema assistent ja osav taustauuringute tegija, väljatrükke lappamas. Mees tõstis pea, kui Myers enda järel ukse sulges.

„Terekest," ütles Frank, lükates prillid pikal teraval ninal ülespoole. „Leidsid midagi?" Ta teadis, et Myers oli suure osa päevast Katia West Hollywoodi katusekorterit läbi vaadanud.

„Mõned niidiotsad." Myers pani oma käekoti toolile klaaskattega laua taga ja sirutas käe värske kohvi kannu poole, mis andis meeldivat aroomi kogu kontorisse. „Kes iganes Katia röövis …" Ta kallas endale kruusitäie ja segas sellesse teelusikatäie pruuni suhkrut, „… tegi seda tema korteris."

Cohen naaldus ettepoole.

„Nagu tema isa ütles, leidsin ma köögist rätiku. Sellel oli väga nõrk lõhn, aga see sobis ülakorruse vannitoas olnud palsamiga. Mõlemad kohvrid olid voodi jalutsis."

„Kohvrid?" Cohen kortsutas kulmu.

Myers läks suure akna alla, kust avanes vaade West Ocean Boulevardile. „Katia Kudrov oli äsja naasnud ringreisilt Los Angelese Filharmoonikutega. Ta oli kaks kuud kodust ära," selgitas ta. „Tal polnud aega asjugi lahti pakkida."

„Kas sa ta käekoti või mobiiltelefoni leidsid?"

Myers raputas pead. „Ainult autovõtmed, nagu tema isa ütles."

„Kas sissemurdmise jälgi on?"

„Ei. Lukud on terved. Uksed, aknad, rõdu."

„Võitluse jälgi?"

„Ei, kui mitte arvestada rätikut köögipõrandal ja veini-pudelit, mis ei olnud külmikus."

Cohen väänas suud. „Kas tal oli kellegagi suhe?"

„Korteris teda igatahes keegi polnud oodanud, kui sa seda silmas pead. Katia oli hakanud käima filharmoonikute uue dirigendi Phillip Steiniga, aga see olevat olnud üürike suhe, ei midagi tõsist."

„Kas mees suhtus asjasse samamoodi?"

„Oo, tema oli armunud. Katia isa ütles, et Katia jaoks on kõik suhted pinnapealsed. Ta ei harrasta tõsiseid suhteid. Tema tõeline armastus on muusika."

Cohen krimpsutas nägu. „Sügavamõtteline."

„Katia ja see Phillip viibisid koos ringreisil ja enne kui sa küsid, siis polnud mingeid märke, et mees oleks tol ööl tema korteris käinud. Katia tegi suhtele paar päeva tagasi lõpu, vahetult enne nende viimast kontserti."

„See ei meeldinud mehele kindlasti üldse."

„Mitte sugugi."

„Kus ta siis praegu on? Või veel parem, kus ta oli tol õhtul, kui nad LA-sse tagasi jõudsid?"

„Münchenis."

„Saksamaal Münchenis?"

Kiire peanoogutus. „Ta oli *nii* endast väljas. Ei tulnud pärast viimast kontserti filharmoonikutega tagasi. Lendas otse Saksamaale. Sealt on pärit tema suguvõsa. Ta ei saanud seda teha, ehkki tal võis motiiv olla."

Cohen vaikis ja kopsis pastakaga hambaid. „Kas need peened West Hollywoodi kortermajad pole siis ülimalt turvatud – valvekaamerad ja puha? Kui keegi Katia tema korterist röövis, pidi see ju kusagil kaamerasse jääma."

„Võiks ju arvata, eks ole? Sul on õigus, liftis on kaamera, kaks vestibüülis, üks katusekorrusel ja üks maa-aluses parklas. Sobivalt oli just sel õhtul, kui Katia ringreisilt naasis, elektrikatkestus, mis kaitsmed läbi kärsatas. Kõik kaamerad olid mõne tunni pimedad. Mingeid salvestusi ei ole."

„Mitte midagi?"

„Mitte midagi. Tema isa ei taibanud maja uksehoidjalt kaamerate kohta küsida. Sellepärast ta midagi meie kohtumise ajal ka ei maininud."

Cohen krimpsutas taas nina.

„Tean. See kõik on väga professionaalse inimröövi moodi, eks?"

„Kas keegi on perekonnaga ühendust võtnud? Lunaraha nõudnud?"

Myers raputas pead ja läks laua taha. „Ei midagi ja sellest ma aru ei saagi. Kõik viitab professionaalidele. Neid huvitab ainult raha. Katia ja tema isa on piisavalt rikkad, et lunarahanõue võiks olla miljoneid. Ta on olnud kadunud rohkem kui nelikümmend kaheksa tundi ja ikka mitte midagi, ei mingit ühendusevõtmist."

Cohen kopsis pastakaga taas hambaid. Ta oli töötanud Myersiga koos piisavalt kaua teadmaks, et professionaalsete inimröövide korral võtsid kurjategijad üsna kiiresti ühendust, enne kui kannatajapool jõuab politseisse teatada. Kui röövija ei taha raha, siis oli selge, et tegemist ei ole inimröövija, vaid mõrtsukaga.

„Aga asi läheb hullemaks," jätkas Myers toolileenile naaldudes. „Röövijale meeldib mängida."

Cohen lõpetas kopsimise. „Mis mõttes?"

„Katia köögis oli automaatvastaja."

„Ja siis ...?"

Myers lasi pingel kasvada. „See oli täis. Seal oli kuuskümmend uut teadet."

Coheni vasak silm tõmbles. „Kuuskümmend?"

Myers noogutas. „Kuulasin need kõik läbi." Ta pidas vahet ja võttis lonksu kohvi. „Mitte sõnagi, ei kõssugi, täielik vaikus, isegi mitte rasket hingeldamist."

„Kõik olid tühjad?"

„Tundus sedamoodi. Arvasin, et telefonil ja automaatvastajal on midagi viga, kuni kuulsin viimast sõnumit."

„Ja ...?" Coheni silmad läksid suureks.

„Kuula ise." Myers otsis käekotist välja digitaalse diktofoni ja viskas Cohenile.

Mees pani selle kohe enda ette lauale, kohendas ninal prille ja vajutas nuppu. Möödus mitu vaikset sekundit. Siis kandus tillukesest kõlarist nende kõrvu vaikne valge müra. See kestis mõne sekundi.

„Kahin?"

„Esimese hooga tundub tõesti nii, eks?" vastas Myers. „Aga kuula uuesti – ja seekord hoolega."

Cohen sirutas käe diktofoni poole, keris tagasi, tõstis parema kõrva juurde ja kuulas veel korra hoolega – seekord väga tähelepanelikult.

Ta läks üleni külmaks.

„Mida kuradit?"

Kahina sees oli kuulda midagi muud, mis meenutas sosistamist. Cohen kuulas seda veel paar korda. See oli selge – arusaamatu sosin oli olemas.

„Kas keegi räägib midagi või ühtlustab hingamist?"

„Pole aimugi." Myers kehitas õlgu. „Tegin täpselt sama, mida sina äsja. Kuulasin seda mitu korda. Targemaks ei saanud, aga ma ütlen üht. Kui see, kes teate jättis, tahtis Katiat hirmutada, siis oleks see õnnestunud. Nagu poltergeist oleks valmis läbi telefoni kargama. Ehmatas mind poolsurnuks."

„Arvad, et see võib olla röövija hääl?"

„Või on kellelgi väga haige huumorimeel."

„Viin selle stuudiosse Gusi kätte." Cohen loksutas diktofoni käes. „Kui me selle hääletuvastusprogrammi sisestame, saame ehk seda puhastada ja aeglustada. Olen kindel, et suudame tema sõnad eristada. *Kui* ta üldse midagi mõistlikku ütleb."

„Tore, tee seda."

„Kas tema isa teab sellest?" Cohen teadis, et Myers peab Leonid Kudroviga pidevalt ühendust, aga kuna midagi olulist teatada polnud, hakkas see natuke ärritama.

„Veel mitte. Ootan, kas Gus saab sealt midagi kätte, enne kui härra Kudrovile uuesti helistan." Myers tõmbas käega läbi juuste. „Oled valmis järgmiseks pöördeks?"

Cohen vaatas kohe tema poole. „See pole kõik?"

„Kui ma teateid läbi kuulasin, vaatasin millegipärast Katia köögis olevat kella."

„Olgu."

„Taipasin järsku, et kõiki teateid ühendab teatav sarnasus."

„Mis sarnasus?"

„Kellaaeg."

„Mis asi?"

„Tean, et see kõlab napakalt, aga kuulasin kõiki teateid kaks korda. See võttis päris kaua aega." Myers läks laua ette ja naaldus selle serva vastu. „Need kõik on kaksteist sekundit pikad."

Coheni kissitas silmi. „Kaksteist sekundit? Kõik kuuskümmend?"

„Just. Mitte sekundit rohkem ega vähem. Isegi viimane sõnum selle kohina ja kõheda pominaga – täpselt kaksteist sekundit."

„Ja see pole automaatvastaja viga?"

„Ei."

„Kas keegi seadistas teadete salvestusaja kaheteistkümne sekundi peale?"

Myers vaatas Cohenit küsivalt. „Ma ei teadnud, et seda saab teha."

„Ma ei ole kindel, kas saab, aga üritan kõigele mõelda."

„Isegi kui see on võimalik, kes siis teadete salvestamise aja ainult kaheteistkümnele sekundile seadistaks?"

Cohen pidi sellega nõustuma. „Olgu," ütles ta, vaadates taas diktofoni. „See on ametlikult ebanormaalne ja mina olen ametlikult uudishimulik. Sel peab olema mingi tähendus. See kaheteistkümne sekundi asi ei saa olla juhuslik."

„No ei," nõustus Myers. „Nüüd peame lihtsalt välja selgitama, mida see tähendab."

Kakskümmend kuus

„Mis on?" küsis Garcia, pöördus Hunteri poole ja läks lõuendi poole. „Mida sa leidsid?"

„Peame kriminalistid kohe siia kutsuma." Hunter vaikis ja vaatas paarimeest. „Keegi peitis end selle maali taga."

Garcia kükitas tema kõrvale.

„Vaata seda." Hunter osutas põrandale maali serva taga. „Näed tolmus jälgi?"

Garcia kissitas silmi ja kummardus põrandale nii lähedale nagu kavatseks seda musitada. Hetk hiljem nägi ta seda.

Maal oli seal mõnda aega seisnud ja selle ääre ümber oli kogunenud tavalist kodutolmu. Garcia nägi pikka tolmujoont.

„Maali tõmmati edasi," nentis ta viimaks.

„Piisavalt, et inimene selle taha mahuks," lisas Hunter.

Garcia hammustas alahuult. „Laura võis seda ka ise liigutada."

„Jah, aga vaata seda." Hunter osutas maali taha seinale lähemale.

84

Garcia kissitas taas silmi. „Mida ma peaksin vaatama?"

Hunter võttis oma väikese taskulambi. „Vaata uuesti." Ta ulatas taskulambi Garciale.

Garcia suunas taskulambikiire kohale, millele Hunter oli viidanud. Seekord märkas ta seda kähku.

„Kuradi kurat."

Mõne sentimeetri kaugusel seinast olid tolmus nõrgad jalajäljed. Selge viide, et keegi oli seal seisnud.

„Vaata veel korra," sõnas Hunter. „Näed midagi veidrat?"

Garcia keskendus jälgedele. „Ei, aga sina ilmselgelt nägid, Robert. Mis mul märkamata jääb?"

„Jälgede piirjooned."

Garcia vaatas kolmandat korda. „Need on väga selgepiirilised."

„Just. Kas pole kummaline?"

Viimaks Garcia taipas. Kitsas kohas kas või natuke aega seistes inimene üldiselt niheleb ja kannab keharaskust jalalt jalale, et leida mugavam asend, kui eelmine muutub ebamugavaks. See nihelemine peaks vähemalt teoreetiliselt jätma endast maha hägusemad piirjooned. Neid ei olnud. Ja see sai tähendada vaid ühte kahest – mõrtsukas ei oodanud kuigi kaua või – ja see häiris Hunterit tõsiselt – oli mõrtsukas ebatavaliselt kannatlik ja distsiplineeritud.

Hunteri mobiil helises taskus.

„Uurija Hunter."

„Uurija, Pam jaoskonnast," ütles hääl liini teises otsas. „Saatsin teile kogu info, mille me Patrick Barletti kohta leidsime. Hetkel on ta linnast ära."

„Linnast ära?"

„Ta on olnud teisipäeva õhtust alates Dallases konverentsil. Lendab homme tagasi – pärastlõunal. Tema alibi on kontrollitud."

„Aitäh, Pam."

Hunter lõpetas kõne ja keskendus taas maalitagusele alale ja nõrkadele jalajälgedele. Tugev ja kiire kurjategija oleks siit Laura juurde, kohta, kus naine töötas, hetkega jõudnud, nii et naine poleks jõudnud reageeridagi. Aga Hunter ei uskunud, et mõrtsukas teda niimoodi üllatas. Sel juhul oleks tekkinud rüselus ja selle kohta polnud siin mingeid märke. Kui keegi Laurale selja tagant ligi hiilis ja ta kuidagi uimastas, oleks Laura pillanud pintsli ja värvipaleti käest, mitte pannud neid molberti kõrvale lauale. Lõuendi ümbruse põrand oli täis väiksemaid ja suuremaid värviplekke, mitte värviplärakaid, mida maha kukkunud palett oleks tekitanud.

„Anna mulle taskulamp, Carlos."

Garcia ulatas selle talle ja Hunter näitas valgust tellisele suure maali taga.

„Veel midagi?" küsis Garcia.

„Ei tea, aga telliste külge jäävad riidekiud, kui nende vastu toetuda." Hunter viis valguskiire aeglaselt ülespoole. Kui ta jõudis 180 sentimeetri kõrgusele, jäi ta pidama ja astus lähemale, peatudes mõne millimeetri kaugusel seinast, üritades mitte tolmu sisse astuda. „Arvan, et leidsime midagi."

Ta võttis mobiili ja valis kriminalistide numbri.

Kakskümmend seitse

West Hollywood on tundud oma ööelu, kuulsuste ja kirju atmosfääri poolest. Teemabaarid, peened restoranid, futuristlikud ja eksootilised ööklubid, kunstigaleriid, disainerpoed, spordiklubid ja kõige erinevamad elava muusika kohad, mis lahutavad meelt päikeseloojangust päikesetõusuni. Enamik Los Angelese elanikke kutsub seda WeHo'ks ja räägitakse, et kui sa West Hollywoodist endale sobivat meelelahutust ei leia, oled arvatavasti surnud.

Kell oli õhtul kuus läbi, kui Hunter ja Garcia jõudsid Daniel Rossdale'i kunstigaleriisse Wilshire Boulevardil. Maja oli väike, aga elegantne. Tumendatud aknad metallist ja betoonist raamidega tekitasid püramiidisarnase mulje, mida võis omaette kunstiteoseks pidada.

Galerii kuraator ja Laura Mitchelli parim sõber Calvin Lange oli nõustunud nendega kokku saama. Laura viimane näitus toimus tema galeriis.

Hunteri ja Garcia juhatas Calvin Lange'i kabinetti kena ja elegantselt riietatud assistent.

Lange istus laua taga, aga tõusis, kui nad sisse astusid. Ta oli kõhn, liivakarva juustega, naeratav kolmekümnendates eluaastates mees.

„Härrased," ütles ta neil tugevasti kätt surudes. „Te ütlesite telefonis, et asi on Laura Mitchellis?" Ta viitas kahele nahktoolile oma laua ees ja ootas, et uurijad istet võtaksid. „Kas tema siit galeriist ostetud maalidega on probleeme tekkinud?" Ta vaikis ja silmitses kiiresti uurijate nägusid. Siis meenus talle Laura ema kõne kaks nädalat tagasi. „On temaga kõik korras?"

Hunter rääkis talle, mis oli juhtunud.

Calvin Lange'i pilk kandus Hunterilt Garciale ja tagasi Hunterile. Huuled paotusid, aga sõnu ei tulnud. Korraks nägi ta välja nagu laps, kellele on äsja öeldud, et jõuluvana pole olemas. Ta läks vapustatud vaikuses põhjaseinas oleva kõrges puidust kapis oleva minibaari juurde ja võttis väriseva käega klaasi. „Kas soovite midagi juua?" Tema hääl värises samuti.

„Pole vaja," vastas Hunter, jälgides iga tema liigutust.

Lange kallas endale suure klaasi konjakit ja võttis kähku lonksu. See tõi talle veidi värvi näkku tagasi.

„Proua Mitchell ütles, et te olete arvatavasti Laura lähim sõber väljaspool perekonda," sõnas Hunter.

„Võib-olla ..." Lange raputas pead, nagu oleks segaduses. „Ma pole kindel. Laura oli väga eraklik inimene, aga me saime hästi läbi. Ta oli ... fantastiline – humoorikas, andekas, intelligentne, ilus ..."

„Tema näitus selles galeriis oli üsna hiljuti, eks?" küsis Garcia.

Lange jutustas, et Laura näitus oli olnud üleval 1.–28. veebruarini ja olnud ääretult edukas – palju külastajaid ja kõik tema 23 maali müüdi maha. Laura ise oli kohal avamisel ja viimasel õhtul umbes kaks tundi ning Lange ütles, et ta polnud tundunud ei ärevil, murelik ega närviline.

„Kas te siis nägitegi teda viimast korda?" küsis Hunter.

„Jah."

„Ja kas te pidasite regulaarselt ühendust? Telefonikõned, sõnumid, muu säärane?"

Lange raputas pead. „Mitte regulaarselt. Lobisesime telefonis tavaliselt kaks-kolm korda kuus. See olenes sellest, kui kiire meil oli. Vahel käisime lõunat või õhtust söömas või dringil, aga mitte midagi regulaarset."

„Proua Mitchell ütles ka, et tema endine kihlatu oli viimasel õhtul kohal," sõnas Hunter.

Lange vaatas tema poole.

„Kas te mäletate, kas ta rääkis Lauraga?"

Lange võttis lonksu konjakit ja Hunter pani tähele, et tema käed olid hakanud jälle värisema.

„Jah, olin selle unustanud. Ta jõi natuke liiga palju. Ärritas Laurat tol õhtul tõsiselt," meenutas Lange. „Nad olid galerii tagaosas trepi juures, põhikorrusest ja külastajatest eemal. Ma otsisin Laurat, sest tahtsin teda tutvustada ühele tähtsale ostjale Šveitsist. Kui ma ta viimaks leidsin, läksin tema juurde ja nägin, et ta on õnnetu. Kui ma nende juurde jõudsin, läks see mees vihaselt minema."

„Kas Laura ütles, mis juhtus?"

„Ei, ta ei tahtnud sellest rääkida. Läks naiste tualetti ja tuli alles kümme minutit hiljem välja, aga enne seda palus mul selle mehe minema toimetada, enne kui ta stseeni korraldab."

„Stseeni?" kordas Hunter. „Kas ta ütles, miks?" Lange raputas pead. „Aga mul oli tunne, et ta oli armukade." Garcia käänas kaela. „Kelle peale? Kas Laural oli tol õhtul kaaslane?"

„Ei, aga ma nägin teda varem samal õhtul kellegagi vestlemas. Ja ma tean, et nad vahetasid telefoninumbreid, sest ta ütles seda mulle."

„Kas te oskate seda meest kirjeldada?" uuris Garcia.

Lange hammustas alahuulde ja vaatas kaugusse, nagu kaaludes midagi. „Saan teha enamat. Arvan, et mul on tema foto."

Kakskümmend kaheksa

Calvin Lange tõstis nimetissõrme püsti, palus anda endale hetk aega ja võttis laualt telefoni.

„Nat, meil on Laura Mitchelli näituse fotod alles, eks? ... Suurepärane, kas saaksid tulla sülearvutiga minu kabinetti ... Jah, kohe sobib." Lange pani telefoni käest ja selgitas, et nad pildistavad näitusi alati ja salvestavad vahel ka videoid, eriti kunstnike õhtutel. Fotosid kasutati reklaambuklettide ja reklaamikampaaniate tarbeks ning galerii kodulehel.

„Kas teil turvakaamera salvestusi on?" uuris Hunter. Ta oli Lange'i kabinetti tulles näinud kuut kaamerat.

Lange raputas piinlikkust tundes pead. „Me salvestame kõvaketta iga kahe nädala tagant üle.“

Uksele koputati kergelt ja sama assistent, kes Hunteri ja Garcia Lange'i kabinetti oli juhatanud, astus valge sülearvutiga sisse.

„Te kohtusite Natiga,“ ütles Lange naist enda juurde viibates.

„Mitte korralikult,“ vastas naine samasuguse naeratusega kui varem. Tema pilk püsis Hunteril.

„Natalie Foster on minu assistent,“ selgitas Lange, „aga ta on ka suurepärane fotograaf ja oskab arvutitega imet teha. Ta on ka meie veebihaldur.“

Natalie surus uurijate kätt. „Palun öelge mulle Nat.“

„Need on mõrvarühma uurijad,“ ütles Lange talle.

Natalie naeratus kadus kohe. „Mõrvarühma?“

Hunter selgitas, miks nad siin on ja Natalie tõmbus üleni pingule. Ta vaatas Lange'i poole ja Hunter sai aru, et tal on hulk küsimusi.

„Peame vaatama kõiki Laura näituse ajal tehtud fotosid,“ ütles Lange.

Tema jutt ei jõudnud päris kohe kohale. „Ee ... jah, muidugi.“ Naine pani sülearvuti Lange'i lauale ja lülitas selle tööle. Kuni arvuti tööle hakkas, valitses ruumis kohmetu vaikus. Natalie trükkis sisse salasõna ja klõpsas väriseva sõrmega arvuti-hiirt, otsides fotode kausta.

Hunter võttis joogikapist väikese veepudeli. „Jooge, see aitab.“ Ta valas jääga klaasi vett ja viis naisele.

„Aitäh.“ Naine sundis end naeratama, võttis kaks suurt lonksu ja keskendus taas arvutiekraanile.

Mõned hiireklõpsud hiljem seadis Natalie fotod arvuti täisekraanile.

„Nii, siin need on.“

Esimene foto oli kaader Laura Mitchelli näituse avamisest põhikorruse saalis. Inimesi tundus olevat väga palju.

„Kui palju tol õhtul inimesi oli?" küsis Hunter.

„Umbes sada viiskümmend." Lange vaatas kinnituse saamiseks Natalie poole. Naine noogutas. „Ja väljas ootasid veel mõned sissepääsemist."

„Sissepääs ei olnud ainult kutsetega?" küsis Garcia.

„Alati ei ole. Oleneb kunstnikust," vastas Lange. „Enamik, eriti kuulsamad ja egoistlikumad tahavad, et nende avaõhtu oleks kutsetega ja ainult neile, kes vastavad."

„Aga mitte Laura."

„Ei, mitte Laura," kinnitas Lange. „Ta ei olnud selline nagu enamik kunstnikke, kes peavad end jumala kingituseks. Tema ütles, et tema näitused peavad olema avatud kõigile. Ka kunstnike õhtul."

Enamikel fotodel oli Laura naeratav, suhtles külastajatega. Teda ümbritses enamikel fotodel neli-viis inimest. Mõnedel fotodel poseeris ta maali ees või mõne fänniga. Ta oli kahtlemata väga kena naine. Hunteril oli raske teda kuriteopaiga fotodel nähtud inimesega seostada.

„Oot," ütles Lange lähemale astudes. Ta kissitas silmi, vaadates fotot, mis oli ekraanile tekkinud. „See on vist tema – see mees, kes Lauraga telefoninumbreid vahetas." Ta osutas mehele foto kaugemas nurgas. Mees oli pikk, lühikeste tumedate juustega ja kandis tumedat ülikonda, aga tema nägu varjas osaliselt joogikandikuga kelner. Natalie suurendas fotot, aga mehe nägu see selgemaks ei muutnud. Ta tundus olevat sama vana kui Laura Mitchell.

„Kas te olete teda varem näinud?" küsis Hunter.

Lange raputas pead, aga Natalie tundus ebalev. „Mina vist olen ühel meie varasemal näitusel."

„Olete kindel? Kas mäletate, millisel?"

Naine pidas hetke aru. „Ma ei mäleta, milline näitus see oli, aga ta tundub tuttav."

„Olete kindel, et nägite teda siin galeriis? Mitte kohvikus, restoranis, ööklubis ...?"

Natalie pidas veel hetke aru. „Ei, arvan, et see oli galeriis."

„Olgu, kui te teda uuesti näete või teile meenub, millise näituse ajal, helistage mulle, eks? Kui ta peaks galeriisse tulema, ärge üritage temaga rääkida, vaid helistage mulle."

Natalie noogutas ja keris fotosid edasi.

„Stopp," ütles Lange paar fotot hiljem. Seekord viitas ta teisele pikale sportliku kehaehitusega mehele paar sammu Laurast tagapool. Mees vaatas teda, nagu oleks ta ainus inimene ruumis. „See on tema endine kihlatu. Ta nimi on vist ..."

„Patrick Barlett," kinnitas Hunter, suurendades ka seda fotot. „Meil on kõigi nende failide koopiaid vaja."

„Ikka saab," ütles Natalie. „Ma salvestan need CD-plaadile, enne kui ära lähete."

Paar fotot enne faili lõppu peatas Lange Natalie taas. Seal see mees oligi. Pikk, salapärane, telefoninumbreid vahetanud võõras. Ta seisis Laura kõrval, aga seekord vaatas ta otse kaamerasse.

Kakskümmend üheksa

Gustavo Suarezi väike, aga väga hästi varustatud stuudio asus Los Angelese lõunaosas Jefferson Parkis ühekordse maja keldris.

Gus oli töötanud helitehnikuna 27 aastat ja oma täiusliku kuulmisega piisas talle mistahes muusikainstrumendi ühest-ainsast noodist, et see ära tunda. Aga helide mõistmine oli tema jaoks enamat kui ainult muusika. Teda paelus nende vibratsioon ja modulatsioonid, mis neid tekitas ning kuidas asukoht ja keskkond neid muuta võivad. Tänu oma teadmistele, teravale kõrvale ja kogemustele oli LAPD Gusi abi kasutanud mitmel puhul, kui mingi heli, müra või helisalvestus etendas pooleliolevas juurdluses olulist rolli.

Whitney Myers oli kohtunud Gusiga esimest korda FBI kaudu, kui ta õppis läbirääkijaks. Nende teed ristusid uuesti varsti pärast seda, kui Myersist sai LAPD uurija. Eradetektiivina oli Myers Gusi oskusi vajanud ainult kahel korral.

Gus oli 47-aastane, paljaks aetud pealae ja suurema hulga tätoveeringutega kui mõnel mootorrattajõugu liikmel, aga heidutavast välimusest hoolimata oli ta sõbralik nagu kutsikas. Ta avas Frank Cohenile ukse ja pettus kohe.

„Kus Whitney on?" küsis ta üle Coheni õla vaadates.

„Kahju, Gus, aga ainult mina olen. Tal on tegemist."

„Kuramus, mees. Panin oma parima särgi selga." Gus tõmbas kätega üle äsja triigitud tumesinise särgi rinna. „Isegi lõhnavett pihustasin ja puha."

„Pihustasid?" Cohen taganes sammu ja pani käe nina peale. „Sa vist pigem suplesid selles. Mis kurat see on – Old Spice?"

Gus kortsutas kulmu. „Mulle *meeldib* Old Spice."

„Ära aja. Rohkem kui enamikele, kui lõhna järgi otsustada."

Gus ei teinud tema märkusest välja ning läks ees keldrisse ja oma stuudiosse.

„Kuidas ma teid seekord aidata saan? Whitney ei öelnud telefonis suurt midagi." Ta istus oma toolile ja veeretas end helipuldile lähemale.

Cohen ulatas talle Myersi digidiktofoni. „Saime selle ühest automaatvastajast." Gus pani seadme kõrva juurde ja vajutas mängima. Kui veider heli kostma hakkas, sirutas ta käe kommikausi poole salvestuspuldi kõrval. Gus armastas Skittlesi komme, need aitasid tal lõõgastuda ja keskenduda.

„Me arvame, et see on hääl või sosin, midagi selle kahina taustal peidus," selgitas Cohen.

Gus lükkas mitu Skittlesit paremast põsest vasakusse. „See pole peidus, vaid lihtsalt olemas," teatas ta, mängides salvestuse uuesti ette. „Kindlasti kellegi hääl." Ta tõusis, läks kapi juurde ja võttis sealt iPodi kõrvaklappe meenutava kaabli. „Ühendan selle ära, et saaksime paremini kuulata."

Heli oli stuudio kõlarites valjem, vaikne sosin kuuldavam, aga mitte selgem.

„Kas ta kasutab oma hääle varjamiseks mingit seadet?" küsis Cohen lähemale astudes.

Gus raputas pead. „Ei kõla sedamoodi. See on lihtsalt kahin. Teise elektroonikaseadme raadiolaine või kehva signaali põhjustatud häire. Helistaja seisis arvatavasti millegi kõrval või kohas, kus signaal on nõrk. Arvan, et see kahin on siin kogemata."

„Kas sa saad seda selgemaks teha?"

„Muidugi saan." Gus muigas üleolevalt ja pöördus vasakul oleva arvutiekraani poole. Kui salvestus uuesti mängima hakkas, võbelesid audiolained elavalt ekraanil. Gus võttis veel peotäie Skittleseid, jälgides laineid hoolikalt.

„Nii, kohendame seda asja natuke." Ta vajutas paari nuppu ja liigutas digitaalse ekvalaiseri heebleid arvutiekraanil. Kahin vähenes vähemalt 90 protsenti. Sosistamine oli nüüd palju selgem. Gus võttis professionaalseks kasutamiseks mõeldud kõrvaklapid ja kuulas kõike uuesti. „Nii, *see* oli tahtlik."

„Mis asi?" Cohen vaatas tema poole.

„See sunnitud sosistamine. Selle isiku hääl ei ole loomulikult kähe ega sosistamine vaikne. Ja *see* on nutikas."

„Mis moodi?"

„Iga inimese häälel on teatav sagedus, mis on inimese identiteedi osa, samamoodi tuvastatav nagu sõrmejäljed või silma võrkkest. Igaühel on kindlad kõrged, keskmised ja madalad toonid, mis ei varieeru, isegi kui üritad oma häält moonutada sedа näiteks kõrgemaks või madalamaks muutes. Õigete seadmetega saame need toonid kindlaks teha ja kindla inimese häälega sobitada."

„Sul on selleks seadmed olemas, eks?"

Gus oli solvunud. „Muidugi on mul seadmed olemas. Vaata ringi. Mul on hääle tuvastamiseks kõik olemas."

„Milles siis asi?"

Gus naaldus tooli seljatoele ja ohkas pikalt. „Ma näitan sulle. Pane sõrmeotsad oma kõrisõlme peale.

„Mis asja?"

„Niimoodi." Gus pani kahe sõrme otsad oma kõrisõlmele.

Cohen krimpsutas nägu.

„Pane nüüd."

Cohen kuuletus vastumeelselt.

„Ütle midagi, mida tahes, aga ürita seda kuidagi moonutada … kõrgema, madalama, kähedama, lapsehäälega, vahet pole. Kui sa seda teed, tunned, kuidas häälepaelad võnguvad. Usu mind."

Cohen vaatas Gusi skeptilise pilguga.

„Tee proovi."

Viimaks Cohen kuuletus ja tõi äärmiselt kimeda häälega kuuldavale „Othello" kolm esimest rida.

„Oo, võimas. Ma poleks sind Shakespeare'i fänniks pidada osanud," ütles Gus, muiet summutades. „Kas tundsid neid vibreerimas?"

Cohen noogutas.

„Kui meie häälepaelad vibreerivad, kasutatakse neid kindlaid sagedusi, millest ma rääkisin. Tee nüüd sama, aga *väga* vaikselt sosistades."

Cohen kordas sama kolme rida nii tasa kui sai. Tema silmad tõmbusid Gusi poole vaadates pilukile. „Vibratsiooni ei ole."

„Just," kinnitas Gus. „Sellepärast, et su häälepaelad ei tekita heli, vaid õhk liigub kopsudest välja ning suu ja keel liiguvad."

„Nagu vilistades?"

„Nagu vilistades. Vibratsiooni ega tuvastatavad sagedusi ei ole."

„Tark raibe."

„Ma ju ütlesin."

„Kas me siis enamat ei suudagi? Me ei tea ikka, mida ta räägib."

Gus naeratas küüniliselt. „Te ei maksa mulle suurt pappi selle eest, et annaksin teile arusaamatu sosistamisega salvestuse lihtsalt tagasi, ega ju? Tahtsin öelda seda, et kuna ta sundis oma hääle aeglaseks venitavaks sosinaks, ei saa me seda puhastada ega muuta tagasi tema tavapäraseks hääleks. Nii et isegi kui teil oleks kahtlusalune, oleks väga keeruline selle põhjal hääle vastet leida. Ja ma olen päris kindel, et ta teadis seda."

„Aga sa suudad seda muuta nii palju, et me saame aru, mida ta ütleb?"

Gus muigas taas üleolevalt. „Vaata, kuidas ma nõiun." Ta võttis uuesti käsile digitaalse ekvalaiseri, keeras veel mõnda nuppu ja libistas heebleid, tuues siis eraldi ekraanile helikõrguse muutja. Seejärel pani ta väikese jupi audiosalvestusest kordusel mängima ja tegeles sellega mõned minutid. „Oh, terekest," ütles ta siis kulmu kortsutades.

„Mis on? Mis on?"

Gus sirutas käe masinlikult Skittlesite poole. „Siin on veel midagi. Mingi nõrk sisin taustal."

„Sisin?"

„Jah, nagu praepann või vihm kauge akna vastas." Gus kuulas uuesti. Pilk kandus ühele monitorile ja ta grimassitas nägu. „Selle sagedus on väga sarnane kahinale. Ja see segab natuke."

„Kas sa selle kõigega midagi ette ei saa võtta?" Cohen nookas stuudios olevatele seadmetele.

„Kas täna on rumalate küsimuste päev? Muidugi saan, aga selleks, et seda õigesti tuvastada, pean seda võrdlema oma helide kataloogiga." Gus hakkas arvuti klaviatuuril klõbistama. „See võib natuke aega võtta."

Cohen vaatas käekalla ja ohkas nördinult.

„Rahu, see ei sega mind sosistamist puhastamast. Selleks ei lähe üldse aega." Gus asus taas nuppude ja heeblite kallale. Minut hiljem tundus ta rahule jäävat. „Ongi vist olemas." Ta vajutas *play*-nuppu ja veeretas tooli helipuldist eemale.

Sama sosin, millest Cohen ja Myers oli kogu hingest üritanud sotti saada, kostis täiesti selgelt läbi kõlarite.

Coheni suu vajus Gusi poole vaadates lahti.

„Kuradi raibe."

Kolmkümmend

Kui nad Garciaga Parker Centerisse tagasi jõudsid, toimetas Hunter esimese asjana Laura Mitchelli näitusel tehtud fotode koopiad IT-üksuse juhi Brian Doyle'i kätte. Hunter teadis, et potentsiaalselt on kõik neil fotodel kahtlusalused, aga esimese asjana huvitas teda see võõras mees, kes oli Lauraga telefoninumbreid vahetanud. Fotol, mille Hunter oli ära tähistanud, oli võõra nägu piisavalt selgelt näha, et Doyle seda suurendada ja politsei andmebaasiga võrrelda saaks.

„See sülearvuti, mille asjus sa enne helistasid," ütles Doyle, laadides fotosid oma arvuti kõvakettale, „see, mille kadunud isikute üksus meile kaks nädalat tagasi saatis ja mis kuulub ..." Ta hakkas oma laual valitseva segaduse seas sobrama.

„Laura Mitchell," ütles Hunter. „Tema on neil fotodel."

„Oh, hästi. Igatahes, me saime tema salasõna teada."

„Mis asja? Juba?"

„Me oleme vapustavad, mida muud ma öelda oskan."
Doyle muigas ja Hunter grimassitas nägu. „Kasutasime lihtsalt algoritmi rakendust. Tema salasõna oli tema perekonnanime esitähed ja sünnikuupäev. Sa ütlesid, et tahad tema meile näha?"

„Jah. Tema ema ütles, et ta sai fännidelt mõned kirjad, mis teda ehmatasid."

„Noh, see pole kahjuks niisama lihtne. Meilirakendust tema arvutis ei kasutatud," selgitas Doyle, „mis tähendab, et ta ei laadinud meile alla, vaid luges neid võrgus. Kontrollisime arvuti arhiivi ja vähemalt seal käitus ta targalt. Ta ei vastanud kunagi jah, kui operatsioonisüsteem küsis, kas ta tahab, et arvuti mäletaks tema salasõna iga kord, kui ta oma meilikontole võrgus sisse logis. Ka tema internetiotsingute ajalugu kustus automaatselt iga kümne päeva tagant."

„Tema meilide salasõna pole sama kui arvutisse sisse logimisel?"

Kiire pearaputus.

„Aga see algoritmi rakendus, mida sa tema arvutis kasutasid?"

„See ei tööta võrgus. Internetiturvalisus on meilikontode rünnakute osas viimastel aastatel kõvasti paranenud. Kõik tähtsamad meiliteenuse pakkujad blokeerivad su mitmeks tunniks, vahel ka alaliselt, kui oled teatud korrad vale salasõna sisestanud." Doyle raputas taas pead. „Ja kui ta neid meile oma kontol ei hoidnud, kui ta need pärast lugemist ära kustutas, mis on tõenäoline, kuna sa ütlesid, et need hirmutasid teda, siis on kogu sõnumit põhimõtteliselt võimatu tagasi saada. Kui sa just ei leia meiliteenuse pakkujat, kust meilid saadeti. Muidu saame ainult lausekatkeid. Ja sa pead minema otse tema teenusepakkuja, Autoneti jutule. Siit ei saa me tuhkagi teha. Sa ju tead, mida see tähendab, eks? Kohtuordereid ja mida kõike

veel. Lisaks võid sa otsida mitu päeva, nädalat … kes teab …
ja mitte midagi leida."

Hunter tõmbas käega üle näo.

„Mu inimesed vaatavad tema kõvakettal olevaid faile läbi.
Annan teada, kui midagi leiame."

Kolmkümmend üks

Whitney Myers seisid liikumatuna paigal, põrnitsedes arvuti-
ekraani ja audiolaineid, mis võbelesid nagu elektrilöögi saanud
ussikesed. Cohen oli Gusilt saadud digisalvestuse äsja oma
arvutisse laadinud. Varasem arusaamatu sosin Katia Kudrovi
automaatvastajas oli nüüd selge tekst.

„SA VÕTAD MUL HINGE KINNI …" Paus. „TERE TULE-
MAST KOJU, KATIA. MA OLEN SIND OODANUD. ON AEG,
ET ME VIIMAKS KOHTUKSIME."

Salvestus kordus ikka ja jälle Coheni kõlarites. Viienda korra
järel kiskus Myers viimaks pilgu ekraanilt ja vajutas Esc-klahvi.

„Gus ütles, et see on tema pärishääl, seda ei moonuta
elektrooniline seade?"

Cohen noogutas. „Aga ta oli nutikas. Ta kasutas hääle
moonutamiseks sosistamist. Kui ta vahele jääb, ei saa me hääli
võrrelda. Vähemalt mitte selle salvestusega."

Myers taganes Coheni laua juurest eemale ja tõmbas kahe
sõrmeotsaga kergelt üle ülahuule. Ta tegi seda aru pidades alati.
Ta teadis, et peab salvestust Leonid Kudrovile ette mängima,
kui nad kahe tunni pärast mehe kodus kokku saavad. Myers oli
kindel, et see hirmutab niigi heitunud meest veelgi.

„On sul mu diktofon kuuekümne sõnumiga alles?" küsis
ta oma laua juurde naastes ja märkmikku lehitsedes.

„Jah, siinsamas."

„Olgu, mängi viimane sõnum uuesti ette." Myers vaikis. „Tegelikult lõik *pärast* viimast sõnumit. Mind huvitab kellaaeg, mida elektrooniline automaatvastaja hääl ütleb, kui sõnum jäeti."

„Kaheksa nelikümmend kaks õhtul," vastas Cohen automaatselt.

Myers kergitas kulmu.

„Ma kuulasin seda nii mitu korda, et see on mulle mällu sööbinud," selgitas mees.

„Oled kindel?"

„Täiesti."

Myers vaatas uuesti oma märkmikku. „Katia isa sõnul helistas ta tütrele oma mobiilist kaheksa viiskümmend kolm samal õhtul. Kõne kestis neli minutit ja kaksteist sekundit."

„Katia vastas sellele kõnele, eks?"

Myers noogutas.

„Aga üksteist minutit varem vastas automaatvastaja. Kas ta oli kuskil ära?"

Myers keeras lehte. „Ei, maja uksehoidja ütles, et ta saabus kaheksa paiku. Mees viis tema kohvrid katusekorterisse." Myersi sõrm oli korraks ülahuulel tagasi. „Muidugi mõista. Rätik köögipõrandal. Katia käis ilmselt duši all." Ta kontrollis kähku oma märkmeid. „Raisk! Mäletad, ma ütlesin, et tema majas polnud turvakaamerate salvestusi, kuna seal oli voolukatkestus, mis lõi korgid läbi?"

„Jah."

„Kaamerad lülitusid välja veidi enne kaheksat."

Cohen köhatas ettepoole naaldudes. „Ja me juba teame, et see ei saa mingil kuramuse moel juhus olla."

„See tähendab, et röövija teadis *täpselt*, millal Katia koju tuleb." Myers vaikis ja võitles ebamugava tundega. „Ta ootas juba korteris, kui Katia tagasi jõudis. Sellepärast ta ütlebki „tere tulemast koju". See mees *teadis*, et ta on kodus."

Coheni näoilme muutus. „Seega võttis ta viimase kõne korterist?"

„Tundub nii."

„Miks? Miks see kõne võtta, kui ta juba seal oli?"

„Ma ei tea. Hirmutamiseks? Sadistlikkusest? Vahet pole." Coheni kõik kehakarvad kerkisid. „Issand jumal."

„Mis on?"

„See sisistav taustaheli, mida Gus salvestusel kuulis. Ta ütles mulle stuudios, et see meenutab akna vastu sadavat vihma kusagil kaugemal või siis tugevat vihmahoogu." Cohen vaatas Myersile otsa. „Röövija oli tema magamistoas, kui ta selle kõne võttis. Ta vaatas teda duši all."

Kolmkümmend kaks

Kapten Blake ootas järgmisel hommikul juba Hunteri kabinetis, kui mees kell 7.51 tööle jõudis.

„Carlos ütles, et te tuvastasite ohvri."

Hunter noogutas. „Tema nimi on Laura Mitchell." Ta ulatas kaptenile kaheleheküljelise raporti.

Blake libistas pilgu üle selle ja vaikis. „Mõrtsukas varitses teda tema korteris?" Pilk vilas korraks uurijate vahel.

„Tundub nii, kapten," kinnitas Hunter.

„Kuidas ta sisse sai? Kas oli sissemurdmise jälgi?"

Hunter raputas kähku pead.

„Ta võis mõrtsuka ise sisse lasta," pakkus Garcia.

Kapten noogutas. „Mis tähendab, et mõrtsukas võis valenime all majja hiilida ja tema uksekella anda, oli ohvrile tuttav, teeskles postiljoni või ostjat ja leppis kokkusaamise kokku. Aga ikkagi, miks peita end maali taha? See on arusaamatu."

„Just," nõustus Hunter. „Ja sellepärast ma ei usugi, et Laura avas mõrtsukale ukse ja kutsus ta sisse, aga mees võis talle tuttav inimene olla küll."

Kapten Blake pidas hetke aru. „Kurjategijal võis olla võti."

Hunter noogutas. „Või on ta osav lukksepp."

„Kas tal oli kallimat, armukest?"

„Me vestleme täna tema endise kihlatuga. Mehe lend Dallasest maandub 14.45."

„Kaua ta ära on olnud?"

Hunter masseeris laupa. „Teisipäeva õhtust alates."

„Seega pole ta kahtlusalune, ega?"

„Veel ma seda ei väidaks, kapten."

Kapten Blake pöördus Hunteri poole. „Nii, vaatame. Ta on LA-st teisipäeva õhtust saadik ära olnud. Ohvri surnukeha leiti kaks päeva tagasi – kolmapäeva pärastlõunal, mäletad? Täpset surmaaega me ei tea, aga kriminalistide aruanne sündmuspaigast ütleb, et see ei olnud rohkem kui 3–6 tundi enne surnukeha leidmist. See tähendab, et ta polnud naise surma ajal Los Angeleses, Robert."

„Jah," nõustus Hunter, „aga meil pole ka tõestust, et mõrtsukas ta *tegelikult tappis*, mäletate, kapten? Ta võis ohvri sinna lihapoodi viia – elusana – mitu tundi enne surma. Juba eelmisel õhtul, nii et endisel kihatul oleks peaaegu täiuslik alibi. Me vajame rohkem infot, enne kui hakkame kahtlusaluseid välja praakima."

„Olgu, sellega olen ma nõus," nentis kapten. „Kuidas on selle teise mehega, keda Carlos mainis? See, kes üritas Laurale tema näituse viimasel päeval külge lüüa?"

Hunter otsis oma laualt mainitud võõrast tehtud foto koopiat ja ulatas selle kaptenile. Blake silmitses seda mõned sekundid.

„Me oleme seda fotot võrrelnud politsei andmebaasiga eilsest alates. Veel vasteid ei ole. Samuti käivad patrullpolitseinikud kõikides kunstigaleriides, näitusesaalides, muuseumides, kunstikoolides, kohvikutes ja mujal, kus näitusi korraldatakse. Daniel Rossdale'i kunstigalerii assistent ütles, et ta on seda meest ühel eelmisel näitusel näinud. See tähendab, et seda meest huvitab kunst ka tegelikult. Loodetavasti tunneb keegi kusagil ta ära."

„Laura kortermaja naabrite küsitlemine tulemust ei andnud," sõnas Garcia. „Kaks-kolm nädalat on paganama pikk aeg, et mõni naaber mäletaks millegi erilise kuulmist või kellegi kahtlase nägemist."

„Kas kriminalistid leidsid tema korterist veel midagi?"

Hunter valas endale klaasitäie vett. „Nad said tellisseina küljest mitu musta kiudu. Vastuseid veel ei ole, aga üks võimalik niidiots on."

„Mis see on?"

„Mõned kiud olid umbes saja kaheksakümne sentimeetri kõrgusel põrandast."

„Juuksekarvu?" küsis kapten Blake.

„Ei."

„Nii et see isik kandis mütsi, suusamaski või midagi muud säärast," järeldas kapten.

„Me oletame, et end seal peites toetas kurjategija selja vastu tellisseina," sõnas Hunter. „Kui meil on õigus ja kiud on pärit mingi peakatte küljest, peaks ta olema sada kaheksakümmend kuni sada üheksakümmend sentimeetrit pikk."

„Ja kui ei ole?"

„Siis võisid kiud pärineda sviitrilt ja me otsime rohkem kui kahemeetrist hiiglast."

„Teda peaks olema vähemalt lihtne leida," naljatas Garcia.

„Rüselusest jälgi pole?" küsis kapten surmtõsiselt.

„Mitte mingisuguseid."

Blake pöördus ja vaatas kuriteopaigas tehtud fotosid foto-tahvlil. Ta oli neid mitu korda näinud, aga ikka panid need ta võpatama. Selles linnas muutus vägivald iga aastaga aina hullemaks.

„Räägi minuga, Robert, sest mulle hakkab kogu see asi vaikselt vastu. Leidsime Laura surnukeha kaks päeva tagasi. Kaks päeva on möödas sellest, kui selle jätise pomm surnukuuris plahvatas ja kaks inimest tappis, kellest üks oli mu parimaid sõpru, ja seni ei tea me sittagi. Miks teda nii kaua vangis hoiti, enne kui tapeti? Kas Mitchellidelt on mingisugust lunaraha nõutud?"

Hunter raputas pead. „Ei. Ja kui meil on õigus, siis ei taha mõrtsukas lunaraha. Mõrvad-inimröövid sooritatakse harva raha pärast."

Kapten Blake tundis, et kuklakarvad kerkivad. „Arvad, et ta hoidis teda nii kaua elus seksuaalse naudingu pärast?"

„Võimalik, aga ilma lahkamisraportita ei saagi me teada, kas Laura Mitchelli oli vägistatud või mitte."

Kapten Blake ohkas sügavalt.

„Sellele on alati põhjus, miks röövija hoiab ohvrit vangis ilma raha nõudmata või ohvrit vabastamata," sõnas Hunter. „Kaks levinumat on kättemaks või sundmõte seoses ohvriga, kui kurjategija lihtsalt ei suuda loobuda. Üheksal juhul kümnest saab see alguse platoonilisest armastusest ... kuni paisub millekski võimsaks." Hunter pidas vahet ja silmitses Laura Mitchelli portreefotot. „Ja peaaegu kindlasti on selline sund-mõte seksuaalne või muutub selliseks."

Kapten niheles jalalt jalale.

„Aga midagi siin ei klapi," jätkas Hunter.

„Mis mõttes?"

„Kuriteopaiga fotode järgi teame kindlalt seda, et mõrtsukas ei piinanud Laurat."

Kapten kibrutas laupa.

„Piinamine, alandamine ja sadistlik seksuaalne kuritarvitamine on oluline osa enamikest mõrvadest-inimröövidest," selgitas Hunter. „Kui röövimise põhjuseks ei ole raha ja kui ohver leitakse, on tal enamasti füüsilise piinamise ja kuritarvitamise tundemärke." Hunter läks fototahvli juurde. „Enne tema tuvastamist vaatasime Garcia ja mina need fotod äärmiselt hoolikalt läbi, püüdes leida mingisuguseidki füüsilisi tunnuseid, mis aitaksid meid õigesse suunda juhatada." Ta raputas pead. „Mitte kriimugi. Laural polnud rohkem sinikaid peale nende, mille tekitasid õmblused ja tema enda küüned."

„Kui tema röövija eesmärgiks oleks olnud kättemaks," lausus Garcia, „oleks röövija teda piinanud, kapten. Kui sel mehel oleks tema suhtes sundmõte olnud, oleks ta teda tõenäoliselt ka vägistanud. Mõlemal juhul oleks Laura kehal olnud sinikaid."

„Kui kurjategija hakkab oma tahtmise saavutamiseks vägivalda kasutama," jätkas Hunter, „tekib väga kiiresti allakäiguspiraal. Ohvri üle domineerimine, võlts võimutunne, mida see kurjategijale annab, on tema jaoks nagu narkootikum. Vägivald süveneb, vägistamised muutuvad agressiivsemaks kuni ..." Ta jättis lause õhku rippuma.

„Aga siin pole tegemist sellega," jätkas Garcia tema asemel. „Meil on inimrööv, ohvri vangis hoidmine ja mõrv, aga mitte vägivalda."

Kapten Blake oleks Garcia sõnade peale peaaegu läkastama hakanud. „*Mitte* vägivalda?" Ta vaatas fototahvlit ja siis uurijaid. „Ta pani ohvri sisse pommi ja õmbles ta kinni – kui ohver oli elus. Mida kuradit *sina* vägivallaks pead?"

„Just selles probleem ongi, kapten," segas Hunter vahele. „Vägivald tuli alles lõpus, seoses mõrvaga. Ja me kõik oleme ühte meelt selle osas, et see oli julmalt sadistlik. Aga kuna Laura kehal polnud sinikaid, tähendab see, et mõrtsukas polnud teda vangis hoides tema suhtes vägivaldne. See ei eskaleerunud vähehaaval, vaid muutus koletislikuks üheainsa kiire sammuga."

„Ja mida see meile ütleb?"

Hunter ei pööranud pilku ära. „Et meil on tegemist äärmiselt ebastabiilse ja plahvatusohtliku isikuga. Kui ta enesevalitsuse kaotab, sureb keegi."

Kolmkümmend kolm

Patrick Barlett oli üks California tippfinantsnõustajaid. Tal oli kuulsa 777 Toweri 40. korrusel oma firma.

Barletti firma vastuvõtuala oli sisustatud muljet avaldama. Hunter mõtles, et ta usub kindlalt teooriat, et raha meelitab ligi raha.

Poolringikujulise terasest ja klaasist vastuvõtulaua taga seisis kaks administraatorit. Nende üheaegsed naeratused tervitasid Hunterit ja Garciat, kui uurijad lauale lähenesid. Hunter näitas töötõendit, aga hoidis pöialt sõna „mõrvarühm" peal. Administraatorite naeratus tuhmus veidi. Kaks minutit hiljem juhatati Hunter ja Garcia Patrick Barletti kabinetti.

Kui firma vastuvõtuala oli muljetavaldav, siis Barletti kabinet oli majesteetlik. Läänesein oli maast laeni klaasist ja sealt avanes Los Angelesele harukordne vaade. Põrand oli imeilusast tammeparketist. Seinad olid õrnalt sinakaks värvitud. Kogu kabinet oli täis teravaid servi ja läikivaid pindu.

Barlett tervitas mõlemaid uurijaid väga tugeva käepigistusega.

„Palun astuge edasi," ütles ta madala sujuva häälega. „Vabandage segaduse pärast. Jõudsin äsja tagasi. Tulin otse lennujaamast siia."

Barlett oli 35-aastane, sama pikk kui Garcia, aga tugeva sportliku kehaga, päevitunud ihu ja pruunide juustega. Tema silmad olid tumedad, peaaegu mustad. Nägu oli kena nagu mõnel Hollywoodi superstaaril.

Kui Hunter nende visiidi põhjust selgitas, nägi ta Barletti pilgus midagi muutumas, nagu oleks midagi hinnalist kildudeks löödud.

Barlett istus oma imposantse laua taga, suutmata terve minuti sõnagi suust saada. Ta põrnitses mitu sekundi Hunterit ja vaatas siis väikest pildiraami oma laual. Fotol oli kolm paari ilmselt mingil peenel dineel. Patrick ja Laura istusid kõrvuti. Nad tundusid õnnelikud. Armunud.

„See peab olema eksitus." Barletti hääl oli muutunud ahastavalt ebakindlaks.

Hunter raputas pead. „Kahjuks mitte."

„Peab olema. Kes surnukeha tuvastas?"

„Härra Barlett." Hunteri hääl oli seekord tugevam. „See pole eksitus."

Patricku pilk naasis korraks fotole ja leidis siis pelgupaiga hunnitus vaates. Tema käed vajusid laualt sülle nagu lapsel, kes üritab varjata nende värisemist.

„Millal te viimati preili Mitchelli nägite, härra Barlett?" küsis Garcia.

Vaikus.

„Härra Barlett?"

Mehe pilk kandus taas uurijatele. „Häh? Palun öelge mulle Patrick."

„Millal te viimati preili Mitchelli nägite, Patrick?" kordas Garcia seekord veidi aeglasemalt.

„Mitu nädalat tagasi, tema näituse viimasel õhtul ..." Patrick otsis mälust nime, aga ei leidnud seda, „... kusagil West Hollywoodis."

„Daniel Rossdale'i galerii?" aitas Hunter teda.

„Jah, seesama."

„Kas teid kutsuti sinna?" uuris Garcia.

„See polnud kutsetega üritus."

„Pean silmas seda, kas preili Mitchell teadis, et te sinna lähete? Kas ta kutsus teid sinna?"

Barlett käitumine muutus oluliselt karmimaks.

„Kas mind süüdistatakse milleski?" Ta ei oodanud vastust. „See on lollus. Kui te arvate, et ma suudaksin eales Laurale midagi halba teha, siis olete selle linna kõige kehvemad uurijad. Või siis ei ole te vaevunud meie tausta uurima. Meil on ühine minevik. Ma armastan Laurat. Ma pigem sureksin, kui talle viga teeksin."

Hunter pani tähele, et Barlett isegi ei maininud, et teda polnud linnas, kui Laura surnukeha leiti.

„Kas te üritasite temaga pärast näitust ühendust võtta? Te ei läinud sel õhtul ju just sõpradena lahku."

„Mis asja?" Patrick põrnitses Garciat. „See on jama. Peate oma fakte kontrollima, uurija. Ma jõin tol õhtul liiga palju ja käitusin mölakana, seda ma tunnistan, aga see oli ka kõik. Ei enamat. Ja jah, ma üritasin talle järgmisel päeval helistada ja vabandust paluda, aga vastas tema automaatvastaja."

„Kas te jätsite sõnumi?"

„Jah."

„Kas ta helistas teile tagasi?"

Barlett naeris Garcia küsimuse peale närviliselt. „Ei, ta ei helista kunagi tagasi. Olen sellega harjunud."

„Miks te ütlete, et käitusite mölakana?" küsis Garcia. „Mis juhtus?"

Barlett vaikis, püüdes otsustada, kas öelda veel midagi. „Kuna on selge, et te peate mind kahtlusaluseks, peaksime selle jutuajamise lõpetama, kuni mu advokaat saab kohal viibida."

„Me ei süüdista teid milleski, Patrick," väitis Garcia. „Kontrollime lihtsalt mõningaid fakte."

„Mulle tundub see küll ülekuulamise moodi. Nii et kui te vastu pole, siis arvan, et mu advokaat peaks tõesti kohal viibima." Barlett võttis laualt telefoni.

Garcia naaldus tooli seljatoele ja tõmbas käega üle habemetüüka.

„Teil on see õigus, Patrick," jätkas tema asemel Hunter, „aga sellest poleks kellelegi kasu. Kindlasti raiskaks see aega. Aega, mida me peaksime kasutama Laura mõrtsuka otsimiseks."

Patrick katkestas numbri valimise ja põrnitses Hunterit.

„Saan aru, et selline küsitlemine võib teid ärritada, aga hetkel on kõik kahtlusalused ja me ei teeks oma tööd, kui teie jutule ei oleks tulnud. Mitte keegi ei näinud preili Mitchelli pärast tema näituse viimast päevaga elusana. Teid nähti temaga tol õhtul tülitsemas." Hunter naaldus ettepoole. „Te olete intelligentne inimene, nii et mõelge ise. Arvestades teie dokumenteeritud emotsionaalseid purskeid, teie minevikku Laura Mitchelliga ja asjaolu, et te olete viimased neli aastat edutult üritanud teda tagasi võita, kas siis on üllatav, et me siin oleme? Mida te ise meie asemel teeksite?"

„Ma ei teaks eales Laurale halba," kordas Barlett.

„Hästi, aga nii te seda ei tõesta. Olenemata sellest, mida te teete, advokaadiga või ilma, te peate ikkagi meie küsimustele vastama. Me hangime kohtuorderi ja see asi venib pikalt." Hunter lasi pilgu rõhutatult langeda laual olevale fotole. Barlett järgnes tema pilgule. „Laura, teie armastatud naise tapnud isik on vabaduses. Kas te tõesti arvate, et meile vastu punnimine ja aja raiskamine on hea mõte?"

Barletti pilk püsis fotol.

Hunter ja Garcia ootasid.

„Tunnistan, et olin armukade," ütles Barlett viimaks, kui tema pilk klaasistus. „See mees käis Laural kõikjal kannul nagu näljane koer. Vahtis teda kogu aeg nagu oleks ta paljas või midagi. Ja siis nägin ma neid rääkimas. Laura oli väga omaette hoidev inimene, mitte flirtija, nii et muidugi olin ma armukade. Aga selles tüübis oli midagi teistsugust."

„Kuidas teistsugust?" uuris Hunter.

„Ma ei teagi. Tema pilk Laurat vahtides. Nagu ma ütlesin, käis ta Laural kannul. Kõikjal paari sammu kaugusel, aga ta polnud seal Laura maalide pärast."

„Kust te seda võtate?"

„Sest ta ei vaadanud kordagi ühtegi maali. Kui kõik teised kõndisid ringi ja imetlesid näitust, püsis tema pilk Laura peal ... *ainult* tema peal. Nagu oleks *Laura* näituseeksponaat."

„Kas te ei arva, et teie suhtumist sellesse mehesse võis moonutada asjaolu, et te olite tema peale armukade?" pakkus Garcia.

Barlett raputas pead. „Olin küll tema peale armukade, eriti kui nägin teda Lauraga rääkimas ja seda, kuidas Laura talle naeratas, aga see mees ei köitnud mu tähelepanu sellepärast. Märkasin, kuidas ta Laurat vahtis juba enne, kui nad rääkima hakkasid. Ma ütlen teile, et ta ei olnud seal näituse pärast. Ta oli seal Laura pärast."

„Ja te ütlesite seda Laurale?" küsis Garcia.

„Jah, aga ta ei tahtnud mind kuulda võtta. Vihastas. Arvas, et ma olen armukade, aga ma püüdsin vaid teda kaitsta."

Hunter võttis kaasasolevast kaustast foto. See oli üks neist fotodest, mille nad Daniel Rossdale'i galeriist olid saanud. See, millel oli pikk tumedapäine tundmatu, kes oli Lauraga telefoninumbreid vahetanud. Mees seisis Laura kõrval ja vaatas kaamerasse. Hunter pani foto lauale Patricku ette. „On see sama isik, kellele te viitate?"

Patrick nihkus lähemale. Tema kulmud tõmbusid kokku.

„Jah, see on tema."

„Ja te polnud teda varem näinud?"

„Enne seda õhtut mitte."

Hunteri telefon helises taskus.

„Uurija Hunter," vastas ta ja kuulas pikalt. Tema silmad lõid Garcia poole vaadates särama.

„Ära aja jama."

Kolmkümmend neli

„Kuhu me siis täpsemalt sõidame?" küsis Garcia parklast liikuma hakates.

„Norwalki," vastas Hunter, toksides telefoni teel saadud aadressi GPS-i.

Üks patrullpolitseinik, kes käis mööda kunstigaleriisid näitamas fotot mehest, kes Laura Mitchelli näituse viimasel õhtul temaga telefoninumbreid vahetas, oli midagi avastanud. Manhattan Beachi ühe eksklusiivse galerii omanik oli mehe ära tundnud. Mees oli üheksa kuud tagasi ostnud galeriist ühe näituse ajal Laura Mitchelli maali.

Enamik galeriisid palub klientidel jätta ostetud maal näitusele üles, kuni näitus läbi saab. Manhattan Beachi galerii pani alati kirja oma klientide nime ja telefoninumbri.

Mehe nimi oli James Smith.

Norwalk on suures osas keskklassi elurajoon, mis asub Los Angelese kesklinnast 25 kilomeetri kaugusel kagus. Hunteril ja Garcial kulus South Figueroa Streetilt Norwalki vaesemas linnaosas asuvale aadressile sõitmiseks 55 minutit.

Aadress juhatas nad vana halli betoonist peletise juurde. Kuuekordne määrdunud akendega hooletusse jäetud maja vajas hädasti värvikihti. Garcia parkis auto teisele poole teed maja vastu. Viis noorukit, kes sealsamas läheduses korvpalli põrgatasid, peatasid oma tegevuse. Hunterit ja Garciat põrnitses kümme silma.

„¿*Que passa**, pollarid?" hüüdis viiest noorukist kõige pikem ja lihaselisem, kui uurijad üle tänava läksid. Tal polnud särki seljas ja tema lihased läikisid higist. Suur osa tema ülakehast, käsivartest ja kaelast oli tätoveeringutega kaetud. Hunter tundis osades ära vanglatätoveeringud. „¿*Qué quieres aquí, puercos?***" Nooruk lasi pallist lahti ja pani käed trotslikult rinnal vaheliti. Ülejäänud neli kogunesid kaitseliinina tema taha.

„*No somos policías****," ütles Hunter ja näitas oma spordiklubi kaarti. Ta teadis, et nad on liiga kaugel, et seda korralikult näha. „Mina olen Los Angelese kommunaalametist." Ta nookas peaga Garcia poole. „Tema on pensioniametist."

Noorukite bravuurikus kadus hetkega.

„Pagan, ma pean minema," ütles prillidega poiss kella vaadates. „Mul on tunni aja pärast töövestlus."

„Jah, mul ka," sõnas kõhn kiilaspäine nooruk.

Nad kõik noogutasid ja pomisesid laiali minnes hispaania keeles ning kõik viis võtsid mobiiltelefonid kätte.

Garcia ei suutnud muiet summutada.

Fuajee oli sama kehvas seisus kui maja ise. Määrdunud seinad, veelaigud laes ja liisunud suitsuhais tervitasid Hunterit ja Garciat, kui nad metallist ja armeeritud klaasist ustest sisse astusid.

„Mitmes korrus?" küsis Garcia.

„Neljas."

Garcia sirutas käe liftinupu poole.

---

*   hisp k. Mis toimub.

**   hisp k. Mida te siit tahate, pollarid?

*** hisp k. Me pole politseinikud.

„Nalja teed või?" Hunter turtsatas naerma. „Kas sa ei näe, mis seisus see maja on? See on liiga ohtlik." Ta viitas trepi poole. „Turvalisem on neid kasutada." Nad võtsid kaks astet korraga.

Neljanda korruse koridor oli pikk, kitsas, halvasti valgustatud ning haises praetud vanade sibulate ja kuse järele. Nad möödusid paokil uksest, mille taga nuttis kusagil laps. Elutoas töötas teler, kus mängis mingi kohtudraama.

„Pole just selline koht, kus kunstiarmastaja elada võiks," tähendas Garcia.

Korter 418 oli kolmas uks enne koridori lõppu. Hunter koputas ja ootas viisteist sekundit.

Vaikus.

Ta koputas uuesti ja surus siis kõrva vastu ust. Kümme sekundit hiljem kuulis ta kedagi ukse juurde tulemas. Ukselukk avati valju kõlksuga ja tõmmati siis paokile, nii palju, kui kett võimaldas. Korteris ei põlenud tuled. Hunter nägi vaid silmi, mis umbes kolmekümne sentimeetri kaugusel uksest teda vaatasid. Magus jasmiinilõhn kandus uksest välja.

„Härra Smith?" küsis Hunter. „James Smith?"

Vaikus.

Hunter lükkas vargsi saapanina ukse alumise serva vastu ja näitas ametimärki. „Tahaksime teile mõned küsimused esitada."

Veel kaks sekundit vaikust. Järsku lükati uks meeleheitliku reaktsiooniga nõksatades kinni, aga Hunteri jalg ei lasknud seda kinni virutada.

„James …? Mida kuradit?" röögatas Hunter.

Uks andis järele, kui Smith sellest lahti lasi. Nad kuulsid korteris sammude sahinat, mis eemaldusid uksest ja neist. Hunter vaatas murdosa sekundi küsivalt Garcia poole. Mõlemad taipasid seda korraga.

„Tuletõrjeredel …"

Kolmkümmend viis

Hunter osutas koridori lõppu. „Majatagune tänav ... mine ... kohe."

Garcia pöördus päkkadel ja pistis mööda koridori jooksu nagu auruvedur. Hunter tõukas korteriust, aga seda takistas uksekett. Ta viskus vasaku õlaga tugevasti selle vastu. Ühest korrast piisas. Kett tuli uksepiida küljest lahti, puutükke lendas kõikjale. Hunter nägi ja kuulis esikuust sulgumas. Ta tormas selle poole, aga jäi hiljaks. Sammu kaugusel uksest kuulis ta lukku pöördumas. Ta katsus masinlikult ukselinki. Kinni. „Smith, tõsiselt ..." Ta tõukas õlaga ust. See ei liikunud. Hunter proovis uuesti, seekord tugevamini. Uks isegi ei kõikunud. Ta taganes kaks sammu ja virutas saapaga vastu ukselinki. Korra, kaks, kolm korda. Uks vibreeris natuke, aga ei enamat. Ta teadis, et pole mõtet rohkem üritada. Uksel oli teisel pool arvatavasti pindlukk. Hunter võinuks ju uksehinged katki tulistada, aga see oleks olnud liialdus ja seda oleks raportis väga keeruline õigustada.

„Smith, tõsiselt, tehke uks lahti."

Mees oli arvatavasti juba poolel teel tuletõrjeredelist alla. „Raisk!"

Hunter jooksis mööda koridori järgmise toa juurde, mis paiknes samuti paremal pool nagu see tuba, kuhu James oli end lukustanud. Selle toa uks oli kinni, aga mitte lukus. Ta lükkas selle lahti ja astus sisse. Tuba oli peaaegu täiesti pime. Hunter ei otsinud lülitit – aega polnud – ja kiirustas kaugemas seinas oleva akna juurde, komistades millegi otsa põrandal. Nagu see tuba, kuhu James oli kadunud, avanes ka siinne aken maja taga oleva tänava poole. Kardinaid polnud, aga aknaklaasid olid musta värviga üle pihustatud. See oli vanamoodne aken. Kaks klaastahvlit. Alumisel olid all sõrmede jaoks õnarused. Lukke polnud, ainult üks pöördriiv. Hunter avas selle ja lükkas alumist osa üles. Kinni kiilunud.

„Raisk."

Ta hoidis sõrmed õnarustes ja raputas akent nii, et kogu aknaraam värises. Ta üritas veel korra. Aken nihkus mõne sentimeetri ülespoole, nii et ta sai käe raami alla lükata. Nüüd oli haare palju parem. Ühe tugeva tõukega liikus klaastahvel kriuksudes üles välja. Hunter kummardus ettepoole ja vaatas välja. James kiirustas alla metallredeli viimastest pulkadest.

„Kuradi kurat."

Smith ei vaadanud tagasi. Ta hüppas redelilt alla ja pistis jooksu. Ta oli kiire ja nõtke.

Hunter otsis pilguga Garciat. Ta nägi Smithi põiklemas suurte prügikonteinerite vahel ja seejärel umbes kahekümne meetri kaugusel ühest uksest sisse putkamas.

Garcia ilmus viimaks nähtavale tänava parempoolsest otsast, sprintides nagu olümpiasportlane.

„Hiina restorani tagauks," hüüdis Hunter aknast. „Nendest paremale jäävatest prügikonteineritest mööda. Ta jooksis kööki."

Garcia kõhkles hetke, kaaludes, kas peaks tuldud teed tagasi jooksma ja püüdma Jamesi teed eestpoolt ära lõigata. Tagasiminek võtaks liiga kaua aega. Selleks ajaks, kui ta sinna jõuab, on James kadunud. Ta jooksis edasi, möödus prügikonteineritest ja kadus sisse samast uksest, kust James mõni sekund varem.

Hunter pöördus ja kiirustas toast välja. Kui ta teeb kähku ja tal veab, jõuab ta Smithi tee tänava otsas ära lõigata. Ta oli astunud kaks sammu aknast eemale, kui märkas midagi seinal.

Valgus, mis avatud aknast nüüd sisse kandus, oli pimeduse peletanud.

Avanev vaatepilt sundis teda paigale tarduma.

Kolmkümmend kuus

Garcia jooksis Hiina restorani tagumisest uksest sisse ja avastas end rahvast täis köögist. Lõunasöögiajal käis usin töö. Kolm kokka seisid suure kümne põletiga pliiti ees, kus särises mitu vokkpanni. Üks oli vist põlema süttinud ja leegid viskusid vähemalt neljakümne sentimeetri kõrgusele. Kaks abikokka olid pika metallist tööpinna taga, mis oli täis äsjatükeldatud köögivilju, lisaks seisis seal kolm ettekandjat. Üks oli seljaga vastu seina topeltpöörduste juures, kust pääses restorani söögisaali, nagu oleks ta teelt eest tõugatud. Põrandal tema ees oli tagurpidi metallkandik. Mitu kaussi nuudlite ja supiga vedeles maas. Kõik kaheksa karjusid valjusti mandariini keeles. Garcia ei pidanud sellest aru saama teadmaks, et nad ei karjunud üksteise peale või maha kukkunud toidu pärast. See oli närviline reaktsioon.

Garcia oletas nende reaktsiooni järgi, et ta oli Smithist kümme-viisteist sekundit maas.

Kõik vaatasid Garciat, kui ta tagauksest sisse tormas, ja taganesid sammu. Murdosa sekundi pärast hakkasid nad uuesti karjuma ja kätega tema poole vehkima. Garcia ei peatunud. Üle maas vedeleva toidu astudes ja pöördustest välja joostes sai ta aru ainult ühest sõnast – *tropp*.

Köögipersonali ehmunud ilme peegeldus ka söögisaali kõikide klientide nägudel. Osad olid pöördunud vaatama uut napakat, kes köögist välja kihutas, ja osad vahtisid alles välisukse poole, kust eelmine oli äsja väljunud.

Garcia jooksis läbi restorani, põigeldes osavasti mööda juhatajast ja ettekandjast.

Tänav oli täis mõlemas suunas liikuvaid inimesi. Garcia vaatas vasakule ja paremale. Mitte keegi ei jooksnud. Mitte keegi polnud üllatunud. Mingit kaost ei olnud. Garcia astus kaks sammu, ajas end kikivarvule ning vaatas uuesti vasakule ja paremale. Ta kirus endamisi, taibates, et ei tea sedagi, mis Smithil seljas on. Uksepraost olid olnud näha ainult mehe silmad. Näitusel tehtud foto järgi teadis ta, milline Smith välja näeb, aga mitte selja tagant. Iga pikk eemalduv mees võis olla Smith.

Garcia otsis pilguga Hunterit. Ta oli kindel, et kuni tema Smithile läbi restorani järgnes, üritaks Hunter tema teed tänava otsas ära lõigata, aga paarimeest polnud kusagil näha.

„Kuramus, Robert, kus sa oled?"

Garcia läks mõne meetri kaugusel seisva kolmese rühma poole. „Kas te nägite mõni sekund tagasi sellest restoranist välja jooksnud pikka tüüpi?"

Kõik kolm meest vaatasid teda, siis restorani ust ja uuesti teda.

„Jah," vastas lühike ja jässakas mees ning kõik noogutasid samal ajal. „Ta läks … sinnapoole." Üks osutas vasakule, teine paremale ja jässakas tüüp oma kubemele. Kõik kolm puhkesid naerma. „Kao siit kus kurat, võmm. Me pole sittagi näinud."

Garcial polnud selleks jamaks aega. Ta taganes sammu ning vaatas veel korra paremale ja vasakule.

Hunterit polnud.

Smithi polnud.

Garcia oli sunnitud Smithile au andma. See vennike oli kaval. Ta teadis, et mitte keegi polnud teda korralikult näinud. Tal võis olla seljas ülikond või kapuutsiga dressipluus. Kohe, kui ta restoranist välja sai, aeglustas ta sammu, mitte ei jooksnud edasi, et mitte silma torgata. Lihtsalt suvaline mees, kes jalutab poetänaval. Ta oleks sama kahtlane kui kõik teised.

Garcia võttis mobiili taskust välja ja helistas Hunterile. „Kus sa oled? Said ta kätte?" Pilk vilas endiselt tänaval edasi-tagasi.

„Ei, olen alles korteris."

„Mis asja? Miks? Arvasin, et üritad tal tee ära lõigata."

„Sa siis ei saanud teda kätte?"

„Ei. Ta oli nutikas. Segunes rahvamassi. Ja mul pole aimugi, mis tal seljas on."

„Ma lasen kohe tema kohta tagaotsimisorderi välja anda."

„Miks sa ikka veel tema korteris oled?"

Üürike paus.

„Robert?"

„Sa pead seda tuba nägema."

Kolmkümmend seitse

Garcia seisis liikumatuna väikese ruudukujulise toa ukselävel. Aken oli nüüd pärani lahti, nii et päevavalgus pääses sisse. Nõrk elektripirn keset lage põles samuti. Kopitanud vanapaberi ja tolmu lõhn hõljus õhus, umbes selline nagu raamatupoe keldriruumis või ajalehetoimetuse arhiivis. Hunter seisis suure puidust laua kõrval, mis oli täis kuhjatud ajakirju, väljatrükke ja ajalehti. Neid olid kuhjas ka põrandal, nii et toas polnud õieti võimalik ringi liikuda – Smith oli kas mingi kollektsionäär või üks neist inimestest, kes kardavad midagi minema visata.

Garcia pilk liikus toas ringi, püüdes kõike hoomata. Seinad olid üleni kaetud kas joonistuste, artiklite, väljalõigete, visandite või fotodega. Need olid pärit ajalehtedest, ajakirjadest või veebilehekülgedelt ja paljud oli joonistanud, kirjutanud või pildistanud Smith ise. Pilte ja artikleid oli sõna otseses mõttes sadu. Garcia astus tuppa ja tema pilk kandus lakke. Veider kollektsioon jätkus ka seal. Kogu vaba pind oli nendega kaetud.

„Jestas …" Miski tema sisemuses kiskus kokku. Ta tundis kohe ära kõikidel joonistustel ja visanditel oleva naise. Eksida polnud võimalik. Laura Mitchell. Mitme foto ümber oli joonistatud punase vildikaga süda. Nagu lapsed oma iidolite piltidega teevad.

„Mis kuradi koht see on?" sosistas Garcia.

Hunter pöördus ja vaatas uuesti toas ringi, nagu näeks seda esimest korda.

„Mingisugune pühamu? Tema privaatne arhiiv? Või taustauuringu tuba? Kes teab?" Ta kehitas õlgu. „See tüüp on vist kokku kogunud kõik, mis iial Laura kohta avaldatud on. Osade artiklite ja fotode pleekimise järgi võib arvata, et need on päris vanad." Tema pilk libises üle kuhjade, mis vedelesid toas kõikjal.

Garcia keskendus ajakirjade ja ajalehtede kuhjadele. „Kas ta on neis kõigis?"

„Pole vaadanud, aga kui peaksin oletama, siis ütleksin jah." Hunter võttis ühe kuhja alumise ajalehe välja. See oli San Diego Union-Tribune.

Garcia kergitas veidi vasakut kulmu. „San Diego?" Ta nägi kuupäeva. „See ajaleht on kolm aastat vana."

Hunter hakkas seda lehitsema. „Häda on selles, et ükski ajaleht või ajakiri ei ole volditud ega mingi kindla lehekülje või artikli pealt lahti. Ma kontrollisin juba. Oletan, et ta hoidis neid alles, kuna meelelahutuse lehekülgedel on midagi." Ta pani ajalehe kokku ja näitas seda Garciale. „Aga nagu sa näed, pole siin mingeid märke. Midagi ei ole ümber tõmmatud, alla joonitud ega värviliseks tehtud."

„Laura kohta on midagi?"

Hunter libistas pilgu üle lehekülje.

Enamik artikleid olid muusikast – kontsertide ja albumite arvustused. Ta keeras lehte ja jätkas uurimist. Lehekülje alumises nurgas nägi ta kunstinäituse arvustust ja noogutas. „Tal oli tol ajal San Diegos näitus."

Garcia käänas kaela. Fotosid ei olnud. Ta võttis teise kuhja alt suvalise ajalehe. Selleks oli Sacramento Bee. „See on poolteist aastat vana." Ta leidis kohe meelelahutusleheküljed ja libistas pilgu üle järjekordse näituse arvustuse. „Ta on teda aastaid jälitanud," ütles Garcia, vaadates veel korra toas ringi. „Ta teadis kõike, mida Laura kohta teada oli. Kogus kõikvõimalikku infot. Vaat see on kannatlikkus. Ta ootas aastaid õiget hetke, et tegutseda. Laural polnud lootustki."

Kolmkümmend kaheksa

Hunter ja kapten Blake pidid kõik mängu panema, et ületöötanud ja töötajate puuduses vaevlev kriminalistikaosakond saadaks kaks kriminalisti võimalikult kiiresti sündmuspaika, mis ei olnud kuriteopaik. Esmamulje ütles, et peale Jamesi polnud korteris käinud mitte kedagi teist. Mingit peidikut siin ei olnud. Kui Smith oli mõrtsukas, oli ta hoidnud Laura Mitchelli vangis kusagil mujal teadmata kohas. Ja see teadmata koht oli arvatavasti sama, kuhu ta praegu läks. Erinevus oli selles, et ta teadis, et politsei on tal jälil ja see mõjutab kahtlemata tema tegevust. Ta on närviline, ehk isegi paanikas. Ja paanikas mõrtsukas tähendab katastroofi. Hunter teadis seda karmist isiklikust kogemusest liigagi hästi.

Nad peavad ta kiiresti leidma. Enne kui ta Norwalkist lahkub. Enne kui ta kaob.

Nad ei leidnud teda.

Hunter oli kohe lasknud James Smithi foto meiliga saata Parker Centerist Norwalki LA šerifijaoskonda. Kõik vabad patrullüksused saadeti peaaegu kohe tänavatele otsima.

Jalgsipatrullid ja Norwalki Metrolinki jaoskonnas tööl olnud politseinikud said SMS-sõnumi teel samuti Smithi foto. Lennujaamadele, rongi- ja bussijaamadele anti häire. Aga kuus tundi pärast seda, kui Hunter ja Garcia Smithi uksele koputasid, polnud teda ikka leitud.

Kriminalistid olid kolm ja pool tundi korterist tõendeid otsinud. Nad ootasid labori kinnitust, aga nähtu põhjal oli üsna kindel, et kõik seni leitud sõrmejäljed kuuluvad ühele inimesele – James Smithile.

Strateegilised kohad Smithi magamistoas ja mõlemas vannitoas pihustati luminooliga üle, aga verd ei leitud. Ultraviolettvalgusega kontrolliti üle ka voodipesu, diivan ja elutoa vaip. Seemnevedeliku jälgi ei leitud.

Hunter ja Garcia hoidsid teelt eest, püsides kollaažitoas. Siin oli piisavalt tegemist tervele rügemendile nädalaks ajaks. Alguses ei mõelnudki Hunter kõige läbikontrollimise peale. Kogu informatsioon tundus olevat Laura Mitchelli, mitte James Smithi kohta. Ta otsis hoopis isiklikku päevikut või märkmikku. Midagi, mis annaks neile aimu, kuhu Smith võis minna või kes ta on.

Nad ei leidnud midagi. Ei dokumente, passi ega juhiluba. Isegi mitte kommunaalteenuste arveid.

„Midagi, mis meile mingisugusegi niidiotsa annaks, poisid?" küsis Hunter ühelt kriminalistilt tüki aja pärast.

„Jah, ma pakun, et tegemist on korraarmastajaga," vastas mees, kummardus, tõmbas nimetissõrmega üle põrandaliistu ja näitas tulemust Hunterile. „Mitte mingit tolmu ei ole. Mu abikaasa on ka üsna pedantne koristaja, aga isegi tema ei pühi iga kord koristades tolmu põrandaliistudelt. Ainus koht, kus tolmu on, on see kõhe tuba, kus teie käisite. Köögis on üks kapp otsast otsani koristustarbeid täis. Nii palju valgendit, et sellest saaks vannitäie. See tüüp on kas maniakaalne koristaja või ta oskas meid oodata."

Naabrite küsitlemine ei andnud samuti mingit asjalikku infot. Suurem osa ütles, et nad polnud kunagi näinudki isikut, kes elas korteris 418. Need, kes olid temaga kokku sattunud, polnud temaga suhelnud. Naaberkorteris elav väike habras kuuekümnendates mees, kelle prilliklaasid olid paksud nagu pudelipõhjad, ütles, et Smith teretas teda iga kord, kui nad koridoris kohtusid. Ta ütles, et Smith oli alati väga viisakas. Ja et vahel käis ta ülikonnas väljas. Mitte keegi selles majas ei kandnud mitte kunagi ülikonda. Vana mees ütles ka, et seinad ei ole väga paksud. Ta kuulis tihti Smithi koristamas, tolmuimejaga puhastamas, küürimas ja ringi liikumas. Ta tegi seda tihti.

Kriminalistid võtsid Smithi kapist kaasa jalanõud ja aluspesu, vannitoast žileti, kammi, hambaharja ja pihustatava deodorandi. Nad ei tahtnud DNA osas midagi juhuse hooleks jätta.

Taevas oli pimedaks tõmbunud, kui Hunter sai jaoskonnast kõne.

„Uurija Hunter? Siin Pam jaoskonnast."

„Mis sul mulle on, Pam?"

„Järgmine kord, kui te otsustate kedagi taga otsima hakata, palun valige inimene, kel on erilisem nimi. James on Ameerika Ühendriikides kõige levinum eesnimi. Smith on Ameerika Ühendriikides kõige levinum perekonnanimi. Pange need kaks kokku ja saame USA-s umbkaudu kolm ja pool miljonit meesterahvast, kelle nimi on James Smith."

„No tore."

„Ainuüksi LA piirkonnas on umbes viissada James Smithi, aga huvitav on see, et mitte ühtegi neist pole registreeritud teie antud Norwalki aadressil."

Kolmkümmend üheksa

Naise silmalaud värelesid, aga ta ei suutnud neid avada. Teadvus taastus nagu lained murraksid randa, aga iga kord, kui mõtted hakkasid selginema, kiskus pimeduse allhoovus ta tagasi pimedusse. Ainus, milles ta hetkel kindel oli, oli see lõhn. Mingi koide tõrjevahendi ja kange desinfitseerimisvahendi segu. Nagu oleks see jälk hais talle ninna tunginud ja kõrist alla makku jõudnud, kõrvetades oma teel kõik. Sisemuses oli tunne, nagu püüaksid väänlevad maod kehast välja roomata.

Silmalaud värelesid taas, seekord veidi kauem, ja tal õnnestus need suure vaevaga lahti kangutada. Valgus tema ümber oli hämar ja nõrk, aga see kõrvetas silma võrkkesta ikkagi nagu välgunool. Vähehaaval hakkas ta ümbrusest aru saama. Ta lamas selili mingi kõva ja ebamugava pinna peal palavas ja niiskes kohas. Vanad ja roostes metalltorud kulgesid laes igas suunas, kadudes hallitavatesse tuhaplokkidest seintesse.

Naine üritas pead kergitada, aga see liigutus tekitas iiveldushoo.

Vähehaaval hakkas tuimus, mis tema keha valdas, taanduma ja selle asemele tekkis piinav valu. Huuled olid nii valusad, nagu oleks neid korraga mitme paari tangidega näo küljest lahti rebitud. Lõug valutas, nagu oleks luu katki. Ta üritas suud avada, aga sellest pingutusest tekitatud valu oleks äärepealt temalt taas teadvuse röövinud. Pisarad hakkasid mööda nägu alla voolama, kui ta üritas aju tööle sundida ja talle ütlema, mida teha. Ta proovis käsi liigutada – üllataval kombel ei tekitanud see valu. Veelgi üllatavam oli see, et need polnud kinni seotud.

Ta viis käed näo juurde ja puudutas sõrmeotstega huuli. Värisemine läks üle talitsematuteks hirmutõmblusteks, kui ta taipas, miks ta neid liigutada ei saa.

Tema suu oli kinni õmmeldud.

Meeleheide võttis võimust.

Värisevad sõrmed puudutasid masinlikult ja reaalsustajuta huuli nagu hullumeelsel pianistil. Tema hala ja summutatud karjed kajasid ruumis, aga mitte keegi ei kuulnud neid. Suu õmblemiseks kasutatud niit tungis sügavamale ihusse, kui ta taas huuli liigutada üritas. Ta tundis vere maitset.

Järsku, nagu oleks tema peas lülitit vajutatud, muutus ta teadlikuks palju intensiivsemast ja hirmutavamast valust. See oli tema jalgade vahel. See sööstis läbi keha nii meeletu jõuga, nagu oleks tema sisse äsja pugenud vanakuri ise.

Käed liikusid vaistlikud valu allika poole ning oma keha ja teisi õmblusi puudutades tundis naine, kuidas jõud lahkub kehast.

Tema sees lahvatas paanika ja keha kaitsemehhanism ujutas organismi üle adrenaliiniga, tuimestades valu piisavalt, et ta suutis liigutada. Ta sundis end pelgalt ellujäämisinstinkti toel istuli ajama.

Helid taandusid, aeg venis ja maailm muutus silme ees must-valgeks. Alles siis sai naine aru, et on paljas ja lamab mingil roostevabast terasest laual. Kummalisel kombel tundus laud olevat maapinnast kõrgemal kui arvata võiks. Vähemalt kolmkümmend sentimeetrit.

Naine vaatas oma paljaid jalgu ja taipas järsku. Tema jalad olid ka vabad. Hirmunud pilk vilas hullununa ruumis ringi – suur ruudukujuline, betoonpõranda ja metalluksega otse tema ees. Uks ei tundunud olevat lukus. Seinte ääres olid tühjad puitriiulid.

Aega raiskamata ja hoolimata sellest, kas tegemist on julma lõksuga või mitte, hüppas ta laua pealt alla. Kui jalad maapinda tabasid, väreles kokkupuute jõud mööda selga üles. Murdosa sekund hiljem lahvatas tema sees kujuteldamatu valu. Jalad muutusid nõrgaks ja ta vajus värisedes põlvili. Ta vaatas alla ja nägi ainult verd.

Nelikümmend

Nüüdseks oli Laura Mitchelli surnukeha leidmisest möödas kolm päeva ja nad ei teadnud ikka suurt midagi. James Smith, või kes iganes ta tegelikult oli, oli kadunud nagu vits vette. Kriminalistidel oli õigus olnud – kõik sõrmejäljed korteris kuulusid ühele inimesele. Nad olid neid riiklikust sõrmejälgede andmebaasist otsinud juba mitu tundi, aga seni vasteid polnud. James Smithi polnud tõenäoliselt süsteemis.

DNA-analüüsi vastusega läheb veel vähemalt päev aega. Kes iganes see James Smith oli, ta oli nutikas.

Kõige levinuma Ameerika mehenime kasutamine tähendas seda, et ta sai varjuda suure hulga teiste inimeste sekka. Isegi kui Hunter paluks jaoskonnal LA James Smithid vanuse ja umbkaudse pikkuse järgi välja sõeluda, võtaks see liiga kaua aega. Pealegi oli selge, et James Smith ei ole mehe õige nimi.

Norwalki korter oli üüritud ja sulas aastaks ette makstud. Hunter rääkis majaomanikuga, härra Richardsiga. Too oli pensionärist poeomanik ja elas Palmdale'is. Richards ütles Hunterile, et ta oli kohtunud James Smithiga kaks korda – kui mees korteri kaks aastat tagasi üüris ja aasta hiljem, kui mees üürilepingut uuendas ja järgmise aasta üüri, ja rohkemgi, ära maksis – piisavalt, et kõik kommunaalarved saaksid tasutud. Sellepärast nad siis korterist arveid ei leidnudki.

Härra Richards ütles veel, et nende kahe aasta jooksul, mil härra Smith korterit üüris, oli ta olnud suurepärane üürnik, parim, kes tal eales olnud oli.

„Ta ei tekita kunagi probleeme," ütles härra Richards Hunterile. „Ta ei ole midagi nõudnud, nagu enamik üürilisi. Nemad helistavad alatasa ja küsivad uut külmikut, pliiti, voodit, boilerit või midagi muud. Kurdavad alatasa, et korteril on midagi viga, aga mitte James. Tema ei kurtnud kunagi."

„Kas te kontrollisite dokumente, kui härra Smith teilt korteri üüris?" küsis Hunter. „Teate küll, taustauuring, soovitused, muu säärane?"

Härra Richards raputas pead. „Polnud vajadust. Ta maksis sulas ja aasta ette, mis tähendab, et ta ei saanud maksmata jätta." Hunter teadis väga hästi, et Los Angeles sobib inimestele, kel on sularaha, sest siis saab küsimusi esitamata peaaegu kõike.

„Kas härra Smith ütles teile, millega ta tegeleb?"

Härra Richards raputas taas pead.

Foto, mis Hunteril James Smithist oli, avaldati kiiresti ka ajakirjanduses. See polnud kindlasti täiuslik foto. Mehe nägu oli kolmandiku osas hägune, aga paremat neil polnud. Kui veab, siis keegi teab, kes ta on. Nad avasid ka infoliini, kuhu inimesed said helistada. Seni oli terve hulk tupikuid ja inimesi, kes väitsid end olevat James Smith ja politsei võiks tulla neid kinni võtma.

Nad leidsid korterist ka maali, mille James Smith oli üheksa kuud tagasi ostnud, ja mitu DVD-d. Kõik isetehtud. Kõik Laura Mitchellist. Need oli filminud Smith ise. Tundide kaupa materjali Laurast näitustel, õhtusöökidel, kunstistuudiosse tulemas ja sealt lahkumas, spordisaali minemas, ostukeskuses ringi jalutamas jne. Ühelgi videol kuupäeva polnud, aga arvestades naise erinevate soengute ja kerge kaalukõikumise järgi olid need filmitud mitme aasta jooksul. Need võisid olla jälgimisvideod enne röövimist või lihtsalt obsessiivne jälgimine. Hunter ei tahtnud järeldustega kiirustada, kuni tal on rohkem tõendeid.

„Nii," ütles kapten Blake, pannes kümneleheküljelise raporti, mida ta oli lugenud, oma lauale. „Mind ajab segadusse üks asi … kui see James Smith on mõrtsukas ja ta on ilmselgelt aastaid Laura Mitchelli kohta infot kogunud, miks ta siis alles nüüd tegutseda otsustas?"

„See pole sugugi ebatavaline, kapten," ütles Hunter ja läks kapteni kabineti akna alla. „Väga vähesed inimesed on vaimselt nii tugevad, et üleöö mõrtsukaks hakata. Enamik sarimõrvareid või inimesi, kel on kalduvus selleks saada, on oma tegudest mitu kuud, aastat, vahel ka kümneid aastaid unistanud. Enamikele piisab fantaseerimisest. Osad teevad ära ettevalmistustöö, taustauuringu, jälitamise, jälgimise, koguvad infot, ehk isegi röövivad ohvri, aga jätavad viimasel hetkel asja katki. Võib-olla kulus Jamesil nii kaua aega, et viimaks leida julgust oma fantaasia ellu viia."

„Ja me teame, et mõrtsukas on valmis ootama," lisas Garcia.

Kapten Blake'i lauatelefon helises. Ta vastas kolmanda helina ajal.

„Mis on?" kähvas ta.

Kuulates vaatas ta Hunteri poole.

„Raisk! Piirake maja politseilindiga ja ärge kedagi sisse laske, kuulete? *Mitte kedagi*. Oleme teel."

Nelikümmend üks

Mahajäetud eelkool asus Los Angelese kirdeosas Glassell Parkis. Kunagisest ühekordsest õppeasutusest olid alles vaid pragunenud seinad, katkised aknad, lagunevad põrandad, ämblikuvõrgud ja murenevad puidust uksepiidad. Multifilmidetegelaste asemel ehtis seinu sees ja väljas jõukude grafiti. Koolimajast paremale jäävas parklas seisis mitu politsei ja kriminalistide autot. Ajakirjanikke oli kõikjal. Reporterid ja fotograafid, aina kasvav pealtvaatajate hulk, keda hoidsid eemal 25 meetri kaugusele tõmmatud kuriteopaiga lint ja terve rida politseinikke.

Hunter, Garcia ja kapten Blake tulid autost välja, möödusid pealtvaatajatest ja pugesid lindi alt läbi, suundudes peamaja sissepääsu juures seisva kahe korrakaitsja poole. Mõlemad olid vait.

„Vabandust, söör, aga mul on kõrgemalt tulnud käsk mitte kedagi sisse lubada," ütles kahest vanem, vaadates uurijate ametimärke.

„Mina andsin selle käsu," ütles kapten Blake kindlalt, näidates oma töötõendit.

Mõlemad politseinikud tõmbusid kohe valveseisangusse.

„Kapten," hõikas teiste seast lühike ülekaaluline meesreporter, kel olid paksud prilliklaasid ja kiilas pealagi, mis oli väga ebaõnnestunult allesolevate juustega kaetud. „Mis toimub? Kes ohver on? Miks teie siin olete? Kas annate Los Angelese elanikele informatsiooni?" Tema küsimused vallandasid teiste ärevate küsimuste laviini.

Kõik Los Angelese krimireporterid teadsid, et LAPD kaptenid ei käi üldjuhul kuriteopaikades, olenemata sellest, mis osakonnas nad töötasid. Kui see juhtus, oli sel alati ka põhjus. Ja see polnud kunagi positiivne. Kui LAPD röövide ja mõrvaüksuse kapten kuriteopaika saabus, oli midagi kahtlemata väga halvasti.

Kapten Blake ei teinud küsimusest välja ja keskendus politseinikule. „Kas teie olite esimesena sündmuskohal?"

Mees noogutas, aga vältis tema pilku.

„Kuulge, kapten, öelge meile midagigi. Miks te siin olete? Mis seal toimub?" käis kiilakas reporter peale.

Kapten Blake ei teinud temast endiselt välja. „Kes peale kriminalistide on surnukeha näinud?"

„Ainult mina ja mu paarimees inspektor Gutierrez." Mees kallutas pead selja taha jääva hoone poole. „Ta on sees, valvab keldri sissepääsu."

„Ja mitte keegi teine?" uuris kapten.

„Mitte keegi teine. Saime dispetšerilt teate siia tulla ja hädaabikõnet kontrollida – keegi väitis, et leidis surnukeha. Teatasime mõrvarühmale ja kriminalistidele kohe, kui sinna ruumi sisenesime. Saime peaaegu kohe käsu sealt välja tulla ja mitte kedagi sisse lubada. Kriminalistid on ainukesed, kelle me majja lubasime."

„Surnukeha on keldris?" küsis Hunter.

„Jah, koridori lõpus pöörake vasakule ja jõuate endisesse kööki. Selle tagumises seinas on paar astet, mis viivad alla laoruumi. Surnukeha on seal." Mehe järgmised sõnad olid öeldud sosinal. „Mida jumala nimel ...?"

Mõni minut hiljem leidsid Hunter, Garcia ja kapten Blake inspektor Gutierreze vana köögi tagumisest otsast valvamas astmeid, mis viisid laoruumi, täpselt nagu tema paarimees oli öelnud. Mehe noorel näol oli varjamatu vapustus sellest, mida ta keldriruumis oli näinud.

Betoonist trepp, mis keldrisse viis, oli kulunud, kitsas ja järsk, seda valgustas üksainus elektripirn veest läbiligunenud laes trepi ülemise otsa kohal. Iga sammuga muutus desinfitseerimisvahendi hais tugevamaks. All immitses läbi roostes metallukse kriminalistide heledat prožektorivalgust. Kui nad sellele lähemale jõudsid, tundis Hunter, kuidas veri soontes mäsleb ja naha soojemaks muudab, nagu oleks ta astunud kuuma päikese kätte. Ta avas ukse ja nägi ainult verd.

Nelikümmend kaks

Doktor Hove seisis kaugema seina ääres ja vestles kriminalistide juhi Mike Brindle'iga. Mõlemal oli seljas valge kaitseülikond. Keset suurt ruumi oli roostevabast terasest laud. Betoonpõrand oli kaetud kleepuva hangunud verega. Pritsmeid ega plekke ei olnud, ainult paksud, justkui vampiiri tekitatud loigud. Mõned väikesed ja vaevunähtavad verised käejäljed viisid laua juurest tontlikult valge alasti tumedapealise naise surnukeha juurde, mis lebas selili mõne sammu kaugusel uksest. Tema käed olid külgedele asetatud, jalad välja sirutatud.

„Issand halasta," pomises kapten Blake, pannes käe suu peale, kui tundis, et kõhus hakkab keerama.

Ohvri huuled olid kinni õmmeldud ning ehkki ülakeha ja jalad olid kaetud verega, olid selgelt näha mustad okkaid meenutavad õmblused tema alakehal.

Doktor Hove tuli sõnatult nende juurde ja Hunter heitis talle küsiva pilgu.

Doktor noogutas kinnituseks. „Arvestades selle järgi, mis siin ruumis on, ütleksin, et tegemist on sama mõrtsukaga," ütles ta summutatud häälel.

Hunter ja Garcia üritasid vereloike vältida ning läksid maas lebava surnukeha juurde. Kapten Blake jäi ukse juurde. Hunter kükitas ja silmitses ohvrit nii palju kui see teda puudutamata võimalik oli. Garcia tegi sama, aga tema pilk kandus ikka ja jälle naise kunagi kaunile näole, nagu miski häiriks teda. Mõni sekund hiljem kortsutas ta Hunteri poole vaadates kulmu. „Jumaluke, ta on Laura Mitchelli koopia. Nad võinuks olla õed."

Hunter noogutas. Ta oli kõhedakstegevat sarnasust juba ukse juurest märganud.

Kapten Blake pigistas ninaselga, sulges silmad ja tõmbas sügavalt hinge. Ta teadis täpselt, mida see tähendab.

Hunter pöördus doktor Hove'i poole. „Kas te surnukeha nii leidsitegi?"

„Ei," vastas Mike Brindle lähemale astudes. „Me pildistasime kõike ja keerasime ta siis ümber. Ta lebas kõhuli, parem põsk vastu põrandat, näoga vasaku seina poole. Vasak käsi oli välja sirutatud, nagu tahaks midagi võtta. Tema asend jättis mulje, et ta roomas ukse poole, aga ei jaksanud selleni jõuda."

Hunteri pilk vilas ringi, vaadates sündmuspaika. „Käejäljed?"

„Tema omad," kinnitas Brindle. „Mõned verised tossujäljed, mida te väljas põrandal ja üles minevatel astmetel nägite, pole veel kinnitust saanud. Aga arvestades nende laialiläinud mustrit, arvan, et need kuulusid ehmunud teismelisele, kes hädaabinumbrile helistas – anonüümselt, nime ja aadressi ei öelnud." Brindle vaikis ja vaatas taas maas lebavat naist. „Koolnukangestus hakkas tekkima alles äsja, aga siin on nii palav ja niiske, et keskkond võis seda kuni viis tundi, ehk rohkemgi edasi lükata."

„Nii et ta suri kindlasti täna?" küsis kapten.

Brindle noogutas.

Garcia tähelepanu kandus surnukehalt suurele vereloigule põrandal. „Tal pole peale õmbluste nähtavaid vigastusi. Kust see veri tuli?"

Doktor Hove ja Mike Brindle vahetasid ebamugavust väljendava pilgu. „Lahkamine annab kindla vastuse," vastas doktor, „aga praegu viitab see sisemisele verejooksule."

Kapten Blake'i silmad läksid suureks.

„Kogu see veri ..." Doktor raputas pead, nagu oleks tal raske õigeid sõnu leida, „... nirises läbi õmbluste temast välja."

„Püha kurat." Garcia hõõrus parema käega nägu.

„Tal on kätel ja põlvedel kerged kriimustused," jätkas doktor Hove. „Arvame, et ta astus laualt alla ja kukkus põrandal kokku. Võib-olla seetõttu, et meeletu valu tekitas peapööörituse, aga ta oli veel elus. Kriimud on tõenäoliselt kukkumisest ja ukse poole roomamisest. Sel laual on tema sõrmejäljed, nii et me järeldasime, et mõrtsukas jättis ta laua peale, aga seal pole piiskagi verd. Ta hakkas veritsema alles põrandal."

„Ja siis veel see," sõnas Brindle, minnes kapten Blake'i juurde. „Vabandage, kapten."

Blake kortsutas kulmu ja astus sammu paremale.

Brindle osutas seinale kapteni selja taga. Alles siis nägid nad musta pihustivärviga kirjutatud väikeseid sõnu – SEE ON SINU SEES.

Nelikümmend kolm

Kapten Blake'i huuled paotusid hämmeldunult. Need olid täpselt samad sõnad, mille Hunter oli leidnud pihustivärviga kirjutatuna lihapoe laest, kust avastati Laura Mitchelli surnukeha. Blake'i pilk kandus taas maas lebavale surnukehale ja siis uuesti doktor Hove'ile.

„Arvasin, et meil on tegemist vaid kahtluste ja oletustega. Ilmselgelt ma eksisin. Aga kui te teadsite, et tegemist on sama mõrtsukaga, kes pani pommi oma esimese ohvri sisse, mis röövis veel kahe inimese elu ühes teie lahkamisruumis ..." Ta osutas kirjale seinal, „... ja ta ütleb meile, et tegi sama siin, siis midagi kuradit me selles ruumis teeme? Kus on pommirühm? Ja miks te riskisite surnukeha ümber pööramisega?"

„Sest see, mille mõrtsukas seekord ohvri sisse pani," vastas Hunter, masseerides kergelt kulmude vahet, „plahvatas juba tema sees."

„Arvestades selle järgi, kust veri pärineb," lisas doktor, „arvame meie sama. Nagu öeldud, osutab kõik sisemisele verejooksule, aga me pole sellist kunagi varem näinud."

„Mis mõttes?" küsis kapten Blake.

„Sisemine verejooks on üldjuhul tõsiste vigastuste, veresoonte purunemise või teatud haiguste tagajärg, millest üks on vähkkasvaja. Ent veri koguneb keha sisse, sellest siis ka väljend *sisemine* verejooks. Ja vere hulk on siis ka vaid murdosa sellest, mida te siin näete. See naine jooksis verd, nagu oleks teda lõigutud. Mis iganes selle põhjustas, oli tema sees."

Kõik olid veidi aega vait.

„Siin ruumis ei olnud midagi muud kui see, mida te näete," jätkas Brindle siis. „Surnukeha, need vanad riiulid seintel ja roostevabast terasest laud." Ta viitas nendele. „Ei ole ahelaid, köisi ega mingeid muid köidikuid. Lähemal vaatlusel on selge, et ohvri randmetel ja pahkluudel hõõrdumise jälgi ei ole. Ta polnud kinni seotud. Ta ei saanud ka luku taga olla, sest sel uksel pole lukku." Brindle raputas sellele mõeldes pead. „Tõtt-öelda ei ole me leidnud midagi, mis viitaks sellele, miks ta poleks võinud siit lihtsalt minema minna. Seni pole ka mingeid märke, et tema surma ajal siin kedagi teist oleks olnud. Tundub, et mõrtsukas jättis ta siia lauale ja läks minema. Nagu öeldud, ei olnud tal siis verejooksu, aga mõrtsukas teadis kuidagimoodi, et see naine siit ruumist eluga ei pääse."

Hunter oli juba tähele pannud, et laud ruumis oli tavapärasest kõrgem. „Kas see tundub kellelegi veider?" Ta osutas puidust plokkidele nelja lauajala all.

Kõik kortsutasid kulmu.

„Esimene ohver Laura Mitchell jäeti LA idaosas lihapoes roostevabast terasest lauale. Ka see laud oli telliste abil maapinnast kõrgemale tõstetud. Alguses arvasin, et vana lihunik oli hiiglasekasvu, aga ma kontrollisin üle ja ei olnud. Ta oli sada seitsekümmend kaks sentimeetrit pikk."

„Sa arvad, et mõrtsukas tegi seda meelega?" küsis kapten. „Miks?"

„Ma ei tea veel."

Nad kõik vaikisid, kui kuulsid raskeid samme trepist alla tulemas. Paar sekundit hiljem avas ukse samuti valges kaitseülikonnas kriminalist. Tal oli kaasas suur must plastist kohver.

„Tänan, Tom," ütles Brindle kohvrit võttes. „Ma oskan seda kasutada."

Kriminalist jättis kohvri Brindle'ile ja lahkus.

„Sellepärast me surnukeha ümber pöörama pidimegi," selgitas doktor Hove, kui Brindle avas kohvri lukud ja hakkas sisu välja tõstma. „See on kaasaskantav röntgeniaparaat. Seda kasutatakse peamiselt väikese ja keskmise suurusega esemete uurimiseks, nagu pakid, kastid ja kohvrid. See ei anna sama kvaliteetset pilti kui haigla röntgeniaparaat, aga meile sobib see väga hästi. Oleme päris kindlad, et see, mis ohvri sisse pandi, plahvatas, nagu Robert ütles, ja see ta ka tappis. Aga me kõik teame, milleks see mõrtsukas võimeline on." Ta vaatas kapten Blake'i poole. „Ma ei taha teda liigutada enne, kui tean, millega tegu."

Nad vaatasid, kuidas Brindle asjad valmis pani. „Kuna meil pole statiivi," ütles ta, „siis kas keegi saaks tulla kaamerat tema kohal hoidma?"

„Mina tulen," vastas Garcia ja läks surnukeha juurde, vältides taas vereloikusid. Ta võttis Brindle'ilt väikese digikaamera.

„Hoia seda tema kõhu kohal. Umbes meetri kõrgusel sobib," selgitas Brindle ja läks musta plastkohvri peale pandud sülearvuti juurde. „Muud polegi vaja teha. Kaamera on arvutiga läbi õhu ühendatud ja annab röntgenkujutise. Võid nüüd nupule vajutada, Carlos."

Garcia tegi seda ja kõik vaatasid arvutiekraanile tekkivat kujutist.

Brindle'i ja doktor Hove'i silmad läksid hämmeldusest ja imestusest suureks ning mõlemad käänasid kaela, et veidi lähemalt vaadata.

Hunter kissitas silmi, püüdes aru saada, mida ta vaatab. Kapten Blake'i suu vajus lahti ja muutus kuivaks, aga ta oli ainuke, kel õnnestus esitada kõigi mõtetes olev küsimus.

„Jumala nimel, mis ... *kurat* ... see ... tema sees ... on ...?"

Nelikümmend neli

Hunter teadis, et kõige selle tõttu, mida tema aju üritas analüüsida, ei õnnestu tal kuidagimoodi uinuda, aga ta pidi mingisugusegi vastuse saamiseks hommikuni ootama. Kriminalistid alles tegutsesid vana eelkooli keldris, ehkki Hunter ei uskunud, et nad sealt suurt midagi leiavad. Doktor Hove sooritab kiiremas korras lahkamise, aga ka need tulemused saabuvad alles varahommikul.

Hunter oli võtnud töö juurest kaasa mõned kaustad, enne kui koju ja seejärel Jay's Rock baari läks, mis asus tema kodust kahe tänavavahe kaugusel. See oli üks tema lemmikkohti. Suurepärane viski, vapustav rokkmuusika ja sõbralikud teenindajad. Ta tellis topeltkoguse Glenturtet 1977 ühe jääkuubikuga ja istus väikesesse lauda saali tagumises otsas.

Ta jõi aeglaselt natuke aega, lastes joogi tugeval maitsel maitsemeeli vallutada. Tema ees laual olid kadunud isikute üksuselt saadud fotod. Ta vaatas need hoolega läbi ja hoolimata teise ohvri õmblustest moonutatud näost, teadis, et seda naist nende hulgas ei ole.

Ta peab uuesti kadunud isikute andmebaasist otsima, minema ajas tagasi neli, ehk koguni viis nädalat, aga nagu varem, ei oleks õmbluste ja paistetuse tõttu näo tuvastamise tarkvarast abi. Käsitsi otsimine võtaks liiga kaua aega. Hunter teadis, et peab ootama lahkamise lõppu ja siis kasutama uusi näofotosid, kui õmblused on ohvri huultelt eemaldatud.

Ta jõi klaasi tühjaks ja kaalus, kas võtta veel. Pilk peatus kõige lähemal seinal kõikidel maalidel ja kaunistustel. Ta silmitses neid hetke. Siis tuli talle uus mõte.

„Ei ole võimalik ..." sosistas Hunter ja raputas pead.

Ta korjas kaustad kokku ja kiirustas tagasi koju.

Elutoas laua taga istudes lülitas ta arvuti sisse ja sisenes kadunud isikute andmebaasi. Ta teadis, et uue otsingu kriteeriumid kahandavad vastete hulka oluliselt. Ta ei oodanud rohkem kui kolme, võib-olla viit vastet.

Ta eksis.

Mõni sekund hiljem ekraan väreles ja sellele ilmus tabel, mis ütles, et tema otsing andis üheainsa vaste. Hunter tegi hiireklahviga kaks klõpsu ja ootas, kuni fail üles laadis.

Kui ekraanile ilmus järgmine foto, ohkas Hunter raskelt.

Nelikümmend viis

Lahkamisruum number 5 asus teises koridoris, ülejäänutest eraldi. Seda kasutati enamasti nende surnukehade lahkamiseks, mis võisid olla kuidagimoodi ohtlikud – äärmiselt nakkusohtlikud viirushaigused, kokkupuude radioaktiivsete materjalidega jne. Ruumi, mille juurde kuulus ka külmkamber ja eraldi andmebaas, kasutati vahel avalikkuse kõrgendatud tähelepanu all olevate sarimõrvade puhul, nagu näiteks krutsifiksimõrvad mõni aasta tagasi – ettevaatusabinõu tundliku informatsiooni paremaks kaitsmiseks.

Pilt, mille nad kaasaskantava röntgeniaparaadiga mahajäetud eelkooli keldris Glassell Parkis said, ei näidanud suurt midagi, aga mida iganes mõrtsukas teise ohvri sisse oli pannud, pomm see ei olnud, selles oli doktor Hove kindel. Kujutisel oli näha kolmnurkne ese, millel oli ümar alumine osa. Midagi, mis sarnanes suure, aga väga õhukese pitsalõiguga. Ta polnud midagi sellist varem näinud ja ainus viis selle kohta rohkem teada saada oli see surnukehast välja võtta.

Doktor Hove polnud peaaegu üldse magada saanud ning tuli Los Angelese haiguste kontrolli ja tõrje keskusesse (LACDC) tagasi enne koitu. Ta tahtis tööle asuda. Sellisel kellaajal pidi ta lahkamist üksinda sooritama, ilma assistendita. Selleks kulub tavapärasest rohkem aega.

Kell oli hommikul seitse läbi, kui doktor Hove Hunteri mobiilile helistas.

Kodust surnukuuri sõites kuulis Hunter politseiraadiost teadet, et Boyle Heightsis tulistatakse ja Silver Lake'is toimub relvastatud rööv. Ta sõitis mööda kolmest vilkurite ja sireenidega patrullautost ja kahest kiirabist. Päev polnud veel õieti alanudki. Kuidas saab sellises vapustavas linnas olla nii palju hullumeelseid?

LACDC peamaja oli arhitektuuriliselt huvitav, viidetega renessansile. Punased tellised ja helehallid sillused andsid sellele Oxfordi ülikoolihoone mulje. See oli avatud samadel kellaaegadel nagu kõik linna asutused – esmaspäevast reedeni kaheksast viieni. Siin ei sooritatud õhtuti ega nädalavahetustel lahanguid, välja arvatud erilistel puhkudel. See oli kahtlemata üks selliseid.

Hunter helistas autost Garciale ega üllatunud, leides paarimehe juba tühjas parklas ootamas.

„Sa jõudsid kähku," sõnas Hunter vanast Buickist väljudes.

„Ma ei saanud magada. Ootasin seda kõnet."

Hunter silmitses teda kahtlustavalt. „Aga Anna?" Garcia kallutas pea küljele. „Ta ei saanud ka magada. Tahtis koos minuga ärkvel olla. Ütles, et nii saame vähemalt mõne tunni koos olla, kuna meil pole viimasel ajal teineteise jaoks eriti aega olnud. Aga sa tead, kui terane ta on. Ta on juba aru saanud, et see juhtum pole tavapärane. Ta ei ütle kunagi midagi, aga näost on muretsemine näha."

Hunter noogutas mõistvalt. Anna meeldis talle väga. Naine oli nähtamatu jõud tema paarimehe selja taga. Enamik politseinike naistest ei saaks sellest aru ega jääks abikaasa kõrvale nagu Anna. Los Angelese politseinike abielulahutuste protsent oli ligi seitsekümmend, aga Hunter ei uskunud, et see Anna ja Garciaga juhtuks. Nad olid teineteise jaoks loodud.

Hunter ise polnud abielus olnud. Tema mõnedest suhetest aastate jooksul polnud asja saanud. Algus oli alati tore, aga tema tööga kaasnevad pinged ja töötunnid avaldasid inimsuhetele oma mõju.

Hunter peatus ja pöördus, kuuldes veel üht autot parklasse sõitmas.

Kapten Blake parkis oma hõbedase Dodge Challengeri Garcia Honda Civicu kõrvale.

„Ma tahan seda oma silmaga näha," selgitas kapten ust sulgedes ja vajutas puldil nuppu. Autolaternad vilkusid kaks korda ja siis kostis tuhm klõpsatus. „Tahan paremini aru saada, kelle kuradiga meil tegu on, milline värdjas on minu linnas juba neli inimelu võtnud."

Sõnaaher ja kurnatud moega doktor Hove lasi nad uksest sisse. Enamik tulesid ei põlenud ning ilma sagivate inimeste, sanitaride ja patoloogideta tundus see koht ja nägi ka välja nagu õudusfilmi mausoleum. Külm antiseptiline lõhn, mis oli neile kõigile liigagi tuttav, tundus varahommikul vängem. Surma ja lagunemise varjatud lehk järgnes neile igal sammul, kriipides ninasõõrmeid seestpoolt. Garcia võitles värinaga, mis ähvardas mööda selga kulgeda, kui nad möödusid tühjast vestibüülist ja pöördusid inimtühja koridori. Nad olid Hunteriga neis koridorides korduvalt kõndinud, aga ta ei harju mitte kunagi tühjusetundega, mis teda siin iga kord tabas.

„Pole mõtet midagi seletada, kuni te seda ise näete," ütles doktor Hove, toksides lahkamisruumi ukse kõrval metallist klahvistikule koodi. „Ja kui te arvasite, et ohvri sisse jäetud pomm on pöörane, siis oodake vaid, kui seda näete."

Nelikümmend kuus

Ruum oli suur ja heledalt valgustatud kahe fluorestseeruvate laelampidega reaga. Põhiruumi keskel oli kaks roostevabast terasest lauda, üks põranda külge kinnitatud, teine ratastega.

Nad astusid sisse ning neid tabas kohe külma õhu pahvak ja meeletu kurbus, mis tarretas vere soontes. Tumedapäise naise surnukeha oli kinni katmata põranda külge kinnitatud laual. Õmblused tema suult ja alakehalt olid eemaldatud, nende asemel oli rinnal Y-tähe kujuline sisselõige ja uued õmblused. Kummalisel kombel tundus ta rahulik. Meeletu piin, mis veel mõni tund tagasi oli tema näole sööbinud, oli justkui kadunud, nagu oleks ta tänulik, et keegi need jõledad õmblused tema kehalt eemaldas.

Nad kõik tõmbasid kätte kummikindad ja läksid sõnatult laua juurde. Doktor Hove nööpis valge kitli kinni ja läks teisele poole surnukeha.

Hunter silmitses pikalt surnud naise nägu. Tal polnud ohvri isiku suhtes enam erilisi kahtlusi.

„Tema nimi on vist Kelly Jensen," ütles ta vaikselt, võttes kaasavõetud kaustast mustvalge väljatrüki ja ulatas selle doktorile.

Kapten Blake ja Garcia käänasid üle laua vaadates kaela. Doktor Hove silmitses fotot hoolega ja viis selle siis naise näo juurde. Huulte õmblusteta ja verest puhtaks pestuna oli sarnasus ilmselge.

Doktor noogutas nõustuvalt. „Ütleksin peale vaadates, et sul on õigus, Robert."

„Tema toimikus on kirjas, et ta komistas teismelisena koolis ja kukkus läbi klaasi," jätkas Hunter, lugedes toimikust. „Kaks suurt klaasikildu tungisid tagant tema vasakusse õlga ja jätsid sinna V-tähe kujulise armi. Parem küünarnukk sai samuti viga ja tal peaks olema liigese all poolringikujuline arm."

Doktor Hove tõstis ohvri parema käe üles ja nad kõik kummardusid küünarnukki lähemalt vaatama. Vana ja nõrk poolringikujuline arm oli nahal paari sentimeetri kaugusel küünarliigesest. Nad kogunesid kohe ka laua otsa juurde. Doktor ei pidanud ohvri ülakeha palju kergitama, piisas mõnest sentimeetrist. Vasaku õla tagumisel poolel moodustus vanadest õmblustest jäänud armkoest viltune V-täht.

„Enam vist kahtlust ei ole, eks?" Doktor Hove lasi ohvri ülakeha lauale tagasi.

„Kes ta on?" küsis kapten.

„Mul pole hetkel just palju infot, ainult see, mille ma kadunud isikute üksuselt sain. Kolmekümneaastane, pärit Montanast Great Fallsist. Tema kadumisest teatati kakskümmend päeva tagasi." Hunter pidas vahet ja köhatas. „Ja nüüd puänt. Tema kadumisest teatas tema agent."

„Agent?" küsis Garcia.

Hunter noogutas. „Kelly Jensen oli kunstnik."

Nelikümmend seitse

Kõik hoidsid hinge kinni. Kapten Blake katkestas vaikuse esimesena.

„Kui vana esimene ohver oli?"

„Laura Mitchell oli kolmkümmend," vastas Garcia.

„Ja millal ta kadus?"

Garcia vaatas Hunteri poole.

„Tema kadumisest teatati viisteist päeva tagasi," vastas Hunter.

Kapten Blake sulges korraks silmad. „No tore," sõnas ta siis, „nii et meil on tegemist psühhopaadist mõrtsukaga, kes jahib ilusaid tumedapäiseid kolmekümneaastaseid kunstnikke ja kellele meeldib nende kehasid kinni õmmelda?"

Hunter ei vastanud.

„Kas kadunud on veel mõni tumedapäine kolmekümne-aastane kunstnik?"

„Otsisin kahe ja poole kuu vanuseid teateid, kapten. Laura Mitchell ja Kelly Jensen on ainukesed."

Kapteni pilk naasis surnukehale laual. „Asi seegi." Ta pöördus Hunteri ja Garcia poole. „Räägime sellest jaoskonnas. Mis meil siin siis on, doktor?" küsis ta doktor Hove'ilt.

Doktor astus lahkamislauale natuke lähemale.

„Nagu esimesel ohvril, nii olid ka teise ohvri õmblused amatöörlikud, ja see on veel hästi öeldud." Doktor osutas Kelly

141

Jenseni suule. „Pigem olid need sõlmed kui midagi muud. Kokku kümme õmblust, viis kummalgi kehaosal."

„Sama, mis esimesel ohvril," kinnitas Hunter.

Doktor Hove noogutas. „Te siis väidate, et tegemist ei ole meditsiinialaste teadmistega isikuga?" küsis kapten.

„Kui tal neid on, siis siin need end ei ilmuta. Niit on väga jäme. Kirurgilises mõttes number kuus või seitse. Niidi jämedus on kirjas Ameerika Ühendriikide farmakopöas," selgitas doktor. „Seitse on kõige paksem. Number neli on näiteks umbes tennisereketi keele jämedune. Siin kasutatud niit läheb täna laborisse analüüsi, aga ma olen kindel, et ta ei ole kasutanud mingit nailonniiti." Doktor Hove pöördus ja võttis selja tagant kausta. „Tema siseelundid olid terved, aga vedelikupuuduses. Neil oli ka kergeid alatoitumuse tunnuseid."

Kapten tammus jalalt jalale. „Mõrtsukas näljutas teda?"

„Võimalik, aga mitte kaua. Need sümptomid vastavad ühele, kõige enam kahele näljapäevale. Ta ei saanud süüa ja juua kas ainult oma surmapäeval või ka sellele eelnenud päeval." Doktor tõstis käe, et neid takistada. „Enne kui te midagi küsite, ütlen, et õmblused suul olid värsked, tehtud ehk paar tundi enne surma. See polnud põhjus, miks ta süüa ega juua ei saanud."

„Oskate midagi pakkuda?" küsis kapten Blake kulme kergitades.

Doktor Hove lükkas oma tumedad juuksed kõrva taha. „Põhjuseid võib olla erinevaid. Mingi rituaal mõrtsuka jaoks, ohver ise võis trotsist söögist keelduda või oli tal halb olla, vihane või mida iganes ..." Ta kehitas peaaegu märkamatult õlgu.

„Kas sa leidsid tema kehalt mingeid jälgi, doktor?" küsis Hunter.

Doktori nägu muutus, nagu oleks see miljoni dollari küsimus.

„Siinkohal läheb asi huvitavaks." Ta astus sammu paremale ja keskendus Kelly Jenseni lubivalgele näole. „Ma ei leidnud tema kehalt ühtegi kriimu."

Kapten Blake oli segaduses. „Mitte ühtegi?"

„Mitte ühtegi," kinnitas doktor Hove. „Nagu varem öeldud, ei ole tema randmetel ega pahkluudel mingeid jälgi ega hõõrdumist. Me teame, et ta ei olnud selles eelkooli keldris laua külge seotud. Aga ma ei ole leidnud ka mingeid märke selle kohta, et ta oleks vangistuses olemise ajal *üldse* kinniseotud olnud." Doktor tegi pausi. „Suud ja suu ümbruse nahka uurides ei leidnud ma ka mingeid märke selle kohta, et tal oleks suutropp olnud."

„Mis tähendab, et mõrtsukas ei muretsenud selle pärast, kui ohver mingit häält teeb," tähendas Garcia.

Doktor Hove noogutas. „Ta oli kas tugevasti uimastatud või luku taga väga helikindlas ruumis või mõlemat. Toksikoloogia analüüsi vastused võtavad paar päeva aega."

„Süstlajälgi oli?" küsis Hunter.

„Isegi mitte täpikest. Peale väikeste kriimustuste peopesadel ja põlvedel, mis üsna kindlasti tekkisid, kui ta põrandale kukkus, ei ole tal kriimugi. Kui õmblused kõrvale jätta, ei ole mingeid märke, et mõrtsukas teda üldse puudutas."

Kõik vaikisid hetke.

Hunter mõtles Laura Mitchellist kuriteopaigas tehtud fotodele, mida ta oli hoolega uurinud. Ka temal polnud kriimugi nagu Kelly Jensenil.

Hunteri tähelepanu kandus Kelly kätele ja laup tõmbus kipra. Kõik sõrmeküüned olid teravaks viilitud. Nii teravaks kui üldse võimalik.

„Kas sa tema küünte alt leidsid midagi, doktor? Miks need nii … küüniselaadsed on?"

„Hea tähelepanek, Robert," nõustus doktor. „Vastus on – ma ei tea, miks. Aga ma leidsin nende alt midagi – mingit tumedat punakat tolmu. See võib olla tellise- või savitolm, võib-olla isegi kuivanud muld. Peame ootama labori vastuseid, et kindlalt teada saada."

Hunter kummardus ja uuris Jenseni käsi hoolikamalt.

„Lasen kiirkorras tegelda kõigi selle juhtumi asitõenditega, mis laborisse saadetakse," kinnitas doktor neile. „Loodetavasti hakkame päeva-paari pärast vastuseid saama, aga paraku ei saa me tema sisemiste vigastuste tõsiduse ja vere hulga tõttu kuidagi kindlaks teha, kas teda vägistati või mitte. Kui sellest mingeid jälgi oli, siis tema enda veri viis need kaasa."

Nende sõnade peale tõmbusid kõik pingule.

Doktor Hove läks metallist kapi juurde ja võttis midagi plastaluselt. „See on kõige selle põhjus ja see on groteskne, ehkki samas geniaalne," ütles ta, naastes lahkamislaua juurde. Tema käes oli kummaline metallist ese, umbes kakskümmend sentimeetrit pikk, pool sentimeetrit lai ja viis sentimeetrit paks. Esmapilgul tundus, et mitu pikka ja kitsast metallitükki on üksteise peale laotud nagu kaardipakk.

Kõigi silmis oli küsiv pilk.

„Selle pani mõrtsukas tema sisse," ütles doktor, hääl veidi nukram kui enne.

Küsivad pilgud muutusid hämmeldunud kulmukibrutuseks.

„Mille?" Kapten Blake avas suu esimesena. „Ma ei saa aru, mis see on, doktor, aga see pole kindlasti sama asi, mida me teie röntgeniaparaadis nägime."

„Selles olekus mitte," nõustus doktor.

„Jumala eest, mida see tähendab?"

Doktor Hove läks teisele poole lahkamislauda, nii et tema ja ülejäänud kolme vahele jäi teatav vahe.

„See on relv, millesarnast ma pole varem näinud. Siin on väga tugeva ja võimsa vedrumehhanismi abil kokku pandud kaksteist kuue millimeetri laiust žiletitera. Need on üliteravad.

144

Ja see tähendab, et samurai mõõk on sellega võrreldes nüri nagu pesapallikurikas."

Hunter hõõrus silmi ja niheles ebamugavust tundes.

„Ma ei saa aru," ütles Garcia pead raputades. „Nagu kapten ütles, see pole see, mida me nägime. Mida sa silmas pidasid, kui ütlesid „mitte selles olekus", doktor?"

„Te ilmselgelt mäletate, mida me tema sees röntgeni-aparaadiga nägime, eks?" küsis doktor Hove üle. „Suur kolmnurkne ese, millel oli ümar alumine osa? Midagi suure nurgamõõturi moodi?" Ta ei oodanud vastust. „Nii, kuidas mõrtsukas selle teie arvates tema sisse pani? Peate ju nõustuma, et selle ümar alumine osa oli liiga lai, et see lihtsalt tema sisse pista."

Hunter ohkas raskelt ja sügavalt, pilk taas esemel doktori käes. „Mingisugune liigendnuga."

Kapten Blake suunas pilgu Hunterile. „Mis asi?"

„Just nimelt," kinnitas doktor, näidates teistele taas pikka ja õhukest metallist eset. „Sellises suletud olekus poleks mõrt-sukal olnud mingit probleemi seda tema sisse pista, enne kui ta ohvri kinni õmbles."

Värin, mida Garcia oli suutnud tõrjuda, kui ta sellesse hoonesse sisenes, oli tagasi ja seekord tal seda tõrjuda ei õnnestunud.

„Kui see oli ohvri sees," jätkas doktor, „juhtus selline asi." Ta hoidis eseme ühest nurgast pöidla ja nimetissõrmega kinni. Teise käe nimetissõrmega vajutas ta peaaegu nähtamatut nuppu selle peal.

TSAHH.

Nelikümmend kaheksa

Kõik hüppasid ehmunult eemale.

„Raisk!" ütles kapten Blake kimedal häälel, surudes käe suu peale.

„Püha müristus, mida kuradit?" Garcia käed kerkisid samuti kaitsvalt näo ette.

Doktor Hove'i käes olnud eseme terad olid valju metalse plõksatusega laiali läinud nagu lehvik. Kõik vahtisid seda jahmunult ja ehkki suud olid paokil, ei tulnud välja mingit häält. Doktor Hove pani noa ettevaatlikult Kelly kõhu peale, selle kitsam osa kergelt häbemeluu peal.

„Umbes selles asendis see ese tema seest leitigi," ütles ta viimaks vaiksemal ja süngemal häälel kui varem. „Nagu näete, katab see peaaegu kogu tema alakõhu."

Kapten Blake hingas välja, kuna oli viimase minuti hinge kinni hoidnud.

„Nagu öeldud," sõnas doktor, „on need terad mõlemast servast üliteravad. Vedrud, mis need lahti lõid, on väikesed, aga väga tugevad. Suudavad tekitada mitme kilogrammise surve. Umbes midagi sellist nagu keegi lihakirvega lüües tekitaks. See ese lõikas oma teel kõik puruks."

Ta viitas suurele naise siseorganite joonisele seinaplakatil enda taga.

„Kusiti, põis, emakakael, emakas, munasarjad, tupp, kõik tema suguorganid olid hetkega puruks. Terad rebisid katki ka lihased, pimesoole ja osa jämesoolest. Vaagnaluul oli täke. Ta ei oleks selle järel ellu jäänud. Sisemine verejooks ... oli kohutav, aga ta ei surnud kohe. Valu, mida ta pidi taluma, oli selline, et isegi saatanal oleks seda keeruline ette kujutada."

Hunter tõmbas käega üle suu. „Kui kaua?"

„Kui kaua ta piinles?" Doktor kehitas õlgu. „Oleneb sellest, kui tugev ta oli. Arvatavasti mõned minutid, aga talle tundus see kahtlemata nagu mitu päeva."

Kõik vaatasid taas nuga, mille doktor oli pannud Kelly kõhule. „Kuidas see asi siis töötab?" küsis kapten Blake.

„See on lihtne," vastas doktor. „Terad on liiga teravad, et neid katsuda saaks, nii et nende algasendisse sättimine oleks probleem, aga selle küljes on sulgemismehhanism." Ta viitas ümarale kruvile paari sentimeetri kaugusel liigendnoa alumisest servast – sellel poolel, mis hoidis terade ühte otsa koos. Doktor Hove võttis klaasustega kapist kruvikeeraja ja hakkas aeglaselt kruvi keerama. Terad hakkasid vähehaaval üksteise taha liikuma, sulgedes lehvikulaadse noa. Vähem kui minuti pärast olid need kenasti üksteise peal nagu kaardipakk.

„Päästikuks on see nupp," ütles doktor sõrmega osutades, „väga sarnane sellele, mida kasutatakse pastakates."

Kõik nihkusid lähemale, et paremini näha.

„Nii et kui see tema sees lahti läks, kes seda siis vajutas?" küsis kapten.

„Ütlesin, et päästik on väga sarnane pastaka mehhanismile, aga mitte täpselt samasugune. Vahe on selles, et see on palju tundlikum. Ütlesin ka, et see on geniaalne ese. Vaadake." Ta taganes, kummaline nuga käes samamoodi nagu mõni hetk tagasi. Seekord ei vajutanud ta nuppu, vaid raputas seda umbes kümme sentimeetrit allapoole nagu šeikerit, aga ainult korra.

TSAHH. Nuga avanes taas metalse tümpsuga.

„See avaneb ise," ütles doktor. „Piisab vaid kergest müksust."

Hunteri mõtted hakkasid peas ringi kihutama. „Kurat! Laud … ja kapp … sellepärast siis … löögi jõud."

Kapten Blake raputas kergelt pead, taipamata veel.

„Arvad, et sarnase nupumehhanismiga aktiveeriti ka pomm, mis oli Laura Mitchelli sees?" Hunter pöördus doktori poole.

Doktor pidas sekundi aru ja tema näoilme selgines. „Seda oleks saanud kergesti kohandada. See on nii tundlik mehhanism, et doktor Winston võis selle kogemata ja ise seda märkamata aktiveerida, kui pommi ohvri seest välja tõmbas."

„Kui pikk ta oli?" küsis Hunter Kelly Jenseni poole noogates.

„Sada kuuskümmend seitse sentimeetrit," vastas doktor.

Hunter pöördus kapteni poole. „Laud vanas eelkoolis ja lihapoes LA idaosas olid maast puidust plokkide või telliste peale umbes kolmkümmend sentimeetri kõrgemale tõstetud. Kumbki ohver polnud väga pikk. Laura Mitchell oli sada seitsekümmend sentimeetrit. Mõrtsukas hoolitses selle eest, et ohvrid ei saaks teadvusele tulles laua pealt lihtsalt maha astuda. Nad pidid alla *hüppama*. Nagu laps kahekordsest voodist."

„Oo mu jumal!" Doktor Hove'i pilk naasis noale. „Põrutus, kui nende jalad maad puudutasid, oleks nende sees olnud eset jõnksutanud."

„Piisavalt, et päästikumehhanism aktiveerida?" küsis kapten Blake.

„Lihtsasti," vastas doktor Hove. Hetk hiljem surus ta käe suu peale, taibates, mida see tähendab. „Issand hoidku! Mõrtsukas tahtis, et nad ise seda teadmata ennast tapaksid."

Nelikümmend üheksa

„Nii," ütles kapten Blake, sulgedes Hunteri ja Garcia kabineti ukse vaid mõni minut pärast Parker Centerisse naasmist. „Mis, kurat, siin toimub? Ma peaaegu suudan aru saada sellest, et mingil psühhopaadil võib tekkida kunstnike osas kinnismõte. Mõlemad olid tumeda peaga. Mõlemad kolmekümnesed. Mõlemad kena välimusega. Selles linnas on säärane kinnismõte *normaalne hulluse tase.* Aga nende esemete panemine ohvrite sisse ... midagi nii absurdset nagu pomm või ..." Ta raputas pead, sest sõnu polnud, „... nii haiget nagu lehvikuks laienev liigendnuga ja seejärel nende kinniõmblemine on täiesti ebanormaalne väärastumine." Kapten vaatas Hunteri poole. „Aga siin pole tegu sellega, ega ju? See tüüp ei ole hull. Ta ei kuule peas saatana häält ega joo oma kust, ega?"

Hunter raputas aeglaselt pead. „Ei usu küll."

„Oma iidoleid ründav maniakaalne jälitaja?"

Hunter kallutas pead küljelt küljele. „Esmamulje järgi ... võib-olla, aga kui asitõendeid hoolikamalt vaadelda, räägivad need maniakaalse fänni teooriale vastu."

„Kuidas nii? Millistest asitõenditest sa räägid?"

„Sinikate puudumine."

Kapten Blake kortsutas laupa nii tugevasti, et kulmud puutusid peaaegu kokku.

„Kaks ohvrit." Hunter tõstis kaks sõrme püsti. „Mõlemad rööviti ja mõlemaid hoiti umbes kaks nädalat vangistuses. Mäletate, mida doktor Hove ütles, eks? Et kui jätta kõrvale õmblused ja see, kuidas ohvrid surid, olid nende kehad täiesti terved. Polnud isegi mitte kriimustusi. Mõrtsukas ei puutunud neid vangistuse ajal sõrmeotsagagi."

„Hästi," nõustus kapten Blake. „Kuidas see maniakaalse fänni teooriaga seostub?"

„Maniakaalsed fännid tegelevad suure osa ajast oma iidolite kohta fantaasiate väljamõtlemisega, kapten," selgitas Hunter. „Sellepärast neil üldse kinnismõte tekibki. Enamik neid fantaasiaid on seksuaalsed, osad vägivaldsed, aga mitte ükski neist ei ole ohvri röövimine, et nendega mitu nädalat sooja piima juues ja sõõrikuid süües juttu puhuda. Kui see mees on maniakaalne fänn, kes jõudis röövimiseni, ei oleks ta suutnud vähemalt ühte oma fantaasiat ellu viimata jätta. Eriti kui ta oli valmis neid nagunii tapma. Ja kui ta seda teinud oleks, oleks ohvritel kusagil mõni sinikas olnud."

Kapten Blake tundus mõtlik. Nad polnud saanud kinnitust sellele, kas ohvreid oli vägistatud või mitte. Ent Hunteril oli õigus – kuna ohvrite kehadel sinikaid ega kriimustusi ei olnud, tähendas see, et mõrtsukal olid muud eesmärgid. Maniakaalse fänni teooria hakkas tunduma ebatõenäoline.

„Kes, kurat, selliseks asjaks võimeline oleks?" küsis ta. „Lõhestunud isiksus?"

„Võimalik, aga meil on nii vähe asitõendeid, et seda on raske öelda."

„Miks?" päris Blake. „Sa ütlesid ise, et mõrtsukas muutus kiiresti passiivsest absurdselt vägivaldseks. Kas see ei viita äärmuslikele meeleolu kõikumistele? Drastilisele isiksuse muutumisele?"

Hunter noogutas. „Jah, aga see, kuidas ta seda teeb, räägib sellele teooriale vastu."

„Kuidas nii?"

„Mõlema mõrva ettevalmistamiseks ja täidesaatmiseks kulunud aeg on liiga pikk."

„Võta tempot maha, ajugeenius, ma ei saa aru," sõnas kapten Blake.

Hunter jätkas: „Meeleolumuutusi ja äärmuslikke isiksuse muutumisi peab miski vallandama, tavaliselt mingi väga tugev emotsioon – raev, armastus või armukadedus. Need ei teki ootamatult. Uus meeleolu või isiksus võtab võimust, püsib mõnda aega, aga kui raev või mis tahes emotsioon on taandunud, kaob ka see isiksus. Inimene on jälle normaalne." Hunter nipsutas sõrmi. „Nagu transist ärkamine. Kui kaua transs kesta võib, kapten?"

Blake hakkas taipama. „Mitte piisavalt kaua."

„Mitte piisavalt kaua," nõustus Hunter. „Mõrtsukas valmistas pommi ja selle põrgunoa ise, rääkimata ainulaadsest isekäivituvast mehhanismist. Ta võttis aega ka nende kohtade ettevalmistamiseks, kuhu ta ohvrid jättis, ja õmbles siis rahulikult nende kehad kinni. See kõik nõuab palju aega. Ettevalmistuseks ja elluviimiseks."

„Ja see tähendaks, et mõrtsukas pidanuks olema teises seisundis mitu päeva või isegi nädalat," lisas Garcia. „See pole kuigi tõenäoline."

Hunter noogutas. „Moodsas psühholoogias valitseb hetkel suhtumine, et lõhestunud isiksuse sündroomi ei ole tegelikult olemas. See on terapeutide väljamõeldud häire, mida kinnistab lõputu laviin jutusaateid, romaane ja halbu Hollywoodi filme."

„Mis asja?"

„Põhimõtteliselt usub moodne psühholoogia, et isiksuse lõhestumise sündroom on täielik jama."

Kapten Blake naaldus vastu Hunteri lauda ja avas kostüümijaki nööbid. „Nii et meil on tegemist isikuga, kes teab täpselt, mida teeb?"

„Minu arvates küll."

„Tema leidlikkus on selle tõestuseks," lisas Garcia.

Hunter noogutas. „Ta on ka kannatlik ja distsiplineeritud, mis on tänapäeval haruldane isegi kõige rahulikumate inimeste puhul. Sinna juurde meistrimehe oskused, mida ta on demonstreerinud, ja mind ei üllataks sugugi, kui tegemist oleks kellassepa või isegi kunstnikuga. Võib-olla skulptor või keegi."

Kapteni silmad läksid suureks. „Näiteks läbipõrunud skulptor? Keegi, kes ei ole olnud nii edukas kui tema ohvrid? Arvad, et see võib olla kättemaks?"

Hunter kandis keharaskuse vasakule jalale. „Ei. Ma ei usu, et see on kättemaks."

„Kuidas sa saad selles kindel olla? Kadedus on võimas emotsioon."

„Kui mõrtsukas on läbipõrunud kunstnik, kes ihkab kättemaksu, sest ei saavutanud ise edu, ei võtaks ta sihikule teisi kunstnikke. See poleks loogiline. Nemad poleks põhjus, miks ta edukaks ei saanud."

Garcia hammustas alahuulde ja noogutas nõustuvalt. „Kättemaks oleks olnud agentide, galeriide kuraatorite, kunstikriitikute ja ajakirjanike või kõigi eelmainitute vastu. Inimesed, kes võivad kunstniku karjääri hävitada või selle edukaks muuta, mitte teised kunstnikud."

Hunter noogutas. „Ja Laura Mitchelli ja Kelly Jenseni füüsiline sarnasus ei ole juhuslik, kapten. Ohvrid on talle midagi enamat kui vaid kättemaksuvahend."

„Mõrtsukas kasutas sama teguviisi, aga ohvrite sisse pani erineva taparelva," jätkas Garcia. „Ma ei usu, et see oli meelevaldne. Arvan, et sel on mingi tähendus."

„Mis see siis on?" küsis kapten Blake. Tema häälde tekkis akna alla kõndides kerge ärritus. „Milline seos saab olla pommil ja noal, mida veel mõni päev tagasi siin maamunal olemas ei olnud, kahe kunstnikuga?"

Keegi ei vastanud. Järgnenud vaikus oli igaühe jaoks erineva tähendusega.

„Nii et see uus ohver viib kahtluse James Smithilt, eks ole?" pahvatas kapten siis. „Tema korteris olid materjalid ainult Laura Mitchelli, mitte Kelly Jenseni kohta."

„Mitte tingimata," vaidles Garcia. Ta hakkas kirjaklambriga mängima.

„Kuidas nii?"

„Võib-olla on tal kusagil veel mõni tuba. Teine korter," pakkus Garcia.

„Mis asja?" kapten Blake põrnitses teda.

„Võib-olla ongi ta nii nutikas, kapten. Ta teab, et kahe ohvri puhul, juhul kui ta vahele peaks jääma ja ainult üks tuba avastatakse, võib ta vabadusse pääseda." Garcia pani kirjaklambri, mis nüüd oli kõveraks väänatud, lauale. „Me juba teame, et ta kasutas James Smithi nime, sest teadis, et kui midagi juhtub, aitab see nimi tal end varjata." Ta tõstis parema nimetissõrme püsti. „Ta maksab üüri ette." Nüüd keskmise sõrme. „Maksab arved ette. Kui ta *on* meie tagaotsitav, teame kindlalt, et tal on kuskil veel mingi koht – see, kus ta ohvreid hoiab, sest me teame, et ta ei hoidnud neid selles korteris. Sellisel juhul võib tal kergesti veel mõni üürikorter olla. Võib-olla mingi teise nime all. Sellepärast me teda ei leiagi."

Kapten Blake nõjatus vastu aknalauda. „See on vähetõenäoline."

Garcia praksutas sõrmenukke. „Samuti on vähetõenäoline, et keegi ise pommi ehitab, sellise haige noa ja päästikumehhanismi välja mõtleb ning ohvri sisse topib, õmmeldes ta seejärel kinni." Ta pidas dramaatilise pausi. „Kapten, asitõendid ütlevad, et see tüüp on kõike muud kui etteaimatav. Ta on nutikas, väga osav ja väga kannatlik. Kas teid tõesti üllataks, kui tal *oleks* kuskil veel mõni kollaažituba? See annab talle võimaluse kõike eitada."

„Garcial on õigus, kapten," sõnas Hunter oma laua servale istudes. „Me ei saa James Smithi välistada ainult sellepärast, et me sealt toast midagi Kelly Jenseni kohta ei leidnud."

„Ja kas teda on kusagil märgatud? Kas vihjeliin on mingeid kasulikke vihjeid saanud?"

„Veel mitte."

„No tore, eks ole?" Blake osutas tänavale. „Selles linnas elab rohkem kui neli miljonit inimest ja mitte keegi ei paista teadvat, kes see James Smith tegelikult on. Ta on lihtsalt õhku haihtunud." Ta läks ukse juurde ja avas selle. „Me ajame taga mingit kuradima kummitust."

Viiskümmend

Kui Hunter tagasi oma kabinetti jõudis, ootas teda kriminalistide juhi Mike Brindle'i meil – Laura Mitchelli korteris suure maali tagant seinalt leitud kiudude analüüsi vastused olid käes. Neil oli õigus olnud. Kiud olid pärit tavalisest villasest mütsist. See tähendas, et maali taga end varjanud isik oli 180 kuni 190 sentimeetrit pikk.

Ka olid käes leitud jalajälgede analüüsi vastused, aga kuna need olid olnud kodutolmu sees ja konkreetsete piirjoonteta, ei olnud need päris täpsed. Tõenäoliselt on tolle isiku jalanumber 45 või 46, mis vastaks ka pikkuse teooriale. Huvitav oli see, et nad polnud leidnud tallajäljest mingeid eripärasid. Ei mingit kaubamärgi nime, õnarusi, mitte midagi. Täiesti sile tald. Mike Brindle oletas, et Laura korteris varitsenud isik kandis mingisugust tallakatet. Ilmselt isetehtud. Arvatavasti pehme kumm või sünteetiline vaht. See oleks kindlasti ka kurjategija sammude heli summutanud.

Olles kogu stuudio põranda nr 45 või 46 jalajälgede osas üle vaadanud, jõudis Brindle samale järeldusele kui Hunter ja Garcia. Olles end kaugema seina vastas olnud maali taga varjanud, hajutas Laura Mitchelli ründaja millegagi tema tähelepanu ja jõudis väga kähku kange rahustiga naise juurde, arvatavasti midagi veenisisest.

„Sain IT-st Kelly Jenseni info," ütles Garcia uksest sisse astudes, roheline plastkaust käes.

„Mis seal siis on?" küsis Hunter arvutiekraanilt pilku tõstes.

Garcia istus oma laua teha ja avas kausta. „Nii, Kelly Jensen, sündinud Montanas Great Fallsis kolmkümmend aastat tagasi. Vanematele pole veel teatatud."

Hunter noogutas.

Garcia jätkas. „Ta hakkas maalima keskkoolis ... Kahekümneaastasena kolis vastu vanemate tahtmist Los Angelesse ... Mitu aastat oli tal keeruline, kõik agendid ja kunstigaleriid vastasid talle eitavalt ... blaa-blaa-blaa, tüüpiline LA lugu, ainult et ta oli kunstnik, mitte näitleja."

„Kuidas teda siis märgati?" uuris Hunter.

„Ta müüs oma töid mere ääres tänavakioskis. Teda märkas New Yorgi tunnustatuim kunstikriitik Julie Glenn. Nädal hiljem sai Kelly agendi, kellegi Lucas Laurenti. Tema teataski Kelly kadumisest." Garcia pidas vahet ja sirutas käed pea kohale. „Kelly karjäär läks sealt edasi kiiresti ülesmäge. Julie Glenn kirjutas temast New York Timesis artikli ja kuu aja pärast müüdi maale, mida keegi rannas tasuta ka ei tahtnud, tuhandete dollarite eest."

Hunter vaatas kella ja võttis tagi. „Nii, lähme."

„Kuhu?"

„Selle inimese juurde, kes tema kadumisest teatas."

Viiskümmend üks

Liiklus meenutas religioosset protsessiooni ja Garcial kulus Parker Centerist 37 kilomeetri kaugusele Long Beachi jõudmiseks peaaegu kaks tundi.

Kelly Jenseni agendi Lucas Laurenti kontor asus East Broadway Street 246 maja viiendal korrusel.

Laurent oli kolmekümnendates eluaastates, tõmmu naha, tumepruunide silmade ja korralikus soengus juustega, mis hakkasid kergelt halliks tõmbuma. Kortsud, mis suud ümbritsesid, olid Hunteri arvates kirgliku suitsetamise tagajärg. Tumesinine ülikond istus hästi, aga lips oli maitselageduse meistriklass. Picasso-stiilis värviplärakatega õudus, mida saab kanda ainult äärmiselt enesekindel inimene. Ja Laurent oli kahtlemata enesekindel – see oli selline tagasihoidlik enesekindlus, mille annab raha ja edukus.

Ta tõusis oma kahepoolsete sahtlitega laua tagant ning tervitas Hunterit ja Garciat ukse juures. Tema käepigistus oli tugev nagu tähtsat tehingut sõlmima valmistuval ettevõtjal.

„Joan ütles, et te olete LAPD uurijad?" sõnas ta Hunterit silmitsedes. „Loodetavasti ei ole te tegelikult kunstnikud, kes üritavad ilma aega kokku leppimata minu jutule pääseda." Ta naeratas ja silmanurkadesse tekkisid sügavat kortsud. „Aga kui oleksite, siis näitaks see, et teil on loomingulisust ja ambitsioone."

„Paraku oleme me päriselt uurijad," vastas Hunter ja näitas Laurentile oma töötõendit. Agendi naeratus kustus kohe. Alles siis meenus talle, et ta oli paar nädalat tagasi Kelly kadumisest teatanud.

Hunter rääkis nii palju, kui teisel oli vaja teada, ja nägi, kuidas mees kahvatab. Laurent vajus tooli seljatoele, pilk vaatas tardunult Hunterist läbi.

„Aga see on ju naeruväärne … tapetud? Kes tappis? Ja miks? Kelly oli kunstnik, mitte narkodiiler."

„Seda me üritamegi välja selgitada."

„Aga tal pidi vähem kui kahe kuu pärast Pariisis näitus toimuma … see oleks meile peaaegu miljoni sisse toonud."

Hunter ja Garcia vahetasid kähku mureliku pilgu. *Kummaline hetk raha peale mõelda.*

Laurent sobras ülemises lauasahtlis ja võttis sealt sigaretipaki. „Ma ei suitseta üldiselt kabinetis," selgitas ta, „aga praegu on see vajalik. Kas tohib?"

Uurijad noogutasid.

Laurent pistis sigareti huulte vahele, süütas selle väriseva käega ja tõmbas mahvi, nagu sõltuks sellest tema elu.

Hunter ja Garcia istusid lõheroosadesse tugitoolidesse Laurenti laua ees ning hakkasid esitama talle küsimusi suhte kohta Kellyga ja mida ta teab naise isiklikust elust. Laurenti vastuste järgi, lisaks kommentaar miljoni teenimise kohta, said nad kähku aru, et tema suhe Kellyga oli olnud puhtalt tööalane. „Kas teil on tema korteri võtit?" küsis Garcia.

„Taevake, ei." Laurent tõmbas veel viimase mahvi, läks siis akna alla ja kustutas sigareti aknalaual, visates koni alla tänavale. „Kellyle ei meeldinud inimesi oma koju ega stuudiosse lasta. Ta ei näidanud minulegi oma maale enne, kui need olid valmis, ja isegi siis pidin ma nuiama, et ta neid mulle näitaks. Kunstnikud on väga enesekesksed ja ekstsentrilised inimesed."

„Tema korter asub Santa Monicas ja stuudio Culver Citys, eks?" küsis Garcia.

Laurent noogutas närviliselt.

„Kas mul on õigus oletades, et teie ja preili Jensen käisite koos mõnedel seltskonnaüritustel? Õhtusöögid ... vastuvõtud ... näitused ... auhinnatseremooniad ja muu säärane?"

„Jah, selle kolme aasta jooksul, mil ma teda esindasin, päris mitmel."

„Kas te kohtusite mõne tema kallimaga? Kas ta võttis mõnele sellisele üritusele kaaslase kaasa?"

„Kelly?" Laurent naeris pingutatult. „Ta isegi ei mõelnud suhete peale. Ta oli vapustav. Mehed viskusid tema jalge ette, aga ta ei tahtnud neist midagi teada."

„Tõesti?" küsis Hunter. „Kas selleks oli mingi põhjus?"

Laurent kehitas õlgu. „Ma ei küsinud, aga tean, et talle tegi väga haiget keegi, kellesse ta oli mõni aasta tagasi armunud. Selline valu, mis ei kao kunagi. Selline, mis muudab inimese suhete osas väga ettevaatlikuks. Saate aru, mida ma silmas pean?"

„Kas te teate, kas tal oli juhusuhteid?" uuris Garcia.

Taas õlakehitus. „Arvatavasti, sest ta oli vapustav, aga ma ei kohtunud kellegagi. Ta ei maininud ka kedagi."

„Kas ta mainis kunagi mingeid meile? Midagi, mis teda viimasel ajal hirmutas või ärritas?" jätkas Hunter.

Laurent kortsutas kulmu, meenutades paar sekundit. „Midagi konkreetset ei ole. Ma ei tea, kas need olid hirmutavad või ärritavad, aga eks ta sai armunud fännidelt üksjagu veidraid kirju. Ma ütlen oma kunstnikele, et nad neid eiraksid."

„Eiraksid?"

„Kuulsusega kaasnevad fännid, uurija. See käib asja juurde ja pääsu sellest ei ole. Paraku on mõned neist väga imelikud, ehkki enamasti ohutud. Kõikidel kunstnikel, keda ma esindan, on neid aeg-ajalt." Laurenti pilk kandus taas laual olevale sigaretipakile ja ta pidas aru, kas võtta veel üks sigaret. Selle asemel hakkas ta must-kuldset sulepead näperdama. „Olin Kelly agent kolm aastat ja ma pole teda kordagi näinud mureliku või õnnetuna. Ta naeratas alati, nagu oleks see tema huultele tätoveeritud. Ma ei mäleta tõesti, et Kelly oleks olnud kunagi õnnetu."

„Millal te viimati preili Jenseniga rääkisite?" küsis Garcia.

„Pidime lõunat sööma minema ..." Laurent avas laual nahkköites märkmiku ja lehitses seda kiiresti, „... 25. veebruaril, et arutada Kelly peatset näitust Pariisis. Kelly oli selle reisi üle mitu kuud elevil olnud, aga ta ei tulnud kohale ega helistanud, et see ära jätta. Kui üritasin teda kätte saada, vastas vaid automaatvastaja. Kaks päeva hiljem andsin alla ja teatasin politseisse."

„Kas ta tarbis uimasteid, tegeles hasartmängudega, midagi sellist?" uuris seekord Garcia.

Laurenti silmad läksid kohe suureks. „Taevake, ei. Vähemalt mitte minu teada. Ta isegi ei joonud õieti. Kelly oli tüüpiline korralik tüdruk."

„Rahalised raskused?"

„Mitte selliste summade puhul, mida tema teenis. Iga tema maal maksab tuhandeid dollareid. Nüüd arvatavasti veel rohkem."

Hunter arutles, kas Laurent hüppaks järele, kui ta praegu sada dollarit aknast välja viskaks.

Enne lahkumist seisatas Hunter kabinetiukse juures ja pöördus Laurenti poole. „Kas te teate, kas preili Jensen oli sõber ühe teise LA kunstniku, Laura Mitchelliga?"

Laurent vaatas teda küsivalt ja raputas siis pead. „Laura Mitchell? Ma ei tea. Nende stiilid on väga erinevad."

Nüüd oli Hunteri kord teda küsivalt silmitseda.

„Uskuge või mitte, aga paljud kunstnikud on selles mõttes omapärased," selgitas Laurent. „Osad ei taha suhelda teistsuguse stiiliga kunstnikega." Ta ajas huuled mõtlikult torusse. „Osad ei taha üldse teiste kunstnikega suhelda. Miks te küsite?"

„Niisama." Hunter ulatas Laurentile oma visiitkaardi. „Kui teile midagi meenub, siis palun ärge ..."

„Pidage!" segas Laurent vahele. „Laura Mitchell ja Kelly Jensen *kohtusid* küll. Paar aastat tagasi. See oli mul meelest läinud. Varsti pärast seda, kui Kelly karjäär tuule tiibadesse sai. Olin äsja hakanud teda esindama. Teda intervjueeriti ühe kaabeltelevisiooni dokfilmi jaoks. Midagi Ameerika kunstnike uuest lainet läänerannikul või midagi sellist. Selles osales mitu kunstnikku. Arvan, et seda filmiti ..." Laurenti pilk kandus mingile kohale seinale, „... Getty muuseumis või äkki Mocas, ma pole kindel. Aga olen kindel selles, et Laura Mitchell oli üks kunstnikke, kes tol päeval kohal viibis."

Viiskümmend kaks

Taevas oli juba tumedaks tõmbunud, kui Hunter ja Garcia Parker Centerisse tagasi jõudsid. Mõlemad olid väsinud. „Mine koju, Carlos," ütles Hunter silmi hõõrudes. „Veeda õhtu Annaga. Vii ta välja sööma, kinno või mida iganes. Me ei saa praegu teha muud kui infot üle vaadata ja meie mõlema aju on liiga väsinud, et see praegu midagi analüüsida suudaks." Garcia teadis, et Hunteril on õigus. Ja Annale meeldiks väga, kui abikaasa terve õhtu tema päralt oleks. Ta võttis jope. „Kas sa ei tule?" küsis ta, kui Hunter arvuti tööle lülitas. „Viie minuti pärast," vastas Hunter noogutades. „Kontrollin enne midagi internetist."

Hunteril läks oodatust kauem, et leida viiteid dokfilmile, mida Kelly Jenseni agent oli maininud. See oli väikese eelarvega film Arts and Entertainmenti kaabeltelevisiooni kanalil nimega „Canvas Beauty, The Upcoming Talents from the West Coast*". See oli vaid korra eetris olnud, kolm aastat tagasi. Hunter helistas A & E LA kontorisse, aga praegusel kellaajal ei olnud seal kedagi, kes teda aidata saanuks. Ta peab neile hommikul uuesti helistama.

Hunter ei läinud siiski otse koju. Pea oli mõtteid liiga täis, et ta oleks tahtnud üritada oma korteri üksindust trotsida.

Kui mõrtsukas sunnib tõepoolest oma ohvreid ennast ise löögi jõul aktiveeruva päästikumehhanismi abil tapma, oli neil esimese ohvri, Laura Mitchelli osas õigus. Laura oleks pidanud surema seal lihunikulaual. Pomm pidi tema sees plahvatama, aga päästik ei aktiveerunud. Naine suri lämbumissurma. Tema ema oli rääkinud Hunterile krambihoogudest, mis Laural lapsena

---

*   ingl k. „Lõuendi ilu, lääneranniku uued talendid".

olid olnud. Võimalik, et mingi psühholoogiline seisund, mis taandus pärast seda, kui ta maalima hakkas. Hunter teadis, et traumeerivad läbielamised, nagu tugev paanika, võivad sellised haigushood uuesti esile kutsuda. Selline paanika, mida Laura oleks kogenud selles pimedas tagaruumis, üksinda, suu ja alakeha kinni õmmeldud.

Hunter sõitis sihitult ringi, kuni jõudis viimaks Santa Monica randa.

Talle meeldis õhtuti merd vaadata. Lainete murdumise heli liival ja vaikus rahustasid teda. See meenutas talle tema vanemaid ja aega, kui ta oli alles laps.

Isa töötas 70 tundi nädalas kahe madalapalgalise töökoha peal. Ema tegi seda, mis ette juhtus – koristas, triikis, pesi pesu, mida iganes. Hunter ei mäletanud nädalavahetust, mil isa poleks tööl olnud, ja ka siis oli neil arvete tasumisega raskusi. Aga tema vanemad ei kurtnud kunagi. Nad lihtsalt elasid neile antud elu. Ja ükskõik, kui hulluks asi läks, neil oli alati naeratus näol.

Igal pühapäeval, kui Hunteri isa töölt koju tuli, käisid nad rannas. Enamasti jõudsid nad sinna siis, kui teised juba lahkuma asutasid. Vahel oli ka päike juba loojunud, aga Robertil polnud selle vastu midagi. Talle meeldiski nii. Nagu oleks kogu rand kuulunud talle ja tema vanematele. Pärast ema surma viis isa teda endiselt pühapäeviti randa. Robert tabas vahel isa lainete murdumist vaadates vargsi pisaraid pühkimas.

Kõik kohad olid turiste täis, ennekõike Third Street Promenade'il ja rannabaarides, mis ääristasid veepiiri. Rulluiskudel kihutas mööda keegi poiss, tema kannul noorem tüdruk, kes ilmselgelt veel seda oskust päriselt omandanud ei olnud.

„Sõida aeglasemalt, Tim," hüüdis ta anuvalt poisile. Poiss ei vaadanud tagasigi.

Hunter istus natuke aega liival, vaatas laineid ja hingas sisse mereõhku. Ta märkas taamal õhtuseid surfareid. Kokku viis, kaks neist naised. Neil tundus olevat väga lõbus. Vee ääres lihvis üks poiss oma vutioskusi. Hunter pidi tunnistama, et ta on osav. Üks paar möödus sõnatult käsikäes ja mõlemad noogutasid Hunterile südamlikult, kes tegi sama. Ta vaatas neile järele ja vajus korraks mälestusse. Millessegi, mida vähesed tema kohta teadsid – ta oli kunagi ammu armunud olnud.

Huuled tõmbusid tahtmatult kergeks naeratuseks. Mälestuse tugevnedes naeratus taandus ja sisemuses tekkis õõnes tunne. Üksik pisar ähvardas silmanurka tungida, ent meenutamist segas mobiilihelin. Ekraanil oli kiri „tundmatu number".

„Uurija Hunter."

„*Mis värk on, semu?*" ütles D-King oma rahulikul häälel. Taustal mängis vali hiphop.

„Ei midagi," vastas Hunter.

D-King ei hakanud keerutama. „Vabanda, semu, aga ma pole midagi kuulnud, saate aru küll. Mehhiklased, jamaikalased, venelased, hiinlased, itaallased, kõik ... mitte keegi ei tea midagi õmmeldud tüdrukutest. See polnud jõugumõrv, vähemalt mitte ühegi teadaoleva jõugu."

„Jah, sellest sain ma vahepeal ise ka aru."

„Kas saite teada, kes ta on?"

„Jah."

D-King ootas, aga Hunter ei lisanud midagi.

„Ma pakun, et ta polnud tänavatüdruk."

„Õigus."

„Ma ju ütlesin, semu. Oleksin teadnud, kui oleks." Tekkis kõhklev paus. „Kuulge, ma pean lõpetama, aga uurin veel asja. Kui midagi kuulen, kõllan."

Hunter lõpetas kõne, pühkis käed liivast puhtaks, võttis tagi ja läks tagasi auto juurde. Baarides hakkas inimesi vähemaks jääma ja korraks mõtles ta, kas minna sisse. Talle kuluks üks ühelinnaveviski ära ... või viis. Võib-olla lööks *see* pea täiesti selgeks.

Ühe õuelaua taga istus keegi naine ja naeris valjuhäälselt, mis köitis Hunteri tähelepanu. Naine oli kena, lühikeste tumedate juuste ja imelise naeratusega. Nende pilgud kohtusid korraks ja siis meenus Hunterile, et Kelly Jenseni korter on Santa Monicas. Kunstistuudio polnud ka kaugel. Culver City oli põhimõtteliselt siinsamas.

Toimikus, mille Hunter kadunud isikute üksuselt sai, oli kirjas, et kadumist uurinud politseinik oli käinud mõlemad kohas ilma eriliste tulemusteta. Kahtlustati, et Kelly rööviti kodust, kui ta oli auto parkinud ja oma kortermaja poole minema hakanud. Tunnistajaid ja turvakaamerate salvestusi ei olnud.

Hunter vaatas kella. Tema ja Garcia kavatsesid mõlemas kohas homme käia, aga no mis seal ikka. Ta oli juba siin ja nagunii ta niipea und ei saa.

Viiskümmend kolm

Kelly Jenseni korter asus luksusliku kortermaja teisel korrusel eksklusiivsel San Vicente Boulevardil kiviviske kaugusel Santa Monica ranna läänepoolsest otsast.

Hunter parkis auto kortermaja ette ja silmitses veidi aega liiklust. Autosid liikus iga kümne-viieteistkümne sekundi tagant. Oma autost väljudes ja enda järel ust sulgedes tundis ta ära Kelly auto, mida oli kirjeldatud kadunud isikute üksuselt saadud infolehel – suurepärases korras pärlmuttervalge 1989. aasta Pontiac Trans Am T-top. See seisis Hunteri autost paari parkimiskoha kaugusel. Hunter tõmbas kummikindad kätte ja vaatas masinlikult ümbritsevaid maju. Mitmes aknas põlesid tuled. Ta läks Kelly auto juurde ja pani käed juhiakna peal näo ümber kokku. Salong tundus laitmatult puhas.

Hunteril olid Kelly korteri võtmed olemas. Need olid saadetud Parker Centerisse koos kadunud isiku toimikuga ja need olid tema auto tagaistmel. Hunter sisenes majja ja läks teisele korrusele. Olles õige võtme leidnud, avas ta Kelly korteri ukse, astus sisse ja seisatas korraks lävel, proovides seejärel lülitit. Ei midagi.

„No tore." Ta lülitas taskulambi põlema.

Elutuba oli avar ja kenasti sisustatud. Hunter vaatas rahulikult ringi. See oli peaaegu kompulsiivselt puhas, välja arvatud tolm, mis oli Kelly kadumisest saadik kogunenud. Kõik tundus olevat oma kohal.

Pikal klaasist kapil ühe seina ääres olid mõned raamitud fotod – enamik Kellyst ja tema vanematest.

Köök oli avatud plaaniga, elutoast läänes. Tuled ei põlenud ka siin. Hunter avas külmiku ja sai kohe näkku pahvaku sooja roiskunud õhku.

„Kuramus!" Ta hüppas eemale ja virutas ukse kinni. Ilmselt oli elekter juba mõne päeva ära olnud. Ta läks köögist edasi.

Magamistuba oli tohutu, arvatavasti suurem kui Hunteri terve kahetoaline korter. Vannitoast leidis ta hulga meigitarbeid ning mitu näo-, keha- ja kätekreemi pudelit. Voodi oli täiuslikult üles tehtud. Kummutilt leidis Hunter veel ühe vanemate foto, kaelakeesid ja käevõrusid ning parfüümipudeleid. Sahtlid olid täis aluspesu ja suveriideid.

Hunter keskendus taas Kelly vanemate fotole. Kelly oli rohkem ema kui isa nägu. Hunter mõtles tahtmatult valule, mida nad tunnevad, kui Great Fallsi šerif nende uksele koputab. See oli kõige kohutavam teade, mida lapsevanem saada võib.

Tema ise oli selliseid teateid edastama pidanud rohkem kordi kui meenutada soovis. Kui ta pildiraami tagasi kummutile pani, peegeldus tasku- lambi kiir hõbedasel raamil ja ta tõmbus pingule. Raam toimis peeglina ja ta nägi vahetult enda taga seisvat tumedat kogu.

Viiskümmend neli

Plõks. Hunter kuulis poolautomaatpüstoli vinnastamise summu- tatud heli mõne sentimeetri kaugusel oma kuklast, aga enne kui tema taga seisev isik midagi öelda või teha jõudis, pöördus Hunter hooga ja virutas käega jõuliselt. Taskulamp tabas sisse- tungija püstolit hoidvat kätt valju tümpsuga.

Relv ja taskulamp lendasid läbi toa vastu riidekapi ust ja kukkusid maha. Taskulamp sattus voodi alla, valguskiir seina poole, nii et tuba päris pimedaks ei jäänud.

Hunteri vasak käsi oli juba õlakabuuril. Tal õnnestus juba relvapärast kinni võtta, kui sissetungija andis talle täpse hoobi kõhtu otse roiete alla. Õhk väljus kopsudest nagu oleks õhupall katki läinud ja ta vaarus tagurpidi, ahmides õhku. Ta teadis, et kohe järgneb teine hoop. Seekord tuli see paremalt poolt külje pihta umbes samale kõrgusele kui esimene, aga Hunter oli selleks valmis. Ta blokeeris selle käe välisküljega ja andis samal ajal vasaku rusikaga võimsa hoobi, tabades sissetungijat rindu. Hunter kasutas löögi hoogu lähemale astumiseks ja andis teise hoobi näkku. Seda blokeeriti äärmise täpsusega. Hunter ei kõhelnud hetkegi, vaid andis vasaku rusikaga hoobi ülakeha külje pihta – blokk. Parem hoop rindu – blokk. Vasak küünarnukk näkku – blokk.

Mida kuradit, mõtles ta. Kas see tüüp näeb pimedas või? Sissetungija lõi uuesti jalaga, hüppega kõrgemalt ja tugevamini. Hunter nägi seda liiga hilja, aga sellegipoolest võimaldas kiire reaktsioon tal pea enam-vähem eest tõmmata. Sissetungija saapanina kriimustas tema paremat kulmu. Hunter kasutas põiklemisliigutust hoo võtmiseks ja tegi kehaga täispöörde. See võttis aega vaid sekundi murdosa ja selle lõpuks andis Hunter vasaku rusikaga hoobi sissetungijale roietesse, ent mingi viimase hetke sisetunne ütles talle, et ta ei lööks kogu jõust. Sellegipoolest seekord blokki ei tulnud. Sissetungija vajus kössi ja vaarus tagurpidi. Hunter keeras end silmapilguga vastassuunda. Ründaja poole pöördudes oli tal relv käes ja parem käsi ette sirutatud. Relva toru oli ründaja näost paari sentimeetri kaugusel.

„Katsu end vaid liigutada ja sööd õhtusööki koos Elvisega.“

„Raisk, see käis küll kähku.“

Hunter kortsutas kulmu. See oli naisehääl.

„Kes, pagan, sa oled?“ küsis naine.

„Mina?“ Hunter vinnastas relva. „Kes, pagan, sina oled?“

„Mina küsisin esimesena.“

„Noh, mul on relv.“

„Mis siis? Mul oli ka.“

„Aga tead, mis? Mul on minu oma alles ja ma sihin sellega sulle näkku.“

Hetkeline paus.

„Olgu, selge.“ Naine tõstis käed üles, aga ei öelnud rohkem midagi.

„Ma küsin uuesti, juhuks kui sa unustasid – kes, kurat, sa oled?“

„Minu nimi on Whitney Myers.“ Naise hääl oli rahulik.

Hunter ootas, aga Myers ei lisanud midagi. „Ja ...? Kas su nimi peab mulle midagi ütlema või?“

„Olen kadunud isikuid otsiv eradetektiiv. Kui sa mul liigutada lubad, näitan sulle oma töötõendit."

„Su käed ei liigu veel kuhugi, musirull."

Hunter silmitses naist kahtlustavalt. Isegi voodi alt paistva nõrga valguse käes oli näha, et Myers kannab tumedaid pükse ja pluusi, madalaid jalanõusid, vööl oli väike kõhukott ja peas must müts.

„Sa oled riides pigem nagu murdvaras kui eradetektiiv."

„Sa ise pole ka riides nagu võmm," torkas naine vastu.

„Kus sa tead, et ma võmm olen?"

Naine kallutas pea riidekapi poole. „LAPD standardne taskulamp." Lühike paus. „Aga su relv on teine teema. Selles pole midagi standardset. HK USP taktikaline püstol. Mereväe eriüksuse lemmik. Sa oled ilmselt mingi eriosakonna liige või tõsine relvafanaatik. Ilmselt mõlemat."

Hunter sihtis ikka veel naisele silma. „Kui sa teadsid, et ma võmm olen, miks, kurat, sa mulle siis niimoodi kallale tulid?"

„Sa ei andnud mulle võimalust sõnagi lausuda. Kavatsesin viisakalt paluda sul ümber keerata, kui sa muutusid järsku laksu all superkangelaseks. Ma ainult kaitsesin ennast."

Hunter kaalus tema vastust. „Kui sa oled eradetektiiv, kes su palkas?"

„Sa tead, et ma ei saa sulle seda öelda. See on salastatud informatsioon."

Hunter pilk libises oma relvale ja siis taas Myersile. „Antud olukorras pole sul eriti valikut."

„Sina ja mina mõlemad teame, et sa ei tulista mind."

Hunter turtsatas naerma. „Ma ei oleks selles nii kindel. Anna ainult põhjust."

Myers ei vastanud.

„Lisaks võin ma su sissemurdmise eest vahistada. Sa tead, kuidas see käib. Pead advokaadi jaoskonda kutsuma, siis kuulatakse

sind põhjalikult üle … jne, jne, jne … ja me saame nagunii teada.
Nii et ütle mulle midagigi või sellest kujuneb sinu jaoks *väga* pikk
öö." Hunter tundis, et mööda näo paremat külge niriseb kulmu
kohal olevast haavast verd. Ta seisis täiesti liikumatuna.
Myers silmitses meest kõigutamatult ja nägi tema pilgus
otsustavust. See mees ei lase tal niisama minna, aga ta ei kavat-
senud Hunterile ka Katia ja Leonid Kudrovi kohta tõtt rääkida.

Ta polnud valmis avaldama mingeid saladusi ega ka seda –
harjumusest ja moodusena end potentsiaalsete klientide osas
kursis hoida –, et talle saadetakse igapäevaselt kadunud isikute
andmebaasi lisatud nimesid, muuhulgas ka nende isikute fotod.
Selle nimekirja koostas ja vaatas läbi tema LAPD informaator
Carl O'Connor.

O'Connor ei olnud kadunud isikute üksuse uurija. Ta oli
arvutinohik, ammune sõber ja LAPD Valley büroo andme-
baasi administraator. Tema piiramatu ligipääs kadunud isikuid
puudutavale informatsioonile oli andnud Myersile mitmetes
juurdlustes vajaliku eelise. Kui Myers sai Kelly Jenseni foto,
nägi ta kohe sarnasust Katia Kudroviga ja sellepärast ta praegu
Kelly Jenseni korteris viibiski. Ta otsis niidiotsi.

Ta ei kavatsenud Hunterile midagi avaldada, aga teadis ka,
et peab midagi ütlema. Ta improviseeris kähku.

„Hästi. Mind palkas endine kallim," valetas ta tõsise näoga.
Hunter kortsutas kulmu. „Nimi?"

Myers naeratas. „Sa tead, et ma ei saa tema nime öelda.
Mitte tema nõusoleku või kohtuorderita. Sul pole kumbagi."

„Ja ta tuli sinu jutule, mitte ei teatanud kadunud isikute
üksusele?"

„Mis ma öelda oskan? Mõned inimesed ei usalda LAPD-i."

Myers raputas paremat kätt.

„Hei, hei, hei," ütles Hunter leelotaval häälel. „Rahu,
musike. Mida sa teed?"

Myers pani käe oma külje peale ja hõõrus seda sügavalt hingates. „Sa vist murdsid mul paar roiet."

Hunter ei liigutanud. „Ei murdnud. Ja vähemalt ei jookse sa verd."

Myers vaatas haava Hunteri kulmu kohal. „Ma pole kedagi nii kiiresti tegutsemas näinud. Sa olid mul sihikul. Sa pidanuks teadvuseta olema."

„Õnneks jõudsin ma eest põigelda," nentis Hunter, painutades kergelt kaela. „Kuidas sa sisse said? Sissemurdmise jälgi polnud."

Myers naeratas talle võluvalt. See olukord kiskus keeruliseks. Ta jäi endale kindlaks.

„Mina aina räägin ja sa pole mulle oma nime öelnud ega ka töötõendit näidanud. Pagan võtaks, ma ei tea kindlalt sedagi, kas sa ikka oled LAPD-st. Tean, et sa pole kadunud isikute üksusest. Kes sa siis oled?"

„Kust sa tead, et ma pole kadunud isikute üksusest?"

Naise nägu muutus surmtõsiseks. „Sest ma töötasin ise seal."

Viiskümmend viis

Hunter silmitses Myersit mitu sekundit. Naine vaatas talle sama otsustavalt otsa.

„Hästi," ütles Hunter viimaks, „näita siis oma eradetektiivi litsentsi. Aga väga rahulikult."

„Sina näita oma töötõendit," vastas Myers.

Hunter avas nahktagi vasaku hõlma. Ametimärk oli vöö külge kinnitatud.

Myers noogutas seepeale, avas kõhukoti ja ulatas Hunterile musta nahast rahakoti.

Hunter uuris tema töötõendit ja seejärel uuesti naist ennast. Tumedad silmad, väike nina, kõrged põsesarnad, täidlased huuled, täiuslik nahk ja sportlik keha.

Hunter pistis viimaks relva kabuuri ning võttis oma taskulambi ja Myersi relva – Sig Sauer P226 X-5 poolautomaatpüstol.

„Ilmselt on eradetektiivitöö tasuv," sõnas ta salve eemaldades ja kambrit kontrollides, ulatades tühja püstoli Myersile tagasi. „See on kahe ja poole tuhande dollariline relv." Ta pistis salve taskusse.

„Mis siis? Otsid uut töökohta? Mulle kuluks sinusugune ära. Palju lisahüvesid ja tervisekindlustus."

Hunter võttis kummutilt karbist salvräti ja pühkis osa verd näo pealt ära. „Jah? Mulle ei kuluks sinusugune ülemus ära."

Myers naeratas. „Oo, sa oled vastustega nobe. Tibidele ilmselt meeldib."

Hunter ei teinud sellest kommentaarist välja.

„Kas sa ütled nüüd, kes sa oled või kutsun sind härra uurijaks?" küsis naine käsi rinnal vaheliti pannes.

„Minu nimi on Robert Hunter." Hunter ulatas naisele rahakoti tagasi. „Olen LAPD uurija."

„Millises üksuses?" Naine nookas tema ametimärgi poole.

„Nagu öeldud, tean ma, et sa pole kadunud isikute üksusest."

Hunter pani taskulambi kummutile. „Röövide ja mõrvarühm."

Myersi silmad läksid suureks. Ta teadis täpselt, mida see tähendab. Ta oli korraks sõnatu. „Millal?" küsis ta.

„Mis millal?"

„Ära mängi lolli. Sa ei tundu selline olevat ja ma ei viitsi rohkem soga ajada. Kas sa tead, millal Jensen suri?"

Hunter silmitses Myersi nägu ja tabas seal kerge meeleheite. Ta vaatas enne vastamist masinlikult kella. „Eile."

„Kas tema surnukeha leiti eile või ta suri eile?"

„Mõlemat. Ta oli enne leidmist vaid paar tundi surnud olnud."

„See, kes ta röövis, hoidis teda enne tapmist peaaegu kolm nädalat vangistuses?"

Hunter ei vastanud. Polnud vajagi. Myers teadis täpselt, millele selline röövija/mõrtsuka tegevus viitab.

„Kuidas ta tapeti?" küsis Myers.

Vaikus.

„Jäta, ma ei uuri mingeid suuri juurdluse saladusi. Tunnen protokolli ja tean, mida te tohite ja ei tohi avaldada. Kui sina seda ei ütle, kui kaua mul sinu arvates aega läheb, enne kui ma selle välja uurin? Paar telefonikõnet ehk. Mul on politseis veel tutvusi ja sidemeid."

Hunter vaikis endiselt.

„Olgu. Eks ma uurin siis ise."

„Mõrtsukas kasutas nuga."

Myers tõmbas sõrmeotstega üle ülahuule.

„Mitu ohvrit?"

Hunter vaatas teda küsivalt.

Myers jätkas. „Mitu ohvrit teil praeguseks on? Kui sa oled mõrvarühmast, siis tähendab see, et ta on ennegi tapnud või tapeti Kelly Jensen eriti jõhkral moel ... või mõlemat. Ja kui peaksin pakkuma, ütleksin mõlemat."

Hunter oli vait.

„Te otsite sarimõrvarit, eks?"

„Sa kiirustad järeldustega, kuigi olid ise võmm."

Myers pööras pilgu mujale.

„Nii, sinu kord rääkida," ütles Hunter. „Kes see endine kallim on, kelle heaks sa töötad?" Myers ei tahtnud rohkem valetada. „Sa tahad praegu minult infot?" Ta kergitas kulme.

„Kas me jätkame ikka seda mängu, kallike?" küsis Hunter väljakutsuvalt. „Arvasin, et sa ütlesid, et sulle aitab soga ajamisest."

Myers põrnitses teda taas.

„Kelly Jensen on surnud. Tapetud sellisel moel, et sa ei oska seda isegi kõige kohutavamates unenägudes ette kujutada. Sinu kadunud isiku juhtum on lahendatud. Muud sa teadma ei pea."

„Kliendi ja detektiivi vaheline konfidentsiaalsus ei lõpe juhtumi lahendamisega. Sa tead seda."

„See endine kallim võib olla kahtlusalune."

Taas kõhklus.

„Ei ole," vastas Myers kindlalt. „Või sa arvad, et ma ei lasknud teda enne põhjalikult kontrollida, kui juhtumi vastu võtsin? Ja sa ütlesid, et Kelly tapeti eile. See mees on viis päeva välismaal viibinud."

„Kui sa tema süütuses nii kindel oled, miks mitte anda mulle tema nimi ja lasta mul teda kontrollida."

Tekkis pikk ebamugav vaikus, siis sirutas Myers parema käe, peopesa ülespoole pööratud. Ta vaatas Hunterile silma. „Kas ma saaksin oma padrunisalve tagasi?"

Hunter teadis, et naine soovib usaldusavaldust. Anna midagi, et midagi vastu saada. Ta võttis salve aeglaselt taskust välja ja pani naisele pihku. Myers ei pannud seda relva, vaid vaatas seda pikalt. Tema vale paisus millekski, mida ta varsti ohjeldada ei suuda. Ta peab minema saama, enne kui ämbrisse astub.

„Sa tead, et ma ei saa sulle tema nime öelda. Kui ma seda teen, ei saa ma enam ühtegi klienti. Aga ma võin anda sulle kogu info, mis mul selle juhtumi kohta on. Võib-olla leiad sealt midagi."

Hunter pani tähele, et naise parem silm tõmbles kergelt.

Myers vaatas käekella. „Anna mulle paar tundi aega kõik kokku koguda ja siis saad kogu informatsiooni, mida mina tean."

Hunter silmitses teda endiselt.

„Tean, kust sind leida."

Hunter vaatas Myersile järele ja pistis siis käe taskusse. Ta vaatas eradetektiivi töötõendit, mille oli naise nahast rahakotist vargsi välja libistanud.

„Ja mina tean, kust sind leida," sosistas ta endamisi.

Viiskümmend kuus

Kelly Jenseni kunstistuudio asus renoveeritud autoremonditöökojas Culver Citys poodiderivi taga. Tänav oli kitsas ja peateedest eemal väikese künka otsas. Stuudiost paremale jäi väike parkla, kus kõik poeomanikud päeval oma autosid hoidsid. Praegusel kellaajal oli see tühi. Valgust andis vaid nurga peal olev latern, mille pirn oli kollane ja vana. Hunter otsis pilguga turvakaameraid. Neid polnud.

Stuudio oli ruumikas ja korras. Olid riiulid ja sahtlid erinevatele värvidele, pintslitele, palettidele ja lõuenditele. Valmis maalid seisid suurel puidust restil, mis võttis enda alla terve põhjapoolse seina. Stuudios oli ainult üks molbert, mis seisis paari meetri kaugusel läände avanevast suurest aknast. Kellyle meeldis ilmselt töötades päikeseloojangut vaadata, mõtles Hunter. Värviplekiline lina kattis molbertil olevat maali. Vastandina Laura Mitchellile tegeles Kelly korraga ainult ühe maaliga.

Hunter kergitas plekilist lina ja vaatas selle all olevat maali. Tume varjutatud taevas rahuliku järve kohal, mis ümbritses järsu künka otsas oleva vana maja varemeid. Hunter taganes, et paremini näha.

Kelly oli realismi esindaja ja selle lõuendiga saavutatud efekt oli nii elav, nagu seisaks ise järve kaldal ja vaataks horisondile. Ent ta oli teinud midagi, mida Hunter polnud varem näinud. Nagu vaataks seda kõike läbi suitsuklaasi. Kõike kattis kurb hallikas loor, nagu hakkaks iga hetk paduvihma sadama. Maal tundus nii realistlik, et Hunter tundis külma. Ta tõmbas tagikrae vastu kaela.

Kelly avaras stuudios polnud mitte midagi üleliigset. Ainsateks mööbliesemeteks olid riiulid ja sahtlid seinte ääres, maalide rest ja paari meetri kaugusel aknast asetsev vana kulunud tugitool, mis oli pööratud molberti poole. Siin ei olnud suuri lõuendeid, vaheseinu ega üldse midagi muud. Polnud kohta, kus keegi end varjata saaks. Ühes nurgas oli improviseeritud kööginurk ja teises väike tualettruum. Hunter vaatas kõikjale. Mõrtsukas poleks saanud siin Kellyt oodata ja naisele märkamatult talle ligi hiilida.

Hunter läks tagasi akna alla ja vaatas öhe. Kuna Kelly stuudio asus künka otsas, avanes siit takistamatu ja üsna imeline vaade. Polnud siis ime, et Kelly selle vaate ees maalis. Hunter kontrollis ukselukke. Kõik olid üsna uued ja tugevad. Väike parkla oli eemal vasakul, aga aknast oli sellest näha ainult osa.

Järsku liikus miski temast poole meetri kaugusel akna taga uskumatult kiiresti.

„Raisk!" Hunter hüppas eemale, käsi otsis relva.

Must kass sööstis üle aknalaua. Hunter seisis liikumatuna, käed välja sirutatud, püstol kõvasti peos, pulss kiire.

„Kurat võtaks! Kaks korda ühe õhtu jooksul," sosistas ta viimaks. Kuidas ta kassi ei märganud? Ta astus lähemale ja vaatas uuesti. Kuna väljas oli pime, toimis aken peaaegu kahepoolse peeglina. Öösel oleks musta riietatud inimene saanud Kellyt märkamatult jälgida. Hunter avas aknaluku, lükkas akna lahti ja nautis nägu paitavat jahedat õhku. Ta kummardus ette ja vaatas välja, paremale ja siis vasakule parkla suunas. Siis märkaski ta kaugemas seinas midagi vilkumas.

Viiskümmend seitse

Telerist kostev naise kime karjatus sundis Jessica Blacki võpatades ärkama. Ta oli diivanil magama jäänud ja polnud märganudki, et vana kehv mustvalge õudusfilm oli mängima hakanud. Ta hõõrus kipitavaid silmi, ajas end istuma ja otsis pilguga elutoast oma kallimat Marki. Meest polnud kusagil.

Naine ekraanil kisendas taas ning Jessica sirutas uniselt käe jalgade vahele kukkunud puldi poole ja lülitas teleri välja. Lõhnaküünal, mille ta oli varem põlema pannud, oli poolenisti ära põlenud ning toas oli nüüd õunte ja kaneeli magus lõhn. Jessica vaatas natuke aega leeki. Tema Wechteri akustiline kitarr oli diivani otsa juures tema kõrval. Endiselt leeki vaadates libistas ta käe üle keelte ja lasi mälestustel voolata.

Jessica oli saanud esimese akustilise kitarri kümnendaks sünnipäevaks. Isa oli selle talle garaažimüügilt kingituseks ostnud. See oli vana ja kriimuline roostes keeltega vineeritükk, mille kõla meenutas pigem surevat koera kui muusikariista. Aga juba selles vanuses oli Jessica aru saanud, et isa oli kulutanud raha, mida ta poleks pidanud kulutama, et teda rõõmustada. Ja ta oligi rõõmustanud.

Tema huvi selle instrumendi vastu oli tekkinud kaks aastat varem. Nagu igal pärastlõunal enne haigestumist, oli ema Jessica nende kodu lähedasse parki viinud. Tol päeval oli vana mustanahaline mees mänginud kitarri vaid mõne meetri kaugusel pingist, kus emale istuda meeldis. Tol päeval oli Jessica teiste lastega ringijooksmise asemel istunud murul vana mehe ees ja vaadanud teda mängimas terve pärastlõuna, hüpnotiseeritud helidest, mida mees suutis tekitada vaid kuue keelega.

Vana mees ei tulnud enam parki, aga Jessica ei unustanud teda. Nädal hiljem haigestus ema mingisse haigusse, mida diagnoosida ei osatud. Haigus arenes kiiresti, hävitades tema sisemust ja muutis naeratava elava naise tundmatuks naha ja luude kogumiks. Jessica isa kuhtus koos abikaasaga. Haiguse progresseerudes süvenes ka isa depressioon. Supermarketi teenindajana sai ta vaevu nii palju palka, et nad hakkama saaksid, ja kui ta kaks kuud pärast abikaasa haigestumist töö kaotas, oli nende rahaline olukord kohutavaks muutunud

Jessica ema suri päev pärast seda, kui arstid said viimaks teada, et tal oli haruldane kartsinoom.

Jessica viimane õnnelik mälestus emast oli see päev pargis, kui nad mõlemad kuulasid vana kitarristi.

Jessica hakkas kitarrimänguga tegelema, nagu elaks see mälestus igas noodis, mida ta sõrmitses. Tal polnud tundide, ajakirjade ega noodivihikute jaoks raha, aga ta veetis iga vaba hetke armastatud pilli seltsis. Varsti kujunes tal välja ainulaadne koputamise ja keelte sõrmitsemise stiil, avastades kõiki helisid, mida muusikariist talle pakkuda sai. Ta mängis kitarri täiesti omanäoliselt. 19-aastasena pakuti talle plaadilepingut väikese sõltumatu plaadifirma juures Los Angelese lõunaosas. Ta oli nendega andnud välja kuus albumit ja aastate jooksul hulga ringreise teinud. Jessica oli saanud väga tuntuks ja lugupeetud džässmuusikuks, aga tema muusika polnud piisavalt *mainstream*, et seda mängiksid populaarsemad raadiojaamad.

Kolm aastat tagasi oli tema plaadifirma juht otsustanud minna tagasi juurte juurde ja salvestada mõned videod, kus Jessica mängib üksinda, ja laadinud need YouTube'i üles. Mees panustas tema ilu ja ande peale.

Jessica oli rabava välimusega, aga mitte ülepingutatult. Ta oli 160 sentimeetrit pikk, tantsijale omase nõtke kehaga, sirgete õlgadeni ulatuvate mustade juuste, ligitõmbavate tume-pruunide silmade, täidlaste huulte ja veatu nahaga. Ta äratas kõikjal tähelepanu.

See risk tasus end ära, aga isegi plaadifirma juht polnud arvanud, et see nii populaarseks saab. Suusõnalise reklaami ja sotsiaalmeedia kaudu muutusid Jessica YouTube'i videod meeletult populaarseks. Esimese kuuga tuli üle maailma rohkem kui miljon vaatamist, nii et tema nimi oli YouTube'i esilehel kui kõige vaadatum videoklipp. Nüüd müüdi ja laaditi Jessica albumeid alla sama palju kui *mainstreami*'i maailmakuulsate poppbändide muusikat.

Jessica tähelepanu koondus taas elutoale. Väikesel klaasist laual tema ees oli tühi õhtusöögitaldrik ja poolik veinipudel. Neid nähes meenus talle, et ta oli söönud üksi, ja reaalsus jõudis viimaks kohale. Marki polnud kodus. Ja niipea mees tagasi ei tule ka.

Jessica ja Mark olid kohtunud Catalina džässiklubis Sunset Boulevardil kaks aastat tagasi pärast üht Jessica esinemist. Ta oli istunud tol õhtul baarileti ääres, ümbritsetud fännidest ja muusikaajakirjanikest, kui märkas kedagi lava juures seismas. Mees oli pikk, laiade õlgade ja tugeva kehaehitusega. Tema pikad öömustad juuksed olid kuklale seotud viikingi stiilis. Aga Jessica tähelepanu ei äratanud tema hea välimus, vaid see, kui andunult mees tema kitarri silmitses.

Ta vabandas teiste ees ja läks mehe juurde, arutledes, mis tema pilli juures nii huvitavat on. Nad lobisesid veidi aega ja Jessica sai teada, et Mark on samuti kitarrist. Mees oli saanud klassikalise kitarrimängu hariduse, aga selle asemel pannud kokku oma *hard rock*'i bändi. Nende nimi oli Dust ja nad olid paar päeva varem sõlminud oma esimese plaadilepingu.

Jutuajamisest sai õhtusöök Sunset Stripil. Mark oli humoorikas, intelligentne ja võluv. Sellele järgnes veel mitu kohtamist ja kaheksa kuud hiljem üürisid nad Burbankis elumajaks ümberehitatud laos suure korteri.

Interneti ja muusikavideote kanalite abil sai Dusti esimesest albumist ülemaailmne sensatsioon. Nende teine album oli äsja valmis saanud ja see pidi välja antama kuu aja pärast. Tiheda graafikuga kontsertturnee oli kohe algamas. Enne turnee algust andsid nad Californias kaheksas väikeses paigas promokontserti. Esimene toimus täna õhtul Fortunas. Mark ja bänd olid hommikul ära sõitnud.

Jessica tõmbas jalad enda alla ja vaatas kella – 1.18. Ta oli jäänud magama halvas asendis ja vasak kuklapool oli kange. Ta istus veel natuke aega, üritas valu leevendada ja pelgas üksinda voodisse pugemist. Ent ööd elutoas veetes tunneks ta mehest arvatavasti veel rohkem puudust. Jessica võttis lonksu veini, kustutas lõhnaküünla ja läks magamistuppa.

Ta ei maganud enamasti väga hästi ning vahel niheles ta voodis tükk aega, enne kui kergesse unne vajus. Täna aga tuli uni veini mõjul peaaegu kohe.

Klõps, klõps.

Jessica pilgutas paar korda ja avas siis silmad. Kas ta kuulis tõesti midagi või tegi aju trikke? Magamistoa kardinad ei olnud ette tõmmatud ja akna taga oli täiskuu, nii et toas ei olnud täiesti pime. Jessica lasi pilgul üle toa libiseda – ei midagi. Ta lebas liikumatuna, kuulatas hoolega, aga heli ei kordunud. Minuti pärast hakkas ta taas uinuma.

Klõps, klõps.

Seekord avas ta kohe silmad. Ta oli selles kindel. Ta oli midagi kuulnud. Ja see tuli tema korterist. Jessica ajas end voodis istuma ja puudutas sõrmedega puutetundliku lampi öökapil. Ta kissitas kergelt silmi. Kas ta jättis kuskil kraani tilkuma? Aga kui nii, miks seda heli siis kogu aeg ei olnud?

Klõps, klõps.

Ta hoidis hinge kinni ja süda kerkis kurku. Jälle see heli. Ja see tuli tema magamistoa ukse juurest. Nagu kingakontsa klõpsumine koridori parketil.

„Mark?" hüüdis ta ja tundis end kohe tobedana. Mees ei tule veel paar nädalat tagasi.

Jessica kõhkles, kaaludes, mida teha. Aga mida muud ta teha saaks? Püsiks voodis ja muretseks öö otsa? See polnud arvatavasti midagi, aga ta pidi kontrollima. Ta libistas end aeglaselt voodist välja. Tal olid jalas napid lühikesed püksid ja seljas õhuke varrukateta pluus.

Ta astus magamistoast välja ja lülitas esikutuled põlema. Ei midagi. Ta ootas hetke. Vaikus. Siis võttis ta kapist Marki vana pesapallikurika ja läks ettevaatlikult mööda koridori edasi. Teda tabas ebameeldiv värin, kui paljad jalad vannitoa külmadele põrandaplaatidele astusid. Kõik kraanid olid korralikult kinni keeratud. Jessica läks tagasi ning kontrollis elutuba ja kööki, Marki mängude tuba ja enda harjutamistuba. Korter oli täiesti vaikne, välja arvatud köögi kella tiksumine. Jessica katsus aknaid – kinni –, uksed – lukus.

Ta vangutas pead ja turtsatas naerma, vaadates pesapallikurikat oma käes.

„Jah, ma olen tõeline äss." Ta pidas vahet. „Aga võtan su igaks juhuks voodi kõrvale."

Magamistoas vaatas Jessica veel korra ringi, toetas kurika öökapi vastu ja ronis tagasi voodisse. Ta kustutas tule ja puges taas teki alla. Kui ta silmad sulges, kerkisid kõik kehakarvad püsti. Mingi sisetunne tema sees ärkas ellu. Mingi ohuandur. Ja ainus asi, mida ta tunnetas, oli see, et ta pole toas üksi. Keegi oli veel seal. Siis ta seda kuuliski. Enam mitte kaugemalt kostvat klõpsumist, vaid kähedat sosinat ainsast kohast, kuhu ta ei vaadanud.

„Sa unustasid vaadata voodi alla."

Viiskümmend kaheksa

Hunter oli ülejäänud öö arvuti taga istunud ja uurinud, kes Whitney Myers tegelikult on.

Hommikul, olles joonud kruusitäie kanget kohvi, läks ta tagasi Culver Citysse ja Kelly Jenseni stuudiosse. Vilkuv punane tuluke, mida ta oli eile öösel aknast näinud, oli juhtmeta valve-kaamera, mis oli peidetud seinaõõnsusse. Kaamera oli suunatud väikese parkla poole. Kelly stuudios arvuteid polnud, nii et see ei saanud olla tema kaamera.

Kell kuus hommikul oli avatud ainult üks kauplus, millel oli Kelly stuudioga ühine parkla – härra Wangi toidupood. Hunteril vedas – juhtmeta kaamera kuulus eakale kõhetule hiinlasele.

Härra Wangi kortsuline nägu ja tähelepanelik pilk ainult vihjasid sellele, kuidas ta oli elanud, mida näinud ja milliseid tohutuid teadmisi aastatega kogunud.

Ta ütles Hunterile, et oli palunud oma pojal Fang Li'l kaamera maja taha paigaldada pärast seda, kui tema vanasse Ford pikappi oli mitu korda sisse murtud.

Hunter küsis, kui kaua ta salvestusi alles hoiab.

„Aasta," vastas härra Wang laia naeratuse saatel, mis justkui ei kustunudki.

Hunteri nägu lõi üllatunult särama. „Teil on aastavanused salvestused alles?"

„Jah. Iga minut." Vana mehe hääl oli pigem sosin, aga sõnad tulid üle huulte kiiresti, nagu saaks tal aega enne otsa, kui ta saab soovitud sõnad välja öeldud. Tema hääldus oli täius-lik, mis tähendas, et ta oli elanud Ameerikas kaua aega, aga laused olid katkendlikud. „Fang Li liiga tark. Arvutitega osav. Ta teeb programmi, mis salvestab faile. Kaksteist kuud – failid kustutatakse automaatselt. Pole midagi vaja teha."

Hunter noogutas. „Nutikas. Kas ma tohiksin neid näha?"

Härra Wangi silmad tõmbusid nii tugevasti kissi, et Hunterile tundus, et ta pani silmad kinni. „Te tahate kaupluse arvutit näha?"

Kiire peanoogutus. „Jah. Tahaksin näha paari nädala taguseid salvestusi."

Härra Wang kummardas ja naeratas veel laiemalt. „Olgu, pole probleemi, aga mina ei oska. Peab rääkima Fang Li'ga. Ta pole siin. Ma helistan." Härra Wang võttis leti tagant telefoni. Ta kõneles mandariini keeles. Jutuajamine kestis mõne sekundi. „Fang Li tuleb," ütles ta telefoni käest pannes. „Jõuab kiiresti siia. Ei ela kaugel." Ta vaatas kella. „Ei ole veel tööl. Liiga vara."

Hunter küsis härra Wangilt Kelly Jenseni kohta. Vana mees ütles, et naine käis peaaegu iga päev tema poes, kui ta stuudios viibis, aga vahel kadus mitmeks nädalaks. Talle meeldis Kelly väga. Ütles, et naine oli väga viisakas, alati rõõmus ja väga ilus. „Minu kodumaal paluks kogu küla tema kätt."

Hunter naeratas ja vaatas oodates poes ringi. Ta ostis topsi mikrolaineahjus soojendatavat kohvi ja paki teriyakimaitselist vinnutatud liha. Fang Li oli mõne minuti pärast kohal. Ta oli ligi kolmekümnene ja pikemate mustade juustega, mis läikisid nagu šampoonireklaamis. Tema näojooned olid rabavad, arvatavasti isa nooruspõlve koopia, aga ta oli palju pikem ja lihaseline. Ta rääkis kiiresti isaga midagi, pöördus siis ja ulatas Hunterile käe.

„Mina olen Fang Li, aga kõik ütlevad mulle Li."

Hunter tutvustas ennast ja selgitas, miks ta tuli.

„Olgu, tulge kaasa ja ma näitan." Li viis Hunteri tagauksest suurde korras laoruumi. Seal oli magus meeldiv aroom, segu eksootilistest vürtsidest, maitseainetest, seepidest, puuviljast ja viirukitest. Ruumi kaugemas otsas trepist üles minnes oli kaupluse kontor. Seintel rippus sadu Hiina kalendreid – Hunter polnud neid nii palju näinudki. Nad kasutasid neid justkui tapeedina. Peale kalendrite olid siin vanad metallist kartoteegikapid, puidust riiul, veeautomaat ja suur laud, mille peal oli arvuti-monitor. Ekraanil liikusid Hiina sümbolid.

Li turtsatas neid lugedes naerma.

„Mida see tähendab?" küsis Hunter.

„Ole sina ise. Selleks tööks ei sobi paremini mitte keegi teine."

Hunter muigas. „Tõsi ta on."

„Mu isale meeldivad sellised asjad. Kõnekäänud ja muu säärane, aga ta eelistab neid ise välja mõelda, nii et ma prog-rammeerisin talle väikese pimenduspildi. See võtab ütlusi tema enda elutarkustest. "

„Te siis sellega tegeletegi? Programmeerimisega?"

„Üldiselt küll."

„Teie isa ütles, et saate mälus hoida kuni aasta jagu materjali."

„Jah. Isa on äärmiselt pedantne inimene." Li osutas laoruumi aknale. „Tal on kõigele oma koht."

Hunter noogutas.

„Talle meeldivad ka turvameetmed. Meil on viis kaame-rat, mis filmivad ööpäevaringselt. Üks välisust, üks parklat maja taga ja kolm on poes sees. Me ei saaks nii totrat andme-mahtu kuidagi säilitada, kui poleks meeletut kõvaketast või me ei pakiks salvestusi kokku. Seega kirjutasin ma väikese programmi, mis pakib kokku üle kolme päeva vanad failid ja salvestab need suuremahulistele välistele kõvaketastele." Li veeretas tooli tagasi ja osutas neljale väiksele kastile laua all. „Kui aasta on möödas, kustuvad failid automaatselt, et uutele ruumi teha." Ta vaikis ja vaatas Hunteri poole. „Mida teil siis vaja on, uurija?"

Hunter kirjutas midagi paberilehele ja pani selle Li ette lauale. „Mul on vaja nende kuupäevade kõiki salvestusi."

Li vaatas paberilehte. „Terve nädala jagu? Viiest kaamerast?"

„Võib-olla, aga alustame parklakaamerast."

Li köhatas. „See on sada kuuskümmend kaheksa tundi materjali. Isegi kokkupakituna võtaks see ..." Ta kissitas silmi ja huuled liikusid korraks hääletult, „... umbes kolmkümmend DVD-d. Võib-olla rohkemgi. Mis ajaks te neid tahate?"

„Eilseks."

Li kahvatas. Ta vaatas kella. „Isegi kui mul oleks profitasemel multi-DVD-kopeerija, mida mul pole, võtaks see ikkagi suure osa päevast."

Hunter pidas korraks aru. „Pidage. Te ütlesite, et vanemad failid salvestatakse neile välistele kõvaketastele, eks?" Ta osutas mustadele kastidele. „Kas nende kuupäevade failid on ühel kõvakettal?"

Li taipas kohe, mida Hunter silmas peab, ja naeratas. „On jah. Väga hea mõte. Te võite kõvaketta kaasa võtta. Seal pole muud, kui arhiveeritud kaamerasalvestused. Ei midagi sellist, mida isal vaja oleks. Võite kõvaketta suvalise arvutiga ühendada. See hoiab teile palju aega kokku, aga te peate enda juures failid ikkagi lahti pakkima."

„Seda saab."

Li noogutas. „Ma näitan, kuidas neid üles leida."

Viiskümmend üheksa

Hunter jõudis Parker Centerisse tagasi vähem kui poole tunniga ja läks otsejoones IT-üksusse. Brian Doyle istus oma laua taga, lugedes diagonaalis hunnikut dokumente. Tal olid seljas samad riided, mis eile. Silmad olid punased ja habe ajamata. Lauaserval vedeles tühi pitsakarp ja kohvikann nurgas oli peaaegu tühi.

„Kas sa olid kogu öö siin?" küsis Hunter.

Doyle tõstis pea, aga vaikis. Tema pilk kandus Hunterist läbi.

„On kõik korras?"

Doyle'i pilk fokusseeris viimaks. „Hmm? Jah, vabandust. On küll." Ta pani lauale lehe, mida parasjagu luges. „Lihtsalt liiga vähe töötajaid ja liiga palju tööd. Kõigil on kõike kohe vaja. Mul on juhtumid igal pool hunnikus. Ja täna pärastlõunal toimub suur petteoperatsioon." Ta naaldus tooli seljatoele ja silmitses hetke Hunterit. „Mis, kurat, su näoga juhtus?" Ta osutas haavale Hunteri kulmu kohal.

Hunter raputas pead. „Jooksin vastu ust."

„Loomulikult. Loodetavasti ei kaeba see uks jaoskonda kohtusse."

„See naine mitte."

„*Naine?* Seda tegi *naine?*"

„Pikk jutt."

„Kindel see." Doyle tegi lauaserval ruumi ja nõjatus selle vastu. „Nii, Robert, kuna sa siin oled, peab asi olema pakiline."

Hunter noogutas. „Aga ma vajan vaid umbes kolme minutit, Jack. Siis lasen siit jalga."

„Kas asi puudutab seda psühhopaati, kes pommiga doktor Winstoni tappis?"

Peaaegu märkamatu peanoogutus. Hunter tundis, et rinnus pitsitab, kui talle meenus, et ta ei näe vana sõpra enam kunagi.

„Ta oli hea inimene. Kohtusin temaga paaril korral." Doyle vaatas kella. „Mida sul siis vaja on?"

Hunter ulatas talle mahuka kõvaketta ja ootas, kuni Doyle selle oma arvutiga ühendas. Kõik kataloogid olid mõistagi ideaalselt järjestatud – kõigepealt kaamera asukoht ja siis kuupäev.

„Kas neid faile saab hulgakaupa lahti pakkida?" küsis Hunter.

„Korraga mitte. Need on väga mahukad. See oleks protsessorile liig ja arvuti jookseks kokku, aga ..." Doyle tõstis nimetissõrme püsti, „... need saab rakenduse sees reastada. Kui üks fail on lahti pakitud, võtab rakendus kohe ette järgmise. Nii ei pea sa ise juures olemagi. Jätad selle tegutsema ja tuled tagasi, kui see on lõpetanud."

„Sobib."

Doyle naeratas. „Palun ütle, et sul pole kõiki neid faile vaja. Neid on sadu. See võtab mitu päeva aega."

„Ei." Hunter raputas pead. „Ainult mõnda – esialgu."

„Olgu, sel juhul ütlen, mis on kõige lihtsam. Kuna see on väline kõvaketas, saan ma selle ühendada tühja sülearvutiga, mitte ei pea sinu kontori arvutit koormama. Nii saad lauaarvutis tööd teha ja lasta sülearvutil oma asja teha. Anna mulle viis minutit aega ja ma panen sulle kõik valmis."

Kuuskümmend

Telefon Hunteri laual helises peaaegu kohe, kui ta oma tööruumi astus. Helistas doktor Hove.

„Robert, saadan sulle mõned Jenseni analüüside vastused. Lasin oma tiimil kiirustada."

„Tänud, doktor. Mida me siis teame?" Hunter viipas Garciale, kes oli äsja sisse astunud, et paarimees võtaks toru ja kuulaks samuti.

„Nii, nagu arvata oli, oli ohver uinutatud. Leidsime tema verest Estazolami-nimelise uimasti jälgi. See on unerohi."

„Tavaliselt kirjutatakse seda välja unetuse lühiajaliseks raviks, eks?" küsis Hunter üle.

Doktor Hove oli unustanud, et Hunter teadis unetusest rohkem kui enamik arste.

„Just. Arvestades selle suhteliselt kõrget kontsentratsiooni, arvasime, et mõrtsukas uimastas ohvrit sellega surmapäeval.

Enne kui ta sinna keldrisse viis. Ta ei pingutanud siiski üle. Kasutas piisavalt, et ohver umbes paar tundi oimetu oleks."

Hunter naaldus tooli seljatoele.

„Aga huvitav on see, et me leidsime veel ühe ravimi jälgi. Mexitil. See on arütmiavastane ravim."

„Mis asi?" pahvatas Garcia.

„Tavaline ravim, mida kasutatakse südame rütmihäirete raviks."

Hunter hakkas oma laual olevaid pabereid lappama.

„Kui sa otsid tema haiguslugu, Robert, siis pole vaja," sõnas doktor, tundes ära paberi liigutamise sahina. „Tema süda oli tugev nagu võidusõiduhobusel. Tal polnud seda haigust."

Hunter peatus ja pidas hetke aru. „Millised on selle Mexitili kõrvalmõjud, doktor?"

„Väga hea, Robert. Mexitil on farmakoloogiliselt sarnane lidokaiiniga, mis on teadupärast kohalik tuimesti. Selle peamine kõrvaltoime on kerge uimasus ja segadusetunne, aga kui seda tarvitab inimene, kel pole südame rütmihäireid, võib kerge asemel tekkida keskmine või tugev uimasus. Ja selleks pole vaja isegi suurt doosi ravimit. Samas muud see ka ei tee. See ei põhjusta teadvusetust. See ei pane isegi magama."

Hunter pidas aru. See tundus loogiline. Arvatavasti sellepärast kummagi ohvril kätel–jalgadel kinnisidumise jälgi polnud. Kui mõrtsukas hoidis neid pidevas segaduse ja uimasuse seisundis, polnud tal vajagi neid kinni siduda.

„Kas mõrtsukas võis Mexitili kasutada ka mingil muul põhjusel?" küsis Hunter. „Kui ta tahtnuks neid uimastada, võinuks ta kasutada erinevaid ravimeid."

„Seda on lihtne internetist osta."

„Nagu enamikke ravimeid, doktor," väitis Garcia.

„Tõsi.‟ Tekkis üürike vaikus. „Aga ta võib selle ravimiga tuttav olla. Tal võib endal see haigus olla.‟

Hunter klõbistas juba arvuti klaviatuuril, otsides internetist ravimi kohta rohkem infot. „Kas sa saaksid oma andmebaasist otsida, doktor? Viie ... ei, kümne aasta tagust infot. Otsi kõiki juhtumeid, kui mõrvaohvri verest leiti Mexitili.‟

„Saab tehtud.‟ Seekord kostis doktor Hove'i poolel paberikrabinat. „Mul on vastus ka tumeda vasekarva tolmu kohta, mida me ohvri sõrmeküünte alt leidsime. See on tellisetolm.‟

Hunter kergitas kulme.

„Võib-olla suudame tuvastada, millise tellisega täpselt tegu. Annan teada, kas see on võimalik.‟ Doktor köhatas kurgu puhtaks. „Algul arvasin, et ta üritas vangistuses end vabaks kraapida. Kohas, kus on tellistest sein. Aga nagu sa tead, oleks sel juhul tema küüned katki ja murdunud ... mõni isegi ära tulnud. Tema küüned olid täiesti korras. Need olid küünisteks viilitud, mäletad? Võib-olla on sel mõrtsukal mingi teravate küünte fetiš.‟

Hunter vaatas arvutiekraanilt fototahvlile. „Tema küünte alt ei leitud midagi muud?‟

„Jah, tema enda naha kilde,‟ kinnitas doktor. „Ta kraapis enne surma suud, kubet ja õmblusi.‟

„Ainult *tema enda* nahka?‟

„Jah.‟

Hunter noogutas endamisi. „Hästi, doktor. Helista, kui midagi veel selgub.‟ Ta pani telefoni käest ja põrnitses hetke oma sõrmeküüsi. „Relv,‟ sosistas ta siis.

„Mis asi?‟ küsis Garcia, veeretades tooli lauast eemale.

„Relv. Sellepärast tema küüned olidki nagu küünised.‟ Hunter tõusis ja läks fototahvli juurde. „Vaata esimese ohvri leidmise koha fotosid." Ta osutas Laura Mitchelli käte fotole. Tema küüned olid täiesti tavalised.

„Neid pole viilitud," nentis Garcia.

„Mõrtsukas ei viilinud tema küüsi teravaks, nagu doktor oletas. Kelly kasutas tellistest seina, et need ise teravaks viilida. Arvan, et ta tahtis oma röövijat rünnata. Tühjas ruumis oli see ainus relv, mis talle pähe tuli."

Garcia pigistas alahuult. „Aga tema küünte all polnud midagi muud kui tellisetolm ja tema enda nahka. Ta ei saanud võimalust neid kasutada."

„Just nimelt." Hunter oli tagasi laua taga ja lehitses oma märkmikku. „Doktor ütles, et Kelly siseelunditel olid kerged vedelikupuuduse ja alatoitumuse tundemärgid, eks? Arvan, et ta näljutas ennast ise."

Garcia kortsutas kulmu.

„Mexitil. Kellyl polnud süstlajälgi, mäletad?"

„Mõrtsukas andis talle seda toiduga sisse."

Hunter naaldus vastu lauda. „Tõenäoliselt, ja Kelly taipas, et toidus on uimasteid."

„Nii et ta lõpetas söömise, et uimasusest vabaneda." Garcia jätkas Hunteri mõtet. „Aga kas see ei nõrgestanud teda liiga palju selleks, et vastu hakata?"

„Jah, kui ta oleks mõned päevad söömata olnud, aga nii ju polnud."

„Ainult üks päev. Doktor Hove ütles ju nii, eks?"

Hunter noogutas. „Mexitil ei ole tugev rahusti. Kellyl piisas vaid mõni tund ilma selleta olla."

„Piisav, et uimasus taanduks, aga mitte nii palju, et see teda nõrgestaks. Aga kuidas ta seda teadis?"

„Ei teadnudki. Ta riskis."

„Nii et ta viilis oma küüned ainsaks relvaks, mis talle pähe tuli." Garcia tõmbas kätega läbi juuste, hingates välja. „Ta tahtis sealt minema pääseda. Üritas ennast aidata, sest teadis, et aeg hakkab otsa saama ja lootus oli kadunud. Ta ei jaksanud enam oodata, et meie ta päästaksime."

Hunteri mobiil hakkas helisema.

„Uurija Hunter," ütles ta, tõstes klapiga telefoni kõrva juurde.

„Uurija, Tracy dispetšerilauast siin. Ma vastan infoliini kõnedele teie kahtlusaluse James Smithi kohta."

„Jah?"

„Telefoni otsas on keegi, kes väidab, et on tema."

Hunter grimassitas nägu. „Nojah, selliseid on seni olnud oma viiskümmend tükki. Võta tema ..."

„Uurija," segas Tracy vahele, „arvan, et te peaksite sellele kõnele vastama."

Kuuskümmend üks

Hunter nipsutas sõrmi, et paarimees tema poole vaataks. Seda polnud vaja – Garcia oli juba märganud, et tema näoilme muutus.

„Saad kõnet jälitada?" küsis Hunter Tracylt.

„Siinpool on kõik valmis, uurija."

Hunter noogutas endamisi. „Olgu, ühenda siis."

Kostis klõpsatus ja siis kahin.

Hunter ootas.

Liini teises otsas oodati samuti.

„Uurija Robert Hunter kuuleb." Hunter katkestas viimaks vaikuse. Ta ei olnud mängutujus.

„Miks te mind taga ajate?" Küsimus esitati rahulikult ja kiirustamata. Hääl meenutas summutatud sosinat, nagu oleks mikrofoniosa mitme riidekihiga kaetud.

„James Smith?"

Napp paus. „Miks te mind taga ajate?" kordas mees sama rahuliku häälega.

„Te teate, miks me teid taga ajame." Hunter kõneles sama rahulikult kui Smith. „Sellepärast te ju põgenesite, eks?"

„Minu pilt on linna kõigis ajalehtedes. Kirjutatakse, et politsei tahab minuga rääkida seoses käimasoleva juurdlusega, aga üksikasju ei olnud. Niisiis tahan ma, et te ütleksite – miks te mind taga ajate? Kuidas mina mõne teie käimasoleva juurdlusega seotud olen?"

„Tulge jaoskonda, James. Istume maha ja räägime. Ma vastan kõikidele teie küsimustele."

Kibestunud naeruturtsatus. „Kahjuks ma praegu seda teha ei saa, uurija."

„Praegu on see teie parim võimalus. Mis teil muud üle jääb? Te ei saa igavesti põgeneda või end varjata. Nagu te ise ütlesite, on teie foto kõikides ajalehtedes. Ja see jääb sinna. Varem või hiljem tunneb keegi teid ära – tänaval, kaupluses, autoga ringi sõites. Te ju teate, et pole nähtamatu. Tulge jaoskonda ja räägime."

„Ajalehtedes olev foto on mõttetu ja te teate seda – hägune, udune ja osaliselt kaetud. See on meeleheitlik katse. Mul oli endalgi raske ennast ära tunda. Ajalehed ei avalda seda fotot igavesti, eriti kui see tulemust ei anna. Nädala pärast võiksin ihualasti Sunset Stripil tantsida ja keegi ei tunneks mind ära."

Hunter ei vastanud. Ta teadis, et see on tõsi.

„Küsin seega veel korra, uurija. Miks te mind taga ajate? Ja kuidas olen mina seotud mõne käimasoleva tähtsa juurdlusega?"

„Kui te ei tea, miks me teid taga ajame, kuidas te siis teate, et meil on käimas *tähtis* juurdlus? Ajalehtedes seda kirjas ei ole."

„Ma pole loll, uurija. Kui LAPD laseks ajalehtedel avaldada kõikide inimeste foto, kellega nad rääkida tahaksid, ei oleks terves Californias nende jaoks piisavalt paberit. Need üksikud, mis avaldatakse, on alati tähtsate juurdlustega seotud. Midagi suurt on teoksil ja te arvate millegipärast, et mina olen sellega seotud."

Smithil oli õigus, ta polnud loll, mõtles Hunter.

„Te siis tahate öelda, et saite sellest täiesti ise aru, aga teil pole aimugi, miks me teie ukse taha tulime?"

„Just seda ma öelda tahangi."

Miski Smithi hääletoonis köitis Hunteri tähelepanu. „Miks te siis jaoskonda ei tule, et saaksime kõik ära klaarida?"

„Head aega, uurija."

„Oodake." Hunter takistas Smithi enne, kui viimane jõudis kõne katkestada. „Kas te teate, millises LAPD üksuses ma töötan?"

Garcia vaatas paarimeest ja kortsutas kulmu.

Smith kõhkles hetke.

„Pettuste?"

Garcia kibrutas veel rohkem kulmu.

Vaikus kestis mitu sekundit.

„Ei, ma ei tööta pettuste üksuses."

Vaikus.

„James? Kuulete veel?"

„Millises üksuses?"

Hunter märkas Smithi hääles teistsugust pinget.

„Mõrvaüksuses."

„*Mõrvaüksuses?* Kuulge, mulle ei meeldi dispetšeri kaudu helistada. Andke mulle number, kuhu saaksin otse helistada."

Pinge Smithi hääles oli läinud üle ängistuseks.

„Andke ise oma number."

„Kui tahate mängida, siis laske käia. Head aega, uurija."

„Olgu." Hunter takistas Smithi uuesti. „Mängime teie reeglite järgi." Ta andis Smithile oma numbri ja kõne katkes.

Hunter vajutas kähku oma mobiili nuppu ja sai ühenduse jaoskonna dispetšeriga. „Tracy, kuuled?"

„Jah, uurija."

„Ütle, et sa said midagi."

„Kahjuks mitte, uurija. Kes iganes see mees on, rumal ta pole. Ta kasutab kõnekaardiga telefoni. Kas sellist odavat, millel pole GPS-i kiipi või siis oskab ta neid välja võtta."

Hunter teadis, kuidas GPS-iga telefonid töötavad. Need edastavad umbes iga viieteistkümne sekundi tagant sarnase signaali nagu kasutatakse lennukites. GPS-satelliidid saavad seejärel väga kiiresti telefoni asukoha mõnemeetrise täpsusega kindlaks määrata. Oli selge, et ka James Smith teadis seda.

„Kuidas oleks trianguleerimisega?" küsis Hunter.

„Nagu juba öeldud, pole see tüüp rumal, uurija. Ta liikus kõne ajal ringi. Ja kiiresti. Telefon lülitati pärast kõne lõppu kohe välja."

„Raisk!" Hunter tõmbas käega läbi juuste. Ta teadis, et trianguleerimine on kõige täpsem sellise mobiiltelefoni leidmise meetod, mis ei edasta asukoha signaali. Töötav mobiiltelefon on parima levi nimel pidevas ühenduses läheduses olevate mobiilimastidega. Trianguleerimine tähendab kolme selle telefoni tugevaimat signaali vastu võtva masti tuvastamist ja nende levi raadiuse määramist. Kohas, kus kolm ringi kattuvad, on ka telefon. Selle täpsus sõltub sellest, kui lähedal need kolm masti üksteisele asuvad. Los Angelese suuruses linnas, kus on sadu mobiilimaste, võib asukoha täpsus olla samasugune kui GPS-kiibiga. Ja sellest tuleneb ka ringiliikumisega kaasnev probleem. Los Angeleses on mobiilimastid suhteliselt lähestikku. Trianguleerimisprotsess võib võtta kümme-viisteist minutit. Kui mobiiltelefon selle protsessi ajal mõne trianguleerimiseks kasutatava masti levialast väljub ja uue masti levialasse läheb, ebaõnnestub kogu protsess ja seda peab otsast alustama. Kui James Smith helistas liikuvast autost või ka bussist, liikus tema telefoni signaal ühest mastist teise mõne minutiga. Trianguleerimine oleks põhimõtteliselt võimatu. Tracyl oli õigus. James Smith polnud algaja.

„Olgu, Tracy, tee nüüd nii ..."

Kuuskümmend kaks

Los Angeleses oli üks selliseid kevadhommikuid, kui inimesed rõõmustasid, et on elus. Karge sinine taevas, kerge tuulehoog ja 22 kraadi sooja. Inimesed naeratasid tahtmatult. Sellistel päevadel soovisid kõik jaoskonna uurijad, et LAPD kasutaks eraldusmärkideta kabriolette, aga kuna neid ei olnud, tuli leppida Garcia Honda Civicuga. Vähemalt oli selles konditsioneer, mida Hunteri vanas Buickis ei olnud.

Teel Century Citysse ja A & W telejaama sõitis Garcia tulipunase BMW kabrioleti kõrvale, mille katus oli alla lastud. Juhi õlale toetas pead lühikeste juustega tumedapäine naine, kulmud ülikitsaks kitkutud. Mees oli jässakas, kiilaspea läikis, seljas varrukateta särk, mis tundus olevat kaks numbrit liiga väike. Hunter silmitses neid natuke aega. Naine tundus ääretult õnnelik. Ta tõmbas sõrmedega läbi juuste ja korraks meenutas ta Hunterile Garcia abikaasat Annat.

„Kas sa teeksid Annale viga?" küsis Hunter, pöörates järsku pea Garcia poole.

See oli nii üllatav ja ebatavaline küsimus, et Garcia pidi teist korda tema poole vaatama ja oleks äärepealt kõrvalritta kandunud. *„Mis asja?"*

„Kas sa teeksid Annale füüsiliselt viga?"

„Arvasingi, et sa seda küsisid. Mida kuradit, Robert? Päriselt küsid või?"

Möödus mõni sekund. Kui Hunter nalja tegi, siis ei reetnud ta seda küll millegagi.

„See tähendab siis vist mitte," sõnas ta.

„See tähendab „kuradima kindlalt ei". Miks ma peaksin Annale viga tegema? Füüsiliselt või muul moel." Garcia oli kohtunud Anna Prestoniga keskkoolis. Anna oli armas tüdruk, ebatavaliselt ilus. Garcia armus peaaegu kohe. Tal kulus kümme kuud aega, enne kui julges tüdruku kohtama kutsuda. Nad hakkasid käima gümnaasiumi 10. klassis ja Garcia tegi abieluettepaneku kohe pärast kooli lõpetamist. Hunter ei teadnud ühtegi teist paari, kelle armastus ja pühendumine teineteisele oleks nii sügav.

„Olenemata sellest, mida ta teeks või ütleks, sa ei teeks talle kuidagi haiget?" ei andnud Hunter alla.

Hämming Garcia näol süvenes. „Segi oled või? Kuula mind. Olenemata sellest, mida ta teeb või ütleb, olenemata kõigest – ma ei teeks *iialgi* Annale viga. Ta on minu maailm. Ilma temata ei ole mind olemas. Kuhu sa ometi sellega sihid, Robert?"

„*Miks?*" Hunteri hääl oli rahulik. „Miks sa talle haiget ei teeks? Olenemata sellest, mida ta teeb ... ütleb ... mida iganes ..."

Garcia oli olnud Hunteri paarimees peaaegu neli aastat, sellest saadik kui mõrvaüksusega liitus. Ta teadis, et Hunter ei ole tavaline uurija. Hunter oskas asjadest aru saada kiiremini kui keegi teine. Enamasti ei saanud teised arugi, kuidas ta seda teeb, kuni ta selgitas, ja siis tundus kõik väga lihtne. Hunter kuulas palju rohkem kui rääkis. Kui ta ka midagi ütles, ei olnud see alati kõige loogilisem, ent lõpuks loksus kõik alati paika nagu pusle. Vahel pidi Garcia siiski endale tunnistama, et Hunter elas vist teises dimensioonis kui kõik teised inimesed Maal. See oli üks neist kordadest.

„Sest ma armastan teda." Garcia hääl oli tahtmatult hell. „Rohkem kui midagi või kedagi teist siin ilmas."

„Just." Hunter naeratas. „Ja ma arvan, et mõrtsukas samuti."

Kuuskümmend kolm

Autod hakkasid liikuma, aga Garcia oli alles Hunteri sõnade mõju all. Närvilised juhid hakkasid nende taga signaali andma. Kärsitumad karjusid juba aknast sõimusõnu. Garcia ei teinud neist välja ja liikus omas tempos aeglaselt edasi. Ta keskendus alles Hunterile.

„Palun ütle, et selle hulluse varjus on mingi loogika. Mida sa öelda tahad, Robert? Et mõrtsukas armastab mu naist?"

„Ei, mitte Annat," vastas Hunter. „Aga mis siis, kui mõrtsukas arvab, et on oma ohvritesse armunud."

Garcia kissitas sellele mõeldes silmi. „*Mõlemasse* või?"

„Jah."

„Samal ajal?"

„Jah."

„Ja me ei räägi siin maniakaalsest fännist?"

„Ei."

Garcia kissitas veel rohkem silmi. „Kui ta on neisse tõesti armunud, miks ta neid siis nii jõhkral moel tapab?"

„Ma ei öelnudki, et ta *on* neisse armunud," selgitas Hunter. „Ütlesin, et ta *arvab*, et on neisse armunud, aga tegelikult on ta armunud nende kuvandisse. Sellesse, keda nad esindavad, mitte kes nad on."

Vaikus.

Ja mõni sekund hiljem mõistmine.

„Kuradi raibe! Mõlemad ohvrid meenutavad talle kedagi teist," taipas Garcia viimaks. „Kedagi, keda ta armastas. Sellepärast nad nii sarnased ongi."

Hunter noogutas. „Ta ei taha neid, vaid seda, keda nad talle meenutavad." Ta vaatas BMW kabrioletile järele. „Mind on algusest peale häirinud, miks kummalgi ohvril polnud peale õmbluste kehal sinikaid. Mõtlesin, et kuna ta neid lunaraha pärast ei röövi, peab olema põhjus, miks ta neid elus hoiab, mitte kohe ei tapa, aga mis peamine, tal peab olema põhjus, miks ta neid ei puuduta, enne kui alles viimasel hetkel. See tundus arusaamatu. Mõtlesin iga kandi pealt, aga ei saanud ikka aru, miks sinikaid ei ole. Kui mõrtsukas hoiab naisi elus oma seksuaalsete vajaduste rahuldamiseks, oleks sinikaid ... Kättemaksu korral oleks sinikaid ... Lihtsalt naiste vihkamine või tumedapäiste kunstike vihkamine mingi kunagise trauma tõttu – ikka oleks sinikaid ... Kui ta oleks maniakaalne fänn, oleks sinikaid ... Sadistlik paranoia, ikka sinikad ... Lihtsalt tapahimuline maniakk, ikka oleks sinikad ... Miski ei klappinud."

Garcia kergitas kulmu.

„Kuulsin seda esimest korda paar päeva tagasi, kui vestlesime Patrick Barlettiga, aga ilmselt jäi see kuskile alateadvusse kinni."

„Patrick Barlett?" Garcia kortsutas kulmu. „Laura Mitchelli endine kihlatu?"

Hunter noogutas autosid liikumas vaadates. Mustanahaline naine valge Peugeot' roolis neist paremal raputas pead ja vehkis kätega, lauldes ilmselgelt mingi lugu kaasa. Ta pani tähele, et Hunter vaatab teda ja naeratas häbelikult. Hunter naeratas vastu.

„Patrick ütles, et ta ei teeks Laurale iialgi viga, olgu mis on. Ta armastas teda liiga sügavalt."

„Jah, seda ma mäletan."

„Paraku keskendusin ma tol päeval pigem Patricku reakt-sioonide jälgimisele kui millelegi muule. See jäi lihtsalt kahe silma vahele, aga seda esineb sagedamini kui võiks arvata. See on kahe seisundi, *ülekandmise* ja *projitseerimise* tagajärg." Garcia kortsutas kulmu.

„Osad mehed otsivad prostituute, kes sarnanevad nende abikaasaga," selgitas Hunter. „Osad inimesed otsivad kallimaid, kes on nende kunagise keskkooliaegse kallima või õpetaja moodi või isegi nende enda ema või isa moodi."

Garcia mäletas üht kooliaegset sõpra, kes oli neljandas klassis oma ajalooõpetajasse armunud. Kui ta oli piisavalt vana, et kohtamas käima hakata, olid kõik tema pruudid täpselt selle ajalooõpetaja moodi, ka see naine, kellega ta hiljem abiellus.

„Igatahes," jätkas Hunter, „mulle tuli alles paar minutit tagasi mõte, et antud juhul on mõrtsuka jaoks olulise inimese sarnasus seotud ülekandmise ja projitseerimisega."

„Raisk!" Garcia hingas läbi hammaste välja, hämming hakkas vähehaaval taanduma. „Kui ta röövitud naisi vaatab, näeb ta oma peas kedagi teist, sest *tahab*, et nad oleksid keegi teine. Keegi, kellesse ta *tõesti* armunud oli. Keegi, kellele ta mingi hinna eest viga ei teeks. Sellepärast sinikaid ei olnudki."

Hunter noogutas kergelt. „See on projitseerimine."

„Aga pea nüüd." Garcia raputas pead. „Aga ta tapab nad ikkagi ... väga jõhkralt. Kas see ei räägi sellele teooriale vastu?"

„Ei, see tugevdab seda. Mida tugevam on ülekandmine ja projitseerimine, seda lihtsam on mõrtsukal pettuda. Nad näevad välja nagu inimene, kes ta tahab, et nad oleksid, aga nad ei käitu, räägi ega tee midagi samamoodi. Ükskõik, kui väga ta seda tahab, nad ei saa kunagi olla see, keda ta soovib, et nad oleksid."

Garcia mõtles selle peale korraks. „Ja sellest hetkest alates, kui ta sellest aru saab, pole neid mõtet elus hoida, eks?"

„Jah, aga ta ei suuda neid ikkagi oma käega tappa. Sellepärast nad elus ongi, kui ta nad maha jätab. Sellepärast polegi ta kohal, kui nad surevad. Ta ei suuda seda pealt vaadata. Ja sellepärast ta isekäivituvad päästikumehhanismid välja mõtleski."

„Et ta ei peaks kohal olema."

„Just," kinnitas Hunter.

Garcia oli endiselt mõtlik. „Nii et tema tõeline armastus on surnud?"

„Suure tõenäosusega," vastas Hunter. „Ja sellepärast ta võiski murduda. Tema aju ei suuda naisest lahti lasta."

Garcia ajas põsed punni ja hingas siis aeglaselt välja. „Arvad, et ta suri samamoodi nagu mõrtsuka ohvrid, kinniõmmelduna? Arvad, et ta tappis ka selle naise?"

Hunter vaatas aknast pilvitut helesinist taevast ja soovis, et tema mõtted oleksid sama selged. „Selle väljaselgitamiseks on vaid üks moodus."

Ta võttis telefoni.

Kuuskümmend neli

Los Angelese A & E telejaama haru asus Century Citys. Sel oli viisteist kabinetti kuulsa Twin Century Plaza Towersi teise hoone üheksandal korrusel. See polnud juhus, et need hooned sarnanesid 2001. aasta terrorirünnakutes hävinud Maailma Kaubanduskeskuse kaksiktornidega. Need oli projekteerinud sama arhitekt.

Punapäine naine A & T telejaama vestibüüli vastuvõtulauas oli pigem rabava kui ilusa välimusega.

Ta naeratas viisakalt, kui Hunter ja Garcia lähemale tulid ning tõstis siis nimetissõrme püsti, andes märku, et tegeleb nendega kohe. Mõni sekund hiljem puudutas ta oma kuularit ja vilkuv sinine tuluke kustus.

„Kuidas saan teid aidata, härrased?" Tema pilk liikus uurijate vahel ja peatus Hunteril. Naeratus muutus kelmikamaks. Hunter selgitas, et nad peavad kellegagi rääkima vanast dokfilmist, mis nende stuudios tehti. Naine vaatas nende ametimärke ja tema käitumine muutus. Ta võttis kiire sisekõne ja kaks minutit hiljem juhatati nad pika koridori lõpus asuvasse kabinetti. Uksesildil oli nimi Bryan Coleman – tootmisdirektor.

Laua taga istuv mees naeratas, kui Hunter ja Garcia tema ukselävele ilmusid. Ka mehel oli kuular kõrvas. Sinine tuluke vilkus. Ta viipas uurijaid edasi tulema, tõusis ja tuli laua ette. Coleman oli Hunterist vähemalt viis sentimeetrit pikem, lühikeste tumedate juuste ja läbitungiva pilguga silmadega, mis asetsesid sarvraamidega prillide taga lähestikku.

Hunter sulges enda järel ukse ja ootas. Kaks tooli Colemani laua ees olid täis kaste. Uurijaid seisid.

„Peame selle täna tagasi saatma ..." ütles Coleman kuularisse, noogutades Hunterile ja Garciale. Ta kuulas liini teises otsas olevat inimest pool sekundit ja segas siis vahele. „Kuule, kui me seda täna tagasi ei saada, antakse meie leping teisele firmale, saad aru?" Taas paus. „Jah, täna pärastlõunal sobib, enne kella kolme oleks veel parem ... Ma ootan." Coleman võttis kuulari paremast kõrvast ära ja viskas lauale.

„Vabandage segaduse pärast," ütles ta uurijatel kätt surudes ja tõstis siis kastid toolide pealt maha. „Me laieneme. Pidime uude kohta kolima, aga paar kuud tagasi läks meie vastas koridoris tegutsenud firma pankrotti." Ta kehitas ükskõikselt õlgu. „Majanduslangus, eks ole? Niisiis otsustasime hoopis nende ruumidesse kolida. Nii on lihtsam, aga stressi on sama palju." Ta osutas telefonile oma laual. „Kullerfirmad on parajad suslikud. Kui lasta sel juhtuda, trambivad nad sinust üle."

Hunter ja Garcia noogutasid viisakalt.

„Niisiis?" Coleman lõi käsi kokku. „Kuidas ma teid aidata saan?"

„Me otsime dokfilmi lääneranniku kunstnike kohta, mille teie telejaam tootis," vastas Hunter istudes.

„Kas te teate selle dokfilmi nime?"

Hunter vaatas märkmikust üle. „Jah, see on „Canvas Beauty, The Upcoming Talents from the West Coast"."

Coleman kallutas pea kuklasse. „„Canvas Beauty"?" kordas ta üllatunult naerdes. „Oo, see oli kolm või neli aastat tagasi."

„Kolm," kinnitas Hunter."

„Ma olin selle produktsioonitiimis. Väga väikese eelarvega film oli." Coleman võttis prillid eest ja hakkas neid riidelapiga puhastama. „See dokfilm oli juhus. Reklaamitrikk. Olete kindel, et otsite seda?"

Hunter toetas vasaku küünarnuki tooli käetoole ja lõua sõrmenukkidele. „Mis mõttes juhus?"

„See filmiti ainult tänu meie toonasele piirkondlikule juhile," selgitas Coleman. „Tema tütar oli kunstnik, maalija. Ta oli üritanud suurema eduta kunstimaastikule siseneda. Nii et järsku sattus meie tegemist ootavate tööde etteotsa uue dokfilmi käsikiri. Teate küll, kuidas see käib – kaasa mõned tõeliselt andekad noored kunstnikud, näita kõige selle keskel palju tema tütart ja looda parimat."

„Kas see mõjus?"

Coleman noogutas kõhklevalt. „Ilmselt küll. Teda märgati ja arvan, et tal läheb sel alal normaalselt. See piirkondlik juht lahkus paar aastat tagasi töölt, nii et ma tegelikult ei tea."

„Mis ta nimi oli?" küsis Garcia. „Selle piirkondliku juhi tütre?"

„Hmm ..." Coleman hakkas oma pastakat näperdama. „Martina," meenus talle siis. „Just, Martina Greene. Kas tohib küsida, miks teid just see dokfilm huvitab?"

„Me tahame seda näha, et selgitada välja, millised kunstnikke seal veel näidati," vastas Hunter. „Kas neid filmiti eraldi? Selles mõttes, et erinevates kohtades, erinevatel päevadel?"

Coleman turtsatas taas naerma. „Ei. Nagu öeldud, oli see *väga* väikese eelarvega film. Isegi meie direktor poleks saanud selle peale suurema summa kulutamist kuidagi õigustada. Nii tegime selle ära ühe päevaga. Ajasime kõik kunstnikud ühel pärastlõunal kokku ..." Coleman vaatas korraks eemale, nagu üritaks meenutada, „... Moca muuseumi South Grand Avenue'l."

„Kas kõik olid naised?"

Coleman kortsutas kulmu ja pidas hetke aru. „Selles dokfilmis küll."

„Ja kas te teate, kas seda on uuesti näidatud? Hiljuti?"

„Võin kontrollida, aga vaevalt küll. Nagu öeldud, ei olnud see just meistriteos." Ta tõmbas end arvutile lähemale ja trükkis midagi klaviatuuril.

Kui tulemus paar sekundit hiljem ekraanile ilmus, pööras ta monitori nii, et Hunter ja Garcia said seda vaadata. „Ei, see oli eetris kaks nädalat pärast selle filmimist ja oligi kõik."

„Kas teil on mingeid sarnaseid hilisemaid dokfilme või intervjuusid?" küsis Garcia. „Kus näidatakse Los Angelese naiskunstnikke?"

Colemani näole tekkis uudishimulik ilme. „Kedagi konkreetset?"

„Kui te näitaksite meile, mis teil on, oleksime väga tänulikud," vastas Hunter kärmelt. Ta ei tahtnud Colemani uudishimu rohkem paisutada. Hilja juba. Kes kord reporter olnud, see selleks ka jääb.

Coleman niheles toolil ja pöördus siis uuesti arvuti poole.

„Kui hilist te „hilisema" all silmas peate?"

„Aasta, kaks ehk."

Seekord võttis otsing natuke kauem aega.

„Nii, oleme viimase kahe aasta jooksul teinud kunstnikest kolm saadet," ütles Coleman, „aga need ei olnud ainult Los Angelese või California kunstnikud."

Garcia kortsutas kulmu. „Ongi kõik – kolm saadet kahe aastaga?"

„Maalimise või moodsate kunstnike elu vastu tunneb huvi väga väike hulk inimesi," selgitas Coleman, naaldudes tooli seljatoele. „Me elame kapitalistlikus maailmas, kus raha määrab, uurija, ja meie jaoks tähendavad vaatajanumbrid raha – reklaamiaega. Kui me näitame dokfilmi mõne hiphopi, räppari või mis tahes muu popartist kohta, kes hetkel on edetabelites esikohal, on vaatajanumbrid laes. Kui näitame dokfilmi kunstnike või mõne vähem populaarse kunstisuuna esindaja kohta, kukub see number isegi parimal eetriajal kaks kolmandikku. Saate aru?"

„Kas me saaksime kõigi kolme koopiad," ütles Hunter, „ja „Canvas Beauty" oma ka?"

„Loomulikult."

„Samuti on meil vaja „Canvas Beauty" juures töötanud inimeste nimekirja. Kõikide nimesid, kes selle kallal töötasid – operaator, grimeerija, produtsendid ja toimetajad ... kõigi."

„Pole probleemi. Saadan teid meie arhiivitöötaja Tomi juurde. Ta otsib teile kõik vajaliku välja."

Kui Hunter oli enda järel ukse sulgenud, võttis Coleman telefoni ja helistas oma väga heale sõbrale, Donald Robbinsile, kes oli LA Timesi juhtiv krimireporter.

Kuuskümmend viis

Härra Wangi turvakaamerate failid olid lõpuks lahti pakitud. Hunter polnud kindel, mida ta neilt leida lootis, aga kadunud isikute üksuse uurija oletus, et Kelly Jenseni rööviti Santa Monicas kas autot parkides või selle juurest maja poole minnes, ei tundunud õige. Isegi keset ööd oli San Vicente Boulevardil liiga palju inimesi. Autod sõitsid mööda iga kümnekonna sekundi tagant. See oli lihtsalt liiga riskantne. Risk, mida mõrtsukas sai lihtsasti vältida, röövides Kelly tema palju vaiksema stuudio juurest Culver Citys. Väike parkla maja taga oli inimese röövimiseks ideaalne koht. See oli eraldatud ja kehvasti valgustatud. Kui Hunter oleks Kellyt röövida tahtnud, oleks ta seda just seal teinud.

Hunter vaatas käekella. Aeg oli hiline. Enne töö juurest lahkumist oli ta kähku lugenud läbi meili, mille oli saanud Jenkinsilt, healt sõbralt arhiiviosakonnas. Selles oli info Whitney Myersi ja tema politseis töötatud aja kohta, ent Hunteril oli olnud keeruline keskenduda. Tugev peavalu, mis viimased kaks tundi oli teda vaevanud, ähvardas tugevamaks muutuda. Ta pidi midagi sööma, aga kodused kapid ja külmik olid mitu päeva tühjad olnud. Pealegi oskas ta hästi teha vaid popkorni ja ta oli seda sel kuul liiga palju söönud. Ta otsustas, et sööb midagi tervislikumat. Hunter printis Jenkinsi meili manuse välja, võttis sülearvuti kaasa ja läks oma auto juurde.

Uncle Kelome'sis, mis oli väike Hawaii restoran Baldwin Hillsis, olid parimad Aloha-stiilis krevetid Los Angeleses. Hunterile meeldis sealne toit ja mõnus õhustik. Ja praegu oli tal vaja üle kõige lõõgastuda, kas või mõned minutid, süües oma lemmikut krevetivalikut. Meeldivaks boonuseks oli see, et siin pakuti ka üsna korralikku valikut ühelinnaseviskisid.

Hunter esitas leti ääres tellimuse ja läks istuma söögisaali kaugemasse otsa, eemale sageli lärmakast baarist. Ta istus ja toetas pea kätele. Peavalu oli nii tugev, nagu tahaks aju pealuus lõhkeda. Ettekandja tõi joogi ja pani lauale tema ette.

„Aitäh," ütles Hunter pilku tõstmata.

„Võta heaks, aga kui sa tahad neid faile, mida ma sulle lubasin, on mul mu töötõendit tagasi vaja."

Hunter tõstis pea liiga kiiresti ja korraks olid silme ees hägused täpid. Pilk koondus kähku Whitney Myersi näole.

Naine naeratas.

Hunter ei naeratanud.

„Kas ma tohin istuda?" küsis naine, võttes juba tema vastas tooli välja.

Hunter silmitses Myersit tahtmatult. Naine tundus täna õhtul teistsugune. Juuksed olid lahtiselt, langesid õlgadele. Tal oli seljas tumesinise pliiatsseelikuga kostüüm. Jaki ülemine nööp oli lahti, nii et selle all oli näha valge siidpluus. Meik oli peaaegu nähtamatu, aga tõi oskuslikult tema näojooned esile. Hunter pani tähele, et temast paremal istuvad mehed olid pöördunud naist vaatama – kaks neist peaaegu ilastasid. Hunteri pilk kandus Myersilt klaasile enda ees ja tagasi naisele.

„Balvenie, 12-aastane ühelinnaseviski," sõnas naine, kui oma klaasi tema omaga kokku lõi. Ta jõi sama. „Tore leida inimesi, kes oskavad head alkoholi hinnata."

Hunter pani käed lauale, aga ei öelnud midagi.

„Pagan, sa näed kehv välja," jätkas naine. „Ja mul on selle pärast kahju." Ta viitas haavale mehe kulmu kohal ja pani siis käe oma vasakule küljele. „Sul oli õigus, roided on terved, aga kuramuse valusad on ikkagi."

Hunter vaikis endiselt, aga see ei paistnud naist häirivat.

„Pean tunnistama, et sinu toimik on huvitav lugemine. Lapsgeenius. Tõsiselt?" Myers grimassitas nägu. „Käisid stipendiumiga prestiižses Mirmani eriti andekate laste koolis ja võtsid kogu õppekava kahe aastaga läbi. Pärast seda Stanford, samuti stipendiumiga. Doktorikraadi omandasid kriminaalse käitumise analüüsis ja biopsühholoogias kahekümne kolme aastasena? Muljet avaldav."

Hunter oli ikka vait. Myers jätkas.

„Said uurijaks rekordajaga ja sind kutsuti kohe röövide ja mõrvarühma ... vaat see on tõsiselt muljet avaldav. Sa kas pugesid korralikult või siis avaldasid eriti tähtsatele isikutele muljet."

Hunter ei öelnud ka nüüd midagi.

„Sa oled nüüd kurikuulsa eriüksuse uurija ja enamik su osakonna kolleege ütleb su kohta südamlikult „ühemehe zombiüksus"." Myers naeratas. „Nunnu hüüdnimi. Kas sa mõtlesid selle ise välja?"

Ta jätkas, laskmata end Hunteri vaikimisest häirida.

„Sinu eriala on ultravägivaldsed kuriteod ja sa oled vahistanud muljetavaldava hulga kurjategijaid. Sinu raamat on FBI riiklikus vägivaldsete kuritegude analüüsi keskuses endiselt kohustuslik õppekirjandus. Kas ma unustasin midagi ära?"

Hunter polnud kunagi raamatut kirjutanud, aga ühele tema ülikooliprofessorile avaldas tema kriminaalse käitumise väitekiri sellist muljet, et ta saatis selle oma sõbrale FBI akadeemias Virginias, kes andis selle edasi akadeemia direktorile. Paar nädalat hiljem kutsuti noor Robert Hunter Quanticosse vestlema kogenud agentide ja instruktorite rühmaga. Ühepäevasest kursusest sai nädalapikkune seminar ja selle lõpus küsis direktor Hunteri luba kasutada tema väitekirja väliohvitseridele mõeldud kohustusliku lugemisvarana. Nüüd ei lõpetanud seda lugemata Quanticot mitte keegi.

„Sa oled mu elulugu lugenud," lausus Hunter viimaks.

„Pidid olema päris igavad paar minutit."

„Vastupidi. Minu meelest oli see väga värvikas." Myers naeratas taas. „Ehkki selles on kummaline lünk. Paar aastat olid sa justkui maamunalt kadunud. Mitte mingit infot mitte kusagil. Ja minu taustauurijad on parimad."

Hunter vaikis.

„Pean seda küsima: miks, kurat, sa politseinikuks hakkasid? Sellise CV-ga võinuks sa töötada FBI-s, CIA-s, NSA-s, kus tahes."

„Kas sa tahad tingimata mulle uue töökoha leida?"

Naine naeratas.

Ettekandja tõi Hunteri krevetivaliku lauda. Kui ta eemaldus, vaatas Hunter Myersi poole. „Ma tellisin apelsinimahla."

„Tean," vastas naine häirimatult. „Aga sa oleksid nagunii ka viskit tellinud. Hoidsin su aega kokku." Ta pidas vahet. „Ilmselt on sul kõht tühi. Milline pirakas taldrikutäis."

„Tahad ka?"

Myers raputas pead. „Tänan, pole vaja. Sina lase käia."

Hunter torkas suure kreveti vürtsika kastme kausikesse ja hammustas.

Myers ootas paar sekundit. „Kui sa oled nii osav nagu su toimik väidab, oled sa ka minu tausta kontrollinud ja tead nüüdseks, et ma valetasin."

Hunter noogutas. „Ekskallimat ei ole."

Myers silmitses veidi aega tema nägu. „Aga sa teadsid seda eile ka, eks?"

Hunter noogutas.

„Kui sa teadsid, et ma valetan, miks sa mind jaoskonda ei tarinud?"

„Polnud mõtet. Sa olid varem politseinik. Sa teadsid, et me poleks saanud sundida sind meile oma kliendi nime avaldama. Kui sa ei taha koostööd teha, oleksime lihtsalt palju aega raisanud. Ja mul ei ole aega. Ütleme selle kohta professionaalne viisakus."

Myers naeratas. „Jama. Sa arvasid, et uurid ise välja, kelle heaks ma töötan. Aga see polnudki niisama lihtne, ega?"

Nad silmitsesid teineteist mõne sekundi.

„Ma olin eile õhtul Kelly Jenseni korteris sellepärast, et tahtsin üht aimdust kontrollida," tunnistas Myers oma jooki rüübates.

„Ja see oli …?"

„Et Kelly kadumine ja selle naise kadumine, keda mina otsin, on omavahel seotud."

Hunter pani kahvli käest.

„Ma ei leidnud tema korterist midagi, mis seda aimdust kinnitaks. Teda ei röövitud sealt, aga on sarnasusi, mida on keeruline eirata."

„Mis sarnasusi?"

„Mitu ohvrit?" küsis Myers. „Mitu ohvrit seni olnud on? Ja ma tõesti ei aja seekord jama. Kui sa tahad teada, mida mina tean, pead minuga rääkima."

Hunter naaldus tooli seljatoele ja pühkis pabersalvrätiga suud. „Kelly Jensen oli teine ohver."

Myers noogutas ja pani lauale kena tumedapäise naise foto. „Kas see oli esimene ohver?" Ta hoidis hinge kinni.

Hunter vaatas fotot. Välimuselt võinuks see naine olla Laura või Kelly õde. Ta raputas pead. „Ei, see pole tema … Kes see on?"

Myers hingas välja. „Ta ei ole kadunud isikute nimekirjas,“ vastas ta. „Tema isa üritas teda kadunuks kuulutada, aga kadunud isikute üksus kasutas oma tavapärast kuuepunktilist kontrollnimekirja. Ta vastas selles ainult ühele tingimusele, nii et nad ei olnud kohe valmis teda otsima hakkama.“

„Kes ta on?“ kordas Hunter.

Myers naaldus samuti tooli seljatoele. „Tema nimi on Katia Kudrov. Ta on Los Angelese Filharmoonikute esiviiuldaja-kontsertmeister.“

„Muusik?“

„Jah.“ Myers pidas vahet. „Kas esimene ohver oli Laura Mitchell?“

Hunter istus rahulikult. Oli selge, et Myers oli kadunud isikute osas kodutöö ära teinud.

Myers ootas.

„Jah, Laura Mitchell oli esimene ohver, kelle me leidsime.“

Myers pani sõrmeotsad ülahuulele. „Ta oli samuti kunstnik. Mõrtsukas jahib kunstiinimesi.“

„Oot, sellisteks järeldusteks on liiga vara. Ja „kunstiinimesed“ on väga lai mõiste. Kui me seda teed minna otsustame, peame kaasama tantsijad, näitlejad, skulptorid, mustkunstnikud, žonglöörid … nimekiri on lõputu. Seni on ta röövinud ja tapnud kaks kunstnikku ja muud me ei tea. See, et Katia on juhtumisi samuti kunstiinimene, keda on *tohutult* erinevaid, on antud hetkel lihtsalt juhus.“ Hunter kopsis laual olevat fotot. „Millal ta kadus?“

„Neli päeva tagasi. Laura kadus umbes nädal pärast Kellyt, eks?“

„Sa mäletad hästi kuupäevi ja nimesid.“

„Jah, ma mäletan kuupäevi ja nimesid *väga* hästi. Nii et röövimise ja mõrva vahel ei ole meil kindlat ajaperioodi?“

„*Meil?*“

Myers põrnitses Hunterit. „Katia Kudrov on endiselt *minu* juhtum. Hetkel on ta kadunud isik, mitte mõrvaohver. Võrdlesin täna suure osa ajast Katia tausta Kelly omaga." Ta pani kausta lauale. „Peale selle, et nad on ühevanused ja sarnase välimusega, pole neil mitte midagi ühist. Mitte mingit käegakatsutavat seost ei ole." Hunter oli jälle vait.

Myers kummardus ettepoole. „Usu mind, Robert, ma ei taha LAPD-ga koostööd teha, aga ainus moodus, kuidas ilma hinnalist aega raiskamata saada aru, kas teie psühhopaat röövis Katia, on omavahel infot vahetades." Ta kopsis kausta, mille oli lauale pannud. „Ja oluline on siinkohal sõna *vahetades*. Nii et kui mina räägin, mida tean, räägid sina, mida sina tead. Ja ära mõtlegi ajada mulle seda salastatud info jura. Ma pole reporter. Mul on sama palju kaotada kui sinul, kui info selle juhtumi kohta avalikuks saab. Me tahame ühte ja sama — selle raisa tabada. Sinu ohvrid on juba surnud. Katia võib veel elus olla. Kas sa tõesti tahad aega raisata?"

Olles lugenud Jenkinsi saadetud infot Whitney Myersi kohta, ei olnud Hunter sugugi üllatunud, et naine polnud valmis andma oma juurdlusinfot talle midagi vastu saamata.

Nad vaatasid pikka aega vaikides teineteisele otsa. Myers üritas Hunteri näost midagi välja lugeda, aga järgmist küsimust ta küll oodata ei osanud.

„Kas *sina* tapsid nad?"

Kuuskümmend kuus

Ebamugav vaikus nende vahel venis. Kumbki ei liigutanud. Kumbki ei katkestanud silmsidet. Aga Myersi pilgust oli kadunud igasugune soojus.

Hunter oli lugenud Jenkinsi saadetud infot Myersi viimase juhtumi kohta LAPD-s.

Myers oli mõned aastad tagasi kutsutud lahendama olukorda, mis oli tekkinud Culver Citys ühes kortermajas. Kümneaastane poiss oli kuidagi pääsenud kortermaja katusele ja istus selle ääre peal, kaheksateistkümne korruse kõrgusel maapinnast. Poiss, keda kõik teadsid kui Billyt, ei reageerinud kuidagi ja loomulikult ei kibelenud keegi tema lähedale minema. Tema vanemad olid hukkunud autoavariis, kui poiss oli viieaastane, ning ta oli sestsaadik elanud tädi ja onu juures, kellest olid saanud tema seaduslikud eestkostjad. Nad olid läinud pärastlõunal välja ja jätnud Billy üksi koju.

Billyl ei olnud varasemaid vaimse tervise probleeme, aga mõned naabrid, kes teda teadsid, ütlesid, et poiss oli alati väga kurb, ei naeratanud kunagi ega mänginud teiste lastega.

Myers ei näinud muud võimalust, kui eeskirju rikkuda ja minna katusele abijõude ära ootamata.

Raportis, mida Hunter oli lugenud, oli kirjas, et Myers oli vaid kümme minutit Billyt katuseservalt ära tulema keelitanud, kui poiss püsti tõusis ja alla hüppas.

Myers oli sattunud sellisesse ahastusse, et pidi töös pausi tegema, aga ta oli keeldunud politsei psühhiaatri jutule minemast. Kaks päeva pärast juhtunut hüppasid Billy onu ja tädi samast kohast katuselt alla. Nende randmed olid kaablikinnitustega kokku seotud. Leinast hullunud eestkostjate ühine enesetapp oleks olnud loogiline järeldus, aga kolm naabrit olid näinud Myersi kirjeldusele vastavat naist majast väljumas mõni minut pärast seda, kui Angela ja Peter tänavale prantsatasid.

„Peter ja Angela Fairfaxi," selgitas Hunter.

„Jah, ma tean, keda sa silmas pead." Naise hääletoon oli kindel.

„Kas sa lükkasid nad katuselt alla?"

„Kuidas, kurat, see praeguse juhtumiga seotud on?"

Hunter võttis viimaks lonksu viskit. „Sa palusid mul äsja jagada käimasoleva juurdluse infot inimesega, kellega ma alles eile kohtusin. Sa olid politseinik, nii et sa tead, et see on eeskirjade rikkumine. Aga ma võin neid rikkuda, kui see tähendab, et jõuan mõrtsuka tabamisele lähemale. Häda on selles, et toimik, mida ma sinu kohta lugesin, väidab, et sa võisid kaks süütut inimest kättpidi kokku siduda ja nad 18-korruselise maja katuselt alla lükata. Kui sa oled tõepoolest nii ebastabiilne, on sel jutuajamisel lõpp." Hunter võttis taskust Myersi eradetektiivi töötõendi ja pani lauale naise ette. Myers ei võtnud seda kätte. Tema pilk võinuks Hunterile augu näkku söövitada.

„Mida sina arvad?"

Hunter kergitas veidi vasakut kulmu.

„Toimikus, mida *mina* lugesin, on kirjas, et sa oled hea inimesetundja. Nii et ma tahan teada, kas sa arvad, et ma võisin kaks süütut inimest katuselt alla lükata."

„Ma ei taha sind kritiseerida, aga tahan tõtt teada – sinult endalt, mitte mingi sisejuurdluse uurija ja politsei psühholoogi kirjutatud toimikust."

„Ja mina tahan kuulda sinu arvamust." Naise hääl oli trotslik. „Kas sa arvad, et ma tõukasin kaks süütut inimest katuselt alla?"

Myersi töine taust enne seda intsidenti oli laitmatu. Ta oli kõvasti vaeva näinud, et uurijaks saada ja tundis selle üle uhkust. Ta oli oma töös väga osav, üks parimaid. Selle tõestuseks oli tema vahistamiste arv. Ka pärast politseist lahkumist ja eradetektiiviks saamist oli ta muljetavaldavalt edukas olnud. Hunter teadis, et sellised inimesed ei lähe järsku hulluks, ei pööra ootamatult peast segi. Ta silmitses naist veel hetke ja kummardus siis ettepoole. „Arvan, et sa lasid end sellest juhtumist isiklikult kaasa kiskuda," ütles Hunter rahulikult. „Aga sa olid kogenud uurija, nii et see pidi olema midagi, mis sind tõsiselt vapustas. Ma pakun, et sa kahtlustasid, et selles perekonnas toimub midagi väga halba. Ennekõike Billyga. Ent sul polnud piisavalt tõendeid. Arvan, et sa läksid tagasi ja üritasid Billy eestkostjatelt mingit selgitust välja meelitada, aga asi kiskus tõsiselt kiiva."

Myers ei reageerinud kuidagi.

„Kui mul on õigus … oleksin ise arvatavasti sama teinud."

Myers võttis lonksu viskit, pilk endiselt Hunteri näol. Ta pani klaasi uuesti lauale. Hunter vaatas talle silmi pilgutamata otsa.

„Ta hüppas," ütles Myers rahulikult. „Angela Fairfax hüppas."

Hunter ootas.

„Olin tol päeval esimene, kes potentsiaalse allahüppaja väljakutsele reageeris," alustas naine. „Olin kohal kahe minutiga ja rikkusin kohe protokollireegleid. Mul polnud valikut. Mul lihtsalt polnud aega abijõude oodata. Ma ei teadnud sellest poisist peaaegu mitte midagi. Kui ma katusele jõudsin, leidsin ta katuseservalt istumas, jalad üle ääre rippu. Ta istus seal koos oma kaisukaruga ja joonistas midagi paberile. Billy oli nii väike. Ta tundus nii habras … nii hirmunud. Ja sellepärast ma ei saanudki abijõude ootama jääda. Tugev tuulehoog ja ta oleks lennanud minema nagu tuulelohe."

Naine lükkas juuksesalgu vasaku kõrva taha.

„Ta nuttis," jätkas ta siis. „Küsisin, miks ta maja katuseserva peal istub. Ta vastas, et joonistab." Myers võttis veel lonksu viskit, seekord suurema. „Ütlesin talle, et see pole väga turvaline koht, kus istuda ja joonistada. Tead, mida ta vastas?"

Hunter vaikis.

„Ta ütles, et see on turvalisem kui korteris, kui tema onu kodus on. Ta ütles, et igatseb nii väga oma ema ja isa, et see on ebaõiglane, et nemad hukkusid autoavariis ja tema mitte. Et nad ei teinud talle niimoodi viga nagu onu Peter." Hunter tundis midagi kurku kriipimas.

„Ma nägin, et tal on valus," jätkas Myers, „aga kõigepealt oli ta vaja katuseserva pealt minema saada. Rääkisin temaga ja nihkusin kogu see aeg vähehaaval lähemale ja lähemale, juhuks kui on vaja temast kinni haarata. Küsisin, mida ta joonistab. Ta tõmbas paberilehe plokist välja ja näitas mulle." Esimest korda kandus naise pilk Hunteri näolt mingile kohale laual. „Sel oli tema magamistuba. Väga lihtne, sirged jooned ja kriipsujukud viltuste nägudega. Voodis oli väike kriipsujuku." Myers vaikis ja neelatas. „Tema peal oli suurem kriipsujuku-mees."

Hunter kuulas.

„Ja nüüd puänt – voodi kõrval seisis kriipsujuku-naine."

„Tädi teadis." See polnud küsimus.

Myers noogutas ja tema pilk klaasistus. „Nad olid tema eestkostjad. Nad pidid teda kaitsma. Aga nad vägistasid tema hinge." Ta jõi viskiklaasi tühjaks. „Lubasin Billyle sealsamas, et kui ta tuleb minuga kaasa, kui ta tuleb katuseserva pealt ära, ei tee onu talle enam kunagi viga. Ta ei uskunud mind. Palus mul oma ausõna anda. Ma andsin." Emotsionaalne paus. „Sellest piisas. Ta ütles, et usub mind, sest ma olen politseinik ja politseinikud ei peaks valetama, nad peavad inimesi aitama. Billy tõusis ja pöördus minu poole. Sirutasin käe tema poole ja tema ulatas oma peenikese käe, et sellest kinni võtta. Ja siis ta libastus."

„Nii et ta ei hüpanud, nagu raportis kirjas oli?"

Myers raputas pead.

Nad olid natuke aega vait.

Ettekandja tuli tagasi ja kortsutas kulmu, nähes Hunteri puutumata toitu. „Kas toidul on midagi viga?"

„Mis asja?" Hunter raputas pead. „Oo ei. See on väga maitsev. Ma pole veel lõpetanud. Mõni minut läheb aega."

„Ma võtan veel ühe." Myers osutas oma tühjale klaasile. „Balvenie, 12-aastane."

Ettekandja noogutas ja lahkus.

„Ma viskusin tema poole," jätkas Myers. „Mu sõrmed riivasid tema väikest kätt, aga ma ei saanud sellest kinni. Ta oli nii habras, et tema keha põhimõtteliselt pulbristus maapinnal."

Hunter tõmbas käega läbi juuste.

„Mul kulus kaks päeva, et leida julgus Billy majja tagasi minna." Myers vaikis, otsides sõnu. „Arvan, et see polnud siiski julgus, mis minu sees kogunes – see oli puhas vihkamine. Ma ei tahtnud ülestunnistust. Tahtsin neile õppetunni anda. Tahtsin, et nad tunneksid murdosa sellest hirmust, mida Billy tundis." Naise hääl muutus järsku vihaseks. „Ta oli kümneaastane poiss, nii palju haiget saanud ja hirmunud, et eelistas katuselt alla hüppamist naasmisele perekonna juurde, kes pidanuks teda armastama. Sina oled psühholoog. Sa tead, et kümneaastased poisid ei peaks enesetappu sooritama. Nad ei peaks isegi teadma, mis asi see on."

Ettekandja tuli Myersi joogiga tagasi ja pani selle lauale.

„Ma läksin nende korterisse ja pärisin aru. Angela hakkas nutma, aga Peter oli külm nagu jää. Tal oli täiesti ükskõik. Miski võttis minu üle võimust. Sundisin neid käsi omavahel kokku siduma ja viisin nad katusele. Samasse kohta, kust Billy oli alla kukkunud. Ja siis see juhtus."

Hunter naaldus ettepoole, aga vaikis, lastes Myersil omas tempos jätkata.

„Angela hakkas talitsematult nutma, aga mitte hirmust. Süütunne tema sees lahvatas ja ta lasi selle kõik välja. Ütles, et tal on enda pärast nii häbi, aga ta oli kartnud, mida Peter tema ja Billyga teeb, kui ta kellelegi räägib. Peter vägistas ja peksis ka teda. Ta ütles, et oli mõelnud koos Billyga põgenemisele, aga tal polnud kuhugi minna. Tal polnud raha, sõpru ja sugulased ei hoolinud temast. Siis läks Peter marru. Ta käskis Angelal vait jääda ja andis talle kõrvakiilu. Oleksin ta selle eest äärepealt maha lasknud."

Myers võttis lonksu viskit.

„Aga Angela jõudis minust ette. Kõrvakiil teda ei heidutanud. Ta ütles, et on väsinud kartmast. Ta oli väsinud end mehe ees abituna tundmast, aga enam mitte. Ta vaatas mulle otsa ja tema pilgus põles otsustavus. Ta ütles: „Tänan, et andsite mulle viimaks võimaluse midagi ette võtta. Mul on Billy pärast nii kahju." Ja siis viskus ta ette hoiatamata katuselt alla. Endiselt Peteri käe külge aheldatud."

Hunter silmitses Myersit, otsides hämamise tundemärke – kiireid näoliigutusi, silmade võbelemist. Naise näol oli ainult kurblik rahu.

„Angela oli tugeva kehaehitusega naine. Peter oli pikk ja kõhn. Ta ei osanud seda oodata. Naise keharaskus tõmbas ta kaasa nagu kraana, aga tal õnnestus mõned sekundid serval kõõluda. Piisavalt, et hirmunud pilgul minu poole vaadata. Piisavalt, et minu abi paluda." Paus. „Ma keerasin selja ja tulin tulema."

Nad istusid vaikuses, kuni Hunter kuuldut seedis.

„Mis sul siis kosta on? Arvad, et ma valetan?" küsis Myers viimaks.

Sellepärast polnudki Myers aastate eest juhtumi uurijatele kõigest rääkinud. Hunter teadis, et sisejuurdluse uurijad poleks teda uskunud. Vastupidi, nad oleksid ta kättemaksu himustamise eest risti löönud.

„Nagu öeldud," vastas Hunter, „oleksin mina sama teinud."

Kuuskümmend seitse

Hunter ja Myers vestlesid veel enam kui tund aega. Nad jagasid infot. Myers ütles, et tema kogutud tõendid viitavad sellele, et Katia Kudrov rööviti tema korterist West Hollywoodis. Ta ütles, et Katia automaatvastajas oli olnud kuuskümmend sõnumit ja et need kõik kestsid täpselt kaksteist sekundit. Ta rääkis viimase sõnumi helianalüüsist, käheda sosina dešifreerimisest – „SA VÕTAD MUL HINGE KINNI … TERE TULEMAST KOJU, KATIA. MA OLEN SIND OODANUD. ON AEG, ET ME VIIMAKS KOHTUKSIME" – ja miks nad uskusid, et röövija võttis viimase kõne naise magamistoast, arvatavasti teda duši all vaadates.

Myers andis Hunterile kõikide salvestuste koopiad, ka viimase sosistatud sõnumi, lisaks mitu toimikut. Tema taustauuringud olid täpselt nii põhjalikud, kui ta oli öelnud.

Hunter pidas antud lubadust, aga rääkis Myersile vaid seda, mida naisel oli vaja teada. Ta rääkis ohvrite kinniõmmeldud suust, aga mitte alakehast. Ta ei maininud, et mõrtsukas pani ohvrite sisse tapariista. Ta ei rääkinud ka pommist ega pihustivärviga kirjutatud sõnumist. Ta ütles, et mõrtsukas kasutas nuga ja kõik.

Hunter sõi krevetid enne Uncle Kelome'sist lahkumist ära. Peavalu polnud kadunud, aga see oli nüüd talutav. Ta võttis ühendust jaoskonnaga ja palus neil kohe Katia Kudrovi kohta toimiku avada.

Koju jõudes istus ta elutoas ja jõi ühelinnaseviskit. Tulesid ta põlema ei pannud. Pimedus sobis talle hästi. Aju aina meenutas kõike, mida Myers oli rääkinud. Polnud kindlaid tõendeid, et Laura Mitchelli ja Kelly Jenseni röövinud isik röövis ka Katia Kudrovi, aga Hunteri aju oli juba hakanud nende kadumises sarnasusi leidma.

Katia oli röövitud oma kodust. Ka esimene ohver Laura Mitchell oli röövitud oma kodust. Kahtlustest hoolimata polnud Hunter veel teada saanud, kust Kelly Jensen rööviti.

Telefonisõnumid Katia Kudrovi automaatvastajas ei andnud talle samuti rahu. Asjaolu, et kõik kestsid kaksteist sekundit, tähendas, et need jättis üks ja sama inimene. Üks sõnum päevas, kuuskümmend päeva. See viitas taas sellele, et tegu on kannatliku ja distsiplineeritud inimesega. Inimesega, kes on valmis ootama. Ta nagu mängis ohvritega mingit mängu. Aga miks kaksteist sekundit? See ei olnud kindlasti juhuslik.

Hunter mängis Myersi antud salvestuste koopia ette. Ta kuulas röövija kähedat sosinat alguses kahinana ja seejärel dešifreeritud häälena. Ta keris tagasi ja kuulas uuesti. Ikka ja jälle.

Hunter naaldus oma kulunud musta nahkdiivani seljatoele ja toetas pea vastu peatuge. Ta pidi vaatama Kelly stuudio parkla turvakaamerate salvestusi, aga ta oli surmväsinud. Silmalaud muutusid raskeks. Iga kord, kui uni tulla tahtis, kasutas ta kohe juhust ja magas.

Hunter uinus sealsamas oma elutoas. Viis unenägudeta tundi, mida juhtus haruharva. Kui ta üles ärkas, oli kael kange ja suus solgimaitse, aga ta tundis end puhanuna ja peavalu enam õnneks polnud. Ta käis pikalt duši all, lastes soojal ja tugeval veejoal kaelalihaseid masseerida. Ta ajas vana žiletiga habet, mis pigem habemekarvu näo küljest lahti kiskus kui neid lõikas. Hunter vandus. Ta peab lähiajal poodi minema.

Olles keetnud endale kruusitäie kanget kohvi, läks Hunter tagasi elutuppa ja võttis ette kaasatoodud sülearvuti.

Härra Wangi varjatud parklakaamera salvestas ööpäevaringselt, aga Hunteril oli tunne, et ta peab vaatama ainult öötundide salvestust. See mõrtsukas ei tundunud selline, kes päise päeva ajal röövimispaigas luusiks, kui kõik teda näha võiksid.

Kui Kelly Jensen tõepoolest oma stuudio juurest rööviti, siis juhtus see suure tõenäosusega öösel.

Kuna parkla oli eraldatud ja seda kasutasid peamiselt poodide omanikud, oli autosid ja inimesi minimaalselt. Kõik ebaharilik torkaks silma. Hunter ei pidanud kogu viitkümmet kuut tundi öiseid salvestusi läbi vaatama. Pärast kiiret katsetamist sai ta aru, et võib salvestusi kerida kuus korda algkiirusest kiiremini ja sellegipoolest kõike kahtlast märgata. See tähendas, et tal kulub kaheksa tunni läbivaatamiseks veidi üle tunni. Hunter vaatas kella – 6.22 hommikul. Tal oli piisavalt aega, et esimene öö läbi vaadata, enne kui Parker Centerisse läheb.

Ta ei pidanud kaua vaatama.

All paremas nurgas oli kellaaeg 20.36, kui vana Ford Fiesta parklasse sõitis ja Kelly Trans Ami taga peatus. Hunter ajas end sirgu ja pani salvestuse mängima tavakiirusel. Mõni sekund hiljem väljus keegi autost – mees, pikk, lihaseline. Ta naaldus juhiukse vastu ja vaatas närviliselt ringi, nagu kontrolliks, kas veel keegi on seal. Sigaretti süüdates näis ta end ebamugavalt tundvat. Hunter pani video seisma ja suurendas pilti, aga sülearvuti pildirakenduse kvaliteet ei olnud parim – liiga säbruline –, nii et ta ei saanud mehe näost sotti. Ta oli kindel, et LAPD IT-mehed suudavad selle kvaliteeti parandada. Hunter pani salvestuse uuesti mängima. Pool minutit hiljem avanes kõrvalistuja uks ja sealt väljus pikajalgne blondiin. Ta läks närvilise mehe juurde, põlvitas tema ette, avas püksirihma, tõmbas püksid alla ja võttis tema peenise suhu.

Hunter muigas ja hõõrus lõuga. Kõigest põnevuseotsijad. Ta keris salvestust kiiremini edasi. Paar läks suuseksilt üle tavalisele seksile – kapoti peal ja juhiukse vastas. Nad olid seal kolmkümmend kaheksa minutit.

Hunter keris edasi. 21.49 istus härra Wang oma pikappi ja sõitis minema, nii et ainult Kelly auto jäi parklasse. 22.26 aeglustas Hunter salvestust taas.

„Mida põrgut?"

Ta kummardus ekraanile lähemale ja vaatas suu ammuli järgnevaid sündmusi.

„Kuradi raibe."

Kuuskümmend kaheksa

Naine istus pilkases pimeduse ja värises kerratõmbunult. Pea käis ringi, süda oli paha ja kõik lihased valutasid nagu palavikus. Kurgus oli tunne justkui oleks ta okastraadi kera alla neelanud.

Tal polnud aimugi, kui kaua ta selles kongis luku taga oli olnud. Ilmselt mõne päeva. Ta ei saanud selles kuidagi kindel olla. Ruumil polnud aknaid ja nõrk elektripirn metall-võrguga kaetud karbis laes põles vaid mõne minuti korraga. Vahed olid ebaühtlased. Vahel neli, vahel viis korda päevas, aga valgus süttis alati vahetult enne toidu saamist. Nagu õpetataks laborirotti.

Talle anti süüa neli korda päevas, lükati plastkandikul spetsiaalse luugi kaudu kongi tugeva puidust ukse alumises servas. Kong oli väike, kümme sammu pikk ja kaheksa lai, paljad telliskiviseinad, betoonpõrand, metallraamiga voodi ja ämber nurgas, mida tühjendati kord päevas.

Naine liigutas pead ja tundis, et ruum käib taas ringi. Peapööritus ei kadunud hetkekski. Ta ei teadnud, kas on ärkvel või magab. Ta oleks nagu mingis vahepealses olekus. Ainus, milles ta kindel oli, oli see, et ta kartis – väga.

Mees vaatas, kuidas naine viis käed näo juurde ja pühkis pisaraid, mis justkui pidevalt voolasid. Ta arutles, kui palju rohkem naine kardaks, kui ta häält teeks. Kui ta annaks mõista, et naine pole päriselt üksi. Kui ta teaks, et mees on sealsamas, pimeduses, vaid kolme sammu kaugusel. Kuidas naine reageeriks, kui ta käe sirutaks, tema ihu, juukseid puudutaks? Millist õudu tunneks, kui mees talle midagi kõrva sosistaks? Mees naeratas, nähes teda veel korra värisemas. Võib-olla oli aeg, et naise seda teada saaks.

Kuuskümmend üheksa

Salvestuste peatamise ja edasikerimisega kulutas Hunter veel pool tundi Kelly Jenseni stuudio parkla turvakaamera video uurimisele. Teda huvitasid ennekõike kolm lõiku. Esimene oli vahemikus 22.26 kuni 22.31. Teine 23.07 kuni 23.09. Ja viimane 23.11 kuni 23.14.

Hunter sõitis kodust Huntingdon Parkis Parker Centerisse 25 minutiga. Ta läks otse IT-osakonda, aga sellisel kellaajal oli seal vaid noor ja innukas kollanokk. Tal oli seljas äsja triigitud valge triiksärk ja konservatiivne hall lips. Tema sama tooni pintsak oli tooli seljatoel. IT-osakonnas ei kandnud mitte keegi triiksärki ja lipsu, rääkimata ülikonnast.

Kollanokk ütles Hunterile, et Brian Doyle tuleb arvatavasti hiljem. Ta oli eile õhtul tähistamas käinud. Pikk juurdlus, millega ta oli isiklikult seotud olnud, oli viimaks lõpule jõudnud. Nad olid edukalt tabanud saripedofiili pärast terve päeva kestnud petteoperatsiooni.

„See, kelle nad tabasid ...“ selgitas kollanokk Hunterile, „... on abielus ja kahe lapse isa – kümnene ja kaheteistkümnene.

Just selle vanuses lapsi ta internetis enda juurde meelitaski."

Noor mees raputas pead, nagu oleks maailm hulluks läinud.

„Kas ma saan teid kuidagi aidata, uurija?" küsis ta, nõksatades peaga Hunteri kaenla all oleva sülearvuti poole.

„Mis su nimi on, poiss?"

„Garry, söör." Noormees ulatas käe. „Garry Cameron."

Hunter surus tema kätt. „Mina olen Robert ja kui sa mulle veel korra *söör* ütled, vahistan ma su laimu eest."

Cameron naeratas ja noogutas.

„Kahjuks on mul vaja Jackiga rääkida, Garry. Ta peab oma superrakendustest mõned videolõigud läbi laskma."

Cameron naeratas laiemalt. „See on minu eriala – video- ja audioanalüüs. Sellepärast mind ennekõike siia üle toodigi."

Hunter naeris üllatunult. „Ah sa mait. Nii et sind mul siis vaja ongi." Ta pani sülearvuti Cameroni lauale ja nad ootasid vaikuses, kuni see tööle hakkas. Hunter võttis ekraanile videorakenduse ja otsis valitud lõigud välja. „See on originaalsalvestus, saadud eraturvakaameratest," selgitas ta, enne kui video mängima pani.

Cameron pani oma arvutiprillid ette ja naaldus lähemale. Lõik algas tühja parklaga, välja arvatud pärlmuttervalge tumendatud tagumiste akendega ja lahtikäiva katusega TransAm. Pildikvaliteet ei olnud hea, valgustuste puudumine tegi asja hullemaks.

„Ilus auto," tähendas Cameron.

Nad vaatasid veel mõned sekundid, enne kui salapärane meesterahvas paremalt parklasse ilmus. Ta oli 185 kuni 190 sentimeetrit pikk, tugeva, jalgpalluri kehaehitusega. Tal olid seljas tumedad riided – jalanõud, püksid, kindad, müts ja ülestõstetud kraega jope. Häda oli selles, et härra Wangi kaamera paiknes parkla idaküljes suunaga läände ja võõras samuti.

Seni oli näha ainult mehe selg. Ta peatus TransAmi juhiukse juures ja võttis hõlma alt pika lameda joonlauda meenutava eseme. Siis torkas ta metall-liistu professionaalse autovarga kombel akna ja ukse vahele, tõmmates selle ühe kiire liigutusega üles. Mees katsus ukselinki ja uks avanes nagu oleks ta kasutanud võtit.

„Te ei tundu olevat CATS-ist, uurija," sõnas Cameron, viidates LAPD autovarguste üksusele, pööramata pilku ekraanilt.

„Ei olegi."

Ekraanil olev mees kummardus, pistis käe autosse ja avas kapoti.

Cameron kortsutas kulmu.

Mees vaatas kähku parkla sissepääsu poole – mitte kedagi ei tulnud. Kordagi ida poole vaatamata astus ta auto ette ja tõstis kapoti üles, kummardus mootori kohale ja sirutas käe millegi poole. Nad ei saanud kuidagi näha, mida ta täpselt teeb, aga igatahes võttis see aega kolm sekundit. Mees sulges kapoti ja läks tagasi juhipoolele. Veel üks pilk ümbrusele, siis avas ta ukse ja kadus tagaistmele.

„Kummaline," tähendas Cameron. „Milles asi?"

„Küll näed."

Videorakendus liikus järgmise lõigu peale, mille Hunter oli välja valinud. Cameron kontrollis ekraani all paremas nurgas kellaaega ja pani tähele, et aega oli kulunud kolmkümmend kuus minutit.

„See saladuslik mees on ilmselt ikka autos?" küsis ta.

„Ei ole liigutanudki."

Nad jätkasid vaatamist. Seekord ilmus nähtavale sale tumedapäine naine, kes tuli samast suunast kui mees – Kelly Jensen. Tema juuksed olid hobusesabasse kinnitatud. Tal olid jalas sinised teksad, madalad kingad ja seljas kulunud pruun nahktagi.

„Oh, raisk," pomises Cameron, aimates juba, mis juhtuma hakkab.

Kelly läks auto juurde ja otsis käekotist võtmeid. Teadmata, et keegi teda autos ootab, avas ta ukse ja istus juhikohale.

Pimedus, auto asend ja nurk, mille alt härra Wangi kaamera filmis, ei võimaldanud Hunteril ja Cameronil läbi tuuleklaasi salongi näha. Lähemale suumimine ei aidanud ka. Cameron võttis prillid eest ja hõõrus silmi. Kaks minutit ei juhtunud midagi. Kui kellaaeg ekraani alumises osas näitas 23.11, avanes kõrvalistuja uks ja mees astus autost välja. Ta peatus ja vaatas aeglaselt ringi, kontrollides, kas on ikka üksi. Jäädes rahule, läks ta teisele poole, avas juhiukse ja võttis võtmed süüteaugust, avades pagasiluugi. Ta võttis Kelly kahe käega sülle, nagu oleks tegemist poekotiga. Naine oli teadvuseta, aga selge oli ka see, et ta oli veel elus.

Mees pani ta ettevaatlikult pagasiruumi ja seisis tükk aega paigal, vaadates naist nagu teda imetledes. Viimaks läks ta auto ette, avas kapoti ja tegi mootori juures taas midagi. Hetk hiljem istus ta juhikohale ja sõitis minema.

„Kurat võtaks," ütles Cameron, vaadates Hunterile otsa, nägu kahvatum kui mõni minut varem. „Mida ma tegema pean?"

„Olen seda salvestust vaadanud mitu korda," ütles Hunter. „Ta ei vaata kordagi kaamera poole, aga vaatab mõned korrad ringi, kontrollib ümbrust."

Cameron noogutas. „Jah, panin tähele."

„Ma mõtlesin, et kui me videot kaaderhaaval liigutada saaksime, õnnestub ehk kuskil tema näost kas või osaline pilt saada."

„Võimalik," vastas Cameron kella vaadates. „Ma võin sellega kohe tegelema hakata. Pean videod oma arvutisse saatma ja neid profitarkvaraga analüüsima, aga see ei tohiks võtta rohkem kui tunni, kõige enam kaks."

Hunter pani oma visiitkaardi lauale. „Helista kohe, kui midagi leiad."

Kui ta lahkuma pöördus, peatas Cameron ta.

„Uurija, kas ta võib veel elus olla?"

Hunter ei vastanud. Seda polnud vajagi.

Seitsekümmend

„Kuradi raibe!" hüüatas Garcia, kui vaatas IT-osakonda Cameronile jäetud videote koopiat. Kellaaeg ekraanil näitas, et Kelly Jensen oli röövitud 24. veebruaril. Nad kahtlustasid, et esimene ohver Laura Mitchell oli röövitud 2. ja 5. märtsi vahel.

„Nii et ta röövis Kelly esimesena, aga tappis teisena," sõnas Garcia.

Hunter noogutas.

„Miks?"

„Kui meil on selles osas õigus, et mõrtsukas kujutab ohvreid selle naisena, kellena ta neid näha soovib, siis on vaid aja küsimus, millal röövitud ütlevad või teevad midagi, mis selle pettekujutelma hävitab. Midagi, mis laseb mõrtsukal aru saada, kes naised tegelikult on."

„Laura hävitas selle pettekujutelma esimesena."

„Tundub nii."

Garcia vaatas taas salvestust, mille Hunter oli härra Wangi poest saanud. „Kas meil näokaadrit on?"

„Veel mitte, aga IT-mehed tegelevad sellega."

Garcia pilk naasis ekraanile ja salvestuse juurde. „Sul oli õigus, öeldes, et meil on tegemist kannatliku inimesega."

„Mitte ainult," vastas Hunter. „Ta on rahulik, talitsetud ja enesekindel. Ta jälgis Kellyt stuudios kahtlemata mitu ööd, enne kui tegutsema asus. Ja kui ta seda tegi, oli ta pedantne. Ei raisanud aega, rüselust polnud, Kellyl polnud võimalust reageeridagi. See tüüp on teistsugune, Carlos. Ta röövis oma ohvrid kohtadest, kus nad peaksid end turvaliselt tundma – kodus ... stuudios ... oma autos ...“

Garcia noogutas. „Selle lõigu järgi otsustades, mis sa arvad, kui pikk ta on ...? Sada kaheksakümmend viis, sada kaheksakümnend kaheksa ...? Kaalub umbes üheksakümmend kilo ...?“

„Umbes nii. Ja see vastab kurjategija pikkuse teooriale mütsi kiudude põhjal, mille me leidsime Laura stuudiost. Helistasin kriminalistidele ja ütlesin, et nad Kelly TransAmi Santa Monicast ära tooksid ning selle salongi ja pagasiruumi hoolega läbi vaataksid.“

Garcia vaatas videoklippe veel korra vaikides.

Hunter oli võtnud ühendust ka liiklusosakonnaga. Mõrtsukas oli sõitnud Kelly autoga tema stuudio parklast Los Angelese tänavatele ning linnas oli tuhandeid liiklus- ja turvakaameraid. TransAmi oli lihtne märgata, nii et mõrtsukas tahtis ilmselt autot vahetada võimalikult kiiresti. Tal oli arvatavasti kuskil läheduses kaubik valmis, aga ta oli nutikas, et jätnud naise autot lihtsalt maha. Klassikaline TransAm ärataks kõrvaltänavas liiga palju tähelepanu. See oleks politsei peaaegu kohe Kellyt otsima sundinud. Mõrtsukas teadis ka, et tema autot ei või stuudio parklasse tagasi viia. Ta pidi naise jälgimise järgi teadma, et Kelly ei jätnud seda kunagi ööseks sinna. Mees ei oleks tahtnud, et poeomanikud seda märkaksid ja politseisse helistaksid. Selle asemel oli ta sõitnud Santa Monicasse ja parkinud auto samasse kohta, kuhu Kelly selle alati parkis – tema kortermaja ette. Kurjategijate esimene reegel – ärata võimalikult vähe tähelepanu. See mees teadis seda ülimalt hästi.

Hunter lootis, et TransAm on mõne liikluskaamera vaate-välja jäänud. See oli vähetõenäoline, aga hetkel tasus kõike proovida.

„Kas kinniõmmeldud ohvrite kohta on mingit infot? Kus iganes terves riigis?" küsis Garcia.

Hunter oli palunud seda infot otsida üle kogu riigi – surmad, mille puhul tumedapäisel naisohvril on kinni õmmel-dud suu, suguelundid või mõlemad. Kui mõrtsukas tõepoolest oma tundeid üle kannab ja projitseerib armastatud inimese kuvandi ohvritele, on võimalik, et keegi oli surnud samamoodi.

„Seni mitte."

„Kui pika aja tagant nad otsivad?"

„Kakskümmend viis aastat."

„Tõesti? Nii kaugelt?"

Hunter nõjatus vastu oma lauda. „Arvestada tasub kõigega."

„Mis mõttes?"

„Mis siis, kui meil on armastuse teooria osas õigus, aga inimene, keda ohvrid mõrtsukale meenutavad, ei ole eks-abikaasa, sõbratar ega keegi muu, kellesse ta kogu elu armu-nud on olnud. Mis siis, kui see on keegi teine? Keegi, keda ta samuti armastas. Keegi, kellele ta mingil juhul haiget ei teeks?"

Garcia pidas hetke aru. „Ema?"

Hunter noogutas. „See on võimalik. Kas ema või hool-daja – tädi, vanem õde, nõbu või keegi." Hunter pidas vahet ja võttis oma laualt kausta. „Kas sa oled kunagi kuulnud Katia Kudrovist?"

Garcia kortsutas kulmu ja raputas samal ajal pead. „Kes ta on?"

Hunter võttis ümbrikust portreefoto.

Garcia süda jättis löögi vahele. „Püha müristus. Ta on peaaegu Laura ja Kelly koopia. Kes, kurat, ta *on*?"

Hunter jutustas Garciale kõigest, mis oli juhtunud sestsaadik, kui ta kohtus Whitney Myersiga.

„See on Whitney kogutud info kaust. Ta on kõike kontrollinud. Tal on isegi oma kriminalist."

„Ja ...?" Garcia hakkas kausta lappama.

„Ei midagi olulist. Sõrmejäljed olid Katia, tema isa või tema selle hetke kallima omad."

Garcia kergitas kulme.

„See mees ei ole kahtlusalune. Ta polnud röövimise ajal riigiski. Kõik on seal, pärast loed."

„Nii et tema isa ei teatanud kadunud isikute üksusele?"

Hunter raputas pead. „Ametlikult mitte. Sellepärast teda meile saadetud nimekirjas polnudki. Ma kuulsin temast esimest korda eile õhtul."

„Arvad, et see mõrtsukas röövis ta?"

„Ma ei tea. Vahel arvan, et kujutan asju ette."

„Millised asju?"

Hunter kehitas õlgu ja hakkas näppima koorikut, mis oli kulmu kohal haavale tekkinud.

„Arvan, et Katia, Laura ja Kelly röövimine on mitmes mõttes sarnane, aga samas *pole* ju inimest väga erinevatel viisidel röövida võimalik. Sellepärast ma kardangi, et me raiskame aega ja otsime seost, mida võib-olla pole. Nagu Whitney ütles, ei ole Katia Kudrov ametlikult kadunud isiku juhtum, sest tema kadumisest ei teatatud." Ta nokkis koorikut liiga tugevasti ja kulmu kohale hakkas tekkima väike verepiisk. Hunter pühkis selle käekannaga ära. „Meie uurimistiim kontrollib juba Laura ja Kelly minevikku, otsides muid seoseid peale välimuse ja ameti. Palusin neil ka Katia sellesse otsingusse kaasata."

Hunteri mobiiltelefon helises ja ta otsis seda tagitaskust.

„Uurija Hunter."

„Uurija, Cameron IT-osakonnast siin."

„Garry ... ütle, et sa leidsid midagi." Hunteri pilk vilas äraootavalt Garcia poole.

„Vabandust, uurija, ma ei saanud mitte mingisugust näokujutist." Garry hääletoon oli löödud. „Vaatasin kõik teie antud klipid kaaderhaaval läbi, parandades nende kvaliteeti igal võimalikul moel. Ta ei lase oma näol kordagi paista." Kiire paus. „Korraks on ihu näha, aga see on ka kõik. Lisaks senisele oskan öelda vaid seda, et ta on heledanahaline. Mul on tõesti kahju, uurija."

Hunter lõpetas kõne ja sulges silmad. Tal oli selles juurdluses vaja mingit lootuskiirt. Neli inimest oli juba surnud. James Smith oli pärast seda veidrat telefonikõnet ikka kadunud ja kui Katia Kudrovi röövis sama isik, kes röövis Laura ja Kelly, hakkas Katia aeg otsa saama.

Seitsekümmend üks

Ebaõnn levis nagu nakkus selle juurdluse igale aspektile. Dokfilmid, mille Hunter ja Garcia A & E telejaamast said, ei andnud midagi. Bryan Colemanil oli „Canvas Beauty" osas õigus – see tundus algustiitritest alates väikese eelarvega filmina. Laura Mitchell ja Kelly Jensen olid küll olemas, aga kumbki ainult mõne minuti. Peamiselt rääkisid nad sellest, kuidas läänerannikul elamine oli mõjutanud nende maalimisstiili.

Nagu Coleman öelnud oli, keskendus suur osa filmist Martina Greene'ile, kes oli A & E telejaama endise piirkondliku juhi tütar. Film oli pigem reklaamklipp kui midagi muud. Peale Martina, Laura ja Kelly oli dokfilmis veel ainult kaks naiskunstnikku – üks neist Martina kombel loomulik blond.

Teine oli palju vanem – viiekümnendates. Hunter kontrollis mõlema käest, kumbki polnud Laurat ega Kellyt pärast seda kohanud ega nendega suhelnud. Kumbki ei tundnud ka fotolt James Smithi ära.

Hunteri tiim kontrollis kõikide inimeste tausta, kelle nimi „Canvas Beauty" lõputiitrites kirjas oli. Seni oli kõik korras, aga see nimekiri oli pikk.

Ülejäänud kolm dokfilmi, mis Hunter ja Garcia samuti A & T telejaamast said, tutvustasid erinevaid kunstnikke kogu riigis – ükski neist polnud kolmekümnendates tumedapäine naisterahvas.

Doktor Hove'i labor oli kinnitanud, et tolm, mille nad Kelly Jenseni küünte alt leidsid, oli tavaliste telliste valmistamiseks kasutatav segu ja punane savi. See tähendas, et teda võidi hoida kus tahes alates ise ehitatud maa-alusest varjendist kuni mõne toa või garaažini.

Liikluskaameratelt ei leidnud nad samuti mitte midagi. Lähim maanteekaamera asus Kelly Jenseni kunstistuudiost pooleteist kilomeetri kaugusel. Tema TransAm röövimise ööl sellele ei jäänud. Liiklusbüroo lõunaosakonna kapten oli selgitanud, et enamik kesklinnakaameraid aktiveeruvad ainult rikkumiste korral – näiteks punase fooritule alt läbi sõitmine või kiiruse ületamine. Need ei salvestanud ööpäevaringselt. Need, mis salvestasid, asusid kindlates kohtades peateede, tänavate ja maanteede ääres. Nende põhifunktsiooniks oli teavitada liiklusbürood suurematest ummikutest ja avariidest.

Varahommikul pärast Kelly kadumist oli üks Santa Monicas asuv kaamera tema autot filminud San Vicente Boulevardil lääne sõitmas, tema kortermaja suunas. Aga kaamerad ei jälginud kogu puiesteed. Auto kadus, kui see ookeani äärde viivale viimasele tänavalõigule jõudis.

Nagu Hunter oli palunud, olid kriminalistid auto Santa Monicast ära toonud ning selle salongi ja pagasiruumi hoolikalt läbi uurinud. Leitud juuksekarvad kuulusid Kelly Jensenile. Mõned tumedad kiud juhiistmel olid samasugused nagu Laura Mitchelli korterist suure lõuendi tagant seina küljest leitud kiud. Need pärinesid mütsi küljest. Sõrmejälgi ei olnud.

Oli peaaegu kesköö ja esimest korda kevade algusest saadik oli taevas pilves. Ähvardavad vihmapilved ja tugev tuul lähenesid põhjast, tuues kaasa märja rohu ja mulla eksimatu lõhna. Hunter istus oma elutoas, lugedes Laura, Kelly ja Katia tööalase ja eraelu kohta leitud materjalide raporteid. Nende minevik oli väga erinev. Peale füüsilise sarnasuse ja kunstniku ameti ei olnud taustauuringut teinud uurijad kolme naise vahel mingeid seoseid leidnud.

Laura oli pärit äärmiselt edukast perekonnast. Tema isa Roy Mitchell oli lapsena väga vaene. Ta põgenes noorena vägivaldsete vanemate juurest ning sõi mitu aastat hotellide ja restoranide prügikastidest leitud toitu. Ta oli kõigest neliteist, kui hakkas müüma kasutatud raamatuid, mida ostis hotelli personalilt. 18. eluaastaks oli ta avanud oma esimese raamatupoe ja sealt edasi äri õitses. Tema autobiograafia – „Back Alley Books" – oli kolm kuud USA mitteilukirjanduse edetabelis esikohal ja veel 33 nädalat esimese 25 seas. Ta abiellus noore juristi Denise'iga, kes aitas tal kahekümnesena raamatuäri alustada. Laura oli nende kahest lapsest noorem.

Kelly elu oli olnud üsna tavaline. Ta sündis väiksesse usklikku perre Montanas ja temast oleks saanud järjekordne koduperenaine, kes tegeleb abikaasa, laste ja aiaga. Tema kunstiõpetaja nägi tema maalimisannet ja korrutas aastaid, et ta ei tohiks oma annet eirata.

Katia oli pärit kõige rikkamast perekonnast, aga ta ei suhtunud millessegi iseenesestmõistetavalt. Ta hakkas iseseisvalt viiuldajaks ja ehkki tema perekonnal oli palju raha, ei saa annet ja pühendumist osta. Kõik, mida ta oli saavutanud, oli tänu tema enda tööle ja vaevale.

Hunter pani raporti käest ja sirutas käed pea kohale. Ta valas oma väikesest baarikapist endale veel pool klaasi ühelinnaseviskit. Seekord vajas ta midagi lohutavat ja aroomikat. Pilk peatus 1997. aasta Balblairil ja ta tegi otsuse. Pannud klaasi ühe jääkuubiku, kuulis ta seda praksumas, kui paks meekarva vedelik sellele peale valgus. Ta tõstis klaasi nina juurde ja hingas sisse magusat vanilli- ja tammevaadihõngulist aroomi. Siis võttis ta väikese lonksu ja lasi alkoholil kanduda suu igasse nurka, enne kui selle alla neelas. Kui paradiisil on maitse, siis oli see midagi sellele väga sarnast.

Hunter vaatas aknast linna, mida ta polnud kunagi õieti mõistnud ja mis iga päevaga aina hullemaks muutus. Kuidas saaks keegi mõista seda hullust, mis selles linnas toimus?

Vihma oli hakanud tibutama. Hunteri pilk langes kaustadele ja fotodele diivanilaual. Laura ja Kelly vaatasid teda hirmunud anuva pilguga, nende kaltsunuku naeratus groteskselt hooletute õmbluste ja musta niidiga välja joonistunud.

Kopp-kopp.

Hunter kortsutas kulmu, vaadates välisukse poole ja siis kähku kella. Külaliste jaoks liiga hilja. Pealegi ei mäletanud ta, millal keegi viimati tema uksele koputas.

Kopp-kopp-kopp. Seekord tungivamalt.

Seitsekümmend kaks

Hunter pani klaasi käest, võttis relva kabuurist, mis rippus tooli seljatoel, ja läks ukse poole. Uksesilma polnud. Hunter vihkas neid – need andsid võimalikule ründajale väga lihtsa võimaluse kuul pähe lasta. Oota, kuni silm tumedamaks läheb ja tulista läbi selle. Väljaõpe ja sisetunne käskisid tal hoiduda paremale, ukse avanemise suunast eemale. Nii ei saa ta hoopi näkku, kui keegi ust jalaga lööb, kui ta seda lukust avab. Nii oleks ta ka eemal võimsa relva otsesest trajektoorist, kui keegi peaks tahtma ukse sisse augu lasta.

Ta avas luku ja tõmbas ukse veidi paokile, jättes keti ette. Välja oli praost näha ainult osa tema näost.

„Ootad pahasid?" küsis Whitney Myers muiates.

Tal oli seljas lühike must nahktagi ja selle all AC/DC T-särk. Tema sinised teksad olid kulunud ja vasaku põlve kohalt rebitud, sinna juurde täiuslikult sobivad hõbedase ninaga kauboisaapad. Hunter mõõtis naist pealaest jalatallani. Talle ei teinud see nalja.

„Kas sa kutsud mu sisse või tulistad sellest relvast, mis sul selja taga on?"

Hunter sulges ukse, võttis keti eest ja tõmbas ukse lahti. Ka temal olid jalas kulunud teksad – ehkki tema omad olid terved –, aga muud tal seljas polnud.

Nüüd oli Myersi kord teda pilguga pealaest jalatallani mõõta. „Noh, keegi on jõusaalifänn." Tema pilk peatus Hunteri kõhulihastel ja liikus siis aeglaselt rinnale, pikkamööda üle biitsepsite ja viimaks tagasi näole.

„Kas sa eksisid teel rokikontserdile ära või?" Hunter seisis uksel, relv ikka paremas käes. „Mida sa siin teed ... ja veel sellisel kellaajal?"

Naise ilme muutus, kui ta Hunteri selja taha korterisse vaatas. „Vabandust ... kas sa oled ... kellegagi?"

Hunter lasi piinlikul hetkel paar sekundit kesta ja raputas siis pead.

„Ei."

Ta astus eest ja tõmbas ukse laiali lahti, kutsudes naise sõnatult sisse.

Hunteri elutuba oli veidra kujuga, mööbel oleks nagu Päästearmeest saadud. Kandilise puidust laua ümber, mida ta kasutas arvutilauana, oli neli erinevat tooli. Selle peal oli sülearvuti, printer ja väike laualamp. Umbes meetri kaugusel kaugemast seinast oli vana kulunud must diivan. Diivanilaud selle ees oli täis fotosid ja politseiraporteid. Toa teises otsas nägi Myers klaasist baarikappi, kus oli muljetavaldav kollektsioon ühelinnaseviskisid.

„Näen, et sind ei huvita luksuslik sisekujundus."

Hunter pani foto ja raportid diivanilaual kuhja ning lükkas eemale. Ta võttis ühe tooli seljatoelt valge T-särgi ja tõmbas selle selga.

Myers vaatas mujale, varjates pettumust. Ta läks klaaskapist paremale jääva tumeda puidust kummuti juurde, kus olid mõned üksildased pildiraamid. Kaks fotot olid mustvalged ja tundusid vanad. Mõlemal oli sama naeratav paar. Myers nägi, et Hunter on isa moodi, aga tal olid ema mõistva pilguga silmad. Enamikel ülejäänud fotodel oli Hunter endast jässakama ja umbes viis sentimeetrit pikema mehega. Myersi teadis taustauuringu järgi, et see oli Hunteri endine partner Scott Wilson, kes hukkus mõned aastad tagasi paadiplahvatuses. Kahel fotol oli Hunter vastu võtmas Los Angelese linnapea ja California kuberneri aukirja. Viimasel fotol, mis oli teiste taga, oli noorem Hunter ülikooli diplomiga ja kooli lõpetamise talaaris. Ta nägi välja nagu oleks äsja maailma vallutanud. Isa seisis uhkelt tema kõrval.

Hunteri naeratus võinuks öötaeva valgeks muuta.

Hunter seisis akna all, käed rinnal vaheliti.

Myersi pilk kandus fotodelt klaasist baarikapile ja korralikus rivis pudelitele. „Kas ma tohin midagi juua võtta?"

„Kui lubad öelda, miks sa tulid, siis lase käia."

Myers kallas endale pool klaasi 1997. aasta Balblairi ja pani sellesse jääkuubiku.

Hunteri nägu püsis ilmetu, aga see avaldas talle muljet. „Hea valik."

Myers võttis lonksu jooki. „On sul CD-mängija?" Hunter kissitas silmi. „Mis siis? Kas sa tahad järsku kuulata „Back in Blacki"?"

Naine naeratas ja pilk kandus korraks oma T-särgile. „See on minu lemmik AC/DC album, aga me võime seda pärast kuulata, kui tahad. Praegu pead sa seda kuulama." Myers võttis käekotist CD-karbi. „Sest sa ei usuks mind, kui ma sulle seda ütlen."

Seitsekümmend kolm

Vihma sadas nüüd tihedamini, trummeldades Hunteri selja taga vastu akent. Tuul oli tõusnud.

„Üks hetk," ütles ta ja kadus lühikesse koridori. Peagi oli ta tagasi väikese stereomakiga.

„Leidsin selle peaaegu juhuslikult internetist," ütles Myers, kui Hunter laual ruumi tegi, maki lauale pani ja seina ühendas.

„Mis see on?"

„Intervjuu."

Hunter peatus ja tõstis pea. „Katiaga?"

Myers noogutas ja ulatas talle CD-plaadi. „See oli esimest korda eetris raadiojaamas KUSC. See on klassikalise muusika raadio."

Hunter noogutas. „Jah, ma tean seda. Seda omab Lõuna-California ülikool."

Myers krimpsutas nägu. „Ma ei teadnud, et sa kuulad klassikalist muusikat."

„Ei kuulagi, aga loen palju."

Myers jätkas.

„Kogu intervjuu on tund aega pikk, mõned klassikalise muusika palad sekka, nii et see pole ainult jutt. Esimeses pooles räägib Katia saatejuhiga, vastab esitatud küsimustele. Teises pooles vastab ta telefoni või meili teel esitatud kuulajate küsimustele." Naine kallutas pea küljele. „Ma pole nii julm, et sind kõike seda kuulama sunniksin. Kopeerisin plaadile olulised lõigud."

Hunter pani plaadi makki ja keeras heli parajaks.

„Tere tulemast tagasi. Siin KUSC raadio, parim klassikalise muusika jaam Los Angeleses ja Californias." Saatejuhi hääl oli täpselt selline nagu enamik inimesi klassikalise muusika kanali saatejuhilt ootaksid – sametine ja rahustav. „Oleme tagasi eri-külalisega, kes enamike jaoks tutvustamist ei vaja. Los Angelese Filharmoonikute kontsertmeister Katia Kudrov."

Mõned sekundid kostis lühike viiulisoolo, mis valjenes ja vaikis siis.

„Nii, rääkisime enne pausi sinu algusaastatest ja sellest, kuidas sa oma pilli valdamisega vaeva nägid, aga nüüd võtame ette midagi isiklikumat – armastus ja romantika. Kas tohib?"

Kerge paus, nagu Katia peaks aru.

„Jah, ikka, peaasi, et sa mind punastama ei pane." Naise hääl oli õrn, aga mitte habras. Selles oli enesekindlus.

„Ma luban. Sa kirjeldad end lootusetu romantikuna. Miks?"

Kerge naeruturtsatus. „Sest seda ma olen. Ja nüüd ma punastan ka. Mu lemmikfilm on „Pretty Woman"." Naer.

„Jah, arvan, et selle pärast tasub punastada." Saatejuht naeris.

„Olen armastuse osas nagu väike tüdruk. Tean, et see võib kõlada naiivselt, aga mulle meeldiks, kui selline muinasjutt olemas oleks."

„„„Tõelise armastuse" muinasjutt?"

„Jah, see maagiline pilvedel hõljumise armastus. Sädemed lendavad, kui sa inimest esmakordselt näed ja tead, et olete teineteisele loodud."

„Kas sa oled niimoodi armunud olnud?"

Taas naeruturtsatus. „Ei, veel mitte, aga kiiret pole ja mul on mu muusika. See paneb mu pilvedel hõljuma."

„Ütleksin, et su muusika paneb meid kõiki pilvedel hõljuma."

„Tänan." Kerge paus. „Nüüd punastan ma tõsiselt."

„Nii et sinu sädemete lendamise kommentaari järgi oletan ma, et sa usud armastusse esimesest silmapilgust?"

„Kindlasti."

„Ja mida peaks inimene tegema või ütlema, et sinu tähelepanu köita?"

„Mitte midagi."

„Mitte midagi?"

„Mitte midagi. Ma usun, et armastus on midagi enamat kui sõnad või pilgud. See tabab sind ja võtab võimust ilma igasuguse hoiatuseta. Ma usun, et kui kohtud inimesega, kellega oled loodud elu lõpuni koos olema ..."

„Hingesugulane?" torkas saatejuht vahele.

„Jah, hingesugulane. Arvan, et kui me selle inimesega kohtume, siis teame. Isegi vaikuse järgi. Isegi kui ta kohe midagi ei ütle."

„Saan ilmselt aru, mida sa silmas pead, aga ta ei saa ju igavesti vait olla. Ta peab viimaks midagi ütlema. Mis see olema peaks? Kuidas ta su tähelepanu köidaks?"

„Ta ei pea midagi erilist tegema või ütlema, aga ma jutustan teile oma lemmikloo."

„Hästi."

„Teismelisena oli mu vanaema esimene töö endises Nõukogude Liidus Permi tänavaturul lillede müümine. Vanaisa töötas rätsepatöökojas, turust mõne tänavavahe kaugusel. Ta nägi mu vanaema esimesel tööpäeval ja armus ülepeakaela. Vanaisa oli kena mees, aga ta oli ka väga häbelik. Tal kulus kuuskümmend päeva aega, enne kui ta julges vanaemale midagi öelda."

„Kuuskümmend?" kordas saatejuht.

„Ta möödus igal hommikul tööle minnes vanaema putkast. Ja lubas endale igal hommikul, et täna räägib ta selle tüdrukuga. Ja igal hommikul teda nähes läks ta liiga närvi. Temaga rääkimise asemel kõndis vanaisa vaikides edasi."

„Nii, aga mis siis sai?"

„Mu vanaisa ei teadnud, et vanaema oli temasse ka juba esimesel päeval armunud. Ta nägi vanaisa iga päev putkast möödumas ja lootis iga päev, et vanaisa peatub ja kutsub ta kohtama. Ühel hommikul võttis vanaisa julguse kokku, läks mu vanaema juurde, vaatas talle silma ja suutis sosistada viis väikest sõna: „Sa võtad mul hinge kinni.""

Myers sirutas käe ja vajutas pausi nuppu.

Hunterile meenus automaatvastaja dešifreeritud salvestus, mille Myers oli talle paar päeva tagasi andnud. Katia röövija esimesed sõnad olid olnud täpselt samad – SA VÕTAD MUL HINGE KINNI …

Selle järgi, kuidas Myers teda vaatas, said Hunter aru, et see pole kõik.

237

Seitsekümmend neli

„Viiskümmend üheksa päeva lillekioskist vaikides mööda kõndimist," ütles Myers, pilk Hunteril. „Viiskümmend üheksa sõnatut sõnumit Katia automaatvastajas. Ja ma olen kindel, et sa mäletad kuuekümnenda sõnumi viite esimest sõna."

Hunter noogutas, aga vaikis.

„Intervjuu järgmine lõik tuleb pärast paari reklaamipausi. Saatejuht küsib Katia käest telefoni või meili teel esitatud kuulajate küsimusi." Myers vajutas nuppu ja intervjuu jätkus. See algas rõõmsa naeruga.

„Nii," ütles saatejuht, „mul on siin ühe helistaja küsimus. See puudutab sind kui lootusetut romantikut ja oma printsi leidmist."

„Olgu pealegi ..." Katia tundus kõhklev.

„Küsimus on: sa ütlesid, et usud, et armastus on enamat kui sõnad või pilgud. Sa ütlesid ka, et õige inimese, hingesugulasega kohtudes lihtsalt tead. Isegi vaikides, nagu su vanavanemad. Ma tahan teada, kui pikk see hetk on. Kui palju sa vaikust vajad, enne kui tead?"

„Mmm."

Saatejuht naeris. „See pole halb küsimus. Kui pikk on hetk? Kui kiiresti sa enda arvates aru saad, et oled kohtunud õige inimesega?"

Katia pidas aru. „Kaksteist sekundit," vastas ta siis.

Hunter vaatas Myersile otsa, aga mõlemad vaikisid.

„Kaksteist sekundit?" küsis saatejuht. „Kummaline number. Miks kaksteist?"

„Noh, arvatavasti tean kümne sekundi järel, aga annaksin veel kaks sekundit lisaaega, et täiesti kindel olla." Katia ja saatejuht naersid.

„Väga hea vastus," sõnas saatejuht.

Myers vajutas stopp-nuppu. „Enne kui sa küsid," ütles ta, „ma kontrollisin ja raadiojaamal pole andmeid selle kohta, kes selle küsimuse esitas."

„Millal see eetris oligi?"

„Kaheksa kuud tagasi, aga see salvestus anti ka teistele raadiojaamadele." Myers võttis kotist märkmiku. „KSCN Northridge'is, KQSC ja KDB Santa Barbaras, KDSC Thousand Oaksis ja isegi KTMV, mis on džässijaam. Seda on kõikjal mängitud. Sain selle KUSC veebilehelt. Seda võib *online*'is igaüks kuulata või alla laadida. Isegi kui röövija küsimust ei esitanud, võis ta intervjuud kuulda ja selle järgi idee saada." Myers võttis lonksu viskit. „Sina ja mina mõlemad teame, et need kaheteistkümnesekundilised vaikivad sõnumid polnud juhus."

Hunter vaikis.

„Sa tead, mida see tähendab, eks?" Myersi hääles oli elevus. „Katia röövimine on seotud *armastuse*, mitte vihkamisega. See, kes ta röövis, on temasse meeleheitlikult *armunud*. Nii et see põhimõtteliselt välistab võimaluse, et teie sadistlik mõrtsukas ta tappis."

Hunter vaikis endiselt. Tema ilme ei reetnud midagi.

„Katia oli viimased neli kuud käinud kohtamas Los Angelese Filharmoonikute uue dirigendi Phillip Steiniga. Mees oli ja on endiselt temast ülepeakaela sisse võetud, aga Katia lõpetas nende suhte paar päeva enne ringreisi lõppu. Mees ei suhtunud sellesse hästi."

„Aga ta ei saanud seda teha. Ta lendas pärast nende viimast kontserti Chicagos Münchenisse. Lugesin su raportit."

„Ja sa kindlasti kontrollisid selle üle, eks?"

Hunter noogutas. „On tal muid armukesi, ekskallimaid ..."

„Tema eelmine kallim elab Prantsusmaal, kus Katia elas enne Ühendriikidesse naasmist. Kui tal muid armukesi oli,

varjas ta neid hästi, aga ma ei usu, et röövija oli tema armuke."
Naine pidas hetke vahet. „Arvan, et tegemist on sundmõttega
fänniga. Keegi, kes on temasse sedavõrd armunud, et kogu tema
reaalsus on moonutatud. Sellepärast ta Katia sõnad intervjuu
ajal täielikult kontekstist välja kiskuski. See mees tahab anda
talle muinasjutulise armastusloo."

Myers kargas peaaegu lakke, kui Hunteri mobiil laual
vibreerima hakkas, teavitades sissetulevast kõnest. Ekraanil oli
kiri „Salastatud number".

Hunter ei pidanud vastama teadmaks, et tema öö muutub
kohe veel palju süngemaks.

Seitsekümmend viis

Vihma sadas endiselt, kui Hunter jõudis Los Angelese kirde-
osas asuvasse Cypress Parki. Ta ei olnud pärast kõne lõpetamist
midagi öelnud. Ta polnud ka selle ajal midagi öelnud, ainult
kuulas. Ent Myers taipas selle järgi, kuidas mees korraks löödult
silmad sulges, et neil on järjekordne ohver.

Cypress Park oli üks Los Angelese esimesi eeslinnu. See
oli ehitatud vahetult kesklinna lähedusse 20. sajandi alguses
ja mõeldud tööklassi elurajoonina, mille peamine eelis oli
lähedus raudteejaama depooga. Sealt ohvri surnukeha leitigi,
ühest mahajäetud hoonest raudtee kõrval.

Vanad depoohooned võtsid enda alla küll suure maa-ala,
aga enamik sellest oli nüüdseks peamiselt tühermaa. Üks neist
kõnnumaa-aladest asus vahetult Rio de Los Angelese riigimetsa
kõrval. Mõnisada meetrit sealt põhja pool selle mahajäetud ala
piirides ning raudtee ja LA jõe vahel oli vana hooldusdepoo.
Vihmasel kuuvalguseta ööl oli politsei vilkureid kaugele näha.

Kriminalistid olid juba kohal.

Hunter parkis auto Garcia oma kõrvale. Noor politseinik, seljas LAPD vihmamantel ja käes pisike vihmavari, tuli tema ukse juurde. Hunter tõmbas krae üles ja tihedamini ümber kaela, keeldus vihmavarjust ja hakkas kivihoone poole minema. Käed olid sügaval taskus. Pilk maas, uuris ta maapinda, üritades loike vältida.

„Uurija Hunter?" hüüdis keegi mees politseilindi juurest. Hunter tundis ära Donald Robbinsi hääle – tüütu LA Timesi reporter. Ta oli kirjutanud kõikidest Hunteri osalusega juurdlustest. Nad olid vanad sõbrad, olemata seejuures sõbrad.

„Kas see ohver on seotud juhtumiga, mida te juba uurite? Ehk samuti kunstnik?"

Hunter ei muutnud tempot ega tõstnud pilku, aga arutles, kuidas kurat Robbins teadis, et ohvrid on kunstnikud.

„Kuulge, Robert. See olen mina. Te ajate taga järjekordset sarimõrvarit, eks? Kas ta on kunstnike ahistaja?"

Hunter ei teinud teda märkamagi.

Kivimaja oli väljast täis grafitit ja värve. Garcia koos kahe politseinikuga seisis presendist improviseeritud varjualuse all vana depoo ukse ees. Metalluksele nende taga oli joonistatud pikajuukseline postitantsija, kes oli ettepoole upakil. Tema harkis jalad moodustasid täiusliku tagurpidi V-tähe kuju.

Garcia oli kriminalistidelt saadud kaitseülikonna luku kinni tõmmanud, kui nägi Hunterit nurga tagant välja astumas.

„Sa ikka *märkasid*, et sajab, eks?" ütles ta, kui Hunter varjualuse alla jõudis.

„Mulle meeldib vihm," vastas Hunter, tõmmates mõlema käega juustelt vett maha.

„Näha on." Garcia ulatas talle kinnise plastkoti, milles oli valge kapuutsiga kaitseülikond.

„Kes sellest teatas?" küsis Hunter kotti lahti rebides.

„Vana kodutu mees," vastas uksele kõige lähemal seisev politseinik. Ta oli lühike ja jässakas, buldoginäoga. „Ütles, et magab vahel siin. Täna öösel tahtis vihma käest varju saada."

„Kus ta praegu on?" Politseinik osutas 25 meetri kaugusel seisva patrullauto suunas.

„Kes temaga rääkis?" Hunter vaatas Garcia poole, kes raputas pead.

„Ma alles tulin."

„Seersant Travis," vastas politseinik. „Ta on temaga koos." Hunter noogutas. „Kas keegi teist hoones käis?"

„Ei, jõudsime pärast kriminaliste. Meil on käsk siin selle neetud vihma käes liguneda ja teid, tähtsaid mõrvarühma poisse turvata."

Garcia kortsutas kulmu ja vaatas Hunteri poole.

„Teil hakkas vist vahetus läbi saama, kui see kõne tuli, jah?" tähendas Hunter.

„Jah, mida iganes." Politseinik tõmbas kahe sõrmega üle hõredate vuntside.

Hunter tõmbas kaitseülikonna luku kinni. „Nii, inspektor ...?"

„Donikowski."

„Nii, inspektor Donikowski, nüüd saate siis seda turvamehetööd teha." Ta nookas ukse poole.

Garcia muigas.

Esimene ruum oli umbes viis meetri lai ja seitse pikk. Seinad olid grafitiga kaetud. Vihma pritsis uksest vasakule jäävast klaasita aknast sisse. Ühes nurgas vedeles tühje toidupurke ja -ümbriseid, lisaks vana õlgmadrats. Põrand oli täis mitmesugust rämpsu. Hunter ei näinud kusagil verd.

Tuttav võimas kuriteopaiga prožektori valgus kumas järgmisest ruumist, kust kostis ka summutatud hääli.

Kui nad uksele lähemale jõudsid, tundis Hunter erinevaid lõhnu – peamiselt vana uriini, halliituse ja prügi haisu. Kõik need olid sellised lõhnad, mida võib oodata vanas mahajäetud hoones, mida vahel kasutavad kodutud. Aga oli ka neljas, nõrgem lõhn. Mitte selline roiskumise hais, mis tekib, kui surnukeha hakkab lagunema, vaid midagi muud. Midagi, mida Hunter oli varemgi tundnud. Ta seisatas ja tõmbas paar korda ninaga. Silmanurgast nägi ta, et Garcia teeb sama. Garcia tundis selle ka esimesena ära. Kui ta viimati sama lõhna tundis, oli ta kohe oksele hakanud. Seekord polnud erinev.

Seitsekümmend kuus

Teine ruum oli väiksem kui see, kus Hunter ja Garcia seisid, aga samasuguse kujuga ja sama lagunenud – seintel grafiti, aknaklaasid katki, nurkades prahihunnikud ja põrandal kõikvõimalikku rämpsu. Doktor Hove ja Mike Brindle seisid kaugemas seinas kolmandasse ruumi viiva ukse juures. Sama kaasaskantav röntgeniaparaat, mida nad olid kasutanud Glassell Parki eelkooli keldris, oli nende kõrval valmis pandud. Kolm sammu vasakul oli selili valgenahalise tumedapäise naise alasti surnukeha. Hunter nägi oma kohalt jämedat musta niiti, millega tema suu ja alakeha olid kokku õmmeldud. Surnukeha ümber oli väga vähe verd.

„Kus Carlos on?" küsis doktor Hove. „Arvasin, et ta ootab sind väljas."

Hunter ei vastanud, ei liigutanud, ei hinganud. Ta seisis liikumatuna, pilk surnud naise näole kinnitunud. Naise ihu oli tõmbunud kergelt lillakaks, mis viitas vere kogunemisele nahaalustesse kudedesse. Nagu kahel eelmisel ohvril, nii oli ka tema näo alumine osa suu õmbluste tõttu paistes, aga temas oli sellegipoolest midagi tuttavat. Hunter tundis, kuidas nahk hakkab kihelema, kui adrenaliin verre paiskus.

„Robert," hõikas doktor uuesti.

Hunter vaatas viimaks tema poole.

„On kõik korras?"

„Jah."

„Kus Carlos on? Arvasin, et ta on sinuga."

„Siin olen," vastas Garcia uksest Hunteri taga sisse astudes. Ta tundus natuke kahvatum kui veidi aega tagasi. Kummaline nõrk hais, mida nad olid eelmises ruumis tundnud, oli siin tugevam. Garcia tõstis käe suu peale ja tõmbus kühmu, üritades öökimist tõrjuda.

Hunter läks sõnatult surnukeha juurde ja kükitas selle kõrvale. Naise nägu oli hakanud tursuma. Hunter ei pidanud teda puudutama teadmaks, et koolnukangestus on täielik. Naine oli olnud surnud vähemalt kaksteist tundi. Tema silmad olid kinni, aga näojooned tundusid tuttavad. Nina, põsesarnad, lõua kuju. Hunter nihkus veel lähemale ning uuris naise käsi ja küüsi. Peaaegu kõik sõrmeküüned olid katki või murdunud. Ehkki ihu oli lillakas, ei näinud Hunter esmapilgul tõsisemaid verevalumeid. Haavu ega kriimustusi polnud samuti. Surnukeha ei olnud tursunud füüsilise kuritarvitamise tagajärjel.

Hunter läks teisele poole. Naisel oli paremal õlal ühevärviline hõimutätoveering.

Garcia silmitses surnukeha püsti seistes, käsi nina ja suu peal.

„Kas sa tead, kes ta on?" küsis doktor, märgates, et Hunter vaatab ühtelugu naise näo poole. „Kas veel üks kadunud isikute nimekirjas olnud kunstnik?"

Garcia raputas pead. „Ma ei tea, kes ta on. Tean, et nägu on natuke paistes, aga ma ei usu, et ta selles nimekirjas oli."

„Ta pole kunstnik," vastas Hunter end püsti ajades. „Ta on muusik."

Garcia vaatas ohvri nägu ja kortsutas kulmu. Ta oli uurinud Katia Kudrovi fotosid väga hoolikalt pärast seda, kui Hunter temast rääkis. See naine ei olnud Katia moodi.

„See pole Katia Kudrov," sõnas Hunter, lugedes oma paarimehe mõtteid.

Garcia kortsutas rohkem kulmu.

„Sa tead teda?" küsis ta.

„Ta tundub tuttav. Olen teda kusagil näinud, aga ei tea, kus."

„Kust sa tead siis, et ta on muusik?" Seda küsis Brindle.

„Tema vasaku käe sõrmeotsad on nahapaksenditega, välja arvatud pöial, kus paksend on esimese liigese peal."

Brindle tundus kahtlev.

„Keelpillide mängijatel tekivad need," selgitas Hunter. „Sõrmeotstele keelte sõrmitsemisest ja pöidlaliigesele käe libistamisest mööda pilli kaela, näiteks viiuli, tšello, kitarri, basskitarri või muu säärasega."

Doktor Hove noogutas. „Üks mu kriminaliste õpib kitarrimängu. Ta kurdab alatasa, et sõrmeotsad valutavad põrgulikult ja nokib lahtist nahka ära."

Hunter pöördus ja vaatas tuldud suunas. „Kas ta leiti sellest ruumist?"

Brindle noogutas. „Täpselt samast kohast. Me ei pidanud teda röntgenpildi jaoks ümber pöörama, nagu Glassell Parki ohvrit. Ta oli juba selili. Pole mingit märki, et keegi oleks surnukeha puudutanud."

Hunter vaatas lakke ja seinu. „Mis selles ruumis on?" Ta nookas järgmise ruumi poole.

„Sama nagu siin ja esimeses ruumis," vastas doktor Hove. „Grafiti ja praht."

Hunter astus lähemale ja avas kriuksuva ukse. Prožektori valgus oli nii võimas, et valgustas ka peaaegu kogu järgmist ruumi.

„Voodit, lauda ega kappi ei olegi? Ta jäeti põrandale?"

„Ei," vastas Brindle. Ta kallutas pea veidi kuklasse ja pilk kandus lae poole. „Teisele korrusele."

Hunter kiikas uuesti kolmandasse ruumi. Uksest vasakul oli seina vastas trepp.

„Kaks kriminalisti tegelevad sündmuspaiga uurimisega," jätkas Brindle. „Tundub, et ta jäeti puidust lauale." Ta teadis, mida Hunter järgmisena küsida tahab ja noogutas enne seda.

„Laud oli maapinnast puidust plokkide peal umbes kolmkümmend sentimeetrit kõrgemal, täpselt nagu Glassell Parkis."

„Sõnad ...?"

Brindle noogutas taas. „*See on sinu sees.* Seekord lakke kirjutatud."

Garcia kiikas korraks kolmandasse ruumi. „Nii et ta sai laua pealt maha, tuli trepist alla ja suri viimaks siin?"

„Kukkus siin kokku," parandas doktor Hove, mille peale mõlemad uurijad tema poole vaatasid. „Surm ei saabunud veel niipea, aga ta piinles enne seda kohutavalt."

„Ja arvatavasti roomas siia," jätkas Brindle. „Ta pidi olema väga tugev nii füüsiliselt kui ka vaimselt. Tema elutahe oli erakordne. Sellise valuga, mida ta tundma pidi, ei oleks enamik inimesi suutnud üldse liigutada, rääkimata teiselt korruselt alla tulemisest."

Hunteri pilk liikus röntgeniaparaadile põrandal ja süle-arvutiekraanile. See tundus olevat välja lülitatud.

Brindle ja doktor Hove järgnesid tema pilgule. „Arvestades seda, mida me teame, ja asjaolu, et tegutsemisviis ja signatuurid on samad," sõnas doktor, „olen kindel, et mõrtsukas kasutas samasugust päästikumehhanismi nagu varem, aga seekord ei aktiveerinud see lehvikuks laienevat liigendnuga ega pommi. Ma näitan teile."

Garcia köhatas ebamugavust tundes, kui doktor arvuti sisse lülitas.

„Me olime röntgeniga just lõpetanud, kui te siia jõudsite," selgitas Brindle.

Kui ohvri kehasse jäetud ese ekraanile ilmus, astusid uurijad lähemale.

Mitte keegi ei öelnud sõnagi.

Hunter ja Garcia kissitasid samal ajal silmi, üritades aru saada, millega tegu.

„Ei ole võimalik," sõnas Hunter. „Kas see on see, mida ma arvan?"

Brindle ja doktor Hove noogutasid korraga. „Meie arvates küll."

Paar sekundit hiljem taipas ka Garcia ja tema silmad läksid hämmeldusest suureks.

Seitsekümmend kaheksa

Digitaalne kell Hunteri mikrolaineahjul näitas 3.42 öösel, kui ta koju jõudis ja enda järel ukse sulges. Ta käis kähku kõik toad läbi ja pani tuled põlema. Ta lihtsalt ei tahtnud praegu rohkem pimedust. Hunter oli väsinud, aga esimest korda elus oli ta rahul, et tal und ei tule. Ta polnud kindel, kas suudab taluda õudusunenägusid, mis kindlasti tekivad kohe, kui ta silmad suleb.

Pärast seda, kui surnukeha oli minema viidud, vaatasid Hunter ja Garcia vanas depoos kaua ringi, eriti teise korruse ruumis. See oli suur ruum, mida arvatavasti oli kasutatud põhilise laoruumina. Kaks seina olid maast laeni täis pikki puidust riiuleid. Keset ruumi oli suur höövelpink. Nagu Brindle oli öelnud, oli see puidust plokkide abil umbes kolmkümmend sentimeetrit maast kõrgemale tõstetud. Prahti ja sodi oli nii palju, et kriminalistid korjavad seda mitu nädalat ja selle analüüsimiseks kulub mitu kuud. Samad sõnad – SEE ON SINU SEES – olid pihustivärviga lakke kirjutatud, nagu lihapoes. Kui maapinnal väljas oligi rehvijälgi olnud, oli vihm need ära uhtunud.

Kodutu, kes surnukeha leidis, oli ligi seitsmekümnene, põdur ja nälginud moega. Ta oli pikalt kõndinud, lootes ööseks peavarju leida ja pääseda vihma käest, mida oli õhus tundnud tund enne saju algust. Ta ei näinud vana depoo juures kedagi. Ainult paljas naine põrandal, suu kinni õmmeldud nagu kaltsunukul. Kodutu teda ei puutunud. Ta ei läinud isegi lähedale. Ja selleks ajaks, kui Hunter temaga rääkima läks, polnud mees ikka suutnud värisemist lõpetada.

Laura Mitchelli surnukeha oli leitud täpselt seitse päeva tagasi. Kelly Jenseni surnukeha leiti kolm päeva hiljem ja nüüd oli neil uus tundmatu naissoost ohver. Doktor Winstonit ja tema noort assistenti arvestades, kes hukkusid lahkamisruumi plahvatuses, oli ühe nädalaga viis ohvrit. Hunter teadis, et juurdlus venib nagu tigu, ent mõrtsukas purjetab hoogsalt edasi.

Köögis valas Hunter endale klaasi vett ja jõi suurte sõõmudega, nagu üritaks enda sees tulekahju kustutada. Ta higistas, nagu oleks jooksnud äsja mitu kilomeetrit. Ta võttis mobiili ja valis Whitney Myersi numbri, astudes elutoa akna alla. Vihm oli kümme minutit tagasi lakanud. Taevas oli tume ja pime. Mitte ühtegi tähte.

„Halloo …" Myers vastas esimese kutsuva tooni järel.

„See pole tema …" Hunteri hääl oli raske. „See pole Katia."

„Oled kindel?"

„Täiesti."

Tekkis ebamugav paus.

„Kas sa tead, kes ta on?" ei andnud Myers alla. „On ta kadunud isikute nimekirjas?"

„Ei, ei ole, aga ta tundub tuttav."

„Tuttav? Kuidas?"

„Olen teda vist varem näinud, aga ma ei suuda meenutada, kus."

„Politseitöö käigus …?"

„Vaevalt."

„Kohtus …? Tunnistaja …? Kannatanu …?"

„Ei, kusagil mujal."

„Baaris?"

„Ei tea." Hunter tõmbas käega läbi juuste ja jättis käe kaelale. Sõrmed puudutasid tahtmatult inetu armi piirjooni. „Ma ei usu, et olen temaga kohtunud, tänaval või baaris näinud. Arvan, et olen temast fotosid näinud. Võib-olla ajakirjas või reklaamis …"

„On ta nii kuulus?"

„Ei tea. Võib-olla ma eksin. Murran pead, üritades meenutada, aga midagi ei meenu ja ma olen surmväsinud."

Myers vaikis.

Hunter tuli akna alt ära ja hakkas elutoas edasi-tagasi tammuma.

„Kui sa mulle tema foto saadad, saan ehk aidata," pakkus Myers.

„Mitte keegi ei tunne teda kuriteopaiga fotode pealt ära. Ta on olnud surnud rohkem kui kaksteist tundi. Mõrtsukas võis ta jätta sinna eile või ka üleeile. Meil vedas, et kodutu tahtis seal täna peavarju otsida, muidu oleks ohver olnud lagunenud selleks ajaks, kui ta leitakse." Hunter seisatas raamaturiiuli juures, silmitsedes hajameelselt pealkirju. Pilk peatus ülemisel riiulil viiendal raamatul. „Kuramus!"

„Mis on? Mis juhtus?"

Hunter libistas käe üle raamatu selja.

„Tean, kus ma teda näinud olen."

Seitsekümmend üheksa

Hunter pidi ootama poole kaheksani hommikul, et viimase ohvri isikus kindlalt veenduda. Los Angelese avaliku raamatukogu keskharu West 5th Streetil võinuks pidada Hunteri teiseks koduks, sest ta veetis seal sedavõrd palju aega. See avatakse kell kümme hommikul, aga ta tundis enamikke töötajaid ja teadis, et üks neist, arhiivitöötaja Maria Torres on alati varakult kohal.

Hunteril oli õigus. Ta oli ohvri nägu varem näinud. Ta oli tema fotost mööda käinud palju kordi, kui raamatukogu teisel korrusel läbi kunsti, muusika ja meelelahutuse osakonna kõndis. Üks naise CD, „Fingerwalking", oli keskmisel riiulil väljapaneku „Meie soovitused" džässkitarri osas. See väljapanek avanes peamise käigutee poole. Plaadi kaanel oli mustvalge lähivõte naise näost.

Hunter sõitis raamatukogust LA surnukuuri, jõudes sinna kakskümmend minutit pärast seda, kui doktor Hove helistas ja teatas, et lahang on lõpetatud. Garcia oli juba kohal.

Doktor oli surmväsinud moega. Meigikiht ei suutnud katta tumedaid silmaaluseid ja tundus, et tema silmad on veel rohkem auku vajunud. Nahk tundus tuhm, kahkjas nagu inimesel, kes pole mitu kuud päikest näinud. Õlad olid kühmus, nagu oleks tal raske nähtamatut koormat kanda.

„Ilmselt pole mitte keegi meist eriti maganud," sõnas Garcia, pannes tähele Hunteri uniseid silmi, kui paarimees nendega lahkamisruumi ukse juures ühines. „Helistasin sulle koju ..."

Hunter noogutas. „Ma olin raamatukogus."

Garcia grimassitas nägu ja vaatas kella. „Kodus said raamatud otsa või?"

„Teadsin, et olen ohvrit varem näinud," selgitas Hunter. „Tema nimi on Jessica Black." Ta võttis taskust CD-karbi. Garcia ja doktor Hove pöördusid seda vaatama.

„Sees on veel üks foto," sõnas Hunter.

Doktor võttis kaanelehe välja ja avas selle. Sees oli Jessica täispikkuses foto. Ta seisis seljaga telliskiviseina vastu toetudes. Kitarr oli tema kõrval seina vastas. Tal oli varrukateta must pluus, sinised teksad ja mustad kauboisaapad. Tätoveering paremal õlal oli selgelt näha. Doktor Hove ei pidanud üle kontrollima. Ta teadis, et see on täpselt sama tätoveering, mis oli tema lahkamislaual oleva ohvri õlal. Ta oli seda piisavalt kaua vaadanud.

„Sain selle teada umbes veerand tundi tagasi," jätkas Hunter. „Helistasin autost jaoskonda ja palusin taustauuringute tegijatel tema aadressi ja kogu muu info välja otsida. Vaatame selle läbi, kui oleme siin lõpetanud." Hunter noogutas Garciale, kes noogutas samuti. „Kadunud isikute üksus ei tea temast midagi," ütles ta veel. „Tema kadumisest pole teatatud."

Tekkis vaikus, kui nad lahkamisruumi sisenesid ja lahkamislaua juures seisatasid. Kõigi pilgud koondusid Jessica näole. Õmblused olid huultelt eemaldatud, aga sügavad armid olid alles. Tema suu ümber oli nahk kriimustatud. Hunter sai aru, et Jessica oli need ise paanikas tekitanud, üritades meeleheitlikult õmblusi katkiste küüntega kraapida. Mitte keegi ei suudaks ettegi kujutada, kuidas ta piinles.

„Meil oli õigus," katkestas doktor vaikuse. Tema hääl oli kähe. „Mõrtsukas põletas teda seespidiselt."

Garcia tõrjus külmavärina. „Kuidas?"

„Kasutas täpselt seda, mida me kahtlustasime. Ta pani tema sisse signaalraketi."

Garcia sulges silmad ja taganes sammu. Eile öösel oli teda vanas depoos oksele ajanud kerge kõrbenud inimliha lehk. See oli selline hais, mida ei unusta. Ja Garcia polnud seda unustanud.

„Või no mitte päris signaalraketi," parandas doktor ennast, „aga selle mugandus." Ta viitas pikale letile selja taga, kus oli metallkarbis metallist toru. Toru oli kaksteist sentimeetrit pikk ja umbes poolteist sentimeetrit jäme. „See alumiiniumtoru oli tema sisse pandud."

Hunter astus lähemale, et paremini näha. Toru oli ühest otsast kinnine. Kõik olid vait, nii et doktor Hove jätkas.

„Signaalraketid on kõige levinum valgustusrakettide liik. Neid on ka lihtne hankida. Neid on kõikides sadamas seisvates paatides ja isegi autode hädaabikomplektides, mida võib osta põhimõtteliselt kõikjalt. Aga need pole ainus valgustusrakettide liik, mida saab osta ..." Doktor pidas vahet ja lasi pilgul karbis olevale torule kanduda, „... või ise teha."

„Soojusraketid," nentis Hunter.

Doktor noogutas. „Just. Vastandina signaalrakettidele ei ole nende peamine eesmärk heledalt põleda ja hoiatusmärguannet anda. Nende eesmärk on *kuumalt* põleda." Ta võttis toru kätte. „Põhimõtteliselt on selline rakett pelgalt konteiner, toru täis kemikaale, mis tekitavad heledat valgust või tugevat kuumust ilma plahvatuseta. Ja just selle mõrtsukas valmis tegigi ja ohvri sisse pani."

„Kui kaua see põles?" küsis Hunter.

Hove kehitas õlgu. „Oleneb sellest, milliseid kemikaale kasutati ja kui palju. See läheb siit otse laborisse, aga palju poleks vaja olnud. Soojusraketid põlevad kohutavalt kõrgel kuumusel. Mõni sekund vahetut kokkupuudet muudab inimliha söeks." Ta vaikis ja hõõrus pikkamööda nägu. „Selle lehviknoa tekitatud vigastused teisel ohvril ..." Doktor vangutas pead, „... see oli lapsemäng võrreldes sellega, mis siin on."

Garcia tõmbas sügavalt hinge ja tammus jalalt jalale.

Doktor Hove pööras toru ja näitas neile väikest nuppu selle kinnise otsa peal. „Sama tundlik ja põrutuse toimel aktiveeruv päästikumehhanism. Kui ohvri jalad maad puudutasid, aktiveerus nupp ja tekitas tillukese leegi. Piisava, et kemikaalid torus süttiksid. Midagi sarnast gaasisüütajale."

„Kuidas saab tuli inimese kehas süttida ja põleda?" küsis Garcia. „Kas sel hapnikku pole vaja?"

„Samamoodi nagu rakett süttib ja põleb vee all," vastas Hunter. „See kasutab oksüdeerivaid aineid, mis annavad tulele hapnikuaatomeid. Veealuste rakettide oksüdantide segu on tihedam, nii et isegi ilma hapniku tuli ei kustu."

Garcia vaatas Hunterit nagu oleks paarimees tulnukas.

Doktor Hove noogutas taas. „Mida tihedam oksüdantide segu, seda tugevam on esialgne leek."

Hunter polnud selle peale tulnud.

„Ehk lihtsamalt öeldes ...?" küsis Garcia.

„Kui esimene säde kemikaalideni jõuab, tekitab see ... teatava löögi. Löögi mõjul rakett süttib, aga plahvatust ei toimu. Selline ühtlane süttimine on plahvatuseta ärapõlemine – leek süttib, aga plahvatust ei teki. Selline protsess tekitab ülikuuma gaasimulli. Antud juhul paiskus see mull raketitorust välja nagu kuul millisekund enne leeki. Mull laienes, kuni kaotas jõu."

Doktor Hove surus parema käe rusikasse ja avas sõrmed aeglaselt, kujutades laienevat mulli. „See ei laienenud palju, ilmselt vaid mõned millimeetrid, aga laienedes hävitas oma teel kõik."

Garcia tundis, et kõhus keerab taas.

„Valu pidi olema ... kirjeldamatu," jätkas doktor. „Enamik ohvreid sureb suitsu sissehingamise tagajärjel, mitte vigastustesse. Põhimõtteliselt kopsud kollabeeruvad, sest need ei suuda suitsu taluda ja inimene lämbub – vahel isegi enne, kui tunneb põletada saanud ihu valu. Aga antud juhul nii ei läinud. Suitsu ei olnud. Ohver tundis iga valutorget."

Doktor pani toru käest ja hingas sügavalt välja. „Nagu te teate, olid teise ohvri siseelundid tõsiselt vigastatud. Ta piinles väga, sest vigastused põhjustasid tugeva verekaotuse. Me kõik teame, et kui inimene kaotab teatud hulga verd, lülitub keha välja, umbes nagu talveunne jäädes või anesteesia puhul. Inimene kogeb külmatunnet ja väsimust, valu kaob ja ta uinub, enne kui sureb." Doktor Hove tõmbas käega üle suu. „Aga mitte siis, kui saad põletada. Verekaotus on siis minimaalne. Talveune ega anesteesia efekti ei ole. On vaid metsik valu."

Kaheksakümmend

Doktor Hove osutas läbipaistvale kilekotile metallist kapil oma selja taga. Selles tundus olevat väike vedel pehme tõrva klomp.

„See on kõik, mis jäi alles tema suguelundkonnast. See on tule ja kuumuse käes tundmatuseni kõrbenud. Isegi *mina* ei saanud aru, mis on mis."

Hunter ja Garcia olid vait. Doktor jätkas.

„Emakas, munasarjad ja põis lõhkesid kõhuõõnes. Surm saabus hulgiorganpuudulikkuse tagajärjel, aga see ei juhtunud kiiresti. Kogu selle aja tundis ta meeletut valu, kuni keha seda enam taluda ei suutnud."

Garcia pilk vilas söestunud sisuga kileköti poole.

„Kas ta oli uimastatud?" küsis Hunter.

„Kindlasti, aga toksikoloogia vastused saame paari päeva pärast. Pakun, et mõrtsukas kasutas taas Estazolami."

„Oli tal alatoitumuse või vedelikupuuduse märke?" Doktor Hove raputas pead. „Ei. Ja nagu eelmise ohvri puhul, ei ole võimalik öelda, kas teda vägistati või mitte."

Selleks ajaks, kui Hunter ja Garcia tagasi Parker Centerisse jõudsid, oli taustauuringuga tegelev tiim pannud Jessica Blacki kohta kokku kolmeleheküljelise raporti.

Sündinud Los Angelese lõunaosas, vähem kui kuu aega tagasi sai kolmkümmend. Raport kirjeldas tema vaest lapsepõlve, kuidas ta üheksa-aastasena emast ilma jäi ja et talle hakkas meeldima akustiline kitarr pärast seda, kui ta nägi lapsena pargis vana meest bluusikitarri mängimas. Selles kirjeldati ka Jessica teed kuulsuse juurde, kui tema videod YouTube'i jõudsid. Tema kontserdid olid mitu nädalat ette välja müüdud. Tema ja tema kallim Mark Stratton, kes oli samuti kitarrist, aga *metal* bändis Dust, elasid korteris Melrose'is.

Hunter helistas korteri lauatelefonile – keegi ei vastanud. Ta proovis Marki mobiili – kõne läks postkasti. Ta ei jätnud sõnumit.

Hunter ja Garcia jõudis Melrose'i kolmveerand tunniga. Jessica ja Marki korter asus privaatse kortermaja ülemisel korrusel. Maja ümbritses mägiloorberite mets North Kings Roadil. Uksehoidja Scott oli pikk ja kõhetu ligi kolmekümneaastane mees, paljaks aetud pealae ja moeka kitsehabemega. Ta ütles, et pole Jessciat mõned päevad näinud. Täpsemalt öeldes viis.

„Kuidas on preili Blacki elukaaslasega?" küsis Garcia.

„Mark? Ta on … neli päeva ära olnud," vastas Scott. „Tema bänd Dust annab välja uue albumi, nii et nad läksid enne kontsertturnee algust mõnda promokontserti andma."

„Kas te teate, millal ta peaks tagasi tulema?"

Scott raputas pead. „Täpselt mitte, aga paari nädala pärast ehk."

Hunter vaatas maja vestibüülis ringi ja pilk peatus vasakus nurgas oleval valvekaameral.

„Mitu valvekaamerat sel majal on?" küsis ta.

„Neli," vastas Scott. „Üks on peaukse juures seespool, üks siin vestibüülis." Ta osutas kaamerale, mida Hunter oli märganud. „Üks on maa-aluse garaaži sissepääsu juures ja üks liftis."

„Ja kui kaua te valvekaamerate salvestusi alles hoiate?"

„Kuu aega. Kõik salvestatakse kõvakettale."

„Meil on neist koopiaid vaja kuni selle päevani, mil te preili Blacki viimati nägite."

„Jah, pole probl ..." Scott kõhkles hetke.

„Mis viga?"

„Neli päeva tagasi oli meil elektrikatkestus ja kõik kaamerad olid keset ööd mõne tunni rivist väljas. Kui ma õigesti mäletan, juhtus see samal päeval, kui Mark turneele läks."

Hunterile meenus, mida Myers oli rääkinud Katia Kudrovi korterimaja valvekaamerate kohta West Hollywoodis. Ka need olid Katia kadumise ööl väga sobilikult rivist väljas. Kaitsmed kärssasid läbi.

„Meil on vaja kõige selle koopaid, mis teil on."

„Ikka saab."

„Kuidas külalistega on?" uuris Garcia. „Kas te mäletate kedagi selle päeva paiku, kui preili Blacki viimati nägite? Võib-olla kuller, mõni töömees ... Mingi põhjus, miks nende korteri ukse taha minna?"

„Markil ja Jessical ei käinud külalisi. Nad eelistasid väljas käia ja seda tegid nad tihti. Igatahes peavad kõik külalised, töömehed ja kullerid end valvelauas kirja panema." Scott vaatas arvutist. Seal polnud midagi.

„Kas te märkasite kedagi kahtlast enne Marki lahkumist maja ümber luusimas?" küsis Garcia.

Scott naeris. „Lisaks Markile ja Jessicale elab siin kaks noort ja kuulsat Hollywoodi näitlejannat, üks rokkar, üks räppar, üks telediktor ja kaks raadiosaatejuhti. Siin on alati imelikke ja innukaid inimesi, kes ootavad, et näeks kas või korraks oma iidolit või saaks autogrammi või pilti teha."

Hunter pani kirja selle uksehoidja nime, kes oli tööl kaamerate rikke ööl – Francisco Gonzales. Mees pidi täna õhtul taas tööle tulema.

Kui nad autosse istusid, helistas Hunter uuesti Marki mobiilile. Ikka postkast. Ta pidi mehega kiiresti ühendust saama. Tal oli vaja nende korterisse pääseda. Ta helistas jaoskonda ja palus neil otsida välja Dusti mänedžeri nimi, lauatelefoni- ja mobiilinumber. Ja siis palus ta neil ka Jessica mänedžeri kontaktinfot otsida.

Hunter lõpetas kõne ja kümme minutit hiljem helises tema mobiil.

„On vast kiire töö," tähendas Garcia.

„Uurija Hunter," ütles Hunter, viies telefoni kõrva juurde. Ta kuulas natuke aega. „Nalja teete. Millal? ... Kus ta on? ... Olgu, me tuleme."

„Mis toimub?" küsis Garcia kohe, kui Hunter telefoni klapi sulges.

„James Smith on vahistatud."

Kaheksakümmend üks

James Smith istus üksinda 2. ülekuulamisruumis Parker Centeri teisel korrusel. Tema käed olid raudus ja need olid metall-laual tema ees. Sõrmed näperdasid üksteist ärevalt. Pilk püsis kaugemal seinal, nagu vaadates mingit nähtamatut filmi ekraanil, mida nägi ainult tema.

Hunter, Garcia ja kapten Blake vaatlesid Smithi teiselt poolt ühesuunalist peeglit jälgimisruumist. Hunter silmitses eriti hoolsalt Smithi silmade ja näo liikumist.

„Ta ei ole mõrtsukas," ütles Hunter rahulikult ja pani oma käed rinnal risti. „Mis asja?" pahvatas kapten Blake ärritunult.

„See on esimene käegakatsutav niidiots, mis meil pärast esimese ohvri leidmist on. Sellest saadik, kui Jonathan seitse päeva tagasi ilma igasuguse põhjuseta lahkamisruumis hukkus. Sa pole temaga veel rääkinudki."

„Polegi vaja. Ta pole mõrtsukas."

„Kust sa seda tead?" Blake pani käed puusa. „Või kas sa ütled mulle, et lisaks huultelt lugemise oskusele oled sa ka selgeltnägija?"

„Kas te teate, kus ta vahistati, kapten?"

Blake vaatas Garcia poole, kes kehitas kergelt õlgu.

„Ma pole veel vahistamisaruannet lugenud. Mis siis?"

„Lakewoodis," vastas Hunter. „Ta vahistati Lakewoodis."

„Jah, ja siis ...?"

„See asub Laura Mitchelli korteri lähistel."

„Ja mida sa öelda tahad ...?"

„Ta vahistati, sest ma käskisin saata kaks tavariietes politseinikku Laura maja jälgima."

Kapten kortsutas kulmu. „Millal sa seda tegid?"

„Pärast seda, kui temaga telefonis vestlesin."

„Sa teadsid, et ta läheb sinna tagasi."

„Ma kahtlustasin, et ta jälgib maja."

„Jälgib? Miks?"

„Sest tema aju keeldub uskumast, et Laura Mitchelliga on midagi juhtunud. Ta pidi seda üle kontrollima."

Kapten vaatas korraks Garcia poole ja siis uuesti Hunterit. „Sa pead selgitama, Robert. Ja praegu on selleks hea aeg."

Hunter pöördus viimaks kapten Blake'i poole. „Kui me telefonis vestlesime, arvas ta, et ma olen pettuste osakonna uurija."

„Pettuste osakonna? Miks?"

„Sest *see* on tema kuritegu, kapten – kellegi teisena esinemine. Me kõik teame, et James Smith ei ole tema õige nimi, ent tal on sellegipoolest juhiluba, isikut tõendav dokument, raamatukogukaart, võib-olla isegi pass, kõike seda valenime all. See võib tähendada viit aastat vangistust, aga nagu ta mulle telefonis ütles, ei ole see põhjus ulatusliku juurdluse algatamiseks. Sellepärast ta ei saanudki aru, miks tema foto ajalehes on, miks me teda taga ajame. Kui ta avastas, et ma olen mõrvarühmast, kõhkles ta hetke ja siis muutus tema hääl oluliselt."

„Kuidas?"

„Sellesse tekkis ärevus … hirm, aga mitte enda või vahelejäämise pärast."

Kapten oli segaduses.

„Ta kõhkles sellepärast, et algul ei saanud ta aru, miks mõrvarühm teda taga otsib, aga me kõik teame, et ta pole kaugeltki rumal. Ta taipas kähku, et see peab olema kuidagi seotud tema kinnismõttega."

„Laura Mitchell," sõnas Garcia taibates.

Hunter noogutas. „Me teame, et nad vahetasid näituse ajal telefoninumbreid. Kontrollisime Laura mobiili väljavõtet. Paar päeva enne tema tõenäolist kadumist sai ta Bellflowerist taksofonist kõne."

„See on Norwalkist järgmine elurajoon," ütles kapten. „Smithi korter on Norwalkis, eks?"

Hunter ja Garcia noogutasid.

„Ainult üks kõne?"

„Jah. Arvan, et nad vestlesid tol päeval, võib-olla leppisid koguni kokku, et vestlevad nädala lõpus uuesti või saavad kokku. Laura ei tulnud kohale või ei vastanud Smithi järgmisele kõnele. Ta proovis ikka ja jälle uuesti, aga keegi ei vastanud. Siis hakkas ta muretsema, ehk ärritus pisut. Kui ma Smithile telefonis mõrvarühma mainisin, kulus tal vaid mõni sekund seose taipamiseks."

„Nii et ta hakkas Laura Mitchelli kortermaja jälgima, et teda näha, kinnitust saada," sõnas Garcia.

„Ma oletasin, et ta seda teeb," ütles Hunter.

„Aga ta on nutikas, nii et see oli ju üsna rumal tegu, eks?" tähendas kapten. „Kas sa tahad öelda, et ta vähemalt ei kahtlustanud, et Mitchelli maja valvatakse?"

„Te nägite tema toas olnud piltide kollektsiooni, eks? Laura Mitchell on talle aastaid kinnismõtteks olnud. Selline kinnismõte, mis kaine mõistuse kõrvale tõrjub, kapten – puhas kustumatu armastus. Muidugi ta teadis, et see on ohtlik. Muidugi ta teadis, et jääb vahele, aga ta ei saanud sinna midagi parata. Ta pidi tõe teada saama. Ta pidi veenduma, et Lauraga on kõik hästi."

„Nagu sõltuvus?"

„Tugevam kui sõltuvus, kapten. See on sundmõte." Hunter pöördus ruumis oleva politseiniku poole. „Kas ta on advokaati palunud?"

„Veel mitte. Ütles, et tahab teiega rääkida."

Kõik vaatasid Hunterit.

Tema pilk kandus veel korraks James Smithi peale. „Olgu pealegi, teeme selle siis ära."

Kaheksakümmend kaks

James Smith vaatas Hunteri poole kohe, kui uurija ülekuulamis-ruumi astus.

„Mina olen uurija Robert Hunter mõrvaüksusest. Me rääkisime paar päeva tagasi telefonis." Hunter pani metall-lauale kandiku kohvikannu ja kahe kruusiga. „Kohvi?"

„Ta rööviti ja tapeti?" Smithi hääl oli närviline ja murelik. Tema pilk oli piinatud.

„See on värske." Hunter kallas kohvi mõlemasse kruusi ja lükkas ühe Smithi poole. „Ja teil paistab seda väga vaja olevat." Smithi pilk püsis Hunteri näol. „Laura rööviti ja tapeti?" Seekord ta pigem anus kui küsis.

Hunter tõmbas Smithi vastas tooli välja ja istus, rüübates seejärel kohvi.

„Mulle öeldi, et mind vahistatakse seoses Laura Mitchelli röövimise ja tapmisega."

„Jah, ta rööviti ... ja tapeti," ütles Hunter ja pidas vahet.

„Kõik arvavad, et teie olete süüdi. Et teie tegite seda."

Smith sulges korraks silmad ja ohkas sügavalt. „Millal?"

Hunter vaatas teda.

„Millal ta tapeti?" Smithi hääles oli valu.

„Mõni päev enne seda, kui me teie ukse taha tulime." Hunteri hääl oli rahulik ja ühtlane.

Smith vaatas endiselt Hunterile otsa, aga tema pilk oli eemalolev. Selline, mis tekib siis, kui mõtted on kusagil kaugel.

„Me teame, et te rääkisite Lauraga tema näituse viimasel õhtul Daniel Rossdale'i kunstigaleriis ja me oleme näinud seda tuba teie korteris."

Hunter vaatas Smithile silma.

„Mul on õigus advokaadile, eks?"

„Muidugi, aga ma ei tulnud teid üle kuulama."

261

Smith turtsatas naerma. „Tõesti või? Mis see siis on, sõbralik jutuajamine? Te olete minu sõber, eks ju?"

„Praegu on teil kõiki sõpru vaja."

„Sõbrad ei aita. Te juba ütlesite, et kõik peavad mind süüdlaseks. Olete juba otsuse teinud. Te usute, mida uskuda tahate."

„Tehke proovi." Hunter naaldus ettepoole.

Smithi vaatas ühesuunalise peegli poole ja pinge kasvas. „Kas te tõesti arvate, et ma teeksin Laurale viga ... mis tahes moel?" Tema pilk naasis Hunterile. „Ma armastan teda selliselt, mida te ei suudaks eales mõista."

Hunter lasi vaikusel kesta.

„Selline armastus, mis pitsitab südant ega lase öösel uinuda?" küsis ta vastu. „Selline armastus, mis ei lase hingata, kui ta on läheduses, isegi kui ta teid märkamagi ei tee? Selline armastus, et kui peate ootama terve igaviku puudutuse või suudluse järele, siis teete seda?"

Smith ei öelnud midagi.

„Jah, ma tean, millisest armastusest te räägite."

Smith põimis sõrmed vaheliti nii tugevasti, et sõrmenukid tõmbusid valgeks.

„Kas te armastasite teda nii?" Miski Hunteri hääles lasi Smithil uskuda, et võib-olla ta saab aru.

„Tundsin Laurat pangas töötamise ajast. Ammu enne seda, kui temast sai tuntud kunstnik." Smithi hääletoon oli melanhoolne. Ta raputas kurvalt pead. „Aga tema ei teadnud mind. Ta ei pannud mind tähele. Ta vist isegi ei teadnud, et ma olemas olen. Rääkisin temaga toona mõned korrad puhketoas. Ta oli alati tore, seda kindlasti, aga pidin iga kord end uuesti tutvustama. Ma polnud piisavalt tähtis ega atraktiivne, et ta mäletaks, kes ma olen." Smithi pilku tekkis kurbus. „Mind ei kutsutud isegi tema lahkumispeole."

Kapten Blake pöördus jälgimisruumis Garcia poole. „Meil on vaja kõikide nende pangatöötajate nimesid ja fotosid, kes Laura Mitchelliga viimased pool aastat sama ajal pangas töötasid."

Garcia helistas juba. „Kohe saab."

Smith teisel pool klaasi lõõgastas käsi ja veri liikus taas sõrmenukkidesse. „Töötasin pärast tema lahkumist pangas veel kaks aastat, aga jälgisin ta karjääri algusest peale. Lugesin kõiki artikleid, käisin kõikidel näitustel. Maalid hakkasid mulle isegi meeldima ja ma oskasin neid hinnata." Tema pilku tekkis kerge enesekindlus. „Siis ühel päeval vaatasin peeglisse ja otsustasin, et ei ole enam nõrguke. Otsustasin, et *olen* piisavalt tähtis ja atraktiivne, et ta mind märkaks, pidin vaid ennast natuke lihvima."

„Te võtsite endale uue identiteedi," lausus Hunter.

„See oli enamat kui identiteet. Lõin täiesti uue *inimese*. Uus menüü, range treeningkava, uus soeng, uus juuksevärv, värvilised läätsed, uued riided, uus suhtumine, uus kõnemaneer, kõik oli uus. Minust sai inimene, keda ta märkaks. Keegi, kellega ta räägiks ja flirdiks. Keegi, kellega talle meeldiks koos aega veeta. Minust sai James Smith."

Hunter oli sunnitud teise otsustavust imetlema.

„Käisin kõikidel tema näitustel, aga ei suutnud leida julgust teda tervitama minna. Kartsin, et ta tunneb mu ära. Et näeb minust läbi … naerab mu üle."

Hunter teadis täpselt, miks. Välimuse muutmine on lihtne – seda saab teha ühe pärastlõunaga või kehakuju muutmise korral õige menüü ja trenniga mõne kuuga. Isiksuse muutmine on palju keerulisem – selleks on vaja vaeva näha, otsustavust, tahtejõudu ja see võib võtta aastaid. Smith oli enne seda häbelik, madala enesehinnanguga, tõrjumist pelgav inimene ja ehkki ta nägi välja täiesti teistsugune, ei olnud ta veel oma isiksusega seotud probleemidest jagu saanud.

„Ta tuli teiega tol õhtul rääkima, eks?" järeldas Hunter.

Smith noogutas. „Olin nii üllatunud, et hakkasin koku-tama." Tema huultele tekkis seda meenutades kerge naeratus.

„Kas ta andis teile oma telefoninumbri?"

„Jah."

„Kas te helistasite talle?"

„Jah."

„Kas mäletate, millal?" Hunter kummardus ettepoole ja pani küünarnukid lauale.

„Mäletan päeva, kellaaega ja kõike, millest me rääkisime."

Hunter ootas.

„See oli 4. märts, 16.30. Ma kasutasin taksofoni ja helistasin tema mobiilile. Ta oli teel oma stuudiosse. Rääkisime natuke aega ja ta palus mul enne nädalavahetust tagasi helistada. Ütles, et võib-olla läheme välja dringile või õhtust sööma. Ta põhimõtteliselt kutsus mind välja." Smithi pilk kandus Hunteri näolt pikaks ajaks tagumisele seinale. Kui ta uuesti uurija poole vaatas, olid tema silmis pisarad. „Te olete uurija. Kas te tõesti arvate, et pärast kõike seda, mida ma teinud olen, aastaid tema tähelepanu püüdmist, et ta mind märkaks, minuga räägiks ... ja kui ta seda viimaks teeb, teeksin ma talle kuidagi viga?"

„Miks te põgenesite, kui me teie ukse taha tulime?"

„Sattusin paanikasse," vastas Smith kõhklematult. „Teadsin, et rikkusin seadust, kui vale identiteedi all elasin. Tean, et mind võidakse selle eest aastateks kinni panna. Järsku oli politsei minu ukse taga. Tegin seda, mida enamik inimesi minu olukorras oleks teinud. Ma ei mõelnud, lihtsalt põgenesin. Ja enne kui jõudsin asja üle järele mõelda, oli minu pilt kõikides linna ajalehtedes. Taipasin, et midagi on valesti. Siis ma teile helistasingi."

Hunter vaikis. Ta vaatas ainiti Smithile otsa. Smith oli seda rääkinud võpatamata, kindlalt ja temalt pilku pööramata. Hunter otsustas, et kui teine valetab, on ta selles väga osav.

„*Tema* tuli tol õhtul minu jutule," kordas Smith. „*Tema* naeratas mulle. *Tema* flirtis minuga. *Tema* andis mulle oma telefoninumbri ja palus helistada. *Tema* tahtis minuga õhtusöögile minna … kohtama minna." Smith vaatas ühesuunalise peegli poole. „Ma olin aastaid unistanud päevast, mil ta mind märkab. Mu unistus oli äsja täitunud. Miks, jumala nimel, peaksin ma talle viga tegema?"

Kaheksakümmend kolm

Hunter pesi külma veega nägu ja vaatas oma väsinud peegelpilti. James Smith oli palunud advokaati. Olenemata sellest, mis edasi saab, polnud LAPD-l õigust teda süüdistust esitamata kinni pidada kauem kui 48 tundi, sest neil puudusid konkreetsed tõendid, et Smithi ja Laura Mitchelli vahel midagi toimus. Kapten Blake rääkis prokuratuuriga juba Smithile pettuse ja identiteeti võltsimise süüdistuse esitamisest. Nii saaksid nad teda veidi kauem tänavatelt eemal hoida, vähemalt seni, kuni neil on tema, tema loo ja asukoha kohta kolme mõrva ööl rohkem infot.

Pärast ülekuulamisruumist lahkumist oli Hunter viimaks saanud ühendust Jessica Blacki kallima Mark Strattoniga. Sellistes olukordades polnud kogemusest mingit kasu. Mitte kunagi polnud lihtne inimestele öelda, et nende elu on hävitatud. Et inimene, keda nad olid üle kõige armastanud, oli julma mõrtsuka käe läbi tapetud. Inimesed suhtusid kaotusvalusse erinevalt, aga see polnud kunagi lihtne.

Hunter ei avaldanud telefonis kõiki üksikasju. Õieti avaldas ta ainult minimaalselt. Stratton pidas mõistetavalt seda kõnet alguses mõne oma sõbra väga halvaks naljaks. Paljud neist olid tuntud oma musta ja maitselageda huumorimeele poolest.

Hunter teadis, et eitamine on kurbade uudiste puhul kõige tavalisem esmane reaktsioon. Kui tõde viimaks kohale jõudis, varises Stratton kokku nagu enamik inimesi. Samamoodi nagu Hunter aastate eest, kui mõrvarühma uurija tema uksele koputas ja teatas, et pangaröövel oli tema isa rindu tulistanud. Hunter pesi veel nägu ja tegi ka juuksed märjaks. Pimedus tema sees varitses taas häguse ja sügavana.

Stratton ütles Hunterile, et naaseb LA-sse nii kiiresti kui võimalik – millalgi täna ja helistab, kui on kohal. Jessica Blacki surnukeha oli veel kindlalt tuvastamata.

Garcia luges midagi arvutiekraanil, kui Hunter tagasi laua taha tuli. „On kõik korras?" küsis ta. Ta teadis väga hästi, kui raske olid selliseid kõnesid võtta.

Hunter noogutas. „Jah. Pean natuke maha rahunema, muud midagi."

„Kindel? Sa ei näe just hea välja."

Hunter läks fototahvli juurde ja silmitses taas kolme ohvri fotosid.

„Robert," hüüdis Garcia natuke valjemini.

Hunter pöördus tema poole. „Ta röövib ja tapab ohvreid kiiremini."

„Jah, panin ise ka seda tähele," nentis Garcia. „Kelly Jensen rööviti esimesena ja tapeti peaaegu kolm nädalat hiljem. Laura Mitchell rööviti umbes nädal pärast Kellyt, aga ta suri esimesena. Me ei tea seda veel kindlalt, aga tundub, et Jessica Black kadus kõige enam viis päeva tagasi ja eile oli ta surnud. Varem oli paus mitu nädalat, nüüd mõni päev. Nii et Jessica Black lõhkus tema fantaasiamulli kiiresti või muutub mõrtsukas kärsituks."

Hunter vaikis.

Garcia naaldus tooli seljatoele ja näpistas lõuga. „Ma lugesin su üleriigilise otsingu tulemusi tumedapäiste ohvrite kohta, kel on suu, suguelundid või mõlemad kinni õmmeldud."

„Ja ...?"

„Mitte muhvigi. Enamik toimikuid on neli-viisteist aastat vanad. Vanemaid peaaegu ei ole."

Hunter pidas hetke aru. „Paganas."

„Mis on ...?"

„Politsei aruandeid hakati arvukamalt digitaliseerima alles ... millal? Heal juhul kümme-kaksteist aastat tagasi?"

„Umbes nii."

„Häda on selles, et igapäevaseid juhtumeid on nii palju, et enamikel riigi jaoskondadel ei ole raha ega ka inimesi selle tegemata töö ära tegemiseks. Enamik rohkem kui viisteist aastat vanade juhtumite toimikuid on arvatavasti kastides, koguvad keldri laoruumides tolmu. Andmebaasi otsingud neid puudutada *ei saagi*."

„No tore. Nii et isegi kui meil on õigus, aga see juhtus rohkem kui viisteist aastat tagasi, ei saa me seda teada?"

Hunter klõbistas juba klaviatuuril. „Politsei toimikud ja andmebaasid ei ole ehk veel digitaliseeritud, aga ..."

Garcia ootas, aga ei midagi. „Mis aga?"

„Aga ajalehtede omad. Loll olin. Oleksin pidanud selle peale kohe tulema ning otsima lisaks politsei arhiivile ka riiklikest uudiste arhiividest."

Hunter ja Garcia otsisid internetist ja ajalehtede andmebaasidest mitu tundi, lugedes kõike, mis vastavalt nende otsingukriteeriumitele esile kerkis. Kolm ja pool tundi hiljem hakkas Garcia lugema 20 aasta tagust ühe kohaliku ajalehe artiklit ja tundis, et mööda selga kulgeb külmavärin.

„Robert," hõikas ta, toetas küünarnukid lauale, pani käed kokku ja vaatas silmi kissitades ekraanile. „Ma vist leidsin midagi."

Kaheksakümmend neli

Los Angeles oli populaarseid klubisid täis moeka ööelu meka, mistõttu Alibi Roomi sarnane kohalik baar oli tõeline õnnistus. See oli pärit ajast, mil siseruumides tohtis suitsetada ja purjus inimesed mängisid piljardit. Baar oli tegelikult vaid üks ruum, vana vaipkate maas, kohalikud baarileti ääres järjekorras, kipakas piljardilaud keset ruumi, korralik plaadimasin täis rokialbumeid ja kõigi aegade parim urkabaari tõmbenumber – odav alkohol.

Whitney Myers märkas Xavier Nunezi kohe, kui uksest sisse astus. Mees istus ühe madala tammepuust laua taga akna all baariletist vasakul. Tema ees laual oli kaks pudelit õlut ja korv maisitortilladega.

Nunez oli kummalise välimusega mees. Ta oli kolmekümnene, kiilaks aetud pealae, pika terava näo, suurte tumedate silmade, peast eemale hoidvate kõrvade, väikese kõvera nina, rõugearmilise naha ja nii kitsaste huultega, nagu oleksid need vildikaga näkku joonistatud. Tema särgil oli kiri „Keela oma tissidel mind vahtimast".

Nunez oli üks Myersi kontaktisikuid, kellele naine maksis info eest väga heldelt. Mees töötas Los Angelese maakonna koroneri juures.

„Kena särk," tähendas Myers laua juurde jõudes. „Saad seda kandes kõvasti naisi?"

Nunez võttis lonksu õlut ja tõstis pilgu. Ta kavatses midagi öelda, ent Myers naeratas talle ja mees lausa sulas.

„Mis sul mulle siis on?"

Nunez võttis enda kõrvalt istmelt plastkausta.

„Neid oli väga raske hankida." Ta kõneles tugeva Puerto Rico aktsendiga.

Myers istus tema vastu.

„Sellepärast ma sulle hästi maksangi, Xavier." Ta sirutas käe kausta poole, aga mees tõmbas selle eemale.

„Jah, aga erakorraliste asjaoludega juhtumite toimikuid on *väga*, *väga* keeruline hankida. Saad aru? Võib-olla väärin ma selle eest natuke lisa." Myers peatus ja naeratas uuesti, aga seekord külmalt. „Ära nii tee, kullake. Võin olla väga helde, kui sa mängid reeglite-kohaselt. Sa tead, et ma maksan piisavalt. Aga kui sa tahad asja teravaks ajada, siis usu mind ..." Ta pani käe mehe käe peale ja pigistas seda korraks, aga tugevasti, „... võin muutuda väga vastikuks. Selliseks, kellega sina ja su semud ei taha jamada. Nii et kas sa ikka tahad seda teha?"

Miski naise hääles ja puudutuses võttis Nunezil suu kuivaks. „Kuule, ma tegin ainult nalja. Tean, et sa maksad mulle heldelt. Pidasin pigem silmas seda, et ... sina ja mina ... õhtu-söök ... millalgi ... ehk ..."

Myers naeratas taas sõbralikult. „Kuigi sa oled kena mees, Xavier, on mul juba keegi," valetas ta.

Xavier kallutas pea viltu. „Ma lepiksin ka pelgalt seksiga."

Myers võttis viimaks temalt kausta. „Kuidas oleks leppi-misega sellega, milles me kokku leppisime?" Tema hääl oli ähvardav.

„Olgu, see sobib ka."

Myers avas toimiku. Esimesel fotol oli Kelly Jenseni nägu. Õmblused polnud suu pealt veel ära võetud. Ta vaatas seda mitu sekundit. Ehkki Hunter oli talle seda öelnud, muutis fotode nägemine selle kuriteo kuidagi eriti jõhkraks.

Myers keeras ette järgmise lehe ja tardus. Fotol olid Kelly Jenseni kehal olevad teised õmblused. Hunter polnud neid maininud. Naine pidi sügavalt hinge tõmbama, enne kui edasi lehitses. Järgmisel fotol oli Kelly Jenseni surnukeha. Myers silmitses seda hoolega.

„Kus haavad on?" sosistas ta endamisi, aga Xavier kuulis teda.

„Haavad?" kordas mees. „Neid pole."

„Mulle öeldi, et mõrtsukas kasutas tema tapmiseks nuga."

„Jah, aga ta ei lõikunud teda väljastpoolt."

Myers vaatas meest küsivalt.

„Ta pani selle tema sisse."

Myers läks üleni kananahale.

„Ja see nuga on selline, millist mina pole varem näinud. Seal on selle foto."

Myers lehitses kähku fotosid, kuni leidis selle.

„Issand jumal ... taeva nimel, mida ...?"

Neil oli tegemist koletisega. Ta peab Katia üles otsima. Ja kiiresti.

Kaheksakümmend viis

Hunter tõstis pilgu arvutiekraanilt. Garcia pilk oli kinnitunud oma arvutiekraanile, laup veidralt kipras.

„Mis sul seal on?"

Möödus paar sekundit ja siis tõstis Garcia pea. „Kahekümne aasta tagune artikkel."

„Mille kohta?"

„Ühe perekonna mõrv-enesetapp. Mees avastas, et naine magab kellegi teisega, läks peast segi, tappis teise mehe, oma kümneaastase poja, naise ja lasi siis endal ajud sodiks."

Hunter kortsutas kulmu. „Jah, ja ...?"

„Siin läheb asi huvitavaks. Siin on kirjas, et mees õmbles enne naise tapmist tema osad kehaosad kinni."

Hunteri silmad läksid suureks.

„Aga see on ka kõik. Siin pole kirjas, millised kehaosad."

„Kas ta lasi naise maha?"

„Ei ole kirjas ja see ongi kummaline. See on ju potentsiaalselt kõmuline lugu, aga artikkel on lühike."

„Kus see juhtus?" Hunter tõusis ja läks Garcia laua juurde.

„Põhja-Californias Sonoma maakonnas Healdsburgis." Hunter võttis Garcia arvutihiire ja keris artiklit. Selles oli umbes viissada sõna. Garcial oli õigus, see oli liiga lühike, juhtunut oli kirjeldatud justkui möödaminnes. Peale asjaosaliste polnudki rohkem detaile. Ohvrid olid olnud Emily ja Andrew Harper − ema ja poeg ning Emily armuke Nathan Gardner. Emily abikaasa Ray Harper oli kõik kolm tapnud ja seejärel ennast paari magamistoas maha lasknud. Fotosid oli kaks. Suuremal oli kahekordne valge fassaadiga maja laitmatu muruplatsiga, piiratud kollase politseilindiga. Teisel fotol oli kaks maakonna šeriffi, kes tõid välisuksest välja musta laibakotti. Nende näoilme rääkis enda eest.

„Kas see on ainus artikkel?" küsis Hunter. „Järge pole?"

Garcia raputas pead. „Ei, ma kontrollisin. Harperite juhtumi kohta pole enne ega pärast midagi. Ja seda on raske uskuda."

Hunter keris üles ja vaatas ajalehe nime − Healdsburg Tribune. Ta vaatas ka loo kirjutanud reporteri nime − Stephen Anderson. Kiire otsingu järel oli tal olemas ajalehetoimetuse aadress ja telefoninumber.

Telefon helises pool minutit, enne kui keegi vastas. Vastaja tundus noor. Ta ütles Hunterile, et pole kunagi kuulnud Stephen Andersoni nimelisest reporterist, aga samas oli ta ajalehes töötanud ka ainult pool aastat. Ta oli ajalehes tööl Sonoma ülikooli praktikaprogrammi raames. Olles asja uurinud, oli nooruk tagasi ja ütles Hunterile, et ühe vanema reporteri sõnul jäi härra Anderson üheksa aastat tagasi pensionile. Ta elab endiselt Healdsburgis.

Hunter lõpetas kõne ja võttis ühendust Sonoma maakonna telefonioperaatoriga. Stephen Andersoni polnud kataloogis. Hunter lõpetas taas kõne ja helistas jaoskonna taustauuringu üksusele. Vähem kui viie minuti pärast olid tal aadress ja telefoninumber olemas.

Kaheksakümmend kuus

Kell oli õhtul kaheksa läbi, kui Stephen Anderson Healdsburgi äärelinnas koduses kabinetis telefonile vastas. Hunter tutvustas ennast kähku.

„Los Angelese politseijaoskond?" kordas Anderson murelikult. Tema hääl oli kähe. Hunter sai aru, et selle põhjuseks on aastatepikkune suitsetamine, mitte loomulik sarm. „Kas olete kindel, et helistasite õigele inimesele, uurija?"

„Jah," vastas Hunter, andes Garciale märku pealt kuulata.

„Milles siis asi?"

„Üks teie kakskümmend aastat tagasi kirjutatud artikkel kerkis meie juurdluses esile. Kahjuks on artikkel väga napp. Mõtlesin, et äkki räägiksite meile selle kohta rohkem."

Liini teises otsas tekkinud vaikus tundus väga kohmetu.

„Härra Anderson, kas kuulete veel?"

„Öelge mulle Stephen ja jah, ma kuulen," vastas Anderson. „Kakskümmend aastat tagasi ... See peab olema siis Harperite perekonna mõrv."

„Jah."

Jälle üürike vaikus. „Te ütlesite, et mu artikkel kerkis esile ühes LAPD juurdluses. Ma oletan, et mõrvajuurdluses?"

„Jah."

Hunter kuulis välgumihkli paari klõpsu.

„Teil on seal kinniõmmeldud ohver?"

Seekord vaikis Hunter. Anderson oli taibukas. Hunter valis järgmisi sõnu hoolega.

„Tundub, et Harperite juhtumi ja ühe meie käimasoleva juurdluse vahel võib sarnasusi olla, aga nagu öeldud, ei kirjelda teie artikkel väga täpselt, mis juhtus."

„Ja need sarnasused on ohvri keha kinniõmblemine?"

„Seda ma ei öelnud."

„Jätke, uurija, ma olin kolmkümmend viis aastat reporter. Tean, et teie mainitud sarnasused ei saa olla pelgalt armukadedusest tapetud perekonna mõrv-enesetapp või et keegi lasi endal kaheraudsega ajud sodiks. Te olete LA politseinik – väärakad lähevad sinna linna mängima. Teil sooritatakse arvatavasti selliseid kuritegusid iga nädal. Minu artiklis on Harperite juhtumi ainus ebatavaline tahk õmbluste mainimine."

Oli selge, et Anderson on taibukas. Hunter andis alla.

„Jah, meil on juhtum, kus ohvri keha on kinni õmmeldud."

Taas tekkis vaikus.

„Kas te mäletate üksikasju?" ei andnud Hunter alla. „Või on põhjus, miks teie artikkel oli nii napp ja ilma järjeta, see, et teil polnud selle juhtumi kohta rohkem infot?"

„Kas te teate midagi Sonoma maakonnast, uurija?"

„California suurim veinitootmise maakond," vastas Hunter.

„Õige." Anderson köhatas paar korda kurgu puhtaks. „Vaadake, uurija, Sonoma kasutab oma veinitootmise maakonna staatust igal moel ära – mitte ainult head veini tootes. Aastaringselt toimub igal kuul maakonnas üritusi, mis meelitavad kohale palju külastajaid. Põllumajanduslaadad, pühadeüritused, tänavalaadad, muusika, karnevalid ja muud. Kogu aeg toimub kuskil midagi."

Hunter juba taipas, kuhu Anderson sihib.

„Me ei suuda pakkuda konkurentsi Los Angelesele või Vegasele, aga meil on piisavalt turiste. Millegi nii kohutava avaldamine, mis tol päeval juhtus, poleks kellelegi kasuks tulnud. Tribune poleks müünud rohkem eksemplare kui muidu." Anderson köhis taas, seekord palju tugevamini. „Ma ei näinud kuriteopaika, aga jah, ma teadsin üksikasju. Minuga vestlesid samal päeval politseiülem Cooper ja linnapea Taylor. Me rääkisime pikalt ja otsustasime, et linna huvides oleks, kui ajaleht seda lugu sensatsiooniks ei puhuks, ja see tähendab, et ma lubasin seda mitte teha. Nii et ajaleht, politsei ja linnavalitsus panid kogu sellele loole väga korralikult kaane peale."

„Me vajame neid üksikasju, Stephen."

Järgnes raske vaikus.

„Te ei riku ju politseiülemale ega linnapeale antud lubadust," käis Hunter peale. „See, mida te mulle räägite, ei jõua kellegi teise kõrvu, aga ma pean neid üksikasju teadma. See võib päästa inimelusid."

„Sellest on tõesti möödas kakskümmend aastat," sõnas Anderson, kui oli pikalt sigaretti kimunud. „Kust ma alustan?"

Kaheksakümmend seitse

„Tundsin Harpereid hästi," alustas Anderson. „Vaadake, Healdsburg ei ole suur linn isegi praegu mitte. Toona elas siin ehk üheksa tuhat inimest. Ray Harper oli kingsepp ja tema naine Emily algkooliõpetaja. Nad olid olnud abielus rohkem kui viisteist aastat ja nagu pikaajaliste abielude puhul ikka, polnud see enam lust ja lillepidu."

Hunter kirjutas hoolega.

„Emily hakkas magama ühe teise kooliõpetaja, Nathan Gardneriga, mis nii väikeses linnas ei ole hea mõte, kui end just nähtamatuks ei pea."

Hunter kuulis, et Anderson tõmbas taas mahvi.

„Ray sai sellest kuidagi teada tolle aasta talvisel koolivaheajal. Ray oli väga rahulik inimene. Ma ei tea, et ta oleks kunagi endast välja läinud. Ma ei olnud teda isegi häält tõstmas kuulnud. Ta oli tavaline jumalakartlik vaikne inimene. Ja sellepärast tema tegu nii ebaharilik oligi."

Garcia oleks tahtnud midagi öelda, ent Hunter tõstis takistavalt käe. Ta ei tahtnud Andersoni tagant kiirustada.

„Ray läks tol päeval täielikult peast segi, nagu oleks kurjast vaimust vaevatud. Ta läks Nathani juurde, tappis ta, läks koju tagasi, tappis oma poja, naise ja lasi siis endal ajud kaheraudsest sodiks."

Anderson köhatas ja Hunter ootas, kuuldes, et välgumihkel klõpsatas taas.

„Kuidas ta nad tappis?"

„Sel põhjusel politseiülem Cooper ja linnapea Taylor minuga rääkida tahtsidki. Selle pärast, kuidas Ray nad tappis. Ted Bundy* on tema kõrval paipoiss." Anderson pidas vahet.

„Ray sidus Nathani tema korteris kinni ja lõikas lihanoaga ... tal peenise maha." Pikem paus. „Oligi kõik. Muud midagi. Jättis ta sinna verest tühjaks jooksma. Te võite küsida, miks Nathan röökima ei hakanud ja kogu ümbruskonda ärevile ei ajanud. Noh, sellepärast, et Ray õmbles saapanõela ja niidiga tal suu kinni."

Garcia vaatas Hunteri poole.

---

* Theodore Robert Bundy oli Ameerika Ühendriikide sarimõrvar, inimröövija, vägistaja, sissemurdja ja nekrofiil, kes ründas ja tappis noori naisi 1970. aastatel.

„Ray läks Nathani korterist oma koju ..." jätkas Anderson, „... tappis autos oma poja ja tegi siis naise Emilyga sama, mida Nathaniga. Õmbles tal ka suu kinni."

Hunter lõpetas kirjutamise.

„Aga see polnud kõik."

Hunter ja Garcia ootasid.

„Ray oli võtnud Nathani maha kaksatud elundi kaasa, toppis selle oma naise sisse ja õmbles ka tema kinni."

Garcia võpatas, aga Hunteri näoilme püsis neutraalne. Tema siniste silmade pilk kinnitus märkmiku tühjale lehele.

„Ma ei suuda ikka veel uskuda, et Ray seda tegi. Mitte see Ray Harper, keda meie tundsime. See ei saanud olla sama inimene. Nagu öeldud, oli ta nagu kurjast vaimust vaevatud."

Lühike paus, sigaretimahv.

„Olles naise kinni õmmelnud, istus Ray tema ette maha ja lasi endal kaheraudsest ajud sodiks."

„Ja te olete kindel, et need on õiged faktid?" küsis Hunter. „Te ütlesite, et ei näinud kuriteopaika."

Närviline naeruturtsatus.

„Jah, olen kindel. Ma ei näinud kuriteopaika, aga nägin fotosid. Need on mulle igaveseks ajju sööbinud. Vahel näen ikka veel õudusunenägusid. Ja need sõnad ..."

„Sõnad?" Hunter kallutas pea ettepoole.

Vastust ei tulnud.

„Stephen?" ütles Hunter. „Kuulete veel? Mis sõnad?"

„Ray jättis naise voodile kinniseotuna ja kinniõmmelduna. Aga enne endal ajude sodiks laskmist kirjutas ta midagi verega seinale."

„Mida ta kirjutas?" küsis Garcia.

„Ta kirjutas sõnad – *Ta on sinu sees.*"

Kaheksakümmend kaheksa

Hunter vestles pärast telefonikõnet Andersoniga Healdsburgi politseijaoskonnaga ja läks siis kapten Blake'i kabinetti. Ülemus valmistus koju minema.

„Pean homme hommikul Healdsburgi sõitma," teatas Hunter, lastes uksel enda järel kinni vajuda. „Olen paar päeva ära."

„Mis asja?" Blake tõstis pilgu arvutiekraanilt. „Healdsburg? Miks, kuradi päralt?"

Hunter rääkis talle kõigest, mida oli teada saanud. Kapten Blake kuulas teda vaikides, nägu ilmetu. Kui Hunter lõpetas, hingas ta välja, nagu oleks mitu minutit hinge kinni hoidnud.

„Millal see juhtuski?"

„Kakskümmend aastat tagasi."

Kapten Blake kergitas kulme. „Ja kuna see juhtum on vanem kui viisteist aastat, ei ole toimikuid California politsei ühtses andmebaasis ja mitte midagi ei ole digitaliseeritud?"

Hunter noogutas. „Olen otsinud kuupäeva, linna ja ohvrite nimede järgi. Mitte midagi. Toimikud on paberi kujul Healdsburgi politseijaoskonna arhiivis."

„No tore. Nii et mis meil peale ajaleheartikli ja reporteri loo siis on?"

„Rääkisin just telefonis Healdsburgi politseiülema Suarezega. Ta polnud toona politseiülem. Ta viidi sinna üle Fair Oaksist üheksa aastat tagasi, aasta pärast seda, kui kogu jaoskond uude majja koliti. Ta polnud Harperite juhtumist kuulnudki."

Kapten Blake pidas aru ja vaatas Hunterit viltuselt. „Pea nüüd. Miks sa Healdsburgi lähed? Mõrvajuhtumite toimikud on ju Sonoma ringkonnaprokuratuuris ja see asub ..."

„Santa Rosas," kinnitas Hunter. „Helistasin neile ka." Ta osutas käekellale. „Tööpäev on läbi. Ma ei saanud kellegagi rääkida. Aga kui toimikud ei ole California politsei andmebaasis, tähendab see, et neid pole ka Sonoma ringkonnaprokuratuuris või on kuskil tolmuses ruumis ja ootavad digitaliseerimist. Tahaksin näha kuriteopaiga fotosid ja lahkamisaruandeid, kui neid on võimalik kuidagi kätte saada, aga politsei ja prokuratuuri toimikud meid eriti ei aita. Need ainult kirjeldavad, mis tookord juhtus ja enam-vähem sama, mida Stephen juba mulle rääkis. See oli perekonna mõrv-enesetapp, kapten. Lahendatud juhtum. Tunnistajate ütlusi ja juurdluse aruandeid ei ole, võib-olla pole olnudki. Polnud midagi uurida. Naine magab teise mehega, abikaasa muutub armukadedaks, kaotab mõistuse ... armuke ja kogu perekond maksavad selle eest oma eluga. Juhtum lõpetatud. Selliseid juhtumeid on kogu riigis."

Kapten Blake naaldus tooli seljatoele ja toetas lõua sõrmenukkidele. „Ja sa tahad rääkida kellegagi, kes selle juhtumiga seotud oli?"

Hunter noogutas. „Eelmine politseiülem läks seitse aastat tagasi pensionile, aga elab endiselt Healdsburgis. Kusagil Sonoma järve ääres. Ma ei tahaks temaga telefonis rääkida."

Kapten Blake märkas Hunteri pilgus midagi säramas. „Nii, räägi minuga, Robert. Mida sa tegelikult otsid? Arvad, et see mõrtsukas on pärit Healdsburgist?"

Hunter istus kapteni laua ette kõrge seljatoega toolile. „Arvan, et see mõrtsukas oli seal, kapten. Arvan, et ta nägi kuriteopaika."

Kapten Blake silmitses hetke Hunterit. „Trauma?"

„Jah."

„Sa pead silmad ... nähtust tingitud šoki traumat?"

„Jah." Hunter tõmbas käega üle vasaku käsivarre ja tundis triitsepsil kuulihaavast jäänud armi. „Healdsburgis kakskümmend aastat tagasi juhtunu ja meie juhtumi vahel on liiga palju sarnasusi, et see saaks kokkusattumus olla."

Kapten Blake vaikis.

„See, kuidas Ray Harper oma perekonna tappis … kuidas ta tappis oma naise armukese … isegi suures linnas on kogenud mõrvauurijatel selliste kuriteopaikadega keeruline toime tulla, rääkimata väikelinna politseijaoskonnast, kelle jaoks on tõsine kuritegu vales kohas tee ületamine." Kapten hakkas ühte kõrvarõngast näperdama. „Aga pea nüüd. Kui Healdsburgi politseijaoskond oma tööd hästi tegi, ei oleks kuriteopaigale pääsenud just paljud inimesed. Arvatavasti ainult politseinikud ja koroner." Hunter noogutas. „Sellepärast ma peangi endise politseiülemaga rääkima ja loodetavasti leian ka kuriteopaiga logiraamatu. Peame tol päeval seal viibinud inimesed üles leidma." Kapten vaatas Hunterile otsa, otsides mõtetes vastuseid. „Kas sarnane trauma võib tekkida ka kuriteopaiga fotosid vaadates?"

Hunter kaalus seda. „Sõltub sellest, kui haavatav see inimene vaimselt tol hetkel oli. Aga jah, tugevasti häiriva sisuga fotod võivad inimese ajus midagi sellist põhjustada küll."

Kapten Blake mõtles selle peale. „Aga need mõrvad ei ole täpselt samasugused nagu Healdsburgis. Need ohvrid pole kinni seotud. Sõnad, mida mõrtsukas kirjutab, pole ka täpselt samad."

„Selles pole midagi ebatavalist, kapten. Trauma võib olla nagu suur pilt, mis silme ees vilksatas. Kõik ei mäleta iga pisiasja täiuslikult. Kohandamine on samuti varase trauma põhjustatud kuritegude üks peamisi tagajärgi. Seda ta teebki."

Kapten Blake sulges silmad ja raputas pikkamööda pead.

„Üks asi veel, kapten," sõnas Hunter tõustes. „Emily Harper, kes Healdsburgis kakskümmend aastat tagasi kinni õmmeldi ja tapeti, oli kooliõpetaja."

„Jah, ma tean. Sa ütlesid. Ja …?"

Hunter seisatas ukse juures. „Ta oli kunsti- ja muusikaõpetaja."

Kaheksakümmend üheksa

Hunter kaalus autoga Healdsburgi sõitmist, aga isegi kui teed oleksid täiesti tühjad olnud, oleks 725 kilomeetri läbimiseks kulunud vähemalt seitse tundi. Rohkem kui viisteist tundi autosõidule raisata oli välistatud.

Nii istus Hunter pool seitse hommikul otselennule LA LAX-i lennujaamast Healdsburgi munitsipaallennujaama. Lend väljus õigel ajal ja kell 8.10 sõitis Hunter renditud Chrysler Sebringiga Hertzi autorendifirma üsnagi tühjast hoovist välja.

Ka ilma kaardi ja auto navigatsiooniseadmeta kulus Hunteril lennujaamast Healdsburgi politseijaoskonda Center Streetil sõitmiseks napilt veerand tundi.

Ülem Suarez oli ligi kuuekümnene, jässakas, heidutav ja võimukas ilma, et pidanuks suud avama. Ta oli inimese moodi, kes on sama tööd teinud liiga kaua. Nagu ta oli Hunterile telefonis öelnud, ei olnud ta Harperite juhtumist kuulnudki. See juhtus üksteist aastat enne seda, kui Suarez Healdsburgi üle toodi. Aga ülem Suarez oli ka väga põhjalik ja uudishimulik inimene ning ta oli vahepealsel ajal tegelenud taustauuringuga.

„Üks esimesi, kellega ma pärast siia kolimist kohtusin, oli keegi Ted Jenkins," ütles ülem Hunterile, kui oli ta oma kabinetti juhatanud. „Kohvi?" Ta viitas alumiiniumist termosele oma laual.

Hunter raputas pead. „Tänan pakkumast, ülem, aga pole vaja. Ostsin lennujaamast."

Ülem Suarez naeris. „Jah, ja see maitses kindlasti nagu kassikusi."

Hunter noogutas. „Arvatavasti ainult natukene paremini."

„Ei, ei. Peate seda maitsma." Suarez võttis metallist kartoteegikapilt akna kõrval kruusi ja valas Hunterile kohvi.

„Mitte keegi ei tee sellist kohvi nagu minu Louise. Tal on eriline oskus. Nagu peresaladus. Kuidas te seda joote?"

Hunter pidi tunnistama, et isegi eemalt lõhnas kohv imeliselt. „Mustana sobib hästi."

„Te meeldite mulle juba praegu. Kohvi *peabki* nii jooma." Ülem ulatas kruusi Hunterile.

„Mainisite Ted Jenkinsit," ütles Hunter enne lonksu võtmist. „Oo." Tema silmad läksid suureks.

Ülem Suarez naeratas. „Hea, eks ole? Palun Louise'il teile termosesse teha, enne kui ära lähete."

Hunter noogutas.

„Niisiis. Ted Jenkins. Ta on Healdsburg Tribune'i toimetaja. Toona oli ta reporter. Tegin temaga eile õhtul dringi, kui olin kõne teiega lõpetanud. Ta mäletab juhtunut. Hirmus lugu, kui petetud abikaasa läks peast segi, tappis naise, lapse, naise armukese ja lasi siis endal kaheraudsega aju sodiks. See on Healdsburgi-suguses kohas tõeline kõmulugu, aga LA politseiniku jaoks ..." Ülem Suarez naaldus ettepoole, pani käed lauale ja sõrmed vaheliti. „Üks põhjuseid, miks ma politseiülemaks sain, oli see, et ma olen väga uudishimulik inimene, uurija. Ja teie eilne telefonikõne ajas mu uudishimu lakke." Ta vaikis ja võttis lonksu kohvi. „Ma uurisin teie tausta. Vestlesin täna hommikul ka teie kapteniga."

Hunter vaikis.

Ülem võttis oma lugemisprillid ja tema pilk kandus märkmikule laual. „Los Angelese politseijaoskond – mõrvarühma eriüksus. Teie eriala – eriti vägivaldsed kuriteod. See on selline asi, mida meie siin näeme ainult filmis." Ta vaatas üle prillide Hunterit. „Teie kapten ütles, et te olete omal alal parim. Ja see pani mu vana aju tööle. Kõik teavad, et Los Angeles on pöörane linn, uurija. Jõugud, uimastid, autodest tulistamised, sarimõrvarid, massimõrvarid, tapmislained ja hullematki.

Miks peaks Healdsburgi-suguses väikelinnas kakskümmend aastat tagasi toimunud mõrvajuhtum LA mõrvarühma eriüksust huvitama?"

Hunter jõi kohvi.

„Seega läksin eile õhtul hilja meie arhiivi juhtumi toimikut otsima. Selgus, et rohkem kui kümme aastat vanemad juhtumid torgatakse rämpsukuhjade alla tähistamata pappkastidesse haisva ja ämblikuvõrke täis ruumi tagumisse otsa. Mul kulus koos ühe oma alluvaga peaaegu viis tundi, et need leida." Ta kopsis väga vana moega paberkausta oma lauaarvuti kõrval.

Hunter nihkus toolil ettepoole.

„Kujutlege mu üllatust, kui nägin fotosid ja lugesin raporteid selle kohta, mis *tegelikult* juhtus." Ta ulatas toimiku Hunterile.

Hunter avas selle ja esimest fotot nähes jättis süda löögi vahele.

Üheksakümmend

Naine oli umbes kolmekümneaastane. Seda oli foto järgi keeruline öelda, sest tema nägu oli sinikais ja paistes, aga Hunter sai sellegipoolest aru, et ta oli olnud ilus, väga ilus.

Lauba vasakul poolel, silma ja põsesarna peal oli suur sinikas. Õlgadeni ulatuvad mustad juuksed olid märjad ja kleepusid näole. Suured pruunid silmad, mis olid kahtlemata paljusid mehi vapustanud, olid pärani. Naise kohutav hirm oli neisse tardunud nagu fotol. Nagu L}al, Kellyl ja Jessical, nii olid ka tema huuled jämeda musta niidiga tugevasti kinni õmmeldud, aga õmblused olid korralikud, mitte sellised nagu Los Angelese ohvritel. Veri oli immitsenud läbi torkeaukude ning nirisenud mööda lõuga ja kaela. Naine oli olnud elus, kui teda kinni õmmeldi. Huulte vahele ja suunurkadesse oli kogunenud pruunikat ainet – okse. Ta oli oksendanud ja oksel polnud kuhugi minna.

Teine foto oli lähikaader seinale kirjutatud sõnadest – TA ON SINU SEES. Ray Harper oli kasutanud nende kirjutamiseks verd. Kolmandal fotol olid naise kehal olevad teised õmblused. Tema kubemepiirkond ja reite siseküljed olid torkehaavadest immitsenud verest määrdunud. Käed ja jalad olid olnud voodi külge seotud, aga voodi oli vastu seina püsti lükatud, nii et ohver justkui seisis näoga toa poole.

Hunter võttis järgmise foto – mehe surnukeha maas voodi ja naissoost ohvri ees. Pea ja suur osa kaelast olid puudu. Osaliselt ülakeha peal ja osaliselt tohutus vereloigus vedeles kaheraudne. Mõlemad käed oli püssi päral. Kuna pea oli sodiks, teadis Hunter, et Harper oli tulistanud mõlemast rauast korraga ja torud olid olnud surutud alt vastu lõuga.

Ta jättis ülejäänud fotod vahele ning libistas pilgu üle raporti ja lahkamisaruannete. Viimaks leidis ta toimiku viimaselt lehelt selle, mida otsis – kuriteopaiga logi. Harperite kuriteopaigal käis tol päeval kaheksa inimest – maakonna koroner, maakonna kriminalist, maakonna šerif koos kahe asetäitjaga, ülem Cooper ja kaks Healdsburgi politseinikku.

„Kas inspektor Perez või inspektor Kimble töötavad veel politseis?" küsis ta ülem Suarezilt.

Ülem sügas armi lõua all. „Inspektor Perez jäi pensionile neli aastat tagasi. Ta elab minu lähedal. Tema poeg on tuletõrjuja. Inspektor Kimble suri paar aastat tagasi. Kõhunäärmevähk võitis selle lahingu."

„Kahju kuulda." Hunter vaatas taas loetelu. „Kas te teate neid šerifijaoskonna asetäitjaid, Peter Edmundsit või Joseph Hale'i?"

Ülem noogutas. „Jah, aga nad pole enam asetäitjad. Peter Edmunds on väliteenistuse kapten ja Joseph Hale abišerif õiguskaitseüksuses. Mõlemad elavad Santa Rosas ja on toredad inimesed."

Hunter hõõrus natuke aega silmi. Maakonna koroner, maakonna kriminalist, maakonna šerif ja Healdsburgi endine politseiülem Cooper olid kõik praeguseks vanemad kui kuuskümmend viis. See polnud võimatu, aga siiski vähetõenäoline, et neist sellises vanuses sarimõrvar sai. See tähendas, et kõik, kes olid kuriteopaigas käinud, olid teada, kui just kedagi kirja panemata ei jäetud. Aga kui nii, siis ei olnud kuidagi võimalik välja selgitada, kes veel kuriteopaigal käis. Hunter lappas toimikut ja fotosid ning kortsutas kulmu. Talle jäi miski silma. Ta võttis uuesti fotod ette, uurides seekord iga fotot hoolega. Kui ta viimaseni jõudis, naasis ta raportite juurde ja libistas pilgu neist üle kuni viimase leheküljeni.

„Kas see on kogu toimik või on arhiivis veel midagi?" küsis ta.

„See on kõik. Rohkem ei ole."

„Olete kindel?"

Ülem Suarez kergitas kulmu. „Jah, olen küll. Ma ju ütlesin, et meil kulus viis tundi selle leidmiseks. Oleme kõik vanad kastid läbi vaadanud ja uskuge mind, neid oli üksjagu. Mis siis?"

Hunter pani toimiku süles kinni. „Midagi on puudu."

Üheksakümmend üks

Autosõit ülem Cooperi koju võttis aega vähem kui veerand tundi.

Hunter väljus autost ja ust sulgedes tuli verandale keegi naine. Ta oli kuekümnene, sale, aga mitte kõhn. Tal oli seljas lihtne sinine kleit ja ees taskuga põll. Nurgelist pikka nägu piirasid sirged hallid õlgadeni ulatuvad juuksed. „Hommikust," ütles naine naeratades. Tema hääl oli natuke kähe, nagu oleks külmetanud. „Teie olete vist see Los Angelese uurija, keda Tom mainis." Naise siniste silmade pilk kinnitus Hunteri näole. Need olid sama leebed kui naise hääl.

„Jah," vastas Hunter lähemale minnes. Ta näitas oma töötõendit ja naine uuris neid kogenud pilguga.

„Mina olen Mary," ütles naine siis kätt sirutades. „Tomi abikaasa."

„Meeldiv kohtuda."

Nad vahetasid käepigistuse ja Hunter üllatus, kui tugev naise väike käsi oli.

„Tom on järve ääres, püüab kala." Naine raputas pahameelt teeseldes pead. „Ta püüab alatasa kala. Nojah ..." Ta naeris, „... vähemalt on tal tegemist. Muidu ehitaks päev otsa majas midagi."

Hunter naeratas viisakalt.

„Minge mööda seda teerada väikesest künkast alla," jätkas Mary, osutades kitsale teerajale, mis viis maja taga sügavale metsa. „Küll te ta üles leiate." Ta vaikis ja vaatas korraks taeva poole. „Kas teil on autos vihmamantlit?"

„Kahjuks mitte."

Mary naeratas lahkelt. „Oodake korraks." Ta läks tagasi majja. Mõni sekund hiljem tuli ta tagasi politsei vihmamantliga. „Vihma hakkab peagi sadama. Võtke see, muidu jääte veel haigeks." Ta ulatas mantli Hunterile. „Tomil on kaasas piisavalt kohvi ja kooke, et te kahekesi poolteist päeva söönuks saaksite."

Hunter tänas naist ja hakkas mööda teerada minema. See lookles mitu korda paremale ja vasakule, muutudes metsa vahel aina järsemaks, jõudes välja Sonoma järve eraldatud sopi juurde. Hunter seisatas teeraja otsas oleva kiviklibuse maalapi peal. Mitte kedagi ei olnud. Järv oli rahulik, lausa peegelsile. Hunter taganes sammu ja kuulatas. Midagi oli valesti.

Järsku ta pöördus, haarates relva.

„Ohohh, tasa." Temast umbes pooleteise meetri kaugusel seisis ligi seitsmekümneaastane pikk ja sale mees. Kõrvade kohal oli valge juuksetutt, mustade raamidega prillid oli ninal üles lükatud ning valged vuntsid tundusid tema näo ja huulte jaoks liiga kohevad. Vanusest hoolimata tundus, et ta saab igasuguses võitluses hakkama.

„Te kuulsite mind lähenemas?" Mehe hääl oli käskiv.

„Midagi sellist," vastas Hunter, sihtides ikka vana meest.

„Kuramus, ma hakkan viletsamaks jääma või on teil eriti hea kuulmine. Ja ma pole kedagi nii kiiresti relva haaramas näinud." Mees ootas paar sekundit. „Mina olen Tom Cooper. Teie olete ilmselt uurija Robert Hunter Los Angelese röövide ja mõrvaüksusest. Kas ma tohin käed alla lasta?"

„Jah, vabandust." Hunter lükkas kaitseriivi peale ja pistis relva kabuuri.

„Te pole samas väga kergejalgne. Kuulsin teid juba kaugelt lähenemas."

Hunter vaatas oma poriseks saanud saapaid. „Ma ei oodanud varitsust."

Ülem Cooper muigas. „Vabandage, vanad harjumused on rasked kaduma." Ta sirutas käe.

Hunter surus seda tugevasti.

„Ma olen siinpool." Ülem viitas teisele rajale, mis kadus puude vahel vasakule. Hunter läks tema kannul teisele lagendikule, kus vee ääres oli kokkupandav tool ja väike punutud korv. „Võtke kohvi ja kooki, kui tahate. Kas te kala püüate?" „Korra lapsena proovisin." Hunter raputas pead, kuid ülem ühte suurde termostassi kohvi valas. „Ei õnnestunud kuigi hästi."

Ülem Cooper naeris. „Mitte kellelegi ei õnnestu, kui ainult korra proovida. Ma olen seda aastaid teinud ja ikka on palju õppida." Ta võttis peenikese ridva, karbist paar elusat musta ussikest ja torkas need konksu otsa. „Eelistan elussööta, see on ..."

„Kalade jaoks parem," lõpetas Hunter tema eest. „Ja kuna te viskate nad tagasi, siis miks mitte anda neile mõnus maius vastutasuks nende suu augustamise eest." Ta võttis lonksu kohvi ja noogutas. See oli sama hea kui jaoskonnas joodud kohv.

Ülem silmitses Hunterit uudishimulikult ja põrnitses siis oma varustust. „Pole kahva ega kasti, millega saak koju viia." Ta noogutas. „Te olete tähelepanelik, aga ilmselt poleks te vastasel juhul ka uurija." Cooper viskas tamiili vette. „Nii, ma tean, et te ei tulnud nii kaugele kalapüüki õppima või tühja lobisema. Ütlesite telefonis, et peate minuga Harperite juhtumist rääkima."

Hunter noogutas. „Kas te mäletate seda hästi?"

Ülem Cooper vaatas Hunterile otsa ja tema lõbus hääletoon kadus. „Sellist kuriteopaika juba ei unusta, uurija. Ükskõik kui kogenud te olete. Tean, et käisite jaoskonnas, sest ülem Suarez helistas mulle äsja. Te nägite fotosid, eks? Kas keegi suudaks neid unustada?"

Hunter vaikis.

„Te ei rääkinud mulle telefonis suurt midagi, aga ilmselt pole vajagi. Ainus põhjus, miks LA röövide ja mõrvaüksuse uurija kahekümne aasta tagusest väikelinna juhtumist huvitatud oleks, on see, et teil on seal midagi väga sarnast juhtunud."

Hunter vaatas oma peegelpilti veepinnal. „Kui mul on õigus, ülem, siis midagi palju sarnasemat kui te arvate."

Üheksakümmend kaks

Ülem Cooper torkas ridva tooli kõrval vastavasse auku ja pöördus Hunteri poole.

„Kui ma täna hommikul LA-st ära tulin, soovisin leida Harperite kuriteopaigal viibinud inimeste nimekirja. Selles oli ainult kaheksa nime." Hunter võttis tagitaskust märkmiku. „Teie ja teie kaks alluvat, Kimble ja Perez. Sonoma maakonna toonane šerif Hudson ja tema kaks asetäitjat, Edmunds ja Hale. Tookordne maakonna koroner doktor Bennett ja kriminalist Gustavo Ortiz. On see nii?"

Ülem Cooper ei pidanud mõtlemagi. Ta noogutas kohe.

„Kas te mäletate, kas veel keegi nägi seda kuriteopaika? Keegi, kes ei olnud kirja pandud?"

Ülem raputas kindlalt pead. „Mitte keegi peale meie kuriteopaika ei näinud. Mitte pärast meie kohalejõudmist." Ta valas endale kohvi juurde. „Harperite maja asus vanast politseijaoskonnast ühe tänavavahe kaugusel. Nende naaber Tito helistas jaoskonna, öeldes, et kuulis lasku. Tito oli ja on endiselt päris tubli jahimees. Nii et kui ta ütles, et kuulis kaheraudse lasku, teadsin ma, et see pole eksitus. Olin kõne ajal jaoskonnas. Jõudsin kohale vähem kui minutiga. Olin esimesena sündmuskohas." Cooper pidas vahet ja vaatas eemale. „Ma polnud midagi sellist varem näinud. Isegi mitte sellise asja kohta lugenud. Ja tõtt-öelda loodan, et ei näe enam kunagi ka."

Taevas tõmbus ähvardavalt tumedaks ja tuul oli veidi tugevnenud.

„Minut pärast mind jõudsid kohale inspektorid Kimble ja Perez. Teadsin kohe, et pean maakonna šerifijaoskonna asjasse kaasama. Ehkki meie kokkupuuted mõrvajuhtumitega olid piiratud, tundsime kõik protokollireegleid. Eraldasime maja kohe lindiga. Peale meie kolme ei pääsenud sündmuspaika mitte keegi."

„Kuni šerif ja koroner kohale jõudsid," lausus Hunter.

„Just. Nagu te ütlesite, oli doktor Bennettil, kes nüüd on pensionil, kaasas kriminalist Gustavo Ortiz. Tema on nüüd Santa Clara maakonna peakoroner. Šerif Hudsonil oli kaasas kaks asetäitjat, Edmunds ja Hale."

Hunter noogutas. „Ülem Suarez rääkis. Edmunds on nüüd kapten ja Hale abišerif. Mõlemad elavad Santa Rosas."

Ülem Cooper kinnitas seda. „Mitte keegi teine majja ei sisenenud ega sündmuspaika ei näinud. Olen selles kindel, sest olin seal, kuni fotod said tehtud ja surnukehad minema viidud."

Vihma hakkas tibutama, aga kumbki mees ei liigutanud.

„Harperitel oli poeg, eks? Andrew," sõnas Hunter.

Ülem Cooper noogutas pikkamööda.

„Vaatasin jaoskonnas kõik toimikud läbi. Surnukehast pole fotosid, lahkamisaruannet ei ole ja ei mainita ka, mis temast sai. Nagu oleks poisi toimik kadunud."

See, kuidas ülem Cooper Hunterit vaatas, ajas viimasel kuklakarvad turri.

„Tema toimik ei ole kadunud. Seda ei ole, sest tema surnukeha ei leitud."

Üheksakümmend kolm

„Mida?" Hunter tõmbas käega vee kulmudelt maha ja vaatas ülemat. „Ei leitud? Kust te siis teate, et ta on surnud?"

Ülem ohkas sügavalt. Prillid olid nii vihmamärjad, et Hunter ei näinud õieti tema silmi. „Tõde on see, et me ei teadnudki, aga asitõendid viitasid sellele."

„Mis asitõendid?"

Ülem Cooper tõmbas viimaks vihmamantli nailonkapuutsi pähe ja läks paari sammu kaugusele suure puu varju. Hunter järgnes talle.

„Harperite tragöödia toimus pühapäeval," selgitas ülem. „Ray oli kuus aastat enne seda poja igal pühapäeval kalale viinud. Vahel Sonoma järve äärde, vahel Rio Nido äärde ja vahel ka Russiani jõe äärde. Need kõik on suhteliselt lähedal. Käisin nendega mitmel korral kaasas. Ray oli suurepärane kalamees ja tema poeg oli selleks saamas.

Tito, see naaber, kes laskudest teatas, nägi Rayd ja poissi paar tundi enne seda asju autosse tõstmas. Nende majast paari tänavavahe kaugusel asuva tankla omanik kinnitas samuti, et nägi poissi Ray auto kõrvalistmel, kui Ray käis sealses poes jäätist ostmas. Andrew ei läinud isaga koju tagasi. Kriminalistid leidsid pikapist tema pluusi ja jalanõud. Pluusi, kingade, auto armatuuri ja kõrvalistuja ukse peal oli verd. Poisi verd. Labor kinnitas seda."

„Poisi kadumist ei uuritud?"

„Uurisime, aga ei leidnud muud kui seda, mida ma teile äsja rääkisin. Me ei tea, kuhu Ray pojaga läks – Sonoma järve, Rio Nido või Russiani jõe äärde. Healdsburgi ja jõgesid ümbritseb hektarite kaupa metsa. Ta võinuks poja tappa ja maha matta või huntidele metsa söömiseks jätta. Ta võinuks poisi surnukehale raskused külge siduda ja ta järve või jõkke visata. Surnukeha leidmine teadmata, kuhu ta tol päeval läks, oli üsna võimatu ülesanne. Ehkki me üritasime, ei leidnud me seda."

Ülem võttis prillid eest ja hõõrus ninaselga, kuhu ninapadjad olid kaks punast laiku jätnud.

"Ray oli hea inimene, aga ta oli depressioonis," jätkas ta siis. "Arvan, et ta sai Emily afäärist teada paar päeva varem, sest oli oma tegevuse läbi mõelnud. See polnud tüüpiline ootamatu emotsioonide ajel sooritatud mõrv, ehkki kogu see segadus ja verehulk võis jätta sellise mulje. Arvasime, et Ray taipas, et Emily kohtub oma armukesega, kui pidas seda turvaliseks. Niisiis viis ta poja kodust minema ja tappis tema kõigepealt, jättes surnukeha kuhugi. Seejärel läks ta Nathan Gardneri korterisse, lõikus teda ja jättis ta sinna verest tühjaks jooksma, aga õmbles enne seda tema suu kinni. Pärast seda läks Ray koju naiselt aru pärima ja oma hullumeelset plaani ellu viima."

Ülem Cooper pidas vahet ja vaatas Hunterile silma.

"Ja ma olen täiesti kindel, et Ray plaani kohaselt ei pidanud keegi ellu jääma. *Mitte keegi.*"

Üheksakümmend neli

Garcia seisis sassis voodi vastas ning vaatas maas vedelevaid riideid ja esemeid.

Jessica Blacki kallim Mark Stratton oli oma bändi promotuuri pooleli jätnud ja varahommikul LA-sse tagasi jõudnud. Garcia läks koos temaga surnukuuri, et Stratton saaks surnukeha tuvastada.

Olenemata sellest, kui tugev on inimene füüsiliselt või vaimselt, armastatud lähedast surnukuuri külmal riiulil alasti lebamas nähes lagunevad kõik kaitsemüürid. Ehkki niidid olid eemaldatud, oli Jessica nägu tardunud hirmu ja valu grimassiks. Mark ei pidanud küsima, kas ta piinles.

Ta varises kokku mõni sekund pärast ruumis viibimist, aga Garcial õnnestus temast kinni haarata, enne kui mees maha kukkus.

Hunter oli Markile telefonis öelnud, et Jessica võidi röövida nende korterist. Ta oli öelnud, et politsei ja kriminalistid peavad selle võimalikult kiiresti üle vaadata saama. Ka oli väga oluline, et Mark midagi ei puutuks. Päris nii see ei läinud.

Sestsaadik, kui Mark eelmisel hilisõhtul kõne Hunteriga lõpetas, polnud ta suutnud värisemist lõpetada. Ta oli korduvalt helistanud kodusele lauatelefonile ja Jessica mobiilile, jätnud hulga sõnumeid. Ta lihtsalt ei suutnud kainelt mõelda. Emotsioonid võtsid võimust ning ta peksis viha- ja ängistushoos oma hotellitoa segi.

Teadmata, mis oli juhtunud, pidid tema bändiliikmed ukse sisse lööma ja teda füüsiliselt kinni hoidma. Turnee mänedžeril kulus paar tundi aega, et kõike korraldada, muuhulgas ka tagasilendu LA-sse. Selleks ajaks oli Mark purupurjus ja teda ei lubatud lennukisse.

„Lennunduse reeglid," selgitas noor naine lennufirma letis. „Ta on lendamiseks liiga purjus. Mul on kahju."

See oli olnud viimane liinilend sel päeval Los Angelesse. Viimaks olid nad üürinud eralennuki, et ta tagasi pääseks.

Kui takso oli Marki kodumaja ette viinud, komberdas ta uksest sisse, ise ikka poolpurjus. Sel hetkel kadus ka lootus, et ta korteris midagi ei puutuks. Ta hüüdis mitu tundi Jessica nime, käis toast tuppa, pani tulesid põlema ja kustutas neid, nagu võiks naine nõiaväel välja ilmuda. Ta avas naise riidekapi ja sobras tema riietes. Ta tegi tühjaks sahtlid ja kummutid. Heitis nende voodisse, naise padi kaisus, ja nuttis, kuni pisarad otsa said.

Mark istus nüüd vaikselt köögis, silmad punased ja kipitavad.

Garcia võttis magamistoa põrandalt foto – Jessica ja Mark mingis päikselises paigas puhkusel. Nad tundusid õnnelikud ja armunud.

Ta pani pildiraami kummutile, pöördus taas sassis voodi poole ja kaalus, mida ette võtta. Nad ei saanud Marki ja Jessica korterit politseilindiga eraldada, sest see polnud ametlikult kuriteopaik. Võimalus, et kriminalistid jõuaksid korterisse enne, kui saab kinnitust, et Jessica siit rööviti, oli väga väike. Võimalus, et kriminalistid leiaksid mingisuguseid niidiotsi sündmuspaigast, mis nüüd oli rikutud ja täiesti segi pööratud, oli nullilähedane.

Garcia läks magamistoast välja mööda pikka koridori elutuppa. Elegantsel klaasist laual diivani ja seinale kinnitatud teleri vahel oli mitu muusikaajakirja. Pealmise kaanel oli Jessica. Ta avas selle puhtast uudishimust ja otsis artiklit. See oli kaheheleküljeline intervjuu, milles naine rääkis eduka muusiku elust ja elust üldisemalt, ent üks alapealkiri köitis Garcia tähelepanu – „Armastusest." Ta libistas pilgu üle selle lõigu, aga mõne rea pärast peatus. Mööda selga kulges külmavärin, nagu oleks teda järsku tabanud jäine tuulehoog. Ta luges igaks juhuks uuesti, et kindel olla.

„Ei ole võimalik, raisk." Ta haaras ajakirja kaasa ja kiirustas tagasi jaoskonda.

Üheksakümmend viis

Hunter lahkus ülem Cooperi kodust Sonoma järve ääres veidi enne lõunat, aga polnud veel valmis LA-sse tagasi lendama. Mõtted tiirutasid peas ja ta pidi neid enne edasi liikumist veidi korrastama. Talle meenus, et möödus ülema juurde sõites linna raamatukogust ja otsustas alustada sealt.

See oli ühekordne hoone, mis ei kannatanud võrdlust isegi LA mõnede keskkooliraamatukogudega. Hunter parkis auto selle kõrvale parklasse, tõmbas tagikrae vastu kaela ja kiirustas ukse poole. Vihmasadu kestis ikka veel.

Infoletis seisev naine tõstis pilgu arvutiekraanilt ja naeratas osavõtlikult, kui Hunter sisse astus.

„Unustasite vihmavarju maha, jah?"

Hunter pühkis juustelt ja varrukalt vett ning naeratas siis samuti. „Ma ei arvanud, et taevaväravad avanevad."

„Kevadine padusadu. Me oleme nende poolest tuntud. See möödub peagi," sõnas naine uuesti naeratades ja ulatas Hunterile paar salvrätti.

„Aitäh." Hunter kuivatas nendega laupa ja käsi.

„Mina olen Rhonda."

Nad vahetasid käepigistuse.

„Mina olen Robert."

Rhonda oli kahekümnendates eluaastates, lühikeste turris mustaks värvitud juustega. Tema nägu oli tontlikult kahvatu ja meik peaaegu nagu gootidel.

„Niisiis ..." ütles naine, puurides Hunterit tumedate silmade pilguga. „Mis teid Healdsburgi raamatukogusse toob? Või pigem, mis teid üldse Healdsburgi toob?"

„Taustauuring."

„Taustauuring? Healdsburgi veinikodade kohta?"

„Ei." Hunter pidas hetke aru. „Ma otsin vist üht vana kooli aastaraamatut."

„Aastaraamatut? Kunagine sõber? Mis koolist?"

Hunter pidas vahet. „Palju Healdsburgis koole on?"

Rhonda naeris. „Te vist ei tea oma taustauuringust just eriti palju."

Hunter nõustus naeratades. „Tõtt-öelda otsin ma fotot poisist, kes kunagi ammu siin elas."

„Poisist?" Naise nägu muutus murelikuks ja ta taganes letist eemale.

„Ei, vaadake, ma olen Los Angelese politseinik," ütles Hunter oma ametimärki näidates. „Meid huvitab üks juhtum, mis kakskümmend aastat tagasi siin aset leidis. Püüan lihtsalt infot otsida. Fotost oleks abi."

Rhonda uuris tema ametimärki ja seejärel Hunteri nägu.

„Kakskümmend aastat tagasi?"

„Jah."

Naine kõhkles hetke. „Siis räägite ilmselt Harperitega juhtunust ja otsite selle poisi, Andrew Harperi fotot."

„Te tundsite teda?"

Rhonda tundus ebalevat. „Natukene. Olin viiene, kui see juhtus, aga ta käis vahel meie juures."

„Tõesti? Miks?"

„Me elasime samal tänaval. Ta oli mu venna sõber."

„Kas te vend elab veel siin?"

„Jah. Ta on raamatupidaja ja tal on linnas oma firma. Arvatavasti sõitsite siia tulles sellest mööda."

„Kas ma saaksin temaga rääkida?"

Taas kõhklusehetk.

„Tema info võib mind palju aidata," käis Hunter peale.

Rhonda silmitses teda veel hetke.

„Miks ka mitte." Ta vaatas kella. „Teate, mul on kohe lõunapaus. Viin teid sinna ja tutvustan talle."

Üheksakümmend kuus

Rhonda tervitas proua Collinsit oma venna väikese raamatupidamisfirma eesruumi vastuvõtulaua taga ja osutas kabineti uksele.

„Ega tal kliente ole?"

Proua Collins naeratas pead raputades lahkelt.

„Ta kavatses vist lõunale minna, kullake. Mine edasi, Rhonda."

Rhonda koputas kaks korda ja lükkas ukse vastust ootamata lahti.

Ricky oli põhimõtteliselt oma õe vastand. Pikk, korralikult piiratud juuste ja sportliku kehaga, seljas konservatiivne helehall ülikond, helesinine triiksärk ja kaelas sinipunane lips.

Tutvustamine käis kiiresti ja lühidalt ning Ricky naeratus kadus, kui Rhonda ütles, miks ta Hunteri venna juurde tõi.

„Vabandage, aga ma ei saa aru, kuidas ma aidata saaksin," ütles ta Hunterile, nähes välja üsna häiritud. „Ma olin kümneaastane, kui see juhtus, ja me polnud ju siingi, mäletad?" See oli öeldud Rhondale, kes noogutas. „See juhtus jõuluvaheajal ja me olime Napas vanaema juures. Kuulsime sellest siis, kui tagasi tulime."

„Saan aru ja ma ei tahagi, et te mulle juhtunust räägiksite. Tean, et te ei tea sellest midagi. Aga kui te saaksite mulle natuke rääkida Andrew'st, siis sellest oleks küll abi. Rhonda ütles, et te olite sõbrad?"

Ricky vaatas manitsevalt õe poole. „Nojah." Ta kehitas õlgu. „Tal ... polnud eriti sõpru."

„Miks nii?"

Taas õlakehitus. „Ta oli väga vaikne ja häbelik. Eelistas veeta aega oma koomiksite, mitte inimeste seltsis."

„Aga te ikkagi olite ka vahel koos? Mängisite midagi?"

„Jah, vahel, aga mitte alati. Ta oli … teistsugune."

Hunter kissitas kergelt silmi. „Kuidas?"

Ricky pidas vahet ja vaatas kella, läks ukse juurde ja pistis pea välja. „Proua Collins, kui keegi helistab, siis ma olen lõunal." Ta sulges enda järel ukse. „Võtke õige istet."

Hunter istus Ricky laua ette ühele kahest toolist. Rhonda eelistas nõjatuda aknalauale.

„Andrew oli suure osa ajast … kurb," sõnas Ricky laua taha naastes.

„Kas ta ütles teile, miks?"

„Tema vanemad tülitsesid tihti ja see häiris teda väga. Ta oli oma emaga väga lähedane."

„Aga isaga mitte nii väga?" küsis Hunter.

„Oli ikka, aga ta rääkis emast rohkem."

Hunteri mobiil vibreeris taskus ja ta vaatas vargsi ekraani – Whitney Myers. Hunter pistis telefoni vastamata taskusse tagasi. Ta helistab naisele pärastpoole tagasi.

„Lapsed räägivad alati oma emast," lausus Rhonda.

„Ei." Ricky raputas kindlalt pead. „Mitte niimoodi. Tema rääkis, nagu oleks tema ema jumalanna. Nagu ta ei saaks midagi valesti teha."

„Idealiseeris teda?" küsis Hunter.

„Jah. Pani pjedestaalile. Ja kui ema oli kurb, oli Andrew *väga* kurb." Ricky hakkas kirjaklambriga mängima. „Tean, et ta vaatas vahel oma ema nutmas ja see näris teda." Ricky naeris korraks närviliselt. „Ta jälgis oma ema palju … kuidagi veidralt."

Rhonda kallutas pead. „Mida see tähendab?"

Ricky vaatas õde ja siis Hunterit, kes hoidis näo ilmetu.

„Andrew rääkis mulle oma salajasest peidukohast. Ja ma tean, et ta veetis seal palju aega."

Hunter teadis, et laste puhul polnud salajane või eriline koht midagi ebatavalist. Eriti Andrew-suguste jaoks – kurb, vaikne, väheste sõpradega –, keda kiusatakse. Tavaliselt on see lihtsalt isoleeritud koht, kus nad kõigist ja kõigest ärritavast eemale pääsevad. Koht, kus nad tunnevad end turvaliselt. Aga kui laps hakkab seal aina enam aega veetma, siis selle pärast, et tunneb, et peab olema rohkem isoleeritud – kõigist ja kõigest. Ja tagajärjed võivad olla tõsised.

„See pole midagi imelikku," lausus Rhonda. „Mul ja mu sõpradel oli ka lastena salajane peidukoht."

„Mitte selline nagu Andrew'l," vastas Ricky. „Vähemalt ma loodan, et mitte. Ta viis mu kord sinna." Tema lõualihas tõmbles. „Ja sundis lubama, et ma ei räägi sellest mitte kellelegi."

„Ja …?" küsis Rhonda.

Hunter ootas.

Ricky vaatas mujale. „Ma olin selle unustanud." Tema pilk naasis Hunterile. „Tema salajane peidukoht oli nende kodus pööningunurgas. Pööning oli täis kaste, vanakraami ja vana mööblit. Seal oli nii palju asju, et see tekitas omamoodi vaheseina, jagades pööningu kaheks eraldi ruumiks. Kui sinna majast trepist minna, oli näha ainult üks. Teine oli selle asjade müüri taga peidus. Sinna ei pääsenudki muidu kui asju eest tõstes. Ja siis pidi ikka palju asju eest tõstma."

„Ja see peidukoht pööningul oli Andrew salakoht?" küsis Rhonda.

„Jah."

„Aga sa ütlesid, et sinna ei pääsenud kuidagi," väitis Rhonda.

„Mitte majast," selgitas Ricky. „Andrew ronis mööda välisseina külge kinnitatud võret ja puges sisse tillukese ümmarguse katuseakna kaudu."

„Katuselt?"

„Jah. Ta oli väga osav. Ronis mööda seina nagu Ämblikmees."

„Mis selles salakohas pööningul siis nii imelikku oli?" uuris Rhonda.

„See asus tema vanemate magamistoa kohal. Ta ütles, et kui nad on magamistoas, kuuleb ta kõike."

„Issand jumal." Rhonda grimassitas nägu. „Arvad, et ta kuulas neid, kui nad seksisid?"

„Enamgi veel. Sa ju mäletad tema kodu, eks?"

Rhonda noogutas.

Ricky pöördus Hunteri poole. „See oli vanamoodne kõrgete lagedega puitmaja. Andrew oli pööningu põrandas osade laudade vahele praod kraapinud, erinevatesse kohtadesse. Tean seda, sest ta näitas neid mulle. Ta nägi läbi nende kogu magamistuba. Ta jälgis sealt oma vanemaid."

„Ei ole võimalik," sõnas Rhonda suuri silmi. „See on jälk. Milline pervert." Ta tõmbus kössi.

„Aga mind ehmatas hoopis see," jätkas Ricky, „et ma nägin väikeses nurgas veriseid vatipalle ja riidetükke."

„Veriseid?" ütles Hunter.

„Veriseid?" kordas Rhonda.

Ricky noogutas. „Küsisin temalt nende kohta. Ta ütles, et need on ninaverejooksust."

Hunter kortsutas kulmu.

„Kui Andrew oli väiksem, oli tal väga tõsine gripp ja see rikkus ninas midagi ära. Tean seda, sest seda juhtus paar korda ka koolis. Kui ta hakkas aevastama või nuuskas liiga jõuliselt, olid kõik kohad verd täis."

Hunter tunnetas Ricky ebamugavust. „Aga te ei uskunud, et vatipallide ja riidetükkide peal olev veri oli ninaverejooksust, ega ju?"

Ricky vaatas õe poole ja siis kirjaklambrit, mida oli näperdanud. See oli kõveraks väänatud. Ta tõstis selle üles ja näitas Hunterile. „Nägin põrandal vatipallide kõrval neid. Ka nende peal oli verd. Võib-olla ta torkis kirjaklambritega nina, kes teab? Nagu öeldud, oli ta kummaline kuju. Ma ei teadnud, mis toimub, aga see koht oli kuidagi kõhe. Ütlesin Andrew'le, et pean koju minema ja kadusin sealt nii kiiresti, kui jalad võtsid." Hunter teadis, miks vatipallid, riidetükid ja kirjaklambrid verised olid – Andrew lõikus ennast. Ta asendas ühe valu teisega, püüdes oma piinu ohjeldada. Ta ei saanud ohjeldada emotsionaalset valu, mida koges iga kord, kui tema vanemad tülitsesid, nii et sellest valust eemaldumiseks tekitas ta endale ise füüsiliselt valu, vigastusi. Nii võis ta rahulikult enda veritsemist vaadata, eemaldunud oma kannatustest ja pinna all pulbitsevast raevust. Seda valu sai ta täielikult ise suunata, olenevalt vigastuse suurusest ja kui palju verd voolas.

Ricky pidas vahet ja tõmbas kätega üle näo.

„Ma tean, et Andrew oli natuke imelik, aga enamik kümneaastaseid on ühel või teisel moel imelikud." Ta vaatas õe poole. „Mõned on endiselt."

Rhonda näitas vennale keskmist sõrme.

„Aga ta oli tore poiss," jätkas Ricky. „Ja kui minult küsida, siis oli tema isa argpüks. Andrew'l polnud lootustki. Ta ei väärinud surma."

Kõik vaikisid.

Hunteri jaoks hakkasid pusletükid paika langema.

Üheksakümmend seitse

Ruumi valgustasid ainult küünlad – kokku kaksteist. Nende leegid võbelesid omas rütmis, tekitades seintele varje. Mees vaatas oma paljast keha suures seinapeeglis. Paljajalu külmal betoonpõrandal, tugevad reied, laiad õlad, sportlik keha ja jääkülmad silmad. Ta vaatles oma nägu pikalt, analüüsides seda hoolega, keeras siis ennast vasakule ja siis paremale, uurides selga.

Siis läks ta nurgas oleva laua juurde ja võttis sealt ühe paljudest kõnekaardiga telefonidest, valides numbri, mida teadis peast. See kutsus kaks korda, enne kui rahulik ja kindel hääl vastas. „Kas sul on informatsioon käes, mida sinult palusin?" küsis mees ja pilk libises töölauale tema ees.

„Jah, see polnud probleem."

Mees kuulas hoolega.

Informatsioon oli pigem üllatav kui ärritav, aga tema näol polnud mingeid ärevuse tundemärke. Ta katkestas kõne ning libistas käe üle verise nõela ja niidi, mille oli töölauale jätnud. Ta peab tegevust muutma, kohandama ja muutused talle ei meeldinud. Hästi paika pandud plaanidest kõrvale kaldumine tähendas suuremat riski, aga praegu polnud sel vist enam tähtsust.

Mees vaatas kella. Ta teadis täpselt, kus naine mõne tunni pärast on. Infot oli nii lihtne hankida, et see ajas teda naerma.

Ta vaatas taas peeglisse ja endale sügavalt silma.

Oli aeg seda uuesti teha.

Üheksakümmend kaheksa

„Raisk!"

Naine vaatas autokella ja kirus endamisi, keerates San Fernando Valley kaguosas Toluca Lake'is oma tänavasse. Ta jääb kahtlemata hiljaks ja ta vihkas hilinemist.

Heategevusgala pidi algama tunni ja veerandi pärast. Sõit kodust sinna võtab vähemalt pool tundi. Seega jäi talle kolmveerand tundi, et käia duši all, teha soeng ja meik ning riietuda. Naise kohta, kes oma välimuse üle nii suurt uhkust tundis nagu tema, oli see peaaegu võimatu.

Sekretär oli teda piisavalt palju ette hoiatanud, nagu palutud, aga avarii Hollywoodi kiirteel oli röövinud 35 minutit ning hilinemine üritusele, kus pidid osalema Los Angelese linnapea, California kuberner ja mitmed A-kategooria kuulsused, ei olnud just parim mõte. Aja kokkuhoiu mõttes otsustas ta juuksed kuklale krunni kinnitada. Ta teadis ka, millist kleiti ja kingi kanda tahab. Tema kodu oli suur kahekordne tupiktänavas paiknev maja Toluca järve ääres. Naine teadis, et maja on tema jaoks liiga suur, aga ta oli sellesse kodu otsides kohe armunud.

Ta parkis oma Dodge Challengeri asfalteeritud sissesõiduteele ja vaatas tahtmatult taas armatuurlaua kella.

„Raisk, raisk."

Ta oli kellaajast ja hilinemisest sedavõrd haaratud, et ei pannud tähelegi valget kaubikut, mis seisis peaaegu tema maja ees.

Ta astus autost välja ja otsis ukse poole minnes käekotist võtmeid. Verandale jõudes kuulis ta väikesest eesaiast pügatud põõsastest krabinat. Naine seisatas ja kortsutas kulmu. Mõni sekund hiljem krabin kordus. See meenutas mingisugust kraapimist.

„Oh, palun ära ütle, et mul on rotid," sosistas ta endamisi.

Järsku kuulis ta vaikset niuksatust ja pisike valge koer pistis pea põõsastest välja. Loom tundus hirmunud ja näljane.

„Issand jumal." Naine kükitas, pani käekoti maha ja sirutas käe välja. „Tule siia, väikeseke. Ära karda." Koer tuli põõsastest välja, nuusutades tema kätt.

„Oh sa vaeseke. Sul on kindlasti kõht tühi." Ta patsutas looma pead ja silitas valget kasukat. Koer värises. „Kas tahad natuke piima?"

Naine ei kuulnud meest selja tagant lähenemas. Kuna ta kükitas, oli mehel temast kerge jagu saada. Tugev käsi lükkas naise põõsastesse, kust valge koer oli välja ilmunud, samal ajal märga riidelappi talle näole surudes. Naine üritas reageerida, lasi koerast lahti ja üritas meeleheitlikult ründajast kinni haarata, aga juba oli liiga hilja – mees teadis seda ja naine ka. Mõne sekundi pärast tema maailm pimenes.

Üheksakümmend üheksa

Garcia läks Parker Centeris joonelt oma laua taha ja lülitas arvuti tööle. Ta pidi otsima internetist kunstiajakirju. Kaks tundi hiljem hakkas tal ekraani vahtimisest pea valutama ja ta polnud ikka otsitavat leidnud. Pilk kandus taas muusikaajakirjale, mille ta oli Jessica Blacki korterist kaasa võtnud ja talle tuli üks mõte. Ta kaalus seda ainult mõne sekundi, haaras siis jaki ja jooksis taas uksest välja.

Garcia ei tundnud Los Angelese keskraamatukogu nii hästi kui Hunter, aga ta teadis, et neil oli kõikidest ajakirjadest mikrofilmide ja andmebaasi arhiiv. Ta lootis vaid, et nende kunstiosakond on just nii täiuslik, kui Hunter väitis.

Garcia leidis vaba arvuti, istus ja hakkas artikleid uurima. Ta otsis artikleid Laura Mitchelli või Kelly Jenseni kohta, ennekõike üks ühele intervjuusid.

Tal kulus veidi alla kahe ja poole tunni, et leida esimene – intervjuu Kelly Jenseniga ajakirjale Art Today. Otsitavaid ridu lugedes tundis ta, kuidas veri soontesse paiskub.

„Täitsa haige," ütles ta, vajutades printimise klahvi. Garcia võttis väljatrükid ja läks laua taha tagasi. Laura Mitchell oli järgmine.

Tund aega hiljem oli ta kõik süsteemis olevad Laura Mitchelli intervjuud läbi vaadanud – ei midagi.

„Raisk!" kirus ta endamisi. Silmad oli väsinud ja jooksid vett. Ta vajas pausi, kohvi ja valuvaigistit.

Järsku tuli talle pöörane mõte ja ta peatus hetkeks, kaaludes alternatiive.

„No, mis seal ikka," sosistas Garcia, otsustades, et tasub proovida.

Ta ei leia kusagilt Laura Mitchelli kohta paremat kunsti-ajakirjade ja artiklite kollektsiooni kui see, mille nad leidsid James Smithi korteri pimedast toast. Smithil olid ilmselt olemas kõik Laura kohta avaldatud kirjutised. Mees ise oli alles vahi all ja korter käimasoleva juurdluse osana politsei valve all.

Garcia seisis hämaralt valgustatud kollaažitoa uksel, vaadates kõikjal vedelevaid ajakirju ja ajalehti.

„Kuramus!" sosistas ta endamisi. „See võtab mul terve igaviku aega."

Tegelikult kulus tal selleks kaks tundi ja kolm kuhja ajakirju. Laura Mitchelli viimane intervjuu oli olnud ajakirjale Contemporary Painters üksteist kuud tagasi. See oli väike artikkel – alla 1500 sõna.

Seda lugedes oleks Garcia äärepealt läkastama hakanud.

„Kuradi raibe."

Kõik kehakarvad kerkisid. Ta teadis, et selliseid juhuseid ei ole olemas.

Majast välja tormates helises taskus mobiil. Garcia vaatas enne vastamist ekraanile.

„Robert, kavatsesin sulle just helistada. Sa ei usu, mida ma leidsin …"

„Carlos, kuula mind," sekkus Hunter tungival häälel, „ma arvan teadvat, keda me jahime."

„Mis asja? Tõesti? Keda?"

„Ta ei kasuta kindlasti enam oma pärisnime, aga tema õige nimi on Andrew Harper. Pead laskma jaoskonna taustauurijatel otsekohe tema kohta kõik välja uurida."

Garcia seisatas ja kortsutas kulmu. Ta otsis mälust seda nime. „Oota korraks," meenus talle, „kas see pole mitte see poiss, keda Stephen meile telefonis mainis? See, kelle tema isa tappis?"

„Jah, tema just ja ma ei tea, kuidas ta pääses, aga ma ei usu, et ta tol päeval tapeti."

„Kuidas palun?"

„Arvan, et ta jäi kuidagimoodi ellu. Ja ma arvan, et ta oli selle toimumise ajal majas, Carlos."

„Mis asja?"

„Räägin kõigest, kui LA-sse tagasi jõuan. Olen lennujaamas. Maandun LAX-il* umbes kahe tunni pärast, aga arvan, et see poiss peitis end majas."

„Ei ole võimalik."

„Ta nägi isa ema keha rüvetamas, teda kinni õmblemas, verega seinale sõnumit kirjutamas ja siis ema tapmas, enne kui endal ajud sodiks lasi ..."

Garcia vaikis.

„Arvan, et poiss nägi seda kõike pealt. Ja kordab nüüd ajalugu."

Sada

Pilved kogunesid taevasse, kui Andrew Harper oma kaubiku 170. riigimaanteel põhja keeras. Tema ees pruuni mahtuniversaali tagaistmelt naeratas ja lehvitas talle umbes üheksa-aastane poiss, jäätisetuutu käes. Andrew ei vajanud rohkem meeldetuletusi, et seda ammust päeva mäletada, sest neid oli nagunii kõikjal, aga poissi ja tema jäätist nähes tõmbles ta nagu kärbseid peletav

---

* Los Angelese rahvusvaheline lennujaam.

lehm, kui elavad kujutluspildid silme ette kerkisid. Ta kandus hetkega tagasi isa pikappi tol pühapäeva hommikul. Isa oli sõitnud paar tänavavahet ja tanklas peatuse teinud.

„Mul on sulle üllatus," oli Ray Harper öelnud, pöördudes väikese Andrew poole, kes istus kõrvalistuja kohal. Ta naeratas, ent silmad reetsid tegelikke tundeid. „Aga kõigepealt ostan ma sulle jäätist."

Andrew silmad läksid suureks. „Jäätist? Ema ei taha, et ma jäätist sööksin. Ta ütles, et sellest külmetusest saadik ei ole jäätis mulle hea, isa."

„Tean, et ta ei taha seda, aga sulle ju meeldib jäätis, eks?" Andrew noogutas innukalt.

„Üks pall ei tee midagi halba. Täna on eriline päev ja kui sulle maitseb jäätis, siis sa ka saad jäätist. Mis maitselist sa tahad?" Andrew pidas aru. „Šokolaadi*brownie*," vastas ta ja rõõmu peaaegu immitses läbi naha.

Mõni minuti hiljem tuli Ray autosse tagasi kahe jäätise-tuutuga. Andrew asus enda oma sööma nagu võiks see õhku haihtuda, kui ta seda kohe ära ei söö. Vähem kui minutiga oli jäätis otsas ja ta hakkas sõrmi limpsima.

Ray oli oma jäätise jõudnud ära süüa, kui Andrew aevastas korra tugevasti ja sellega kaasnes veri. Ta ei jõudnud õigel ajal kätt nina alla panna ja verd lendas kõikjale – armatuurlauale, esiklaasile, uksele, aga peamiselt tema särgile. Järgnes lühike, aga tugev ninaverejooks, nii et püksid ja jalanõud said ka veriseks. Ray kallutas kohe tema pea kergelt kuklasse ning pühkis särgisabaga poja nina ja suu puhtaks. Verejooks lakkas kahe minutiga.

„Nii," ütles Ray vabandavalt kulmu kortsutades. „Võib-olla see ikkagi polnud hea mõte."

Andrew naeratas, vaatas siis oma verist särki ja tõmbus kühmu.

„Pole midagi, poja," sõnas Ray, pannes käe tema pea peale. „Ma ju ütlesin, et mul on sulle üllatus, mäletad?" Ta võttis oma istme tagant jope alt pakitud kingituse. „See on sulle."

Andrew silmad lõid särama. „Aga mul pole sünnipäev ja veel pole jõulud ka, isa."

„See on jõulueelne kingitus. Sa väärid seda, poeg." Ray näole tekkis korraks kurbus. „Tee lahti. Tean, et sulle meeldib." Andrew rebis pakkepaberi katki nii kiiresti kui sai. Talle meeldisid kingitused, ehkki ta ei saanud neid kunagi eriti palju. Tema näole tekkis lai naeratus. Pealmine oli uus T-särk. Selle peal oli Andrew lemmiktegelase Wolverine'i pilt Marveli koomiksist „X-Mehed".

„OOH!" suutis ta vaid öelda.

„Vaata järgmist asja ka," ärgitas Ray.

Andrew sai aru, mis see on, enne kui karbi avas – uued tossud, samuti Wolverine'i ja X-Meeste piltidega. Andrew vaatas jahmunult isa poole.

„Aga, isa, need on väga kallid." Ta teadis, et tema vanematel oli viimasel ajal rahalisi raskusi.

Ray silmad tõmbusid veekalkvele. „Sa väärid palju enamat, poeg." Ta pidas korraks vahet. „Mul on kahju, et ma ei saanud sulle pakkuda seda, mida sa väärid." Ta suudles taas Andrew'd laubale. „Proovi neid õige selga. Siis saad määrdunud särgi ka ära visata."

Andrew kõhkles.

Ray teadis, kui häbelik tema poeg on. „Toon meile limonaadi ja sina vaheta seni riided, eks?"

Andrew ootas, kuni isa oli tagasi tanklasse läinud, võttis kähku verise särgi seljast ja viskas tagaistmele. Arm rinnal eelmisest õhtust torkas teiste seas silma, sest oli punane ja kipitas. Ta hõõrus seda kergelt sõrmeotstega. Ta oli õppinud küüsi mitte kasutama, sest haavad võisid veritsema hakata. Selleks ajaks, kui

Ray paberkoti ja kahe Mountain Dew limonaadipudeliga, mis oli Andrew lemmik, tagasi tuli, oli tal uus särk seljas ja tossud jalas. „Need näevad sinu seljas lahedad välja, poisu," ütles Ray, ulatades talle limpsipudeli.

Andrew naeratas. „Ma pean need jalast ära võtma, isa. Need saavad märjaks, kui me järve äärde jõuame."

Miski Ray pilgus muutus. Kogu tema olemus oli täis leina ja kurbust. „Pean sulle midagi ütlema, poeg. Me ei lähe täna kalale."

Nüüd peegeldus kurbus ka Andrew näol. „Aga, isa, ema ütles, et kui ma täna suure kala kätte saan, ei tülitse te enam. Ta lubas."

Rayle tulid taas pisarad silma, aga ta ei lasknud neil voolata. „Oh, kullake, me ei tülitsegi enam. Mitte kunagi." Ta pani käe poja kuklale. „Pärast tänast mitte."

Andrew silmad läikisid rõõmust. „Tõesti? Kas lubad, isa?"

„Jah, lapsuke, aga sa pead midagi minu heaks tegema."

„Olgu."

„Mul on täna vaja midagi väga tähtsat teha, sellepärast me ei saagi kalale minna."

„Aga pühapäev on, isa. Sa ei tööta pühapäeviti."

„See polegi töö, aga see on väga-väga tähtis." Ray pidas vahet. „Sa ütlesid kord mulle, et sul on üks salajane peidukoht, eks?"

Andrew tundus murelik.

„Kas see on sul alles?"

Poiss noogutas häbelikult. „Jah, aga ma ei saa öelda, kus see on, isa. See on saladus."

„Sellest pole midagi. Ma ei tahagi, et sa ütleksid, kus see on." Ray võttis midagi istme alt. „Sa pead minema oma peidukohta ja kogu päeva seal olema. Võid seal nendega mängida." Ray näitas pojale kolme 15-sentimeetrist kujukest – Wolverine, professor Xavier ja Kükloop.

„Oo." Andrew ei suutnud oma silmi uskuda. Asi läks aina paremaks.

„Mis sa kostad? Kas sulle meeldivad su kingitused?"

„Jah, isa. Suur aitäh." Ta sirutas käe mänguasjade poole. „Pole tänu väärt, poja, aga kas sa teeksid seda? Kas sa saad minna oma peidukohta ja olla seal kuni õhtuni, mängida oma uute asjadega?"

Andrew kiskus aeglaselt pilgu mänguasjadelt ja vaatas isa murelikku nägu. „Sa ei tülitse enam emaga?"

Ray raputas kergelt pead. „Mitte kunagi enam," sosistas ta.

„Lubad?"

„Ma luban, poeg."

Taas rõõmus naeratus. „Olgu pealegi."

„Ära tule välja enne kui õhtul, eks ole?"

„Ei tule, isa. Ma luban."

„Võta." Ray ulatas talle paberkoti. „Siin on šokolaadi – Butterfingers, tean, et need on su lemmikud –, Pringleseid, juustu-singi võileib ja veel kaks limonaadi, et sul nälga ega janu ei tekiks."

Andrew võttis koti ja vaatas sisse.

„Ära kõike korraga ära söö, muidu hakkab halb."

„Ei söö."

„Olgu pealegi. Kas su salajane peidukoht on siin lähedal? Kas sa saad sinna jalgsi minna?"

„Jah, isa. See pole kaugel."

Ray kallistas veel korra poega, seekord väga pikalt. „Ma armastan sind, Andrew. Armastan sind alati, poeg, saagu, mis saab. Palun pea seda meeles, eks?"

„Mina armastan sind ka, isa." Isa võitles pisaratega, kui Andrew avas autoukse ja keksis oma uue särgi, tossude ja mänguasjadega minema. Isa oli lubanud, et ei tülitse enam emaga. See oli tema elu kõige õnnelikum päev.

309

Sada üks

Andrew pani raadio tööle, lootes, et muusika aitab mälestusi peletada, aga juba oli liiga hilja. Mõtted kihutasid nagu Ameerika mägedel ning mälestused ja kujutluspildid aina kuhjusid. Ta mäletas, et oli pärast isast lahkumist tanklas koju jõudnud vaid mõne minutiga. Ta oli torganud kujukesed taskusse, hüpanud üle aia ja oodanud põõsastes, kust pääses tagaaeda. Ta tahtis olla kindel, et ema pole aias. Väljas oli nagunii liiga külm, et aias istuda. Siis kiirustas ta seina juurde ja hakkas mööda võret üles ronima, nagu iga päev, olles seekord tavapärasest veelgi ettevaatlikum, et mitte uusi tosse ära määrida. Ta pressis end üleval väikesest ümmargusest aknast sisse ja jõudis oma peidukohta.

Esimese asjana võttis ta tossud jalast ja pani jalga paksud villasokid, nagu alati. Pööningu põrandalauad olid tugevad ja ta oli kriuksuvad kohad ammu kindlaks teinud, aga pidi ringi liikudes ikkagi ettevaatlik olema. Andrew oli juba õppinud kikivarvul hiilima ja jalgu libistama nii, et suutis liikuda peaaegu hääletult.

Ta pani kolm kujukest nurka puidust kasti peale ja vaatas neid naerataval pilgul. Pilk kandus vatipallide kotile ja kasti kõrval maas olevale kirjaklambrite karbile. Ta tundis sisemuses midagi sooja tekkimas. Midagi, mida polnud ammu tundnud. Järsku näitas ta vatipallidele ja kirjaklambritele keelt. Tal pole neid rohkem vaja. Isa oli lubanud, et ei tülitse enam emaga ja isa pidas alati antud lubadusi. Nad saavad jälle olla õnnelik perekond, kes nad kunagi olid. Ja see tähendas, et ta ei pea endale enam valu tekitama.

Andrew sättis end oma lemmiknurka istuma ja võttis mõned koomiksid kätte. Ta oli neid kõiki juba lugenud, aga luges meelsasti uuesti.

Ta istus seal ilmselt oma kaks tundi, lapates ajakirju, kui kuulis vanemate toast hääli. Andrew pani koomiksid käest ja vaatas ühest enda tekitatud praost alla. Ema oli tuppa tulnud. Tal oli ümber kollane kohev rätik. Juuksed olid alles märjad ja üle pea kammitud. Andrew tõmbus praost eemale, enne kui ema rätiku ümbert võttis. Ta oli ema paljana näinud, aga see oli kogemata. Ema oli seisnud kohas, kust Andrew teda näha ei saanud. Kui ta viimaks tagasi tuli, oli ta alasti. Andrew teadis, et ta ei tohiks ema või isa paljana vaadata. Ta oli neid näinud teki all imelikke hääli tegemas. Ta teadis, et teised koolis ütlesid selle kohta „keppima", aga tema meelest ei paistnud kumbki seda ülemäära nautivat.

Ta jätkas koomiksite vaatamist, teades, et peab nüüd eriti vaikselt olema, aga siis kuulis ta vanemate toa ust kohutava pauguga kinni lendamas. Ta vaatas taas praost alla ja hing jäi mitmeks sekundiks kinni. Isa seisis suletud ukse juures, aga tema nägu oli peaaegu äratundmatu, nii raevunud, et see vapustas Andrew'd hingepõhjani. Isa käed ja särk olid verised. Ema seisis alasti ja kangestununa toa vastasseinas.

„Issand jumal. Mis juhtus? Kus Andrew on?" küsis ta, paanika hääles.

„Sa ei pea Andrew pärast muretsema, sa valelik hoor," röögatas Ray nii vihasel häälel, et kogu tuba vappus. „Peaksid rohkem muretsema oma kuradi armukese pärast."

Emily kõhkles.

„Arvan, et rohkem sa temaga ei kepi." Ray võttis midagi taskust. Andrew'le meenutas see väga verist lihatükki.

Emily karjatas summutatult. „Halastaja jumal, Ray. Mida sa teinud oled? Jumala nimel, mida sa teinud oled?" Ta surus käed täielikus õuduses suule.

„Tegin nii, et Nathan, see hale äbarik, enam ühtegi perekonda ei lõhuks." Ray naeratas saatanlikult. „Samuti tegin nii, et ta ei saaks öelda sõnagi, kui oma loojaga kohtub. Võiks öelda, et tema suu on suletud." Ta astus kaks sammu Emily poole.

Naine taganes sammu ja üritas kätega keha katta.

„Miks sa pidid seda tegema, Emily? Miks sa pidid meie perekonna hävitama? Miks sa pidid mu armastuse niimoodi reetma? Miks sa pidid mind neid asju tegema sundima?" Ray suust pritsis tatti. Ta pani verise lihatüki taskusse tagasi. „Mäletad, mida me teineteisele ütlesime?" Ta ei oodanud vastust. „Ütlesime: *Sina oled see õige, kullake. Sina oled see, keda ma olen kogu elu otsinud. Sina oled mu hingesugulane. Me ei lähe kunagi lahku, sest sina oled see inimene, kellega ma tahan elu lõpuni koos olla.* Kas sa mäletad seda?"

Vaikus.

„VASTA MULLE!"

Ray röögatus oli nii vali ja täis raevu, et Andrew lasi end pööningul täis.

„Ja ... jah." Emily oli hakanud nutma ja värises nii tugevasti, et ei saanud õieti hingata.

„Aga mina polnud see õige, ega? Sa valetasid mulle, sa valelik lipakas. Sa panid mind uskuma, et see, mis meil oli, on püha ... eriline ... igavene. Aga ei olnud, ega ju? Minust ei piisanud sulle."

Emily huuled ei liikunud.

„Kas tema oli see õige?" küsis Ray. „Kas Nathan oli sinu jaoks see õige?" Ta astus sammu lähemale. Emily selg oli vastu seina. Tal polnud enam kuhugi taganeda. „Kas sa armastasid teda?"

Vastust ei tulnud.

„Kas. Sa. Armastasid. Teda ...?" Miski Ray käitumises muutus, nagu oleks keegi ta enda võimusesse võtnud. Midagi hullemat kui kurjus.

Emilyl polnud häält. Häälepaelad olid hirmust tardunud. Ta noogutas tahtmatult ja millelegi mõtlemata väga kergelt.

Sellest piisas, et Ray raev saavutaks haripunkti. „Kui tõeline armastus tähendab sinu jaoks seda, siis peaksid sa selle saamagi. See peaks igavesti sinu sees olema. Sina ja tema, koos – igavesti.“ Ta liikus naise poole nii kiiresti ja otsustavalt, et isegi terve armee poleks teda takistada suutnud. Tema rusikas tabas Emily pead niisuguse jõuga, et naine kukkus teadvusetuna maha.

Andrew nende kohal oli hirmust kange, suutmata kuidagi reageerida, häält polnud ja silmad ei suutnud õieti isegi pilgutada. Tema aju oli liiga noor ja naiivne, et kõigest nähtust aru saada, aga ta ei liigutanud. Ta ei tõmbunud praost eemale.

Järgmise tunni vaatas Andrew, kuidas koletis tema isa seest välja tungis.

Ray tiris Emily voodi juurde ja sidus ta kinni. Siis võttis ta pika jämeda niidi ja nõela ning õmbles tema suu hoolikalt kokku. Seejärel võttis ta taskust selle arusaamatu verise lihatombu, tõmbas Emily jalad laiali ja toppis selle tema sisse, õmmeldes ta seejärel kinni. Seejärel kirjutas Ray tema verega midagi seinale. Tähed olid piisavalt suured, et Andrew neid näeks – TA ON SINU SEES.

Ray kallutas voodi ühte otsa, nii et abikaasa jäi püstisesse asendisse ja lükkas voodi vastu kaugemat seina.

Mööda Andrew nägu voolasid pisarad.

Ray võttis riidekapi pealt kastist oma kaheraudse, istus Emily ette põrandale rätsepaistesse, pani püssi jalgade peale ja ootas.

Ta ei pidanud kaua ootama. Emily avas mõne minuti pärast silmad. Ta üritas karjuda, aga kinniõmmeldud huuled ei lasknud häälel välja tulla. Tema segaduses pilk peatus abikaasa näol.

Ray naeratas talle.

„Kas sa seda tahtsidki, Emily?“ Tema hääletoon oli muutunud – see oli rahulik, mõistev, nagu oleks ta järsku enda sees sisemise rahu leidnud. „See kõik on sinu süü. Ja ma loodan, et sa põled põrgus." Ray kallutas pea kuklasse ja surus kaheraudse toru altpoolt vastu lõuga. Tema sõrm pinguldus päästiku peal. Emily tõmbles eesootava õuduses, taibates, mida Ray oli teinud. Mees oli täielikult hulluks läinud. Emily oli kindel, et ta oli tapnud nende poja ja tema armukese. Mao sisu paiskus suhu ja Ray tehtud õmblused takistasid sel välja pääsemast. Ta sattus paanikasse ja hakkas lämbuma. Hapnik ei jõudnud kopsudesse. Ray tõmbas sügavalt hinge, pea ikka kuklas, ja vajutas päästikule. Ja sel viimasel sekundi murdosal, enne kui kaheraudne paugatas, nägi ta neid. Puidust laelaudade vahel. Ta nägi neid, sest valgus peegeldus nende peal ja need pilkusid.

Ta nägi oma poja õudust täis silmi ennast vaatamas.

Sada kaks

Naine ärkas, aga ei suutnud silmi avada. Ta teadis, et polnud väga kaua teadvuseta olnud – viis-kümme minutit ehk. Kui niiske riidelapp koduukse ees tema nina ja suu peale suruti, tundis ta selle lõhna kohe ära – eeter. Ta sai ka aru, et kükitades, selja tagant tuleva ootamatu rünnaku ja temast kindlasti tugevama vastasega oleks vastuhakk olnud mõttetu.

Instinktid lülitusid kohe sisse. Niipea, kui ta taipas, et kallaletungija kasutab tema vaigistamiseks anesteetikumi, teadis ta täpselt, millist reaktsiooni mees temalt ootab. Ta mängis kaasa, hoides hinge kinni nii kaua kui suutis ja teeskles, et rabeleb. Esimene eetri hingetõmme viib kahtlemata teadvuse, aga mitte liiga kauaks. Kui ta suudab piisavalt veenvalt teeselda, et hakkab vastu ja ahmib õhku, usuks mees, et ta ahmis anesteetikumi sisse piisavalt, et pikalt teadvusetu olla.

314

See nipp toimis.

Kallaletungija hoidis riidelappi tema nina peal kõige enam kakskümmend viis sekundit, uskudes, et naine on teadvuseta. Nüüd püsis kapten Blake täiesti liikumatu ja vait. Ta kuulis automootori mürinat. Tundis kõva autopõrandat enda all vibreerimas ja aeg-ajalt rappumas. Ta paotas veidi silmi, et ümbrusest paremat aimu saada. Selge oli see, et ta lamas kihutava kaubiku pimedas kaubaruumis. Käed olid selja taga kinni seotud, aga jalad olid vabad. See võib talle võimaluse anda. Mobiil ja käekott olid kadunud – see polnud üllatav.

Ta teadis, et esialgu ei saa ta teha muud kui oodata. Blake oli oma sisemise kellaga lapsest saadik väga hästi ühenduses olnud. Ta oletas, et nad olid sõitnud umbes tund aega, kui viimaks seisma jäid. Kaubik liikus suure osa ajast keskmise kiirusega, mis tähendas, et nad olid kuidagimoodi suutnud vältida Los Angelese kurikuulsaid liiklusummikuid. Mees oli toonud ta kuhugi linnast välja.

Siis kuulis ta juhiust avanemas ja kinni paugatamas. Mees tuli teda välja võtma. Läheb lahti.

Kapten Blake libistas end kähku tagaukse poole, nii lähedale kui võimalik. Tal on ainult üks võimalus. Ta tõmbas põlved vastu rinda ja ootas. Seekord oli üllatusmoment tema poolel. Ta kuulis ukselukku avanemas ja pani vaimu valmis.

Kui uksed avanesid, virutas ta kogu jõust. Jalad põrkasid vastu mehe rinda. Esimest korda elus soovis ta, et oleks tööl käinud kõrgete kontsadega.

Nagu ta oli arvanud, tabas see kurjategijat täiesti ootamatult. See lõi mehel hinge kinni ja virutas tagurpidi pikali.

Blake viskus ettepoole ja nihutas end kaubiku kaubaruumi serva poole. Jalad värisesid hirmust ja adrenaliinist nii tugevasti, et ta polnud kindel, kas suudab püsti seista. Üritades jalgu alla saada, hüppas ta kaubikust välja ja vaatas kähku ringi. Kaubik seisis suure vana hoone ees, aga mitte midagi muud siin polnud peale kõnnumaa, umbrohu ja kitsa tee, mida mööda nad olid siia sõitnud.

Pilk vajus alla ja hirm kerkis kurku nagu tsunami. Tema vangistaja oli kadunud.

„Kurat võtaks!"

Paanika võttis võimust ja ta hakkas tee suunas jooksma, aga tal polnud selleks sobivaid jalanõusid ja käed olid ikka selja taha kinni seotud. Ta suutis teha vaid mõned ebakindlad kohmakad sammud, kui jalad meeletu jõu ja hooga alt tõmmati. Ta isegi ei kuulnud kurjategijat selja tagant lähenemas.

Blake kukkus raskelt, kõigepealt tabasid maapinda õlad ja siis pea. Nägemine hägustus ja ta nägi vaid enda kohal kõrguvat kogu.

„Nii et nutikas lipakas tahab karmi mängu mängida, mis?"

Mehe hääl oli rahulik, aga väga kurjakuulutav. „Noh, vahi seda."

Tema käsi tõmbus rusikasse.

„On aeg valu tunda, hoor."

Sada kolm

Whitney Myers vaatas kella, enne kui pärast kolmandat helinat mobiilile vastas.

„Whitney, mul on sulle infot," ütles Leighton Morris oma tavapärasel üliinnukal häälel. Morris oli üks Myersi LAPD tuttavatest, kellele ta aeg-ajalt helistas, kui siseinfot vajas.

„Ma kuulan."

„See uurija, kel sa palusid silma peal hoida, Robert Hunter ..."

„Jah, mis temaga on?"

„Ta läks varahommikul lennuki peale."

„Lennuki? Kuhu?“

„Healdsburgi Sonoma maakonnas.“

„Sonoma maakonnas? Mida kuradit? Miks?“

„Seda ma ei tea, aga see on kindlasti seotud juhtumiga, mida ta hetkel uurib, mis on muide väga salajane.“

„Ta lahkus täna hommikul?“

„Jah, ja broneeris äsja tagasilennu tänaseks pärastlõunaks.“ Tekkis üürike paus. „Tegelikult peaks ta varsti lennuki peale minema.“

Myers vaatas uuesti kella. „LAX-i?“

„Jah.“

„On sul lennuinfo olemas?“

„Siinsamas.“

„Olgu, saada mulle sõnumiga.“

Myers lõpetas kõne ja ootas.

Sada neli

Lend startis õigel ajal ja Hunter maandus LAX-il ettenähtud ajal. Kuna tal pagasit polnud, astus ta väravatest välja vaid mõni minut pärast maandumist. Garcia juba ootas teda, kaust kaenla all.

„Kas sa maksad parkimise eest?“ küsis Hunter.

Garcia grimassitas nägu. „Segi oled või? See on politseivärk. Meil on mõned hüved.“

Hunter muigas. „Olgu, võtame siis kohvi ja ma räägin sulle, mida teada sain. Kas taustauuring on juba midagi leidnud?“

„Seni mitte. Just küsisin üle.“

Nad leidsid esimeses terminalis Starbucksi kohviku tagumises otsas eraldatud laua. Hunter jutustas Garciale, mida oli Harperite kohta teada saanud. Ta rääkis Andrew peidukohast pööningul ja piilumisavadest. Ta rääkis poisi enesevigastamisest ja sellest, et on kindel, et Andrew jäi ellu ja nägi 20 aastat tagasi kõike juhtunut pealt. Pärast seda ta kadus.

„Kui tema isa oli nii jõhker, kuidas Andrew ellu jäi?"

„Ma ei tea, mis täpselt tol päeval juhtus. Mitte keegi peale Andrew ei tea, aga ta on elus. Ja see survepott tema peas plahvatas viimaks."

„Sa tahad öelda, et miski käivitas selle?"

Hunter noogutas.

„Ja temast pole mingeid fotosid?"

„Mina ei leidnud. Väike linn, väike kool. Toona olid kooli aastaraamatus ainult keskkooliõpilased. Andrew käis sel ajal viiendas klassis." Hunter hõõrus kuklal olevat armi. „Arvan, et meil oli õigus selles osas, et mõrtsukas kasutab nii ülekandmist kui ka projitseerimist koos sügava armastusega inimese suhtes, keda ohvrid talle meenutavad."

„Tema ema. Inimene, keda ta selles vanuses üle kõige armastas. Inimene, kellele ta mitte mingi hinna eest viga ei teeks."

„Mitte mingi hinna eest."

„Oidipuse kompleks?"

„Ma ei usu, et ta oli oma emasse romantiliselt armunud, aga ta oli väga tagasihoidlik laps, kel oli vähe sõpru. Tema vanemad olid kogu tema maailm. Andrew meelest ei saanud ema midagi valesti teha."

„Kas tema tunded võisid muteeruda ema armastamise ja romantilise armastuse kombinatsiooniks?"

Hunter kaalus seda teooriat. „Võimalik. Mis siis?"

„Nii, minu kord. Näitan sulle, mida leidsin." Garcia avas kaasa võetud kausta ja võttis välja muusikaajakirjad, mille oli leidnud Jessica Blacki korterist. Ta jutustas kiiresti, mis Mark

Strattoniga toimus, et mees polnud suutnud end ohjeldada ja oli võimaliku röövimiskoha täielikult segi pööranud. „Nende korteris nägin ma juhuslikult seda ajakirja. Siin on Jessica Blacki intervjuu. Ühes lõigus küsis intervjueerija temalt armastuse kohta.“

„Ja siis?“

„Ta küsis, mida tõeline armastus tema jaoks tähendab.“ Garcia lükkas ajakirja Hunteri ette ja osutas allajoonitud ridadele. „See oli tema vastus.“

Hunter libistas pilgu üle teksti ja pidas aru. Süda jättis mõned löögid vahele. Ta luges uuesti.

„Minu jaoks on tõeline armastus midagi ohjeldamatut. Nagu tuli, mis ereda leegiga sinu sees põleb ja kõik enda ümber hävitab.“

„Tuli, mis ereda leegiga sinu sees põleb?“ kordas Garcia pead raputades. „See ei olnud minu meelest juhus. Läksin jaoskonda tagasi ja otsisin internetist ... ei leidnud muhvigi. Siis meenus mulle, et sa rääkisid, kui hea ajakirjaarhiiv keskraamatukogus on ja sõitsin sinna.“

„Ja?“

„Ja leidsin selle.“ Garcia võttis kaustast väljatrüki, mille oli raamatukogust saanud, ja lükkas selle Hunteri poole. „Intervjuu Kelly Jenseniga ajakirjas Art Today. Jällegi küsimus tõelise armastuse kohta ja mida see tema jaoks tähendab.“ Ta osutas allajoonitud lõigule. „Loe tema vastust.“

Armastus teeb haiget ja tõeline armastus veel rohkem. Pean tunnistama, et mul pole armastuses eriti vedanud. Minu viimane kogemus selles vallas oli väga valus. Sain aru, et armastus võib olla nagu taskunuga sinu sees, mis võib iga hetk lahti lennata. Ja kui see juhtub, siis see haavab. See lõikab su sees kõik katki. See tekitab verejooksu. Ja sa ei saa eriti midagi ette võtta.

„Raisk,“ sosistas Hunter, tõmmates käega läbi juuste.

„Ma ei leidnud raamatukogust sarnaseid artikleid Laura Mitchelli kohta. Siis tuli mulle pöörane mõte minna tagasi James Smithi korterisse."

„Kõige põhjalikum ajakirjade ja artiklite kollektsioon, mis Laura kohta olemas on."

„Just," nõustus Garcia. „Mul kulus paar tundi, aga ma leidsin selle." Ta ulatas Hunterile ajakirja Contemporary Painters. Jällegi küsimus armastuse kohta. Hunter luges allatõmmatud ridu – *Tõeline armastus on uskumatu. Midagi, mida sa kontrollida ei saa. Midagi, mis lahvatab su sees nagu pomm, kui sa seda kõige vähem oodata oskad ja matab su täielikult enda alla.*

„Ta annab neile armastust," ütles Garcia. „Mitte enda armastust, aga seda, mida nemad tõeliseks armastuseks pidasid vastavalt sellele, mida ta luges. Nende enda sõnade kohaselt."

Hunter nõustus. „Tema aju on täiesti sassis. Tal pole aimugi, mis armastus on, ja see ei üllata mind. Andrew jaoks oli tõeline armastus see, mis oli tema vanematel, aga see, mida ta tol õhtul nägi, purustas selle arusaama miljoniks killuks ja ta on püüdnud neid kilde sestsaadik uuesti kokku panna."

„Olgu pealegi, aga miks praegu?" küsis Garcia. „Kui trauma tekkis kakskümmend aastat tagasi, miks ta alles praegu tapma hakkas?"

„Trauma ei ole lihtne ega selge, Garcia," selgitas Hunter, „ükski psühholoogiline haav ei ole selline. Paljud traumad, mida inimesed mingil eluhetkel kogevad, ei väljendugi tegevustena. Tihti ei tea traumeeritud inimene ise ka, mis selle katalüsaatoriks on. See lahvatab järsku tema peas ja neil pole enda tegude üle mitte mingisugust kontrolli. Andrew puhul võis piisata ajakirjas või ajalehes pelgalt Laura, Kelly või Jessica foto nägemisest."

„Sest nad olid välimuselt tema ema moodi, olid samas vanuses kui tema ema surres ja lisaks olid nad ka kunstnikud."

„Jah." Hunter mobiil hakkas helisema – ekraanil oli kiri „Salastatud number."

„Uurija Hunter," ütles ta telefoni kõrva juurde tõstes.

„Tere, uurija. Kuidas teile mu sünnilinn meeldis?" Hunter vaatas üllatunult Garcia poole. „Andrew ..."

Sada viis

Garcia silmad läksid üllatusest suureks. Ta arvas, et kuulis valesti, aga Hunteri näoilmes polnud kahtlust.

„Andrew Harper ...?" kordas Hunter rahulikult häälel. Liini teisest otsast kostis naeruturtsatus. „Mitte keegi pole mind kakskümmend aastat Andrew'ks kutsunud." Seda öeldi rahulikult summutatud sosinal. Hunter mäletas sosistavat häält salvestuselt, mille Myers oli saanud Katia Kudrovi automaatvastajast.

„Kas sa tunned oma pärisnime kuulmisest puudust?" Hunter küsis seda samasuguse hääletooniga nagu Andrew'l.

Vaikus.

„Ma tean, et sa olid seal, Andrew. Tean, et sa nägid, mis tol päeval su kodus juhtus. Aga miks sa põgenesid? Kuhu sa läksid? Miks sa ei lasknud inimestel end aidata?"

„Aidata?" Mees naeris.

„Mitte keegi poleks sellise asjaga toime tulnud, mida sina üksinda talusid. Sa vajasid siis abi. Vajad praegugi abi."

„Toime tulnud? Kuidas saaks keegi toime tulla sellega, kui näed oma isa su silme ees koletiseks muutumas? Isa, kes vaid paar tundi tagasi tegi mulle maailma parimaid kingitusi. Isa, kes lubas, et kõik saab korda. Et nad ei tülitse enam. Isa, kes ütles, et armastab mu ema ja mind üle kõige. Mis armastus see selline on?"

321

Hunter ei osanud vastata.

„Ma uurisin teie tausta. Te olite psühholoog, eks? Kas usute, et oleksite aidanud mul sellega toime tulla?"

„Oleksin endast parima andnud."

„See on jama."

„Ei ole. Elu ei ole mõeldud üksinda elamiseks. Me kõik vajame aeg-ajalt abi, ükskõik kui tugevaks või vintskeks me end peame. Üksinda ei suuda inimene teatud olukordadega toime tulla. Eriti mitte siis, kui ollakse kümneaastane."

Vaikus.

„Andrew?"

„Ärge öelge mulle Andrew. Teil pole seda õigust. Mitte kellelgi ei ole. Andrew suri tol õhtul kakskümmend aastat tagasi."

„Olgu. Mis nimega ma sind siis kutsun?"

„Te ei peagi mu nime kasutama, aga kuna te olite nii lahke ja kõik persse keerasite, tuhnisite asjades, milleks teil õigust polnud, on mul teile üllatus. Oletan, et teie telefoniga saab videoid vaadata?"

Hunter kortsutas kulmu.

„Saadan teile veidi aega tagasi tehtud väikese videoklipi. Loodetavasti meeldib."

Kõne katkes.

„Mis juhtus?" küsis Garcia.

Hunter raputas pead. „Ta saadab mulle mingi video."

„Video? Mille kohta?"

Hunteri telefon piiksus – *Sissetulev video.*

„Eks saame kohe teada."

Hunter vajutas kohe vastavat klahvi, võttes video vastu. Garcia tuli lähemale ja käänas kaela. Pilk oli kinnitunud väikesele ribale Hunteri mobiili ekraanil, mis näitas väga aeglaselt video allalaadimist. Aeg venis.

Viimaks piiksus telefon taas – *Allalaadimine lõpetatud. Kas vaatad kohe?*

Hunter vajutas taas vastavat klahvi.

Pilt oli udune, kvaliteet olematu. Ilmselgelt oli see salvestatud odava mobiiliga, aga nad said hästi aru, kellega tegu.

„Mida kuradit?" Garcia nihkus veel lähemale.

Metalltooli külge oli keset tühja ruumi seotud keegi naine. Tema pea oli rinnale vajunud, tumedad juuksed näo peal, varjates seda, aga ei Hunter ega Garcia pidanud nägema naise nägu, mõistmaks, kellega tegemist.

„Kas ma hakkan peast segi minema?" küsis Garcia, silmad suured ja näost kahvatu.

Hunter ei vastanud.

„Kuidas, kurat, ta kapten Blake'i kätte sai?" Garcia pilk oli endiselt ekraanile kinnitunud.

Hunter vaikis endiselt.

Video jätkus.

Kapten Blake tõstis pikkamööda pea ja Hunter tundis, et miski pigistab tugevasti tema südant. Naise ninast ja suust nirises verd ning vasak silm oli peaaegu kinni paistetanud. Ta ei tundunud olevat uimastatud, lihtsalt tugevates valudes. Kaamera keskendus mõneks sekundiks tema näole ja siis pilt kadus.

„Täiesti haige," ütles Garcia, niheldes nagu laps.

Hunteri telefon helises taas. Ta vastas kohe.

„Juhuks, kui te kahtlete," ütles sosistav hääl, „siis ta on veel elus. Nii et ma oleksin järgmise sammuga väga ettevaatlik, sest sõltub teist, kaua ta elus püsib. Hoidke eemale."

Kõne katkes.

„Mida ta ütles?"

Hunter vastas.

„Kurat küll. See on täiega pöörane. Milleks röövida kapten? Ja miks ta meile video saatis? See on tema tegevusviisiga vastuolus. Ta pole eelmiste ohvritega midagi sellist teinud."

„Sest kapten Blake ei ole nagu tema eelmised ohvrid, Carlos. Ta ei meenuta talle tema ema. Ta ei röövinud teda selleks. Kapten on tema turvalisuse garantii … meie mõjutusvahend."

„Mis asja?"

„Andrew ütles telefonis. „Ma oleksin järgmise sammuga väga ettevaatlik, sest sõltub teist, kui kaua ta elus püsib. Hoidke eemale." Ta kasutab kaptenit tagatisena."

„Miks?"

„Sest me oleme talle lähedal ja ta ei osanud seda oodata. Ma teame, kes ta on … või kunagi oli. Ta teab, et mõne tunni pärast on meil tema kohta kõik teada."

Garcia hammustas alahuulde. „Ta on paanikas."

„Jah. Sellepärast ta video saatiski. Ja kui nad paanikasse satuvad ja oma esialgsest plaanist kõrvale kalduvad, teevad nad vigu."

„Meil pole aega oodata, et ta vea teeks, Robert. Kapten on tema käes."

„Ta juba tegi vea."

„Mis asja? Mis vea?"

Hunter osutas oma telefonile. „Ta saatis meile video. Meil on vaja internetiühendust."

„Internetiühendust?" Garcia kortsutas kulmu. „Kas seda saab jälitada?"

„Ei usu. Nii rumal ta pole."

„Miks meil siis internetiühendust vaja on?"

Hunter vaatas ringi ja nägi nurgalauas umbes 30-aastast meest istumas. Mees trükkis sülearvutis.

„Vabandage, kas te olete internetis?"

Mees tõstis pea, vaadates kordamööda Hunterit ja Garciat, kes oli paarimehe selja taga. Ta noogutas kahtlustavalt. „Jah."

„Peame korraks teie arvutit laenama," ütles Hunter, istus ja tõmbas sülearvuti enda ette.

Mees kavatses midagi öelda, aga Garcia pani talle käe õlale ja näitas oma ametimärki.

„Los Angelese mõrvaüksus, asi on tähtis."

Mees tõstis käed alla andes üles ja tõusis.

„Ma olen seal." Ta osutas nurga poole. „Kiiret pole."

„Miks sul järsku internetti vaja on?" küsis Garcia, istudes Hunteri kõrvale.

„Oota natuke." Hunter guugeldas midagi. Koduleht ilmus ekraanile ja ta luges seda nii kiiresti kui sai.

„Raisk."

Hunter võttis telefoni ja vaatas videot uuesti, kortsutades kulmu.

„Kuramus."

Ta guugeldas veel. Uus koduleht ilmus ekraanile ja ta luges seda taas. „Oh, raisk," sosistas ta, vaadates kella. „Lähme," ütles ta tõustes.

„Kuhu?"

„Santa Claritasse."

„Mis asja? Miks?"

„Sest ma tean, kus kaptenit vangistuses hoitakse."

Garcia auto sireeni ja vilkurite abil liikusid nad jõudsasti edasi. Siis olid nad 405. kiirteel ja Garcia kihutas kiirel rajal 135 kilomeetrit tunnis.

„Nii, kuidas sa tead, kus kaptenit vangistuses hoitakse?" küsis ta.

Hunter pani video mängima ja näitas Garciale. „Ta ütles mulle."

„Häh?"

„Vaata tema huuli."

Garcia vaatas korraks teelt telefoniekraanile ja jõudis näha, et kapteni huuled liiguvad veidi.

„Kuramus."

„Kapten teadis, et Andrew filmib seda videot ainult ühel põhjusel. Ta teadis, et me vaatame seda."

„Ja mis peamine, ta teadis, et *sina* vaatad seda," lisas Garcia. „Mida ta siis ütles?"

„St Michael'si hospiits."

„Mis asja?"

„Sellepärast mul internetiühendust vaja oligi. Arvasin, et ta ütles St Michael'si *haigla*, aga sellist kohta pole, pole kunagi olnud. Niisiis vaatasin ma videot uuesti ja sain aru, et ta ütleb, *hospiits*, mitte haigla. St Michael'si hospiits Santa Claritas pandi kinni üheksa aastat tagasi pärast seda, kui tulekahju suure osa hoonest hävitas." Hunter toksis aadressi Garcia auto GPS-i.

„Seal see ongi."

„Raisk," ütles Garcia. „Mägede poole. Täiesti eraldatud koht."

Hunter noogutas.

„Kui me kahtlustame, et kaptenit hoitakse seal, miks me siis ilma eriüksuseta sinna läheme?"

„Sest Andrew ütles, et meie tegevusest sõltub, kui kaua kapten elab. Ta jälgib kuidagi meie tegevust."

„Kuidas?"

„Ma ei tea, Carlos, aga ta helistas mulle mõni minut pärast lennuki maandumist. Olin ära olnud vähem kui ühe päeva. Kuidas, kurat, ta teadis, et ma täna hommikul Healdsburgi lendasin?" Carlos ei osanud vastata.

„Eriüksus on ju tore, aga nad ei ole just vaiksed. Kui Andrew saab haisu ninna, et me teame, kust ta on, jõuab tema kapten Blake'ini palju kiiremini kui meie või eriüksus temani. Ja siis on mäng läbi."

„Mida me siis teeme?"

„Mida iganes võimalik. Äkki saame teda üllatada. Ta ei tea, et me teame. Üllatusmoment on meie poolel. Kui me seda õigesti teeme, saame sellele lõpu teha – kohe praegu."

Garcia andis gaasi.

Hunter hakkas lehitsema ajakirju ja väljatrükke, mille Garcia oli kaasa võtnud. Ta hakkas lugema Jessica Blacki intervjuud algusest peale, kui järsku peatus ja kulmu kortsutas. Siis võttis ta järgmise ajakirja, kus oli Laura Mitchelli intervjuu.

Adrenaliin paiskus verre. „Ära aja jama," sosistas Hunter.

„Mis on?" küsis Garcia.

„Oota natuke." Hunter võttis arvuti väljatrüki – Kelly Jenseni intervjuu. „Me oleme olnud kuramuse pimedad."

„Taeva päralt, mida sa leidsid, Robert?"

„Kas sa teadsid, et need ajakirjad kuuluvad samale meediakorporatsioonile?"

„Ei." Garcia kehitas õlgu.

„No kuuluvad."

„Hästi, ja siis …?"

„Kas sa vaatasid selle reporteri nime, kes need intervjuud tegi?"

„Ei." Garcia muutus murelikuks.

„Üks ja sama mees."

„Ei ole võimalik."

Hunter tõstis ühe ajakirja üles ja osutas reporteri nimele.

Sada kaheksa

Hunter vestles telefonis juba jaoskonnaga. Ta käskis saata üksused reporteri koju ja töökohta. Kui teda märgatakse, tuleb ta kohe vahistada ja jaoskonda viia. Mehe nimele registreeritud auto kohta anti välja tagaotsimiskäsk.

Nad sõitsid Santa Claritas Sand Canyon Wayst üles mägede poole ja pöörasid kitsale teele, mis oli umbes viissada meetrit pikk ja viis vana St Michael'si hospiitsi sissepääsu juurde.

„Peaksime kuskil siin teelt maha keerama ja ülejäänud maa jalgsi minema," ütles Hunter, kui nad olid sissepääsust kahesaja meetri kaugusel. „Ma ei taha talle teada anda, et me tuleme."

Garcia noogutas ja leidis autole kõrgete puude varjus parkimiskoha.

Nad läksid kiiresti läbi pika rohu ja leidsid St Michael'si hospiitsi mahajäetud hoonest umbes 75 meetri kaugusel varjulise koha.

Hoone oli kahekordne, ristkülikukujuline ja võttis enda alla umbes paarisaja ruutmeetrise ala. Suur osa fassaadist oli murenenud, katus suures osas sisse langenud ja kõikjal oli märke selle kohta, et millalgi oli siin toimunud suur põleng. Teatud kohtades nägid nad isegi majja sisse. Ümbrus oli rämpsu täis.

„Oled selles ikka kindel?" küsis Garcia. „Siin ei tundu midagi olevat."

Hunter osutas kohale, kus oli olnud hoone peauks – seal olid värsked rehvijäljed.

„Keegi on hiljuti siin käinud."

Rehvijäljed viisid maja eest eemale ja kadusid selle taha – ainus koht, kus seinad olid terved. Hunter ja Garcia jälgisid hoonet eemalt mõne minuti, otsides valvekaameraid või muid jälgimis- või elumärke. Midagi ei olnud.

„Lähme lähemale," ütles Hunter.

Rehvijäljed katkesid suure trepi ja ratastooli kaldtee juures, mis viis maja keldrikorrusele. Trepil oli hulk jalajälgi, mis kulgesid üles ja alla. Need tundusid kuuluvat samale inimesele.

„Mis iganes siin toimub, see toimub seal all." Garcia noogutas trepi suunas.

Hunter võttis relva välja.

„On ainult üks viis seda teada saada. Oled valmis?"

Garcia haaras relva. „Ei, aga lähme ikkagi."

Sada üheksa

Üllataval kombel ei olnud trepi all olevad kahepoolsed uksed lukus. Hunter ja Garcia lükkasid need lahti ja astusid sisse.

Esimene ruum oli vanamoodne vastuvõtuala. Vasakul oli seina külge kinnitatud poolringikujuline kriimuline vastuvõtulaud. Kõikjal vedeles katkisi mööbliesemeid, mis olid kaetud tolmu ja vanade kaltsudega. Vastuvõtulaua taga olid järgmised pöörduksed.

„Mulle ei meeldi see mitte üks põrm," sosistas Garcia. „Siin on midagi väga valesti."

Hunter vaatas kiirustamata ringi. Ta ei näinud valvekaameraid ega muid turvameetmeid sissetungijate tuvastamiseks.

Ta noogutas Garciale ja mõlemad läksid ettevaatlikult järgmiste uste poole.

Hunter katsus linki – uks polnud lukus. Nad astusid sisse. Uksed avanesid laia koridori, mis oli kümmekond meetrit pikk. Seda valgustas üks tuhm elektripirn. Nad nägid oma kohalt poole koridori peal ühte ust.

„Nii, ma küll ei usu igasuguseid võnkeid, aurasid ja muud säärast jura," sõnas Garcia, „aga siin on päris kindlasti midagi väga viltu. Ma tunnetan seda."

Nad hiilisid vaikselt edasi, kuni jõudsid vasakule jääva ukse juurde. Jälle lukustamata. Nad astusid sisse.

Ruum oli umbes kuus korda seitse meetrit ja see oli sisustatud puusepa töötoana. Ruumis oli suur joonistuslaud, korralik töölaud, kaks vana metallist kartoteegikappi, seintel riiulid ning seintel ja maas laiali erinevad instrumendid ja tööriistad.

Hunter ja Garcia seisid hetke liikumatuna, vaadates ringi. Kui nad viimaks joonistuslaua juurde jõudsid, nad tardusid.

„Püha kurat," sosistas Garcia. Tema pilk peatus joonistel ja fotodel. Nendel oli ainult üks ese. Ese, mida nad olid varem näinud. Lahtikäiv nuga, mis leiti Kelly Jenseni seest.

Hunter tundis ruumi vastasseinas töölaua peal väikeses karbis ära iseaktiveeruva päästikumehhanismi. Neid oli kolm, kõik kasutusvalmis. Nende kõrval oli karp kahe alumiiniumtoruga. Hunter ja Garcia ei pidanud neid eriti hoolikalt uurima teadmaks täpselt, mis need on – Jessica Blacki kehast leitud signaalraketi proovivariandid. See on mõrtsuka loominguline õuduste kamber, mõtles Hunter. Tema surmatehas.

„Vaata seda," ütles Garcia, vaadates laual jooniseid. „Laura Mitchellis kasutatud pommi joonised."

Järgnes ebamugav vaikus.

Garcia vaatas veel korra ringi. „Ta saab siin ehitada peaaegu igasuguseid piinamis- ja tapmisriistu."

Hunter vaatas samuti uuesti ringi – lagi, nurgad, strateegilised paigad ... Ta ei näinud ikka mingeid jälgimisvahendeid. „No nii!" ütles Garcia, võttes seina küljest paberilehe.

„Mis seal on?"

„Tundub, et selle paiga maa-aluse osa plaan." Hunter astus lähemale ja silmitses joonist. Koridor, kus nad praegu olid, viis uude ristuvasse koridori. See oli lai ja nurgeline. Neli haru, igaühes joonise järgi kaks ruumi. Teises otsas väljapääsu ei olnud. Ainus võimalus hoonest välja saada oli tulla tagasi siia, kus nad praegu viibisid ja minna trepist üles. Garcia tundis, et tõmbub üleni külmaks. „Kaheksa ruumi. Ta saab siin hoida korraga kuni kaheksa ohvrit?"

Hunter noogutas. „Tundub nii."

„Kuradi kurat. See tüüp on väärakas."

Hunter peatus ja vaatas ringi. Ta oli varem seinal midagi rippumas märganud, aga ei olnud sellele tähelepanu pööranud. Suur metallist võtmerõngas, mitu võtit küljes.

„Olen kindel, et need avavad ruumide uksed."

Garcia noogutas. „Teeme proovi."

Nad väljusid töötoast ning läksid nii vaikselt ja nii kiiresti kui võimalik koridori lõpus olevasse teise, ristuvasse koridori. Nad leidsid end selle keskelt. Kokku oli see koridor umbes kakskümmend viis meetrit pikk. Nagu eelmises, nii põles ka siin seinal metallist võrgu taga üksainus tuhm elektripirn.

„Mida sa teha tahad?" küsis Garcia. „Lähme lahku või koos?"

„Jääme kokku, et meil oleks rohkem šansse. Nii saame teineteisele abiks olla."

Garcia noogutas. „Hea mõte. Kummale poole?"

Hunter osutas paremale.

Nad liikusid taas peaaegu hääletult, jõudes kähku koridori lõpus oleva esimese ruumini. Väga tugev ja paks puidust uks. Selle all oli toiduluuk. Hunter hakkas proovima suure võtmerõnga küljes olevaid võtmeid. Kolmas võti sobis.

Hunter noogutas Garciale kergelt, kes vastas samaga. Nad olid nii valmis kui olla said.

Mõlemad hoidsid hinge kinni, kui Hunter selja uksest paremal vastu seina surus ja ukse kiire liigutusega lahti lükkas. Garcia astus otsekohe sisse, käed ette sirutatud, relv peos. Hetk hiljem järgnes Hunter talle.

Ruum oli täiesti pime, aga koridorist immitsevas nõrgas valguses said nad aru, mida see endast kujutab. See oli väike, kolm meetrit pikk ja kaks lai. Ühe seina vastas oli metallist voodi ja voodi kõrval paremal ämber – see oli ka kõik. Seinad olid punastest tellistest ja põrand betoonist. See meenutas keskaegset vangikongi ja kui hirmul oleks lõhn, siis oli see ruum sellest tulvil. Ruum oli tühi.

Garcia hingas välja ja tõmbus kössi. „Kuramus, vaata seda. Isegi Stephen King ei oleks suutnud sellist põrguauku suutnud välja mõelda.“

Hunter sulges vaikselt ukse ning nad läksid edasi. Koridor pööras vasakule. Hunter kordas sama võtmete proovimise protsessi ka selle koridoriosa esimese ukselukuga. See oli samasugune kui esimene ja jällegi täiesti pime. Ka siin polnud kedagi.

Garcia hakkas nihelema.

Nad jõudsid järgmise ukse juurde ja kordasid sama protsessi. Kui Hunter ukse lahti lükkas ja nad sisse astusid, relvad laskevalmis, kuulsid nad nõrka ja hirmunud hüüatust.

Sada kümme

Hunter ja Garcia seisatasid ukse juures. Mõlemad sihtisid hääle tekitajat, aga kumbki ei tulistanud. Pimeduse tõttu kulus Hunteril naise nägemiseks paar sekundit. Naine oli ühte nurka kerra tõmbunud. Põlved olid tugevasti vastu rinda surutud. Käed pigistasid põlvi nii tugevasti, et neist oli veri justkui kadunud. Silmad olid suured, vaadates ust ja kahte uustulnukat. Tema olemust kirjeldas vaid üks sõna – hirm.

Hunter tundis ta kohe ära – Katia Kudrov. Ta pistis relva kabuuri ja tõstis käed allaandmise märgiks üles.

„Me oleme Los Angelese politseinikud," ütles ta võimalikult rahulikul häälel. „Oleme sind tükk aega otsinud, Katia."

Katia puhkes nutma, keha tõmbles emotsioonidest. Hunter astus sisse ja läks väga aeglaselt tema poole.

„Kõik saab korda, me oleme siin."

Naise silmad olid ikka suured, põrnitsedes Hunterit, nagu oleks ta illusioon. Ta hingeldas katkendlikult. Hunter kartis, et ta on kõnelemiseks liiga tugevas šokis.

„Kas sa rääkida saad?" küsis ta. „Oled sa vigastatud?"

Katia tõmbas nina kaudu sügavalt hinge ja noogutas.

„Ja ... jah, ma saan rääkida. Ei ... ei, ma ei ole vigastatud."

Hunter põlvitas tema ette ja võttis ta sülle. Naine klammerdus kõvasti tema külge ning hakkas meeleheitlikult nutma ja kimedalt nuuksuma. Hunteril oli tunne, et naise hirm imbub läbi naha tema sisse.

Garcia seisis ukse juures, hoides mõlema käega relva peos, vaadates pidevalt koridoris paremale-vasakule.

Katia vaatas Hunterile otsa. „Tä ... tänan teid."

„Kas siin on teisi ka?"

Naine noogutas. „Arvan, et on. Ma pole kedagi küll näinud. Mind ei lastud sellest ruumist välja. Kogu aeg oli pime. Aga ma olen kindel, et kuulsin ühel päeval midagi. Kuulsin *kedagi*. Teist naist."

Hunter noogutas. „Sa oled esimene, kelle me leidsime, aga me peame teisi otsima."

Katia klammerdus veel tugevamini tema külge. „Ei ... Ärge jätke mind üksi."

„Me ei jätagi. Sa tuled meiega. Kas sa kõndida jaksad?" Katia hingas välja ja noogutas.

Hunter pani ta maha. Naine tundus palju kõhnem kui fotodel.

„Millal sa viimati sõid?"

Katia kehitas kergelt õlgu. „Ma ei tea. Toit ja vesi on uimastatud."

„Kas sa tunned end uimasena?"

Mitu kiiret peanoogutust. „Natukene, aga jaksan kõndida." Hunteri küsiv pilk libises Garcia peale.

„Kõik on korras, läksime."

Hunter sättis Katia enda ja Garcia vahele ning võttis relva uuesti kätte. Nad läksid ettevaatlikult ukse poole, valmis taas koridore trotsima.

Järsku tuled kustusid.

Nad jäid pilkasesse pimedusse.

Korraks tardusid kõik kolm paigale. Katia karjatas taas, aga seekord muutis tema häälest kostuv hirm õhu peaaegu jäiseks.

„Issand, ta on siin."

Hunter sirutas käe tema poole. „Pole midagi, Katia. Kõik läheb hästi. Me oleme sinuga." Kui ta naise kätt puudutas, tundis ta, et Katia väriseb.

„Ei, te ... te ei mõista. Ei lähe hästi."

„Mis mõttes?" sosistas Garcia.

334

„Ta on nagu kummitus. Ta liigub nagu kummitus. Teda ei ole lähenemas kuulda." Katia hakkas nutma ja tema hääl katkes. „Ja ... ta ... tema näeb sind, aga sina teda ei näe." Tema hingamine kiirenes. „Ta näeb pimedas."

Sada üksteist

Hunter tõmbas Katia taas embusse.

„Katia, kõik läheb hästi. Me saame siit välja."

„Ei ..." Naise hääles oli meeleheide. „Te ei kuula. Tema eest ei ole võimalik peituda. Me ei saa minna kuhugi, kust ta meid ei leiaks. Me ei pääse siit elusana. Ta võib praegugi teie selja taga seista ja te ei teaks seda. Kui ta just seda ei taha."

Seda kuuldes tundis Garcia, kuidas mööda selga kulgeb külmavärin ja ta sirutas masinlikult vasaku käe nagu pime, kobades enda ümber – ei midagi.

„Ma ei näinud teda kordagi," jätkas Katia, „aga tunnetasin teda korduvalt siinsamas, minu juures ruumis. Ta ei öelnud sõnagi. Ei teinud häält, aga ma teadsin, et ta on seal, jälgib mind, lihtsalt vaatab. Ma ei kuulnud teda sisse tulemas või lahkumas. Ta liigub nagu kummitus."

„Olgu," sõnas Hunter. „See, et me kolmekesi käsikaudu ringi liigume, ei ole hea mõte. Me ei saaks üksteist aidata."

„Mida sa teha tahad?" sosistas Garcia.

„Katia, jää siia. Jää sellesse ruumi."

„Mis asja?"

„Ma vaatasin hoolega ringi. Tal pole valveseadmeid. Ei ole kaameraid, mikrofone, mitte midagi. Ta võib teada, et me oleme siin, aga ta ei saa kuidagi teada, kas me oleme sinu või kellegi teise leidnud. Kui sa püsid selles toas, nagu vangistamise esimesest päevast alates, ei ole tal põhjust sinu peale vihastada."

„Ei … ei. Pigem suren, kui veel sekundikski siia üksi jään. Te ei tea, mida ma olen pidanud läbi elama. Ma ei saa siia jääda. Palun ärge jätke mind enam temaga siia. Te ei või mind siia üksi jätta."

„Katia, kuula. Kui me siit ruumist praegu kolmekesi koos välja läheme ning see tüüp näeb pimedas ja liigub nii vaikselt nagu sa ütlesid, pole meil lootustki."

„Ei … ma ei suuda siia üksi jääda. Palun ärge sundige mind üksi siia jääma. Pigem suren."

„Ma jään sinuga," ütles Garcia. „Robertil on õigus. Me ei saa üksteist kaitsta, kui me siit koos välja läheme. Ta võib meid ükshaaval tappa ja me ei saaks arugi. Jään sinuga siia. Nagu Robert ütles, ei tea see tüüp, millises ruumis me oleme. Tema teada oled sa siin üksinda, nagu mõni minut tagasi. Ma jään siia. Ta ei saa kuidagi teada, et ma olen sinuga. Kui see uks avaneb, ilma et inimene end tuvastaks, lasen ma selle näraka maha." Ta vinnastas relva ja Katia võpatas.

„See on hea mõte," nõustus Hunter.

„Miks teie ei võiks ka jääda," anus Katia. „Miks me ei võiks teda koos siin oodata ja temaga ühiselt võidelda? Meil on siis rohkem pääsemislootust."

„Ta ei pruugi kohe siia tulla," selgitas Hunter. „Teame kindlalt, et tal on vähemalt veel üks naine siin vangistuses. Meie kapten. Ta võib pelgalt meie karistamiseks tema tappa. Pean üritama teda leida, enne kui ta tapetakse. Ma ei saa lihtsalt siin oodata. Meie kapteni elu on kaalul."

„Tal on õigus, Katia," ütles Garcia.

„Me ei või rohkem aega raisata," jätkas Hunter. „Usu mind, Katia. Ma tulen tagasi."

Garcia pani käe Katia ümber ja tõmbas ta aeglaselt ruumi tagasi.

„Õnn kaasa," ütles Garcia, kui Hunter enda järel ukse sulges ja sügavalt hinge tõmbas.

See tundub juba halb mõte, mõtles ta. *Pimedates koridorides ringi kõndimine, mitte midagi nähes mõrtsukaga võidelda. Mida, kuradit, ma ometi teen?*

Hunter teadis, et koridori lõppu on kuus-seitse meetrit. Selles lõigus rohkem uksi polnud. Ta liikus ettevaatlikult, aga kiiresti. Koridor pööras taas vasakule. Ta seisis liikumatuna ja kuulatas pingsalt.

Mitte midagi peale täieliku vaikuse.

Hunter oli lapsest saadik suutnud kergesti hääli tuvastada. Talle märkamatult ligi hiilimine ei olnud lihtne ülesanne. Ehkki Katia oli öelnud, et Andrew näeb pimedas ja liigub nagu kummitus, ei uskunud ta, et keegi saab olla nii vaikne. Ta eksis.

Sada kaksteist

Andrew seisis Hunterist mõne meetri kaugusel, jälgides, hingates nii vaikselt ja ühtlaselt, et temast ka vaid mõne sentimeetri kaugusel seisev inimene poleks seda kuulnud. Ta oli hetk tagasi kuulnud kogu jutuajamist. Teadis, et Garcia jäi Katiaga sinna ruumi, aga nendega tegeleb ta hiljem. Huuled paotusid rahulolevas muiges. Ta nägi Hunteri näol ärevust. Tunnetas tema liigutustes pinget. Ta pidi tunnistama, et Hunter oli julge. Ta oli teadlikult astunud võitlusse, mida võita ei saa.

Hunter hakkas edasi minema. Vasak käsi oli koridori seina vastas, kobades järgmist ust.

Ta jõudis astuda viis sammu.

Esimene hoop tabas relva hoidvat kätt, olles nii tugev ja täpne, et oleks äärepealt randme pooleks murdnud. Hunter ei kuulnud mitte midagi. Ta ei tunnetanud kellegi kohalolekut. Katial oli õigus. Andrew nägi pimedas. Muidu poleks ta nii täpset lööki anda saanud.

Hunteri relv lendas eemale nagu rakett. Ta kuulis seda kusagil ees paremal maha kukkumas. Ta tõmbus vaistlikult tagasi ja võttis sisse kaitseasendi, aga kuidas võidelda, kui vastast pole näha ega kuulda?

Andrew oli kuidagi tema taha jõudnud, sest järgmine hoop tuli selja tagant alaselja pihta. Hunter paiskus ettepoole ja tundis mööda selga piinavat valuhoogu kerkimas.

„Te otsustasite mu nõu mitte kuulda võtta," ütles Andrew, hääl rahulik ja enesekindel. „Vale otsus, uurija."

Hunter pöördus hääle suunas ja lõi pimesi umbes rinna kõrgusele. Ta tabas ainult õhku.

„Jälle vale." Seekord tuli hääl Hunterist vasakult, mõne sentimeetri kauguselt.

Kuidas ta nii kiiresti ja vaikselt liikuda sai?

Hunter keeras keha ning lõi küünarnukiga nii kiiresti ja kõvasti kui sai, aga Andrew oli taas liikunud. Ja taas tabas Hunter õhku.

Järgmise hoobi sai ta makku. See oli nii täpne ja jõuline, et ta vajus kokku ja tundis suus sapi kibedat maitset. Tal polnud aega reageerida. Kiire järjekordne hoop tabas näo vasakut poolt. Hunter tundis, et huul läks katki ning kibe maitse asendus kohe metalse ja teravaga – veri.

Ta vehkis ikka uuesti ja uuesti käega. Sellise inimese meeleheitlik tegevus, kes teadis, et lahing on kaotatud. Ta ei suutnud ennast isegi kaitsta, võis vaid järgmist hoopi oodata. Ja see tuli madala jalahoobina põlve pihta. Hunteri jalga läbistas valusööst ja maa külgetõmme paiskas ta pikali. Selg ja pea tabasid raskelt seina. Andrew oli nähtamatu ja hääletu, aga lisaks oskas ta ka võidelda.

„Küsimus on," ütles Andrew, „kas peaksin teid tümitama seni, kuni olete surnud ... või kasutama teie relva ja sellele lõpu tegema, lastes teile kuuli pähe?"

„Andrew, sa ei pea seda tegema." Hunteri hääl oli raske, löödud ja korises verest.

„Ma ütlesin, et ärge kutsuge mind Andrew'ks."

„Olgu," nõustus Hunter. „Kas kutsun teid Bryaniks? Bryan Colemaniks?"

Vaikus ja Hunter tunnetas esimest korda Andrew kõhklust.

„See on ju see nimi, mille sa endale valisid, eks? Bryan Coleman? A & E telejaama tootmisdirektor? Me istusime paar päeva tagasi vastamisi."

„Oo," ütles Andrew käsi plaksutades. „Teie maine on auga välja teenitud. Te avastasite midagi, mida keegi teine ei suutnud."

„Su isik pole enam saladus." Hunter pidas vahet. „Mis iganes täna õhtul siin juhtub, LAPD teab, kes sa oled. Sa ei saa end igavesti varjata." Hunter vaikis taas, tõmbas sügavalt hinge ja tundis, et kopse kõrvetab. „Sa vajad abi, Bryan. Sa talusid kakskümmend aastat üksinda midagi, millega mitte keegi üksinda toime ei tule."

„Te ei tea midagi, uurija. Teil pole aimugi, mida ma olen läbi elanud."

Andrew liikus taas. Tema hääl kostis nüüd Hunterist paremalt.

„Istusin seal pööningul kolm päeva, peitsin ennast hirmunult, püüdes otsustada, mida teha." Andrew vaikis. „Otsustasin, et ei taha Healdsburgi jääda. Ma ei tahtnud mingisse lastekodusse sattuda. Ma ei tahtnud olla see, keda kõik haletsevad. Niisiis ootasin õhtupimeduseni ja põgenesin. Kiirtee tanklas oli end lihtne veoki kaubaruumi peita."

Hunterile meenus, et Harperite kunagine maja asus 101. kiirteest vaid mõnesaja meetri kaugusel.

„Teid üllataks, kui lihtne on lapsel Los Angelese suguse suurlinna tänavatel ellu jääda, aga Healdsburgist eemale saamine ei aidanud. Kakskümmend aastat on mu silme ees olnud samad kujutluspildid, iga kord kui silmad sulen."

Hunter köhis verd. „See, mis su kodus kakskümmend aastat tagasi juhtus, polnud sinu süü, Bryan. Sa ei või oma isa tegudes ennast süüdistada."

„Mu isa armastas mu ema. Ta andis tema pärast oma elu."

„Ta ei andnud oma elu tema *pärast*. Ta võttis raevuhoos enda ja su ema elu."

„SEST EMA PETTIS TEDA." Röögatus tuli Hunteri eest, aga liiga kaugelt, et ta reageerida oleks saanud. „Isa armastas ema iga keharakuga. Mul kulus aastaid mõistmaks, mis tegelikult juhtus. Aga nüüd tean ma, et ta võttis ema ja enda elu armastusest ... puhtast armastusest."

Hunteril oli õigus olnud. Andrew nägemus tõelisest armastusest oli täiesti väärastunud, aga praegu polnud mõtet temaga vaielda. Hunter pidi proovima ta maha rahustada, mitte rohkem ärritama.

„See polnud ikkagi sinu süü," ütles ta.

„OLGE VAIT. Te ei tea, mis juhtus. Te ei tea, miks mu isa peast segi läks. Aga ma ütlen teile ... *mina* teadsin. Mina ütlesin talle seda. See *kõik oli minu süü*."

Sada kolmteist

Hunter tunnetas Andrew hääles ahastust ja valu. Valu, mis tuli sügavalt sisemusest, mida ta oli kõik need aastad endas kandnud.

„Kuidas isa teie arvates härra Gardneri ja mu ema kohta teada sai?" küsis Andrew.

Hunter polnud selle peale mõelnud, aga ta ei pidanud pikalt arutlema, et vastust teada.

„Ma nägin neid ühel päeval koos. Nägin neid oma vanemate magamistoas, oma vanemate voodis. Teadsin, et see, mida nad teevad on vale ... väga vale." Andrew häälde oli tekkinud meeleheitlik värin, mälestus oli tema mälus ikka liiga ere. „Ma ei teadnud, mida teha. Teadsin kuidagimoodi, et see, mida ema teeb, hävitaks tema abielu mu isaga. Ma ei tahtnud, et nii läheks. Tahtsin, et nad oleksid jälle õnnelikud ... koos." Ta kõhkles hetke.

„Sa rääkisid isale," sosistasid Hunter.

„Nädal enne seda, kui see kõik juhtus. Ütlesin, et nägin Nathan Gardnerit ükspäev meie koju tulemas. Muud ma talle ei öelnud." Valu Andrew hääles paisus. „Ma ei teadnud, et mu isa võib ..." Ta vakatas.

„See polnud ikkagi sinu süü," kordas Hunter. „Nagu sa ütlesid, sa ei teadnud, et su isa nii reageerib. Sa tahtsid päästa oma vanemate abielu, neid koos hoida. Isa reaktsioon polnud sinu süü."

Korraks tekkis vaikus.

„Kas teate, mida ma oma emast kõige rohkem mäletan?" Andrew oli taas kohta vahetanud. „Ta ütles mulle, et kui ma olen temavanune, leian kellegi temasuguse – ilusa ... andeka ... Kellegi, kellesse armuda." Ta vaikis hetke. „Ootasin seda sünnipäeva kakskümmend aastat. Seda päeva, mil saan viimaks ometi oma täiuslikku elukaaslast valima hakata."

Järsku sai Hunter kõigest aru. Neil oli õigus olnud. Naised, keda Andrew Harper röövis, sümboliseerisid emaarmastuse ja romantilise armastuse kooslust. Ta tahtis neisse armuda, aga tahtis ka – vajas seda –, et nad oleksid tema ema moodi. Ema oli öelnud talle, et kui ta on kolmekümnene, täpselt sama vana, kui ema surres, leiab ta täiusliku kaaslase, kellegi, kes on täpselt ema moodi. Hunter oli Andrew sünnitunnistust näinud. Tema sünnipäev oli 22. veebruaril – kaks päeva enne esimese ohvri Kelly Jenseni röövimist. Andrew oli mõnda aega täiuslikku elukaaslast otsinud, aga alateadvus ei lasknud tal tegutsema hakata enne kolmekümnendat sünnipäeva. Tema väärastunud ajus olid ema sõnad reegel, mida rikkuda ei tohtinud. Ta oli seda sünnipäeva väga kaua oodanud. Ja kui see käes oli, polnud ta hetkegi kaotanud. Andrew aju oli ema sõnu moonutanud selliselt, mida võib teha ainult tugevasti traumeeritud mõistus.

„Sa leidsid nad," ütles Hunter. „Naised, kes olid täpselt sinu ema moodi. Kes olid sama andekad kui tema ..."

„Mitte keegi ei saa olla sama andekas kui mu ema." Andrew hääles oli taas viha.

„Vabandust," parandas Hunter ennast. „Sa leidsid kandidaadid oma armastusele ... ja röövisid nad nende kodust ... stuudiost ... autost ... , aga sa ei suutnud neisse armuda, ega ju?"

Vaikus.

„Sa röövisid nad ja hoidsid vangistuses. Sa jälgisid neid vaikselt iga päev, nagu olid jälginud oma ema. Aga mida kauem sa neid jälgisid, seda enam nad sulle teda meenutasid, eks? Sellepärast sa ei suutnudki neid seksuaalselt ega ka muul moel puudutada. Sa ei suutnud neile ka viga teha. Aga paraku tõi mälestus emast sulle meelde midagi muud."

Hunter pühkis huultelt verd.

„See tuletas sulle meelde, et ta reetis su isa armastuse," jätkas ta. „*Sinu* armastuse. Et ta reetis teie perekonna. Ja lõpuks hakkasid sa armumise asemel neid vihkama. Sa vihkasid neid selle reetmise eest. Sa vihkasid neid samal põhjusel, miks sa nad röövisid. Sest nad meenutasid sulle su ema."

Andrew ei vastanud.

"Nii et sa lasid isa kombel raevul võimust võtta ja kui see juhtus, kandis see su tagasi sellesse päeva ja selle juurde, mida sa nägid isa emaga tegemas."

Ikka vaikus, aga Hunter tunnetas õhus ärevust.

"Me leidsime intervjuud, Andrew. Leidsime küsimused, mille sa neile tõelise armastuse kohta esitasid."

"Andsin neile seda, mida nad olid alati ihanud."

"Ei andnud. Sa moonutasid nende sõnu, nagu sa moonutasid oma ema sõnu. Su ema *tahtis*, et sa leiaksid armastuse, aga mitte niimoodi. Sa vajad abi, Andrew."

"ÄRGE ÖELGE MULLE ANDREW." Röögatus kajas keldriruumi nurkades vastu. "Arvate, et tunnete mind? Arvate, et teate minu elu, minu valu? Te ei tea SITTAGI. Aga kui teile valu meeldib, siis seda saab."

Hunterit tabas hoop paremalt näkku nii, et suu oli taas verd täis, ja ta lendas selili. Tal kulus enda kogumiseks mitu sekundit.

"Ja nüüd on mul teile üllatus, uurija ..."

Tekkis ebamugav vaikus, millele järgnes millegi, nagu kartulikoti, lohistamine üle põranda.

"Ärka üles, lipakas."

Hunter kuulis kerget laksuvat heli, nagu patsutaks Andrew kellegi põski, püüdes teda turgutada.

"Ärka üles," kordas ta.

"Mmm," sosistas naisehääl ja Hunter hoidis hinge kinni.

"Noh," ütles Andrew. "Ärka nüüd."

"Mmm," ütles naine uuesti.

Hunter sai selle järgi aru, et tal on suutropp ja et tal on tugevad valud.

„Kapten ...?" hüüdis ta, nõksatades ettepoole.

Andrew naeris. „Kuhu te enda arvates lähete?" Ta lõi saapakontsaga Hunterile rindu, nii et viimane lendas tagurpidi vastu seina.

„Mmm ... mmm ..." Naine tundus olevat hullunud, aga suutropp oli liiga kõvasti kinni tõmmatud.

„Kapten ...?" hüüdis Hunter taas meelt heites.

„Nüüd on vist aeg teineteisega hüvasti jätta," ütles Andrew.

„Mul on sellest jamast kõrini."

„Mmmmm!" Seekord oli naise hääl täis hirmu.

„Andrew, ära tee seda." Hunter üritas taas ettepoole nihkuda, aga virutati uuesti vastu seina. Ta köhis mõned korrad, enne kui taas hinge tõmmata suutis.

„Ta pole kuidagi sellega seotud. Mina rikkusin su reegleid, Andrew, mitte tema. Kui pead kedagi karistama, karista mind."

„Oo, kui õilis, uurija," põlastas Andrew. „Teie, võmmid, olete kõik ühesugused. Tahate kangelast mängida. Te ei oska järele jätta, loobuda. Isegi kui on täiesti selge, et te ei saa võita. Ja see teeb teid etteaimatavaks. Nii et teate, mis, uurija?"

Järgnenud paus täitis õhu õudusega.

„Seekord ei suuda te teda päästa."

„PALUN, ANDREW." Hunter tunnetas Andrew hääles otsustavust ja raevu ning teadis, et aeg oli otsa saanud. Ta viskus kogu järelejäänud jõuga ettepoole, aga nad olid jällegi liikunud. Hunter ei tabanud kedagi. „Kapten ...?" Aga kuulis vaid naise surmakorinat ning sekundi murdosa hiljem tundis sooja verejuga endale näkku ja rinnale pritsimas.

„EI ... EI ... KAPTEN ..."

Vaikus.

„Kapten?"

„Vabandust, uurija," ütles Andrew sügavalt ja rahulolevalt hinge tõmmates. „Ta ei kuule enam."

Vere lõhn täitis õhku.

„Miks, Andrew? Miks sa pidid seda tegema?" Hunter värises vihast.

„Ärge nukrutsege, uurija. Pole põhjust teda nii väga taga igatseda ... sest te ühinete temaga kohe." Andrew naeris taas. „Kas võmmide jaoks pole mitte häbiväärne surra oma relvast tulistatud kuuli läbi?"

Hunter kuulis poolautomaatrelva vinnastamise heli. Andrew tõstis pimeduses Hunteri relva ja sihtis sellega teda pähe. Hunter teadis, et see on lõpp. Ta ei saanud rohkem midagi teha. Tal ei olnud rohkem midagi öelda.

Ta tõmbas sügavalt hinge ja pimedusest hoolimata hoidis silmad lahti, vaadates trotslikult otse ette.

Kurdistav pauk sekundi murdosa hiljem täitis koridori iiveldamaajava kõrbelõhnaga.

Sada neliteist

Koridoris lahvatas ere kõrvetav valgus nagu granaadiplahvatus. Järsku lõi kõik heledaks. Andrew karjatas nii piinatult nagu oleks teda südamesse pussitatud, aga valu tekitasid silmad, kui ere valgus ta peaaegu pimestas, sest öönägemisprillid võimendasid valgust tuhat korda.

Andrew haaras kohe prillidest ja tõmbas need eest, aga kahju oli juba sündinud. Tema silmad ei suutnud otse võrkkestale suunatud valgussähvatusega kohaneda ning ta tundis uimasust ja peapööritust.

Hunteril kulus hetk mõistmaks, mis oli juhtunud. Ta nägi silmanurgast Garciat koridori ühe käänaku juures seismas. Maas tema ees põles eredalt signaalrakett – üks neist proovivariantidest, mida nad mõni minut varem olid Andrew „tehases" näinud.

Garcia oli peagi taibanud, et ainus viis pimedas näha on kasutada öönägemisprille. Ja ta teadis väga hästi, kuidas need töötavad. Ta oli Katia kongi kuulnud Hunteri ja Andrew võitluse hääli ega saanud niisama passima ja ootama jääda. Ta teadis, et Hunter on suurepärane lähivõitleja, aga tal pole lootustki nähtamatu vastasega. Garciale meenus „tehas" ja signaalraketid. Ta teadis ka, et ei eksi isegi pimeduses nurgelistes koridorides ära. Tal oli vaja vaid korraks eredat valgust, mis tekitaks Andrew'l tunde, nagu oleks tema silmade sees pomm plahvatanud.

Just seda võimalust Hunter vajaski. Ta viskus millelegi mõtlemata kohe Andrew poole. Garcia tegi sama. Nad põrkasid Andrew otsa ühel ajal, nii et too lendas pea ees meeletu jõuga vastu seina. Rollid olid vahetunud. Andrew oli valguslahvatusest täiesti pimestatud ja tugevast hoobist pähe segaduses. Nii nagu Hunter veidi aega tagasi, nii vehkis Andrew nüüd käega meeleheitlikus katses end kaitsta. Aga kuidas kaitsta end vastase eest, keda sa ei näe?

Garcia andis talle kähku täpse ja võimsa hoobi päikesepõimikusse. Hunter lisas omalt poolt lõuahaagi. Andrew pea nõksatas tagurpidi ja tabas praksatades seina.

Ta kaotas otsekohe teadvuse.

Viimase asjana nägid Hunter ja Garcia enne signaalraketi kustumist põrandal vereloigus Whitney Myersi elutut keha. Tema kõri oli kogu kaela ulatuses läbi lõigatud.

Sada viisteist

Kolmkümmend kuus tundi hiljem – USC ülikooli haigla – Los Angeles

Hunter koputas kaks korda ja avas ukse. Kapten Blake istus reguleeritavas voodis, mille ülaosa oli tõstetud umbes neljakümne viie kraadi võrra. Blake'i nägu oli kuivanud verest puhtaks pestud, aga see oli endiselt sinise-mustakirju ja klohmitud. Vasak silm, huuled ja nina olid paistes. Ta nägi välja kurnatud, aga hääl sellist muljet ei jätnud. Terve silm vaatas ukse poole ja läks üllatunult suureks, nähes, mida Hunter ja Garcia olid kaasa toonud.

„Lilled ja šokolaad?" küsis ta skeptiliselt. „Kas te hakkate pehmodeks muutuma? Mul pole oma osakonda mingeid tundelisi uurijaid vaja."

Hunter astus palatisse ja panid lilled väikesele lauale voodi kõrvale. Garcia tegi sama šokolaadikommidega.

„Võtke heaks, kapten," ütles Hunter. Tema alahuul oli katki ja paistes. Pilk oli oluliselt tuhmim kui tavaliselt.

„Mul on Whitney Myersi pärast kahju," sõnas kapten kohmetu vaikuse järel.

Hunter vaikis, aga kurbus pilgus paisus. Ta teadis, et Myersi pühendumine ja otsustavus olid ta mõrtsuka võimusesse viinud ja ta ei oleks saanud naist kuidagi päästa. Ta tundis süümepiinu, et ei olnud Healdsburgis Myersi kõnele vastanud ja et polnud tagasi helistanud.

„Kuidas Andrew Harper ta kätte sai?"

„Myers oli lennujaamas, kui ma Healdsburgist tagasi tulin," vastas Hunter. „Andrew samuti. Ta märkas Myersit pärast seda, kui viimane oli mulle helistanud, järgnes talle ja röövis ta autosse istudes."

„Kuidas ta üldse teadis, kellega tegu?"

„Arvan, et ta hakkas mind jälitama, kui Carlos ja mina temaga tema kontoris vestelnud olime. Samal õhtul kohtusime Whitney ja mina Baldwin Hillsis ühes restoranis. Järelduste tegemine oleks lihtne olnud."

„Ja miks Myers lennujaamas oli?"

„Sest ta teadis, et ma ei rääkinud talle kõike. Tal olid kõikjal sidemed, ka Parker Centeris."

Kapten Blake polnud üllatunud.

„Ta sai neilt teada, et ma olen millegi jälil. Oletas, et ma tean röövijast midagi ja kui mina ei räägi, kavatses selle ise välja uurida. Ta oli väga hea detektiiv." Hunter pööras pilgu mujale. „Ja väga hea inimene."

„Ta otsustas siis sind jälitada?"

„Tema partneri sõnul oli see tema plaan jah."

Taas tekkis vaikus.

„See teine naine?" küsis kapten viimaks. „Röövitu."

Hunter noogutas. „Katia Kudrov. Ta on LA Filharmoonikute esiviiuldaja-kontsertmeister. Teda Whitney otsima palgatigi."

Kapten noogutas. „Kuidas tal on?"

„Hirmunud, vedelikupuuduses ja nälginud, aga Andrew Harper ei puutunud teda. Füüsiliselt on ta terve." Hunter pidas vahet. „Psühholoogiliselt ... ta vajab abi."

„Kas Harper räägib?"

Hunter kallutas pea küljele. „Psühhiaatrid teevad väikeseid edusamme, aga see saab olema pikk protsess. Mõistagi on Andrew mõistus täiesti sassis. Meil oli õigus. Ta röövis naisi, kes meenutasid välimuselt tema ema, aga me eksisime oletades, et nad tegid varem või hiljem midagi, mis tema projitseerimisloitsu murdis – ja mis aitas tal aru saada, et nad pole sellised nagu tema tahtis."

„Vastupidi," võttis Garcia jutujärje üle. „Nad tuletasid talle liiga palju ema meelde. Nende sarnasus tõi meelde kahekümne aasta taguse mahasurutud tunde, millest ta arvatavasti teadlik polnud … ja see polnud *armastus.*"

„Vihkamine," pakkus kapten Blake.

„Viha," parandas Hunter. „Metsik viha." „Andrew süüdistas alateadlikult ema isa petmises … perekonna lõhkumises. Ta kasutas intervjuude ja „tõelise armastuse" kohta esitatud küsimuste abil saadud teadmisi imiteerimaks seda, mis tol päeval tema kodus toimus. Et karistada oma ema ikka ja jälle."

„Miks isa teda ei tapnud?" uuris kapten.

Hunter selgitas, et seda plaani Andrew isal polnudki. „Andrew nägi kõike tol päeval juhtunut pööningult ja varjas end seal kolm päeva. Kui ta majast põgenes, peitis ta end kiirteeäärses tanklas veoki kaubaruumi. Juhtumisi sõitis see veok Los Angelesse."

„Ta oli kogu selle aja siin?"

Garcia noogutas ja jätkas taas ise. „Ta magas South Centrali agulites ja teenis West Hollywoodis kingade viksimisega elatist. Neljateistkümneaastasena sai ta tööd kellassepa ja lukksepa töökojas South Gate'is. See oli perefirma, kuulus kuuekümnesele lastetule paarile, Ted ja Louise Colemanile. Seal õppis ta päästikute, peente mehhanismide, keerukate seadeldiste ehitamist ja lukke muukima. Temast sai lausa ekspert. Sealt võttis ka oma uue nime ja identiteedi."

„Kuradi raibe," sõnas kapten, võttes kapilt veeklaasi.

„Ta sai ajakirja Contemporary Painters jooksupoisiks üheksateistaastasena," jätkas Garcia jutustamist. „Ajakiri kuulub DTP meediakorporatsioonile. Neile kuulub ka ajakiri Art Today ja mitmed teised, samuti A & T telejaam. Ta oli väga intelligentne ja liikus ametiredelil kiiresti ülespoole."

„Suurepärane koht, kus pidada silmas naissoost kunstikke või muusikuid, kes tema ema meenutaksid," lisas Hunter.

„Ja nüüd üllatav fakt," ütles Garcia. „St Michael'si hospiitsi hoone ... kuulub talle."

„*Kuulub* talle?" Kapten vaatas neid vaheldumisi.

Garcia noogutas. „Ostis aasta tagasi, kaheksa aastat pärast selle tulekahjus hävimist." Ta kehitas õlgu. „See, mis majast alles oli, lagunes nagunii. Mitte keegi ei tahtnud seda, endised omanikud kõige vähem. Ta sai selle kahe tuhande dollariga. Hoone oli linnast liiga kaugel, et seal teismelised, narkarid ja hulkurid käiksid. Täiuslik eraldatud koht. Seal ei käi mitte kunagi mitte kedagi. Vähesed olid selle olemasolust teadlikud."

„Ma ei saa aru sellest," lausus kapten, „miks ta ohvreid hospiitsis ei tapnud? Milleks nad mujale viia?"

„Sest nad meenutasid talle ikkagi ema," vastas Hunter. „Ehkki ta oli vihane, kuna tema arvates oli ema oma perekonna reetnud, armastas Andrew teda."

„Ja sellepärast ta need seadeldised valmistaski," lisas Garcia. „Et ta ei peaks kohal olema, kui nad surevad. Omamoodi eemaldumine."

„Just," kinnitas Hunter.

„Ta oleks ju võinud ikkagi seda hospiitsis teha," vaidles kapten Blake. „Oleks võinud panna nad luku taha ja saatuse hooleks jätta."

„Siis oleks ta pidanud nende surnukehadega kokku puutuma," selgitas Hunter. „Sellesse ruumi tagasi minema, surnukeha kuhugi viima ... Tema aju ei suutnud toime tulla emotsiooniga, kui ta näeb surnuna naist, kes meenutab nii väga tema ema."

„Kõige lihtsam seda vältida oli jätta nad saatuse hooleks kusagil mujal," lõpetas Garcia.

Kapten Blake puudutas sõrmedega kergelt paistes huult.

„Nii et psühhiaatritel saab temaga huvitav olema."

„Ja pikka aega," lisas Garcia. „Selline traumeeritud aju on kriminaalse käitumise psühholoogide unistus."

Kapten vaatas Hunteri poole, kes noogutas.

„Nii et see koletis tappis kuus inimest, aga lõpetab kuskil vaimuhaiglas, mitte elektritoolil," lausus kapten Blake pead raputades. „Nagu ikka, näeme meie vaeva, et väärastunud psühhopaate tabada ning need kuramuse advokaadid ja prokuratuur lasevad nad vabadusse."

„Ta ei pääse vabadusse, kapten," ütles Hunter.

„Tead küll, mida ma silmas pean, Robert." Kapten vaikis ning vaatas Hunteri toodud lilli. Ta peaaegu naeratas, aga surus selle siiski maha.

„Kust te teadsite?" küsis Hunter. „Kust te teadsite, kus olete?"

Kapten Blake selgitas, kuidas ta rööviti, kuidas ta teeskles, et hingas sisse suure koguse eetrit ja üritas hospiitsi juures põgeneda.

„Kui ma tee poole jooksma hakkasin, nägin hospiitsi vana silti. Ilmselt mul vedas, et ta selle video teha otsustas. Kartsin, et ei liigutanud huuli piisavalt, et sa neilt lugeda saaksid. Arvasin, et ta nägi mind seda tegemas, nii et teesklesin, et olen uimane ja liigutan huuli suvaliselt, öeldes sekka mingeid sõnu."

„Taibukas," nentis Hunter.

„See päästis mu elu."

Garcia muigas.

„Mis sa irvitad?" küsis kapten Blake teda põrnitsedes.

„Sain just aru, et see on esimene kord tähtsa juhtumi lõpus, kui minu nägu pole sisse pekstud."

„Noh, seda annab lihtsasti korraldada," vastas kapten, heites talle pahase pilgu.

„Ei, mulle meeldib mu nägu sellisena nagu see on," ütles Garcia. Naeratus ei kustunud.

Kõik olid hetke vait.

„Aitäh," ütles kapten viimaks, vaadates Hunteri poole. Hunter kallutas pea paarimehe suunas. „Carlos päästis meid, kui tuli signaalraketi kasutamise peale."

„No, keegi pidi ju midagi välja mõtlema," tähendas Garcia. Uksele koputati ja õde pistis pea sisse. „Nii, aitab tänaseks küll. Peate preili Blake'il puhata laskma," ütles ta ja tema pilk jäi pidama Hunteril.

„Puhata?" kähvas kapten Blake peaaegu naerma hakates. „Kullake, kui te arvate, et ma passin veel ühe öö siin, siis on teil arsti vaja."

„Doktor ütles, et peaksite veel vähemalt kakskümmend neli tundi jälgimise all olema," vastas õde.

„Kas ma olen sedamoodi, et mind peab jälgima?"

Hunter tõstis käed üles ja vaatas Garcia poole. „Me peame nagunii minema. Jätame teid seda omavahel klaarima."

„Siin pole midagi klaarida," pahvatas kapten. „Ma ei veeda enam ühtegi ööd siin. Ja see on lõplik." Ta võinuks pilguga meditsiiniõe tappa.

Hunter seisatas ukse juures ja sosistas medõele kõrva: „Ma soovitan talle rahustit anda."

„Oo, ärge muretsege, musirull, mind juba hoiatati tema osas." Naine kopsis rinnataskut ja pilgutas Hunterile silma. „Mul on tema jaoks süstal kaasas." Ta silmitses hetke Hunteri nägu. „Kas tahate, et vaatan need haavad ja sinikad üle, kullake? Teile tuleks paar õmblust teha."

Hunter ja Garcia vahetasid kähku pilgu.

„Pole vaja." Hunter raputas pead.

„Olete kindel? Olen nõela ja niidiga väga osav."

„Täiesti kindel," vastasid mehed kooris.

Autorist

Chris Carter on Brasiilias sündinud Itaalia päritolu kirjanik, kes õppis Michigani ülikoolis psühholoogiat ja kriminaalse käitumise analüüsi. Michigani osariigi prokuratuuri kriminaalpsühholoogia tiimi liikmena intervjueeris ja jälgis ta paljusid seaduserikkujaid, muu hulgas eluks ajaks vangi mõistetud sarimõrvareid ja mitmeid inimesi tapnud kurjategijaid.

Olles Los Angelesest 1990ndate alguses lahkunud, tegutses Chris Carter kümme aastat erinevate glämmrokibändide kitarristina ja loobus siis muusikaga tegelemisest, et hakata täiskohaga kirjanikuks. Nüüd elab ta Londonis ja on mitmete Sunday Timesi menukite autor.

Vaata ka www.chriscarterbooks.com